# LE SUE
# OSSA
# SEPOLTE

*The Innocent Wife*

*Close Her Eyes*

*My Child is Missing*

*Face Her Fear*

# LISA REGAN

# LE SUE OSSA SEPOLTE

Tradotto da Alessandro Cataoli

Bookouture

L'edizione originale è stata pubblicata nel 2019 con il titolo "The Bones She Buried" da Storyfire Ltd. che opera come Bookouture.

Edizione italiana pubblicata da Bookouture, 2024
Prima edizione Marzo 2024

Un'edizione di Storyfire Ltd.
Carmelite House
50 Victoria Embankment
London EC4Y 0DZ

www.bookouture.com



ISBN: 978-1-83525-691-6
eBook ISBN: 978-1-83525-690-9

# PROLOGO

Le urla la inseguivano, riecheggiando intorno a lei, mentre si lanciava lungo il crinale e fuggiva nell'oscurità, con i piedi che raspavano tra le sterpaglie e sulle pietre smosse. Alla sua destra c'era un precipizio a strapiombo, profondo centinaia di metri. Non sapeva quanto in profondità, ma era sicura che la caduta sarebbe stata sufficiente a ucciderla. Alla sua sinistra c'era una parete di foresta fittissima.

Quando arrivò il primo sparo, deviò a sinistra verso gli alberi.

I rami le schiaffeggiavano le braccia e il viso, incidendo sottili striature di sangue sulla sua pelle chiara. Una radice d'albero le afferrò le dita dei piedi, facendola precipitare a terra. Foglie e pietre le frenarono la caduta e il suo gomito si infranse contro una grossa roccia, provocandole un'atroce scarica di dolore che le attraversò il braccio fino ad arrivare al cranio. Sentiva ancora le urla in lontananza. Il respiro le usciva a singhiozzo mentre si rimetteva in piedi, reggendosi il gomito stretto al corpo. Le lacrime le colavano dagli occhi, ma il panico e la volontà di sopravvivere la spingevano ad addentrarsi nella foresta.

Un secondo sparo squarciò la notte.

Doveva allontanarsi il più possibile dal campo, ma il fitto fogliame primaverile sopra di lei impediva alla luce della luna di penetrare, mantenendo la foresta nell'oscurità più totale. Da che parte era arrivata?

Un terzo sparo rimbombò come una frusta, ma quando l'eco rimbalzò intorno a lei, non riuscì a capire da quale direzione fosse arrivato. Pregando di riuscire ad allontanarsi dagli spari, si servì del braccio buono per cominciare a farsi strada tastando il terreno, con le dita che si impigliavano tra tronchi e rami, mentre piccoli bastoni e steli scricchiolavano sotto i suoi piedi. Le vennero i crampi ai muscoli dei polpacci. Da quanto tempo stava correndo? Sembravano ore, ma non poteva essere così.

Lo schiocco di un ramo nelle vicinanze trafisse il ruggito del panico nella sua testa.

Si voltò di scatto, ma non riuscì a vedere alcunché nell'oscurità. Poi arrivò una voce, fredda e calma, il cui suono la attraversò come un coltello, paralizzandola.

«Pensavi davvero di poter scappare?»

«Ti prego.» mugolò lei. «Ti prego, non farlo.»

Sentì il cerchio duro della canna della pistola contro la base del cranio.

«Non mi lascerai mai più.»

UNO

Dal forno di Josie fuoriusciva un fumo denso e nero, che si disperdeva dai bordi dello sportello. Tossendo, premette il pulsante per spegnere il forno e sventolò un panno per disperdere il fumo. Dall'altra parte della stanza, l'allarme antincendio si mise a suonare.

«Oh merda.» disse Josie.

Abbandonando il forno, corse da una finestra all'altra per spalancarle e cercare di far uscire un po' di fumo. Sopra il frastuono dell'allarme, riuscì a sentire la voce di Noah: «Josie? Va tutto bene... ma che diavolo succede?»

Josie trascinò una delle sedie della cucina dall'altra parte della stanza e ci salì sopra per staccare l'allarme antincendio dalla parete. Quindi, lo sbatté contro il tavolo, tolse le batterie per metterlo a tacere e gettandolo da parte, rivolse a Noah un sorriso di imbarazzo.

«Ma che combini?» le chiese lui, sventolando una mano per togliersi un po' di fumo dagli occhi.

«Va tutto bene.» borbottò lei. «Non c'è nessun incendio.»

«Mi sembra che invece sia tutto il contrario...» le fece notare lui.

Josie tornò davanti al forno, infilò entrambi i guanti e si allungò nell'oscurità alla ricerca dei bordi della tortiera. Quello che tirò fuori fece fare a entrambi una smorfia.

«Cosa... cosa era quello?» chiese Noah.

Josie gettò il tutto nel lavello. «Doveva essere una torta al caffè e ai lamponi. A tua madre piacciono i lamponi, giusto?»

Il volto di Noah si contorse in uno sguardo che Josie interpretò un po' come di simpatia, un po' come di scoraggiamento e un po' come se stesse cercando di non ridere. «Ehm, sì, ma se volevi preparare qualcosa per il dessert, i brownies sarebbero andati benissimo. Oppure, magari, un ciambellone o qualcosa del genere.»

Josie indicò il bancone della cucina, dove giacevano altre tre teglie in un ammasso martoriato e annerito. «In quella c'erano i brownies. In quella c'era un ciambellone e nell'ultima c'era una Devil's food cake al cioccolato di una maledetta confezione di Betty Crocker, che sono riuscita comunque a bruciare.»

Noah si appoggiò alla porta della cucina e si coprì la bocca con la mano. Josie gli puntò contro un guanto da forno. «Non ti azzardare a ridere!»

Tra le dita disse: «Magari un dessert freddo? Gelatina? Qualcosa di semplice...»

«Ma dai i numeri? Non porterei mai della gelatina per una cena a casa di tua madre!»

«Compriamo qualcosa al market.» suggerì lui. «È più semplice.»

Non c'era alcuna possibilità che Josie portasse qualcosa di semplice a casa di Colette Fraley. La madre di Noah era una casalinga impeccabile. Tutto ciò che cucinava aveva un aspetto meraviglioso e un sapore ancora migliore. Il suo giardino era rigoglioso, colorato e perfettamente curato e trovava persino il tempo di cucire bellissime trapunte che donava ai bambini in affidamento. Se Pinterest era stato inventato, era per merito di

Colette. Le persone come Josie non possono reggere il confronto con le Colette Fraley del mondo.

Colette riusciva a malapena a sopportare Josie e questa era la prima volta che la incaricava di portare il dessert alla loro cena mensile. Josie aveva considerato la richiesta per quello che era: una sfida, e aveva intenzione di essere all'altezza della situazione. Beh, per quanto possibile. Se fosse riuscita a far passare per una sua creazione un dolce acquistato al market.

Josie si appoggiò con un fianco al bancone. «Non riuscirò mai a piacerle, vero? Anche se riuscissi a preparare un soufflé al cioccolato a occhi chiusi, non cambierebbe niente.»

Noah attraversò la stanza con due soli passi e la prese per le spalle. «Ti stai complicando troppo la vita. Sii te stessa. Si ricrederà.»

No che non si ricrederà, pensò Josie, ma non voleva discuterne di nuovo con Noah. Si frequentavano da un anno e in quel periodo Josie aveva capito che la persona più importante nella vita di Noah era sua madre. Era il più giovane di tre figli; suo fratello viveva in Arizona, dall'altra parte del paese, e sua sorella e suo marito vivevano a due ore di distanza. I genitori di Noah avevano divorziato quando lui era adolescente e, da quello che Josie aveva capito, nessuno dei figli Fraley si teneva in contatto con il padre.

Josie guardò l'orologio del microonde. «Immagino che dovremo comprarlo al market. Dobbiamo essere lì tra mezz'ora.»

«Le diremo che sei stata impegnata con il lavoro.» propose Noah. «E che non hai avuto il tempo di preparare il dolce.»

Josie scoppiò in una risata e si tolse i guanti da forno. «Per qualche motivo, dubito che questo potrà essere d'aiuto.» Parlare di lavoro con Colette non serviva ad altro che a ricordarle che qualche anno prima Josie aveva sparato al suo adorato figliolo durante un caso particolarmente delicato e complesso di ragazze scomparse. Sia Josie che Noah erano membri di alto livello del Dipartimento di Polizia di Denton e negli ultimi anni si erano occupati di casi talmente scioccanti e complessi da finire sulle cronache nazionali.

Noah iniziò a chiudere le finestre. «Basta che ti cambi.» le disse. «Andrà tutto bene.»

Venti minuti più tardi, Josie era seduta sul sedile del passeggero dell'auto di Noah, teneva in grembo una scatola di brownies comprati al market e si sentiva tutt'altro che bene mentre attraversavano le strade di Denton. La città comprendeva una superficie di circa venticinque miglia quadrate, molte delle quali si estendevano sulle montagne selvagge della Pennsylvania centrale, con le loro strade tortuose a una sola corsia, i fitti boschi e le residenze rurali sparse in lungo e in largo. La popolazione, che superava i trentamila abitanti, aumentava durante l'anno accademico della locale università. In quel periodo, un numero maggiore di reati teneva impegnato il Dipartimento di Polizia di Denton, dove entrambi lavoravano.

La prossima volta, si ripromise Josie, avrebbe preparato quella dannata torta al caffè e ai lamponi, a costo di mandare a fuoco tutta la dannata casa.

«Che strano...» osservò Noah mentre si accingeva a parcheggiare l'auto.

Gli occhi di Josie seguirono il suo sguardo fino alla porta di casa di Colette, che era spalancata. Non aveva una porta blindata, ma solo una spessa porta di legno che era stata verniciata di un allegro blu e decorata con una ghirlanda primaverile fatta a mano con ramoscelli di fiori finti gialli.

Josie lasciò la confezione di brownies sul sedile del passeggero e seguì Noah lungo il viale d'ingresso. Salirono insieme i tre gradini che portavano al pianerottolo di cemento, dove dei fiori in vaso incorniciavano la porta. «Mamma?» chiamò Noah.

Josie lo trattenne tenendolo per un braccio. «Aspetta.» disse, allungando l'altra mano per cercare la fondina a tracolla, ma scoprì che non l'aveva, perché quello era il suo giorno libero. «Dovremmo chiamare la centrale?»

Lui le sorrise incerto. «E per quale motivo?»

Josie indicò la porta aperta. «C'è qualcosa che non va.» sussurrò.

Noah si mise a ridere. «Cosa ti fa pensare che ci sia qualcosa che non va? La mamma ha lasciato la porta aperta. Ultimamente si dimentica le cose, ricordi?»

Josie se lo ricordava. Di recente Noah e sua sorella avevano parlato più volte, a bassa voce, dell'opportunità di farle fare un esame per l'Alzheimer o la demenza senile, anche se aveva appena sessant'anni.

Tuttavia, non riuscì a scacciare il senso di terrore che le si addensava alla bocca dello stomaco mentre lo seguiva, attraversando la porta che conduceva al soggiorno, anche questo arredato da Colette con tonalità di blu. Era tardo pomeriggio e la luce calante del sole attraversava la stanza, facendo brillare il parquet. Il piccolo cassetto del tavolino era aperto e gli oggetti che vi si trovavano dentro erano sparsi sul pavimento: un paio di occhiali da lettura di Colette, un pacchetto di fazzoletti, una penna e un blocco per appunti. Con un passo Josie si avvicinò al cassetto. All'interno vide che c'erano ancora alcuni oggetti. Forse Colette aveva cercato qualcosa?

«Mamma?» chiamò di nuovo Noah, avanzando verso l'interno della casa.

La sala da pranzo era buia e tranquilla. Josie si chiese se Colette si fosse dimenticata del loro arrivo. Di solito la tavola era già apparecchiata quando arrivavano per la cena. In effetti, in qualsiasi altra occasione, l'intera casa sarebbe già stata pervasa dall'odore della superba cucina di Colette.

«Noah...» disse. «Credo proprio che...»

Ma lui era già in cucina, a chiamare di nuovo la madre. Josie si mosse rapidamente dietro di lui. La lampada a soffitto illuminava l'ambiente, che era ordinato e pulito, ogni cosa al suo posto, tranne due cassetti che erano rimasti aperti, il loro contenuto sparso sul bancone: strofinacci, un apribottiglie, menù da asporto, una torcia, alcune candele e un accendino.

Josie appoggiò una mano sulla spalla di Noah, facendolo voltare verso la porta sul retro, anch'essa aperta, e toccandolo, percepì la sua urgenza di controllare il resto della casa. Mentre attraversavano la porta, Noah chiamò di nuovo: «Mamma?»

I loro piedi affondarono nell'erba rigogliosa mentre si fermavano a esaminare l'ampio giardino. Un'alta staccionata bianca, fiancheggiata da aiuole fiorite, ne segnava il perimetro e in un angolo si ergeva un piccolo capanno di legno. Josie fece un passo in direzione del patio al centro, affollato di pesanti mobili di metallo, e il suo sguardo percorse ogni centimetro del giardino. Con un sussulto, indicò qualcosa che spuntava da una delle aiuole nell'angolo più lontano. «Oh, mio Dio. Noah, quella è...»

Le parole le morirono in gola mentre attraversava di corsa il giardino, con Noah alle spalle.

Colette era sdraiata a pancia in giù con la parte superiore del corpo dentro l'aiuola e se non fosse stato per i piedi che sporgevano, Josie non avrebbe potuto vederla da lontano. Avvicinandosi, notò subito che indossava i guanti da giardinaggio e che nella terra, a meno di un metro da lei, c'era una piccola vanga.

«Mamma!» gridò Noah, con il panico che gli risuonava nella voce. Si mise in ginocchio e Josie fece altrettanto dietro di lui. Insieme, fecero rotolare Colette sulla schiena. Gli occhi erano chiusi e le guance e i vestiti erano sporchi di terra. Dal corpo di Colette il freddo penetrava nelle mani di Josie, mentre questa cercava freneticamente il battito sul collo della donna, senza però trovare niente.

Noah si era già appoggiato al petto della madre, tenendo una mano sopra l'altra con le dita intrecciate per iniziare il massaggio cardiaco, e mentre ne contava trenta, Josie inclinò il mento di Colette in modo da poterle aprirle la bocca e chiudere le narici.

«Ora!» la esortò Noah mentre smetteva di comprimere.

Josie chiuse la sua bocca su quella di Colette ed espirò dentro di lei, cercando di gonfiarle i polmoni. Qualcosa di fetido e granuloso si attaccò alle labbra di Josie e l'aria non entrò nel petto di Colette come avrebbe dovuto. Tossendo, si rimise a sedere e si pulì la bocca.

«Ma che fai? Cristo, Josie, non fermarti! Dobbiamo salvarla.» gridò Noah.

La spinse via e pose le sue labbra su quelle di Colette, ma dopo un respiro si staccò, tossendo e sputando da una parte.

«È terra.» disse Josie. «Oh Dio, Noah, è terra!»

Lo scostò e infilò un dito nella bocca di Colette, tirando fuori un piccolo grumo di terra marrone bagnata. Ripeté l'operazione tre o quattro volte, ma le vie respiratorie non si sbloccarono. Si sentì stringere il cuore nel petto. Accanto a lei, Noah era rimasto perfettamente immobile, con la bocca aperta per l'orrore. «Aiutami!» gridò Josie. «Aiutami a metterla su un fianco!»

Come se si muovesse al rallentatore, Noah si protese in avanti, afferrando e spingendo la spalla della madre, intanto che Josie la girava su un fianco e continuava a rovistare con le dita nella bocca di Colette, cercando di liberarla dal terriccio duro e compatto. Quando pensò di averne tolto la maggior parte, girò di nuovo Colette sulla schiena e cercò di soffiare aria nel suo petto. Le vie respiratorie di Colette erano completamente ostruite.

Da qualche parte, nel profondo della sua mente, Josie sapeva che Colette se n'era andata, ma non riusciva a sopportare l'espressione di puro terrore dipinta sul volto di Noah, per cui non si arrese. «Chiama il 911!» gli urlò, poi si riavvicinò al petto di Colette e ricominciò a farle il massaggio cardiaco. Lui non si mosse, teneva gli occhi fissi sul volto della madre.

Mentre Josie spingeva, il sudore colava dalla sua fronte cadendo dalla punta del naso sul corpo senza vita di Colette. «Ora, Noah. Vai! Chiama il 911!»

Josie continuò fino a quando non le fecero male le spalle e le braccia, fino a quando il suo viso non fu imbrattato dei residui di terra ancora presenti nella bocca di Colette, fino a quando tutto il suo corpo non fu impregnato di sudore, fino a quando i paramedici non arrivarono e la trascinarono via con delicatezza. Come se provenissero da molto lontano, li sentì gridare tra loro informazioni, prendendo il suo posto e, dopo alcuni minuti, sentì che uno di loro annunciava l'ora del decesso.

Poi sentì un lamento, basso, gutturale e straziante, provenire dalla gola di Noah.

DUE

Josie si sedette accanto a Noah sul divano di sua madre, appoggiandogli una mano sulla schiena perché lui stava rannicchiato su se stesso, con i gomiti sulle ginocchia e il viso tra le mani, singhiozzando a intermittenza e dondolandosi avanti e indietro. Mentre la squadra di raccolta delle prove entrava e usciva dalla casa, Josie cercò di farsi un'idea su cosa potesse essere successo. Aveva la sensazione di guardare se stessa da lontano. Non sembrava vero. Doveva essere successo a qualcun altro, sicuramente. Non a loro.

«Boss?» la chiamò l'agente Finn Mettner. Lei alzò lo sguardo e vide che li stava fissando. Da quanto tempo era lì?

«Sì...» rispose lei, con la voce che tremava. Si pulì la bocca con le dita, strofinando via la terra che sembrava non dovesse mai più venire via dalla sua pelle.

Mettner indicò con un gesto la porta. «Questa è una scena del crimine. Se non vi dispiace...»

Josie si alzò bruscamente. «Certo, certo. Noah?»

Lui non rispose. Josie gli passò una mano sotto un braccio e con delicatezza lo fece alzare, lo condusse fuori e lo fece sedere in macchina. «Torno subito.» gli disse.

Vicino alla porta d'ingresso, uno degli altri agenti della squadra di raccolta delle prove, Hummel, aveva delimitato il portico con un nastro giallo da scena del crimine. Stava davanti alla porta con la sua cartellina, pronto a registrare il nome di ogni persona che gli passasse accanto. Nel vialetto, il bagagliaio della sua autovettura era aperto. Josie vi si avvicinò e tirò fuori una tuta di Tyvek, che indossò lentamente, insieme alle sovrascarpe e a una calotta.

Sentì dei passi alle sue spalle e un attimo dopo Mettner apparve accanto al baule. «Ehi, Boss, siamo tutti molto dispiaciuti. È... difficile da credere.» Lanciò uno sguardo verso l'auto di Noah. «Come sta il tenente Fraley?»

Josie seguì la direzione dello sguardo di Mettner, Noah era seduto e guardava dritto davanti a sé con occhi vuoti e cerchiati di rosso. «Credo che sia parecchio sconvolto. Gretchen, cioè la detective Palmer, sta arrivando?»

Gretchen Palmer era un'altra detective della polizia di Denton. La sua presenza placida era in grado di rassicurare Josie e di calmare il suo cuore martellante nei momenti difficili. Donna di pura integrità, nonché una delle migliori investigatrici che Josie avesse mai conosciuto, Gretchen era stata recentemente messa in congedo amministrativo in seguito al suo coinvolgimento in un orribile omicidio avvenuto sulla soglia di casa sua, che aveva portato i segreti del suo passato sotto i severi riflettori del presente. Josie sapeva che, dopo quello che era successo, ci sarebbe voluto un miracolo perché Gretchen conservasse il suo lavoro. Ma sapeva anche che Gretchen aveva fatto ciò che era necessario fare per proteggere le persone che amava di più; quindi, Josie aveva usato tutta l'influenza che aveva a Denton e si era impegnata al massimo per assicurarsi che Gretchen tornasse in servizio ricoprendo una posizione di qualche tipo. Affrontando in più di un'occasione le opposizioni del capo della polizia e del sindaco della città, Josie aveva usato i suoi contatti con la stampa per conquistare il sostegno dell'opinione pubblica, esercitando una pressione tale sul capo da indurlo ad accettare il ritorno di Gretchen per un periodo di prova, iniziato una settimana addietro.

Mettner si accigliò. «La detective Palmer è ancora assegnata all'ufficio.»

«Ancora? Il capo è al corrente di quello che sta succedendo?»

Mettner annuì. «Sì, ne è al corrente.»

Josie agitò le mani in aria. «Beh, ho bisogno di lei, qui. È l'investigatrice più esperta che abbiamo e questo è chiaramente un omicidio.»

Mettner fece una smorfia e subito Josie si sentì in colpa: negli ultimi sei mesi il capo lo aveva preparato per il passaggio a detective, soprattutto dal momento che Gretchen non lavorava più sul campo. Era in servizio da sette anni, era meticoloso, efficiente e desideroso di imparare. Sebbene Josie e il capo Chitwood si trovassero raramente d'accordo su qualcosa, sapeva che Mettner meritava la possibilità di essere promosso. Sospirò. «Mett, mi dispiace. Non volevo... è solo che si tratta della madre di Noah, capisci? Gretchen ha lavorato alla Omicidi di Philadelphia per quindici anni.»

Mettner agitò una mano in aria. «Lo so.» disse. «Non c'è problema. So che è la più qualificata, Boss, lo capisco. Ma il capo Chitwood non ha intenzione di cambiare idea, quindi dovrete accontentarvi di me. Sono in grado di occuparmene, sa?»

«Lo so bene.» rispose Josie. «Facciamo una perlustrazione. Non mi sembra che io e Noah abbiamo toccato o spostato niente. Ci siamo seduti sul divano del soggiorno, ma tutto il resto è rimasto com'era quando siamo arrivati. Tranne il giardino, ovviamente. Abbiamo cercato di rianimarla, ma lei...» Josie si interruppe e si passò le dita sulle labbra un'ultima volta. «Aveva la bocca piena di terra.»

«Hummel è arrivato per primo. Ha detto che l'avete trovata

a faccia in giù nel giardino.» disse Mettner mentre si metteva la tuta.

«Sì, ma anche se avesse avuto un infarto o un ictus o un colpo apoplettico e fosse caduta, non si spiegherebbe la quantità di terra nella bocca. Era talmente compressa che ha ostruito le vie respiratorie. Mett, non è stato un incidente. Qualcuno l'ha uccisa.»

Colette era sempre stata gentile, dolce e corretta. Josie sentì il cuore scoppiare nel petto al pensiero che qualcuno l'avesse soffocata. Doveva essere spaventata a morte.

Mettner toccò delicatamente la spalla di Josie, accompagnandola dentro casa. «Ce ne occupiamo noi, d'accordo? Faccia un rapido sopralluogo, poi porti Fraley a casa sua. Noi altri daremo il massimo.»

Josie annuì, ingoiando il groppo in gola. Tornò all'auto da Noah per fargli sapere che sarebbe stata via solo pochi minuti, ma lui era ancora perso da qualche parte in profondità dove nessuno poteva raggiungerlo.

Hummel registrò Josie e Mettner, li fece entrare dalla porta d'ingresso e loro si avviarono verso il soggiorno. «Dobbiamo sapere cosa avete toccato o spostato prima di trovare la signora Fraley.» disse Mettner.

Mentre si spostavano lentamente e con attenzione da una stanza all'altra, Josie ripercorse i movimenti suoi e di Noah dal momento in cui erano arrivati, al ritrovamento di Colette morta in giardino. Fortunatamente, la squadra aveva già fotografato il corpo di Colette e qualcuno l'aveva coperto con un lenzuolo. Avrebbero aspettato che Noah se ne fosse andato prima di trasportarla all'obitorio. Josie gli raccontò tutto quello che era successo, mentre Mettner prendeva freneticamente appunti sul suo cellulare. Quando lei finì, lui le rivolse un sorriso imbarazzato. «Sono più veloce a scrivere col telefono che a mano. Inoltre, posso mandarmi questi appunti via e-mail così me li ritrovo già battuti.»

Josie sorrise. «Qualsiasi cosa vada bene per te, Mett. Ottima idea.»

Tornando al lavoro, chiese: «Quando è stata l'ultima volta che avete parlato con la signora Fraley?»

«Io non la sentivo dal mese scorso. Credo che Noah le abbia telefonato questa mattina. Posso chiederglielo.» rispose Josie.

«La signora Fraley viveva da sola?» chiese Mettner.

Josie annuì. «Posso contattare il fratello e la sorella maggiori di Noah e scoprire quando le hanno parlato l'ultima volta. Se potessi pensarci tu, dovresti mandare qualcuno a interrogare gli amici di Colette, i vicini di casa...»

Mettner alzò gli occhi dal telefono. «Sì, ho già mandato un agente a fare un sopralluogo.»

«Ottimo.» disse Josie.

Un'altra operatrice della squadra di raccolta delle prove si inginocchiò accanto al corpo di Colette. Era una nuova assunta che era arrivata a Denton con qualche anno di esperienza di lavoro in una squadra di una città poco più grande di Denton. «Agente Chan» la salutò Josie. «che cos'hai trovato?»

Chan alzò lo sguardo e fece un cenno a Josie e Mettner, mentre con le mani guantate setacciava il terriccio che Colette aveva dissestato poco prima di morire. Con il pollice e l'indice sollevò dal terreno un lungo oggetto fatto di perline. Josie si accovacciò per osservarlo. Indicò il crocifisso incrostato di terra che pendeva dall'estremità. «È un rosario?»

Chan toccò con le dita un'estremità sfilacciata dove la lunga catenella di perline si era spezzata. «Parte di un rosario, sì, credo di sì.»

Mettner si avvicinò, strizzando gli occhi, mentre Chan gli porgeva il rosario perché lo ispezionasse. «Sembra vecchio.»

«È piuttosto sporco. Potrebbe essere rimasto qui per molto tempo.» concordò Chan.

Mettner si rivolse a Josie. «Forse stava cercando di dissotterrarlo? So che il momento non è dei migliori, ma potrebbe chiedere a Noah anche di questo?»

«Certo.» disse Josie, osservando Chan che lo infilava in una busta come prova.

Mettner si schiarì la voce e Josie distolse lo sguardo dall'aiuola distrutta per incrociare il suo.

«Da qui in poi possiamo pensarci noi.» confermò lui. «Mi farò sentire quando ne sapremo di più. Perché non porta Noah a casa, per avvisare i suoi fratelli?»

«Certo.» disse Josie, ancora sconvolta. «Certo.»

# TRE

Noah non parlò durante il viaggio di ritorno a casa, né quando Josie lo sistemò sul divano. E anche quando lei gli chiese i numeri di telefono del fratello e della sorella, il massimo che riuscì a fare fu passarle il cellulare. Il fratello maggiore, Theo, rispose al terzo squillo. La conversazione fu dolorosa, ma Josie sapeva che Noah non era nelle condizioni di dirglielo di persona e lei riteneva che gli altri fratelli Fraley dovessero saperlo subito. Noah avrebbe avuto bisogno del loro sostegno al più presto. Theo promise di prendere il primo volo disponibile. Josie riattaccò e chiamò immediatamente la sorella di Noah, Laura. Seguirono altra sofferenza, altre lacrime e altre domande, ma Laura convenne di raggiungerli nel giro di poche ore.

«Devo chiamare vostro padre?» chiese a Noah. Senza guardarla, lui rispose: «Per quale motivo?»

«Oh, beh, lo so che i tuoi genitori sono divorziati, ma magari a lui farebbe piacere essere presente per te e per tuo fratello e tua sorella. Non credi che vorrebbe saperlo?»

«Non merita di saperlo perché non c'è più stato per noi dal giorno in cui è uscito da casa di mia madre.»

Nel suo tono c'era un'amarezza che Josie non gli aveva mai

sentito prima. Sapeva che il padre li aveva abbandonati da tempo, ma non sapeva molto di più e Noah non parlava mai di quel periodo; anzi, a pensarci bene, non parlava affatto di suo padre. Del resto, probabilmente, aveva ragione: se Lance Fraley non era stato partecipe della vita dei suoi figli, la sua presenza in quel momento non sarebbe stata di alcun conforto. Josie posò il cellulare di Noah sul tavolino e si accomodò accanto a lui, prendendogli una mano tra le sue. Sapeva che non c'era niente che potesse dire.

Quattro anni prima Josie aveva perso improvvisamente e violentemente sia il marito che il suo amato capo. Il dolore è straordinario e inevitabile, una grande onda che può travolgerti e trascinarti verso il fondo in qualsiasi momento. Non è un dolore che si possa lenire o attenuare, devi soltanto aggrapparti a quel briciolo di sanità mentale che ti rimane finché la corrente non ti risputa in acque più calme. Ma quel mare di dolore non ti abbandona mai veramente, rimane sempre sotto di te, pronto a trascinarti di nuovo sul fondo quando meno te lo aspetti. Non c'era niente che potesse fare per proteggerlo da quel dolore e sapeva per esperienza che c'era poco conforto che potesse offrire. Tutto ciò che poteva fare per lui era cercare di scoprire chi aveva ucciso sua madre e sbattere quella persona dietro le sbarre per sempre.

Dopo una pausa, gli chiese: «Noah, c'è qualche motivo per cui tua madre avrebbe dovuto sotterrare un rosario nel giardino?»

Noah girò la testa lentamente nella sua direzione. Il rossore che gli incorniciava gli occhi le fece stringere il cuore. «Cosa?» chiese.

«Mi dispiace. So che questo è un momento terribile per farti delle domande, ma la squadra di raccolta delle prove ha trovato un rosario sotterrato nel giardino di tua madre. Sembrava che lo stesse dissotterrando. Mettner voleva che ti chiedessi...»

«Mia madre è cattolica.» disse Noah, come se questo spiegasse tutto.

«È un'usanza cattolica quella di sotterrare il rosario?»

«Quando si rompe.» rispose. «Era stato benedetto. La mamma dice sempre che non vanno buttati via, così li interra insieme ai suoi fiori.»

«Ti viene in mente qualche motivo per cui lo avrebbe dovuto dissotterrare?» gli chiese Josie.

Noah si passò entrambe le mani sul viso. «È questo che pensi? Che fosse in giardino a dissotterrare vecchi rosari rotti?»

«Non lo so.» disse Josie. «Non so cosa pensare. Magari stava solo facendo giardinaggio e li ha dissotterrati per sbaglio.»

«Sì, è possibile, suppongo.»

«Noah, so che hai detto che tua madre ha avuto dei problemi con la memoria ultimamente, ma quanto stavano peggiorando le cose, esattamente?»

«Non... non era...» balbettò lui.

Lei gli toccò il braccio. «Mi dispiace. Non importa. Possiamo parlarne in un altro momento. Quando è stata l'ultima volta che hai parlato con lei?»

«Questa mattina.» disse. «Lo sai bene. Ti avevo detto di averla chiamata per confermare la cena.»

«Pensi che stesse facendo giardinaggio perché si era dimenticata della cena?»

I suoi occhi si ridussero a due fessure. «Perché mi stai interrogando?» chiese. «Perché lo stai trattando come un caso?»

«Perché è un caso.» disse Josie, mantenendo un tono neutro e gentile. «Noah... tua madre è stata uccisa.»

«Non sappiamo se qualcuno l'ha uccisa. Potrebbe aver avuto un infarto o un aneurisma ed essere caduta in mezzo all'aiuola. Quando l'abbiamo trovata era... era...»

La voce gli si spezzò e guardò da un'altra parte mentre nuove lacrime scorrevano sul suo viso.

«Noah...» continuò Josie. «So che sei sotto shock in questo

momento. So cosa si prova. Ma le vie respiratorie di tua madre non si sarebbero potute intasare con tutta quella terra se fosse semplicemente caduta a faccia in giù nell'aiuola. Qualcuno...» non disse altro. Non riusciva a dire quelle parole. Era troppo crudele, soprattutto considerando le condizioni in cui si trovava Noah.

«Nessuno avrebbe voluto fare del male a mia madre.» le rispose. «Non conosciamo nemmeno i risultati dell'autopsia. Non si può sapere se si tratta di un omicidio.»

«Qualcuno stava cercando qualcosa in casa sua, Noah.» ribatté Josie. «Hai visto i cassetti in salotto e in cucina.»

«Probabilmente era lei che stava cercando qualcosa.»

«E ha lasciato la casa in disordine e ha deciso di uscire a fare giardinaggio?» gli chiese Josie. «Noah, la casa di tua madre è sempre stata immacolata.»

Sospirò. «Non di recente. Vuoi sapere quanto stava peggiorando?» le chiese, asciugandosi una lacrima che gli scendeva sulla guancia. «Il mese scorso ero da lei e si era dimenticata chi ero. Mi parlava come fossi mio padre. Loro discutevano sempre di quanti soldi lui spendesse per cose che non servivano. Aveva iniziato a rimproverarmi di aver comprato un videoregistratore da duecento dollari. Un videoregistratore!»

«Non ne avevo idea, Noah. Mi dispiace. Tutte le volte che l'ho vista, sembrava stesse bene.»

«Per la maggior parte del tempo era così. Questi... episodi stavano diventando sempre più frequenti. Per questo io e Laura avevamo discusso di portarla da un neurologo, ma non ci siamo mai riusciti e adesso...»

Rimase a metà del discorso, si piegò in avanti, con i gomiti sulle ginocchia e il viso nuovamente tra le mani, ma Josie sentì le parole che non aveva pronunciato. *Adesso è troppo tardi.*

Josie gli accarezzò la schiena. «Non sai quanto mi dispiace, Noah. Mi dispiace tantissimo.»

QUATTRO

Laura Fraley-Hall arrivò come un tornado qualche ora più tardi, irrompendo dalla porta principale senza bussare, gettando la borsa e la giacca sul pavimento mentre si spostava dall'ingresso al divano in salotto dove Noah era ancora seduto. Laura aveva tre anni più di lui, stessi folti capelli castani, che le scendevano a onde lungo la schiena, e stessi occhi color nocciola. Era però più bassa di Noah e il suo viso era più rotondo e dai lineamenti più morbidi. Indossava un tubino blu navy attillato con un foulard colorato avvolto intorno al collo, appena sopra il pancione prominente, che si tenne con una mano mentre si accasciava sul divano accanto a Noah e circondava con le braccia le spalle del fratello in un abbraccio che lo strappava a Josie.

«Non riesco a crederci.» sussurrò.

Noah uscì dal suo torpore abbastanza a lungo da ricambiare l'abbraccio, mentre le sue lacrime tornavano a mescolarsi con quelle della sorella. Josie si alzò dal divano e, per lasciarli soli, andò in cucina, dove si tenne occupata a preparare la caffettiera.

Controllò il frigorifero per vedere se c'era qualcosa da mangiare da offrire a Laura, ma poi pensò che avrebbe avuto tanto appetito quanto ne avevano lei e Noah, così aspettò che i singhiozzi cessassero e che riuscisse a sentire le loro voci prima di tornare in salotto. Si fermò sulla porta e rimase a guardare i due fratelli per un momento.

«Dov'è Grady?» domandò Noah a Laura.

«Sarà qui tra un'ora o due. Sta preparando le valigie. Quando Josie mi ha telefonato, ero a un evento di lavoro; sono salita subito in macchina e ho guidato fin qui.»

Josie sapeva che negli ultimi anni Laura era stata promossa a vicepresidente della Sutton Stone Enterprises, dove Colette aveva lavorato per oltre quarant'anni come segretaria e assistente del proprietario e amministratore delegato. Iniziata come una piccola attività familiare in una cava nelle vicinanze, dove si estraevano pietra blu, calcare e altri tipi di pietre, l'azienda era cresciuta fino a diventare una fiorente impresa multimilionaria. In quel momento aveva un proprio ramo edile, una divisione autotrasporti e cave in tutto lo Stato dedicate alla produzione di aggregati per asfalto, cemento, sabbia e ghiaia. All'inizio dell'anno, Colette si era vantata del fatto che Laura fosse stata incaricata di rendere operativo il sito di Bethlehem. Laura e Grady erano stati definiti la "coppia di potere" della famiglia, con Laura che aveva scalato i ranghi della Sutton Stone Enterprises e Grady che gestiva una redditizia attività contabile che gli consentiva di lavorare da casa per la maggior parte del tempo.

Laura si portò la mano alla fronte. «Oh, santo cielo. Sono sicura che Mr. Sutton vorrà che sia io a dargli la notizia, e non qualcun altro...»

«Mr. Sutton... il tuo capo?» chiese Josie, ma Laura la ignorò.

«Sicuramente.» disse Noah. «Adorava la mamma. Puoi... puoi chiamarlo?»

Laura accarezzò il ginocchio di Noah. «Certo.»

Josie provò un'altra forte fitta di tristezza per Noah e i suoi fratelli: ritenevano che il vecchio capo di Colette fosse più degno di ricevere la notizia della morte prematura della madre che del padre dei suoi figli. Dentro di sé, si rimproverò per non aver saputo prima tutta la storia del padre di Noah. Noah conosceva tutti i suoi segreti; e lei, invece, cosa sapeva davvero di lui? Cosa poteva offrirgli in un momento di crisi come questo? Lui era sempre stato la sua roccia, l'aveva sostenuta e guidata attraverso la terrificante oscurità in cui la vita l'aveva fatta precipitare più volte. Cosa poteva offrirgli in cambio?

«Perché non vai di sopra a darti una rinfrescata?» disse Laura a Noah con dolcezza. «Togliti questi vestiti. Fatti una doccia. Magari sdraiati.»

Josie gli aveva dato gli stessi consigli a più riprese prima dell'arrivo di Laura, ma questa volta Noah si rassegnò, si alzò in piedi e salì le scale lentamente, con le spalle abbassate. Josie e Laura rimasero in ascolto per qualche istante dei suoi movimenti al piano di sopra e quando sentirono che si stava facendo la doccia, Josie disse: «Noah ha detto che non c'è bisogno di avvisare vostro padre.»

Laura rise amaramente. «No, suppongo che non ce ne sia bisogno, ma glielo farò sapere lo stesso. Non gli importerà abbastanza da venire al funerale, ma gli manderò comunque un messaggio. La mamma avrebbe voluto che glielo dicessimo.»

«Probabilmente dovremo parlargli, prima o poi.» disse Josie. «Almeno per escludere qualsiasi coinvolgimento.»

«Coinvolgimento? Non farmi ridere.» le disse Laura. «Va bene. Ti mando il suo numero di telefono. Fai quello che devi fare. Josie, la polizia ha idea di chi sia stato a fare questo a mia madre? Voglio la verità.»

Josie scosse la testa. «No, mi dispiace. Non ancora. Ma la nostra squadra ci sta lavorando proprio in questo momento. Laura, ho bisogno di sapere se c'è qualcuno con cui tua madre ha avuto problemi. Un amico o un vicino? Anche un fidanzato?»

Laura ridacchiò, anche se le lacrime le colavano dagli occhi. «Non aveva un fidanzato. È uscita con qualcuno un paio di volte dopo che mio padre se n'è andato, ma ha sempre detto di non volersi risposare. Quindi no, non aveva un fidanzato. Sono sicura che il mio fratellino ti abbia detto che era benvoluta da molte persone. Era molto coinvolta nelle attività della sua parrocchia e si preoccupava dei suoi vicini di casa.»

«Sì...» rispose Josie. «So che si impegnava molto per aiutare i bambini in affidamento nel quartiere, e Noah ha detto che spesso organizzava collette alimentari se qualcuno nel vicinato aveva dei problemi. Laura, so che tipo di persona era tua madre, il che rende ancora più sconcertante che qualcuno abbia voluto farle del male.»

«Non c'è nessuno che avrebbe voluto farle del male.» riprese Laura, con la voce roca per il pianto, con parole che erano un'eco di quelle che Noah aveva usato in precedenza.

«Potrebbe essere stata un'aggressione casuale.» ammise Josie. «Dallo stato della casa sembra che qualcuno stesse cercando qualcosa. Sai quali oggetti di valore custodiva? Se mi dici che c'è qualcosa che avrebbero potuto prendere, posso chiedere alla mia squadra di confermare se quegli oggetti ci sono ancora o meno.»

Laura prese un fazzoletto dalla scatola su uno dei tavolini del salotto e si soffiò il naso. «Non teneva molto denaro in casa, quindi non si è trattato di un furto. Aveva alcuni anelli e collane che le aveva lasciato nostra nonna. Quando io e Grady ci siamo fidanzati, lei gli ha dato l'anello che le aveva regalato mio padre, e Grady ha fatto rimuovere le pietre e ne ha fatto uno nuovo.» Laura alzò una mano verso Josie e fece balenare una spessa fascia di diamanti scintillanti. «Grady pensava che la proposta di matrimonio con l'anello di mia madre portasse sfortuna, visto che i miei genitori avevano divorziato, ma capì il significato del gesto: mia madre stava cercando di tramandare qualcosa che per lei era prezioso e che aveva un valore affettivo.»

«È bellissimo.» disse Josie. Aspettò un attimo e proseguì.

«C'è nient'altro che ti viene in mente? Qualcosa che potrebbero aver rubato o anche solo cercato?»

Laura scosse la testa. «No, non mi sembra. Certamente niente per cui valga la pena uccidere.»

Ma Josie sapeva che per alcuni criminali la questione non riguardava cose per cui valeva la pena uccidere: alcuni uccidevano con la stessa facilità con cui respiravano. D'altra parte, se Colette si trovava in giardino, qualcuno avrebbe potuto tranquillamente rovistare da cima a fondo la casa senza che lei si accorgesse della sua presenza. Allora perché uscire e aggredirla? Perché ucciderla in modo così crudele e brutale? Josie pensò ai furti con scasso che si erano trasformati in omicidio di cui si era occupata nella sua carriera. Gli aggressori portavano quasi sempre delle pistole, e se non ricorrevano alle armi, c'erano quasi sempre segni di una colluttazione prolungata e molte volte le vittime venivano immobilizzate in qualche modo. Colette Fraley aveva l'aspetto di una persona che stava semplicemente zappando nel suo giardino e che era morta per cause naturali, se non fosse stato per il terriccio nelle vie respiratorie. Josie aveva visto molte scene del crimine e questa era sorprendentemente insolita. Doveva esserci qualcosa di più. Così, Josie raccontò a Laura del rosario e lei disse la stessa cosa che aveva detto Noah: la madre aveva sotterrato i suoi rosari rotti nel giardino fin da quando erano bambini, sia nella casa in cui erano cresciuti, sia nella casa più piccola che aveva comprato dopo il divorzio, dove aveva vissuto fino a quando non era stata uccisa.

«E quella è l'unica cosa che ha sotterrato in giardino?» chiese Josie.

Gli occhi di Laura si strinsero. «Dove vuoi arrivare?»

«Non voglio "arrivare" da nessuna parte.» disse Josie. «Sto solamente cercando di ricostruire quello che è successo a vostra madre. Se riusciamo a capire se il crimine è stato commesso per motivi personali o casuali, possiamo restringere la cerchia dei sospettati.»

«La polizia di Denton non ha altri detective che possano lavorare su questo caso?» chiese Laura con tono deciso.

«Certo.» rispose Josie. «Ma siamo un po' a corto in questo periodo. Una delle nostre migliori detective è fuori servizio per il momento, ma abbiamo un altro agente, Finn Mettner, che ci aiuterà con le indagini. Probabilmente lavorerà tutta la notte.»

«Bene.» disse Laura, con uno sguardo penetrante. «Accetta un consiglio. La cosa migliore che puoi fare in questo momento è essere presente per Noah.»

Josie si sentì avvampare per l'imbarazzo della sua insinuazione. Non era lì per Noah proprio in quel momento? Non era forse lei l'unica persona, oltre a Colette, nella sua vita da anni ormai? Da quando si frequentavano, aveva visto i suoi fratelli solo a Natale. Era stata lei a cercare di ridare vita ai polmoni di Colette, anche dopo aver capito che l'impresa era praticamente impossibile. Tuttavia, Josie non disse nulla. L'ultima cosa di cui lei e Noah avevano bisogno era un battibecco con Laura, non mentre i figli dei Fraley stavano soffrendo per la perdita della loro amata madre.

«Vado a vedere come sta.» disse Josie e salì al piano di sopra.

# CINQUE

Josie e Laura passarono buona parte della serata a fare telefonate per avvisare amici e familiari della morte di Colette, e prima che arrivasse Grady, Josie tornò al piano di sopra per controllare Noah. Fu grata di trovarlo addormentato. Si mise il pigiama e si infilò nel letto accanto a lui, ma passò dal sonno alla veglia più volte, perché Noah dormiva in modo discontinuo e la svegliava ogni poche ore alzandosi dal letto, facendo due passi in giro per la stanza, e ogni volta, con gli occhi annebbiati, lei lo richiamava a letto e lo stringeva a sé finché non si riaddormentava. Josie conosceva fin troppo bene l'orrore che si prova quando ci si sveglia di notte e ci si rende conto che il proprio mondo è andato in frantumi.

Alcune volte, durante la notte, Josie sentì Laura e suo marito parlare nella stanza degli ospiti in fondo al corridoio: parlavano con voci soffocate e parole indistinte. Poi, quando la luce filtrò dalle persiane nelle prime ore del mattino, sentì le scale scricchiolare mentre Laura e Grady scendevano in cucina, seguite da un lieve rumore di piatti che tintinnavano, e poco dopo, il profumo della colazione si diffuse fino al piano di sopra e sotto la porta della camera di Noah, facendole brontolare lo stomaco.

«Hai fame.» sentì la voce ovattata di Noah da sotto il cuscino.

«Sì, anche se non ho molta voglia di mangiare.» disse Josie. «Però abbiamo entrambi bisogno di mangiare qualcosa.»

Si vestirono e scesero in cucina, dove Grady stava cucinando uova e toast per un numero di persone sicuramente maggiore di loro. Laura era seduta a tavola, con lo sguardo perso nel vuoto e un bicchiere pieno di succo d'arancia intatto davanti a lei.

Grady rivolse loro un sorriso sofferto quando entrarono. Josie lo aveva incontrato soltanto una volta e lo aveva trovato abbastanza gentile; era stato molto premuroso nei confronti della moglie. Aveva circa quarant'anni, era alto, con lunghi capelli neri e occhi scuri, ma era più magro di quanto lei ricordasse. Spense i fornelli quando entrarono e si avvicinò per salutare Noah, avvolgendolo in un forte abbraccio e battendogli una mano sulla schiena. «Mi dispiace tanto.» disse. «È così... non riesco a crederci. Nessuno di noi due riesce a capacitarsi di questa situazione. Proprio ora che stavamo per darle il suo primo nipotino...»

«Ti prego, smettila.» gracchiò Laura. «Abbi pazienza, ma non parlarne. Non riesco a sopportarlo.»

Guardando la moglie, Grady disse: «Scusami, Laura. Non volevo turbarti ulteriormente. Siamo tutti sconvolti.» Allora si rivolse a Josie. «Sapete chi è stato?»

«La nostra squadra ci sta lavorando.» gli disse Josie. «Oggi mi metterò in contatto con l'agente Mettner per vedere se hanno altre informazioni.»

Noah si sedette al tavolo di fronte alla sorella, che disse: «Dovremo iniziare a organizzare il funerale. Ho mandato un messaggio a Theo. Sarà qui tra un'ora.»

Ma lo sguardo di Noah era rivolto a Josie. «Mett?» chiese. «Non dovrebbe occuparsi Gretchen del caso della mamma?»

«Il capo non le permetterà di staccarsi dalla scrivania.» disse Josie. «Nemmeno per questo.»

Noah emise dalla gola un suono di disgusto.

«Mettner è bravo.» provò a dire Josie.

«Non quanto Gretchen. Non quanto te. Non ha l'esperienza...»

Laura lo interruppe. «Hai sentito quello che ho detto, Noah? Dobbiamo organizzare il funerale della mamma.»

Lui la guardò ma non rispose.

Grady tornò ai fornelli e sbatté altre due uova nella padella. Sicura di avere la piena attenzione di Noah, Laura sorrise e si rivolse a Grady: «Tesoro, direi che c'è da mangiare a sufficienza.»

Grady le restituì il sorriso e Josie vide le lacrime brillare nei suoi occhi.

«Scusatemi.» disse. «Mi piace tenermi occupato. Mi fa sentire utile.»

«Mi sento esattamente allo stesso modo.» affermò Josie mentre si avvicinava al bancone per preparare i piatti per lei e Noah. «È meraviglioso.» disse a Grady. «Grazie per questa meravigliosa colazione.»

Mangiarono in silenzio, i fratelli Fraley si muovevano al rallentatore, con lo sguardo assente. Fu quasi un sollievo quando il cellulare di Josie vibrò nella sua tasca.

«Chi è?» chiese Noah.

«Un messaggio di Mettner. Dice che la dottoressa Feist ha dato la priorità all'autopsia.»

«Che cosa è emerso?» chiese Laura.

«Non lo dice, dovrò chiamarlo.»

«Vai.» disse Noah. «So che vuoi farlo.»

Josie rimase a bocca aperta. Non l'aveva detto con cattiveria, ma l'aveva detto. «Non voglio andare.» rispose lei. «Voglio restare con te. Te l'ho detto, Mettner è bravo. Penso che sia in grado di gestire la situazione.» Noah aprì la bocca per ribattere, ma Laura gli parlò sopra.

«In realtà, Josie, apprezzeremmo che tu scoprissi tutto quello che puoi. Dopo l'arrivo di Theo, in giornata noi dovremo andare insieme alle pompe funebri per prendere accordi. Forse puoi parlare con l'altro agente e con il medico legale e scoprire quando nostra madre ci verrà restituita. Sarebbe molto utile.»

Josie incrociò lo sguardo di Noah. «Solo se per te va bene.» gli disse.

Noah si passò una mano sugli occhi e sospirò. «Va bene. Davvero. Vai a vedere cosa ha scoperto Mettner. Probabilmente vorrà che Theo, Laura e Grady vadano a depositare le impronte digitali, in modo da poter eliminare le loro da quelle trovate in casa.»

«Certo.» disse Josie. «Seguirà la procedura.» O, se non l'avesse fatto, lei si sarebbe assicurata che lo facesse. Quella era la sua prima indagine su un omicidio.

«E uno di noi dovrà fare un sopralluogo per vedere se manca qualcosa. Posso farlo io più tardi, o anche Laura.»

«Sei sicura che sia una buona idea?» chiese Grady, rivolgendosi alla moglie. «Sono già preoccupato per lo stress che ti sta causando questo con il bambino. Non so se visitare il luogo in cui tua madre è stata...»

Laura mise una mano sulla sua. «Non c'è problema. Non sono obbligata a farlo. Noah ha già detto che può occuparsene.»

Noah rivolse a Josie un sorriso malinconico. «Chiamami più tardi, d'accordo?»

SEI

L'obitorio comunale di Denton si trovava nel seminterrato del Denton Memorial Hospital, un vecchio edificio in mattoni che torreggiava su una collina da cui si poteva ammirare gran parte della città. Si trattava di una serie di stanze presiedute dal medico legale, la dottoressa Anya Feist, piuttosto tetre e prive di finestre, pervase da un odore persistente di decomposizione a metà tra il chimico e il biologico. Nel corso degli anni Josie ci aveva fatto l'abitudine e appena entrò nell'ampio laboratorio si rese conto che Mettner aveva ancora molta strada da fare: quando si trovò accanto alla dottoressa Feist, davanti a uno dei tavoli, con le cartelle cliniche distese tra di loro, Mettner era verde in faccia.

Sul lato opposto della stanza, il corpo di Colette giaceva coperto, ma i capelli brizzolati spuntavano da una delle estremità del lenzuolo. Josie si sentì attraversare da un brivido: era ancora così difficile credere a quello che era accaduto. Sentì un colpo al cuore per Noah. Aveva sempre invidiato la sua infanzia normale ed era stata grata, ma un po' gelosa, del fatto che lui avesse avuto una madre così gentile e affettuosa.

«Non mi aspettavo di vederla qui, oggi.» disse la dottoressa

Feist quando vide Josie, e poi, offrendole un sorriso comprensivo, aggiunse: «La prego di porgere a Noah le mie condoglianze.»

«Boss, non era obbligata a venire.» aggiunse Mettner. «Potevo tenerla io al corrente dello stato delle indagini.»

Josie infilò le mani nelle tasche dei jeans, dicendo: «Noah ha voluto che venissi. La famiglia ha bisogno di sapere cosa è successo.»

La dottoressa Feist aggrottò le sopracciglia, poi, con riluttanza, girò una pagina della cartella che aveva davanti. «Non so come dirvelo, ma Mrs. Fraley è stata sicuramente uccisa. Per asfissia. Inspirando, ha aspirato della terra.»

Josie deglutì per il groppo che le si era formato in gola. «Intende dire che è soffocata?»

La dottoressa Feist posò il foglio sul tavolo e si avvicinò a Josie, guardandola con compassione. «Josie, è sicura di volerlo sapere?»

«Devo.» gracchiò Josie.

La dottoressa si diresse verso Mettner. «Sono sicura che Mett può farcela. Mi ha detto che questo è il suo primo omicidio, ma bisogna pur cominciare da qualche parte. Magari potrebbe aggiornarla sui dettagli più tardi? Dopo che si sarà preso un po' di tempo. Possiamo consegnare il corpo alla famiglia domani. Poi, forse, dopo il funerale, se vorrà ancora conoscere i dettagli, l'agente Mettner potrà aggiornarla.»

Josie sentì le lacrime pungerle il fondo degli occhi mentre il suo sguardo tornava al piccolo corpo di Colette avvolto tra i lenzuoli. Josie non voleva conoscere i dettagli intimi e raccapriccianti del suo omicidio, ma doveva andare avanti per Noah. Mettner era un ottimo agente e Josie non aveva dubbi che un giorno sarebbe diventato uno dei migliori detective che la polizia di Denton avesse mai avuto, ma non poteva affidare un'indagine così personale soltanto a lui. Quando Noah si fosse preso il tempo necessario per elaborare il lutto e il dolore, avrebbe avuto bisogno di giustizia e di chiudere la questione. Josie lo sapeva per esperienza personale quando aveva perso i suoi cari a causa di crimini violenti. Sapeva anche quanto fossero cruciali le prime fasi di un'indagine per omicidio. Doveva assicurarsi che tutto fosse fatto secondo la procedura, che nessun dettaglio fosse lasciato in sospeso e che Mettner esaminasse ogni possibile pista investigativa.

Josie sbatté le palpebre per ricacciare indietro le lacrime e disse: «Sto bene. La prego, mi dica soltanto cos'ha scoperto.»

Con un sospiro, la Feist continuò: «Dico "aspirare" perché ho trovato del particolato - piccole quantità di terra - nei suoi polmoni. L'ha inalato. Ma per rispondere alla sua domanda, sì, è soffocata. Le vie respiratorie erano completamente ostruite. E ci sono piccole petecchie nella congiuntiva degli occhi.»

Mettner tirò fuori il telefono e lo scorse fino a visualizzare l'applicazione per prendere appunti. «Petecchie?» le fece eco.

«Emorragie petecchiali.» rispose Josie. «Si presentano come piccole macchie rosse negli occhi e talvolta sulla pelle. In alcuni casi sono visibili solo con un microscopio e in altri raggiungono la grandezza di un paio di millimetri. Si verificano quando il corpo viene privato dell'ossigeno. Si hanno delle perdite o delle rotture dei minuscoli capillari negli occhi a causa della pressione esercitata sulle vene della testa.»

«Esattamente.» confermò la dottoressa Feist, annuendo in segno di approvazione mentre Josie parlava. «Sono indicatori di morte per asfissia. A volte per impiccagione o strangolamento, ma in questo caso è abbastanza chiaro come sia stata asfissiata.»

Mettner picchiettò con un dito sulla pagina che la dottoressa Feist aveva girato. «C'erano alcuni segni sulle braccia di Mrs. Fraley, abrasioni e lacerazioni, che crediamo siano da difesa. Nessun segno di violenza sessuale.»

La dottoressa aggiunse: «Il suo cervello mostrava...» e si interruppe, voltandosi verso il corpo di Colette e spostando il peso da un piede all'altro. Josie immaginava che non fosse abituata a discutere gli aspetti clinici dei suoi esami con persone così intimamente legate alle vittime.

«Non c'è problema. Noah e sua sorella sospettavano che avesse una forma di demenza. È questo che ha scoperto?» chiese Josie, invitandola ad andare avanti e la Feist annuì. Fece cenno a Josie di avvicinarsi a un angolo della stanza dove un lungo bancone di acciaio inossidabile sporgeva dalla parete. Al centro era posizionato un microscopio con accanto diversi vetrini. La dottoressa Feist si chinò a esaminare i vetrini, tutti con il nome di Colette, prima di inserirne uno sotto la lente. Diede una rapida occhiata e poi fece cenno a Josie di fare lo stesso. A Josie sembrò che il piccolo quadrato che stava guardando fosse stato scarabocchiato da un bambino con un pastello color fucsia: sul vetrino erano sparsi punti viola irregolari e al centro c'era una grande macchia scura, quasi marrone, con un altro punto viola al suo interno, molto più grande degli altri. «Che cosa sto guardando?» chiese.

La dottoressa Feist disse: «Ho prelevato diversi campioni dal cervello di Mrs. Fraley. Questo è un campione prelevato dalla regione interna del lobo temporale. Per la precisione è una cellula piramidale dell'area CA1 dell'ippocampo.»

Josie alzò lo sguardo. Alle loro spalle, Mettner disse: «L'ippocampo è responsabile della memoria.»

«Sostanzialmente, sì.» confermò la Feist.

Josie indicò il microscopio. «Quindi, questo campione proviene dall'ippocampo di Colette.»

«Esatto. La grande massa sferica che si vede al centro...»

«Quella con il punto viola al suo interno?» domandò Josie.

La dottoressa sorrise.

«Non sia troppo tecnica.» chiese Josie.

«Molto bene.» disse la dottoressa Feist. «Sì, quel punto viola è la traccia di un corpo di Lewy.»

I pollici di Mettner si fermarono. Alzò lo sguardo dal telefono. «Un corpo di cosa?»

La Feist gli fece cenno di avvicinarsi. Mettner posò il telefono sul bancone e guardò nel microscopio mentre la dottoressa Feist gli spiegava. «La spiegazione semplificata è che un corpo di Lewy è una massa anomala di proteine che si sviluppa all'interno delle cellule nervose. Questi depositi di proteine influenzano le sostanze chimiche nel cervello e questo porta a problemi di cognizione, movimento, percezione, comportamento...»

Colette quindi aveva momenti di smarrimento. Josie pensò a ciò che Noah le aveva raccontato sul fatto che Colette lo aveva scambiato per suo padre: non solo lo aveva scambiato, ma era tornata indietro con la mente al tempo in cui era sposata con lui. La tristezza la inghiottì. Una donna gentile come Colette meritava di meglio. Non meritava di perdere le sue facoltà proprio quando stava per nascere il suo primo nipotino. Eppure, se fosse stata ancora viva, avrebbero potuto aiutarla con terapie o farmaci in grado di migliorare la qualità della sua vita o forse di prolungare i suoi periodi di lucidità. Adesso non lo avrebbero mai scoperto.

«Josie?» chiamò la dottoressa Feist.

Mettner si era allontanato dal microscopio e aveva ripreso in mano il telefono e spostava lo sguardo dall'una all'altra, in attesa di altre informazioni da aggiungere ai suoi appunti.

Josie si scrollò di dosso la tristezza. «Sto bene. Quindi di cosa soffriva? Demenza? Alzheimer?»

«Beh, la demenza a corpi di Lewy è una forma comune di demenza. Con l'Alzheimer, mi aspetterei anche di vedere placche amiloidi e grovigli neurofibrillari nel cervello, perciò direi che potrebbe trattarsi di demenza a corpi di Lewy.»

«Potrebbe?»

«Beh, l'altra diagnosi associata al riscontro di corpi di Lewy è il Parkinson. Mrs. Fraley aveva qualche sintomo fisiologico evidente? Equilibrio o coordinazione limitati? Tremori agli arti? Rigidità degli arti o del tronco?»

Josie scosse la testa. «No, non mi sembra. Noah non ne ha mai parlato e io non l'ho mai vista in difficoltà motorie.»

«Ma lei ha detto che i figli di Mrs. Fraley erano preoccupati per una possibile demenza.» disse la dottoressa Feist.

Di nuovo, Josie accantonò mentalmente l'emozione che rischiava di prendere il sopravvento. Senza volerlo, i suoi occhi tornarono a posarsi sul corpo avvolto di Colette. Cercò di parlare, ma la voce le uscì come un rantolo. Schiarendosi la gola, riprovò: «Ehm, sì, aveva... problemi cognitivi. Problemi di memoria.»

La dottoressa Feist annuì. Si mise davanti a Josie, impedendole di vedere il corpo di Colette. Le sue dita eleganti sfiorarono il braccio di Josie. «Allora, dovrei fare un colloquio approfondito con la famiglia per esserne assolutamente certa, ma la mia diagnosi iniziale propenderebbe per la demenza a corpi di Lewy. Anche se non sono sicura che sia davvero rilevante in questo momento.»

I pollici di Mettner smisero di prendere appunti. «Non è rilevante?»

«Beh, no.» disse la Feist. «La scoperta della demenza è davvero incidentale. Non ha niente a che vedere con la sua morte e non vi ha contribuito affatto, a meno che, naturalmente, non fosse in stato confusionale quando è entrata in contatto con l'assassino.»

«Cioè, potrebbe aver scambiato l'assassino per qualcuno che conosceva, di cui si fidava?» chiese Josie. «Perché se fosse stata lucida, non lo avrebbe fatto entrare in casa sua...»

La dottoressa Feist scrollò le spalle. «Può darsi. Ma non ha molta importanza. Come ho detto, la causa della morte è l'asfissia; la modalità della morte è l'omicidio. Avete sicuramente un omicidio tra le mani. Mi dispiace molto, Josie.»

# SETTE

Mettner e Josie si recarono a casa di Colette a bordo delle rispettive automobili. Il nastro della scena del crimine era già stato tolto: doveva averlo fatto qualcuno della squadra, per rispetto nei confronti di Noah, sapendo che ci sarebbe dovuto tornare. Parcheggiate le auto, si incamminarono insieme lungo il viale d'ingresso.

«Hai saputo qualcosa dai vicini?» chiese Josie.

«Niente.» disse Mettner, estraendo una chiave dalla tasca mentre raggiungevano la porta d'ingresso. La aprì e le cedette il passo. All'interno c'era una strana immobilità che fece accapponare la pelle a Josie. «Non c'è niente di strano. Da ieri l'auto di Colette è rimasta nel vialetto per tutto il giorno. Nessuno ha notato visitatori o estranei nella zona. L'unica telefonata che Colette ha fatto o a cui ha risposto è stata quella a Noah al mattino. È durata circa cinque minuti. Dal suo cellulare. Non c'è telefono fisso.»

«Hai controllato il registro delle chiamate risalenti a qualche settimana fa?» chiese Josie.

«Certo. Se n'è occupata Gretchen. Siamo partiti da un mese

fa. C'erano chiamate da e verso i suoi figli, una chiamata all'ambulatorio del medico di famiglia, tre ad alcuni amici della parrocchia e una chiamata a un ristorante thailandese da asporto.»

«Nessun contatto sospetto.»

«Neanche uno.» concordò Mettner.

La casa era stata lasciata così come Josie l'aveva trovata: sapeva che la sua squadra l'aveva fotografata da cima a fondo e aveva stampato ogni singola immagine, ma non aveva rimesso a posto; non era compito loro. Sarebbe spettato ai fratelli Fraley, quando fossero stati abbastanza forti da potersene occupare. Josie seguì Mettner nel giardino, dove lui le indicò un'impronta in una striscia di terra senza erba, dove sembrava che qualcosa di rotondo vi fosse stato premuto contro con forza. Josie si rese conto che si trattava del cranio di Colette.

«L'hanno tenuta ferma.» spiego a Mettner.

Il giovane agente annuì. «Sì, è plausibile. E qui, l'erba rende più difficile vederlo, ma ci sono due avvallamenti nel terreno.» Si accovacciarono entrambi e Josie osservò i punti in cui due impronte più piccole e tondeggianti comprimevano l'erba. Se Josie si fosse sdraiata sulla schiena, sarebbe riuscita a infilare il cranio nella rientranza più grande e le altre due si sarebbero adattate all'incirca ai lati dei suoi fianchi.

«Qualcuno si è messo a cavalcioni su di lei.» osservò Josie.

«Esatto. Chiunque fosse l'assassino, si è messo a cavalcioni su di lei, le ha schiacciato la testa nella terra e le ha riempito la bocca di terriccio. Secondo me è stato un uomo, vista la forza che avrebbe dovuto avere. Mrs. Fraley aveva circa sessant'anni, ma mi risulta che fosse fisicamente sana. Contro un avversario più piccolo, mi aspetterei di vedere segni di lotta più evidenti, come lividi e lacerazioni sul corpo della signora e terra ed erba smosse qui in giardino. Penso che quest'uomo fosse abbastanza grande da sopraffarla completamente e tenerla qui finché non avesse finito.»

«Poi l'ha girata a faccia in giù.» disse Josie.

«Boss... disse Mettner.

«Solo Josie, ora, ricordi?»

Mettner si corresse timidamente. «Josie. Credo che si tratti di una questione personale.»

Josie annuì. «Non c'è niente di più intimo, non è vero? Guardare qualcuno negli occhi mentre lo stai soffocando? E poi rovesciarlo per non dover vedere quello che hai fatto? Dovresti verificare l'alibi della famiglia.»

«Pensavo che i familiari vivessero lontano da qui.» disse Mettner.

«Beh, il fratello maggiore di Noah ha un alibi abbastanza inattaccabile, visto che vive in Arizona, ma dovreste comunque fare qualche telefonata per scoprire dove si trovava al momento della morte di Colette e chi può confermare i suoi spostamenti. È solamente una questione di procedura. Laura e suo marito, Grady, vivono a un paio d'ore di distanza e credo che l'ex marito di Colette viva in questo Stato. Sono più vicini. Un motivo in più perché ci forniscano un alibi. Escludiamo subito le persone più vicine a Colette.»

«Pensa che qualcuno di loro sarebbe capace di fare una cosa del genere?» chiese Mettner.

Josie alzò le spalle. Il dolore che aveva visto a casa di Noah era autentico. «Probabilmente no, ma la prima cosa che dovremmo fare se si trattasse di un caso che non coinvolge un nostro collega sarebbe assicurarci che tutte le persone vicine alla vittima possano fornire un alibi.»

«Giusto.» convenne Mettner. «Pensavo che Mrs. Fraley avesse divorziato dal padre di Noah anni fa.»

«È così.» disse Josie. «Ma non abbiamo idea di che tipo di relazione avessero allora, o se ne abbiano mantenuta una in seguito. Vale la pena indagare.»

«Agli ordini. A proposito, dovrebbe venire con me al piano di sopra. Anche lì ci sono dei cassetti a soqquadro.»

Le stanze al piano superiore erano in uno stato di disordine simile a quello del piano inferiore. Come il soggiorno e la cucina, anche lì sembrava che Colette avesse semplicemente cercato qualcosa. I cassetti dei comodini e quelli del cassettone erano semiaperti e il loro contenuto era in parte sparso sul pavimento. Le ante dell'armadio erano spalancate e i coperchi di varie scatole per scarpe erano stati riposizionati storti, come se fossero stati ricollocati frettolosamente. Anche un grande portagioie in un angolo della stanza era stato aperto. Una rapida occhiata fece capire a Josie che chiunque avesse fatto irruzione nella stanza aveva lasciato diversi gioielli di valore, se non tutti. Sarebbero stati in grado di capire meglio cosa mancava dopo che Noah avesse fatto un sopralluogo.

«È come dicevo: qualcuno stava cercando qualcosa.» disse Josie rivolta a Mettner.

«Sì.» concordò Mettner. «Sembra che sia così. Venga a vedere il resto.»

Nel bagno, l'armadietto dei medicinali era aperto, un flacone di Advil e un tubetto di dentifricio abbandonati nel lavandino sottostante. I prodotti per la pulizia fuoriuscivano dall'armadietto sotto il lavandino. Il pesante coperchio del serbatoio del gabinetto era storto.

«Ma che cavolo!» esclamò Josie. «Cosa stava cercando questo tizio?»

«È quello che dobbiamo scoprire.» affermò Mettner. «Noah o sua sorella le hanno detto qualcosa?»

«Non hanno niente da dire.» disse Josie. «Dicono che la madre non aveva problemi con nessuno, che non aveva molti oggetti di valore in casa e che nessuno le avrebbe fatto del male.»

«Allora quali segreti nascondeva?» si domandò Mettner. «Anche ai suoi figli...»

«Lo scopriremo.» sentenziò Josie.

La camera da letto di Colette, in cui Josie sapeva che

dormivano gli altri figli quando venivano a trovarla, era inviolata, tranne che per l'armadio da cui erano state estratte e lasciate sul pavimento alcune vecchie borse a tracolla. L'altra camera da letto era stata trasformata da tempo in una stanza per il cucito. Le decine di cassettiere di plastica addossate alla parete di fondo erano state tutte scoperchiate. La grande macchina da cucire in mezzo alla stanza era stata rovesciata su un lato. A parte questo, tutto il resto sembrava in ordine. Gli scaffali di stoffe e i rocchetti di filo allineati alla parete opposta non erano stati toccati, così come i cesti di filati. In un angolo della stanza si trovava una scaffalatura per trapunte in legno alta fino alla vita, drappeggiata con l'ultimo capolavoro di Colette.

«Se riusciva a cucire così, di sicuro non aveva il Parkinson.» osservò Josie entrando nella stanza.

«Abbiamo già fatto le foto e abbiamo stampato quelle che potrebbero essere utili.» disse Mettner. «Così può dare un'occhiata in giro.»

Josie si aggirò con riverenza per la stanza, pensando alle ore che Colette doveva aver trascorso al suo amato tavolo da cucito e si chiese se avesse confezionato la trapunta più recente per il nipotino in arrivo. Il pensiero le provocò una fitta al petto e cercò di riportare la mente ai fatti del caso, agli indizi. Sicuramente era stato l'assassino a perquisire la casa, non Colette in un attacco di demenza. Si domandò se avesse trovato quello che cercava per poi portarlo via. Era per questo che non aveva messo completamente a soqquadro la casa? O aveva cercato di farlo in modo che *sembrasse* che Colette stesse cercando qualcosa? Fece scorrere le dita sulla trapunta appesa alla scaffalatura, il lavoro bellissimo e impeccabile le fece sbocciare di nuovo quella fitta di dolore nel petto: Colette non avrebbe mai più cucito.

Mettner era rimasto a osservare dall'ingresso, con le braccia incrociate. «Vuole provare a mettere un po' a posto prima che

Noah faccia il sopralluogo? Potremmo iniziare da qui, dove non c'è troppo disordine.»

Josie sapeva che riportare la casa di Colette al suo solito ordine avrebbe fatto sentire meglio Noah, così si girò verso la parete e iniziò a reinserire tutti i piccoli cassetti al loro posto. Poi si spostò verso il tavolo e raddrizzò la macchina da cucire. Rimessa a posto, continuava a traballare sconnessa sul tavolo. «È pesante.» mormorò.

Mettner si avvicinò e afferrò le estremità della macchina, spostandola per cercare di metterla in piano.

«Attento.» lo ammonì Josie, anche se non era sicura del perché. Colette non avrebbe mai più usato la macchina e Josie era abbastanza certa che nessuno dei suoi figli si sarebbe dedicato al cucito.

Mettner inclinò la macchina da cucire e si chinò per dare un'occhiata al fondo della macchina. «La base è allentata.» disse.

Josie si spostò dalla sua parte del tavolo, piegandosi per vedere. «Oh accidenti.» disse. «Vedo una crepa su un lato. Ecco perché il fondo è allentato. Dovrebbe stare in piedi lo stesso. Prova di nuovo.»

Mettner passò diversi secondi a cercare di farla stare dritta finché non sentirono che si formava un'altra crepa.

«Oh no.» disse. «Dannazione. Mi dispiace.»

«Merda.» disse Josie. «Rimettila su un fianco. Non voglio fare altri danni. La lasceremo così. Posso provare a sistemarla più tardi, prima che i suoi figli facciano un giro. Non è nient'altro che plastica, un po' di colla dovrebbe bastare.»

Le grandi mani di Mettner si strinsero ai lati della macchina, ma esitò a spostarla di nuovo nel timore di provocare altri danni. «Mett...» disse Josie. «Sul serio. Prenderemo della super colla e fisseremo quelle crepe.»

Non sembrava convinto, ma abbassò lentamente la

macchina su un fianco. «Non si è semplicemente rotta.» osservò. «Dannazione. Guardi qui.»

Il pannello di plastica sul fondo era quasi completamente allentato.

«Maledizione.» disse Josie. «D'accordo, lasciamola così.»

Con delicatezza, cercò di rimontare la base, ma non si incastrava. Mettner rimase in silenzio, con le braccia incrociate sul petto, come se stesse assistendo a una operazione. Josie scosse la testa; stava per voltarsi e proporgli di lasciare la stanza, quando qualcosa attirò la sua attenzione. Si avvicinò, scrutando la macchina da cucire: tra i meccanismi interni spuntava il bordo di una busta trasparente per sandwich con una chiusura scorrevole.

«Che roba è questa?» chiese Josie.

Mettner fece un passo avanti e sbirciò da sopra la spalla di Josie mentre questa tirava delicatamente un angolo del sacchetto di plastica, che quando cadde produsse un lieve rumore sul tavolo di legno. Rimasero a fissarlo e Josie gli chiese: «Hai dei guanti?»

«Pensa che sia importante?» chiese Mettner.

«Beh, non lo so, ma se lo è, vorrei indossare i guanti.»

Mettner infilò una mano nella tasca della giacca e tirò fuori un paio di guanti di lattice che porse a Josie. Lei li indossò e prese la busta, tenendola alla luce per poter vedere meglio cosa c'era dentro. Si passò la busta tra le mani, ispezionando quelli che sembravano essere tre oggetti distinti al suo interno.

«Devo chiamare la squadra di raccolta delle prove?» domandò Mettner. «Seguo la procedura per la sua conservazione?»

Josie annuì. «Non so cosa siano questi oggetti, ma di certo è strano che Colette li abbia nascosti nella base della sua macchina da cucire.»

Mettner tirò fuori il telefono. «So che quando mia nonna è invecchiata e ha iniziato a perdere lucidità, riponeva sempre le cose in posti strani. Una volta ho trovato le chiavi della sua auto nel congelatore.»

Josie scosse la testa. «No. Credo che ce l'abbia nascosta di proposito. Non è un nascondiglio facilmente accessibile. E guarda com'è stropicciato e sgualcito questo sacchetto: è qui dentro da un po' di tempo. Chiama la squadra.»

# OTTO

Mettner chiamò Hummel, che era a capo della squadra di raccolta delle prove. Hummel arrivò dieci minuti più tardi, fotografò il sacchetto e la macchina da cucire e poi, infilandosi i guanti di lattice, estrasse i tre oggetti, posandoli sul tavolo da cucito. Anche Mettner indossò un paio di guanti mentre guardava Josie che raccoglieva gli oggetti uno per uno. Il primo oggetto era una chiavetta USB con una scritta.

«Cosa c'è scritto?» chiese Mettner, mentre Josie osservava le piccole lettere scritte a mano sulla sua superficie.

«Pratt.» rispose Josie. Alzò lo sguardo verso Mettner e Hummel. «Significa qualcosa per voi?»

Entrambi scossero la testa. Josie mise da parte la chiavetta e prese il secondo oggetto. Era una pietra piatta che si adattava facilmente al suo palmo, restringendosi a un'estremità a formare una punta. L'altra estremità era larga e diritta, ma con una incisione su entrambi i lati.

«Cos'è?» chiese Mettner.

Josie lo rigirò tra le mani guantate. «Credo sia la punta di una freccia.» Era di pietra marrone chiaro, con una superficie irregolare, opacizzata e levigata. «Diaspro...» aggiunse Josie.

«Come?» domandò Mettner.

«Questa è una punta di diaspro. I nativi americani che abitavano queste zone prima della nascita dello Stato della Pennsylvania, usavano la pietra per fabbricare utensili, gioielli e ogni genere di oggetti. Costruivano frecce con alcuni tipi di pietra che si trovano da queste parti: selce, quarzo e, appunto, diaspro. Io e Ray le cercavamo nei boschi quando eravamo bambini.»

«Credo che anche mio nonno ne avesse una.» disse Mettner, prendendo la punta della freccia da Josie e saggiandone il peso sul palmo della mano. «Ma era di un altro colore.»

«Probabilmente si trattava di selce o di quarzo.» ipotizzò Hummel. «Cos'altro abbiamo qui?»

Josie prese il terzo oggetto: una fibbia da cintura pesante e grande come il suo palmo, placcata in oro con due fucili sul davanti, le cui canne erano incrociate sopra una incisione di diversi pini. Sotto di essa era impressa la data: 1973. La consegnò a Mettner, che chiese: «Quanti anni aveva Colette Fraley nel 1973?»

«Credo che avesse poco più di vent'anni.» rispose Josie. «Ma non credo che questa appartenga a lei.»

«E Mr. Fraley?» chiese Mettner. «Potrebbe essere sua?»

«Suppongo di sì. Quello che so è che Colette e il marito divorziarono quando Noah aveva diciotto anni. Lui si è trasferito. Nessuno dei figli si è tenuto in contatto con lui, ma potremmo rintracciarlo e chiedergli spiegazioni. Laura, la sorella di Noah, dovrebbe mandarmi il suo numero di telefono.»

«Lo faremo, ma se questa fibbia non è del suo ex marito, allora di chi è? Cosa ci faceva una donna come Colette Fraley con una fibbia di quarantacinque anni fa, una punta di freccia dei nativi americani e una chiavetta con la scritta "Pratt" nascosta nel fondo della sua macchina da cucire?» chiese Mettner.

Hummel sollevò la chiavetta. «La chiavetta mi sembra il

punto di partenza più sensato. Dovremmo portarla in centrale e controllarla prima di prendere le impronte. La fumigazione del processo di ricerca delle impronte potrebbe compromettere il contenuto.»

Mettner tese un sacchetto di carta per le prove e Hummel fece scivolare la chiavetta all'interno. «Sarà fatto.» disse.

«Procurati un mandato» gli disse Josie. «per il contenuto. Se non lo otteniamo e si rivela di importanza cruciale, potrebbe essere inammissibile.»

«Va bene.» disse Mettner. «Me lo procuro subito. Poi verificheremo se questo è ciò che il nostro assassino stava cercando.»

## NOVE

Josie sapeva che sarebbero passate un paio d'ore prima di avere un mandato per accedere alla chiavetta, ma quando tornò a casa di Noah vide che non c'era nessuno. Dopo avergli mandato un rapido messaggio, Josie lo raggiunse all'impresa di pompe funebri più vicina, la stessa in cui quattro anni prima si era tenuto il funerale del suo defunto marito, Ray Quinn. Il suo cuore fece un doppio battito quando varcò le pesanti porte di legno. Era proprio come se la ricordava, con tappeti spessi e pareti che attutivano qualsiasi suono, con decorazioni dai toni cupi che probabilmente avrebbero dovuto rasserenare, ma che a Josie facevano solo venire i brividi. Era stata a più di un funerale dopo il caso delle ragazze scomparse che aveva ucciso Ray ma non aveva voglia di partecipare ad altri, certamente non a quello della madre di Noah.

I figli di Colette erano nell'ufficio dell'impresario funebre, seduti in cerchio attorno a una grande scrivania, con i volti affranti e rigati dalle lacrime mentre l'impresario mostrava loro una selezione di bare da un grande raccoglitore. Dopo aver fatto un cenno silenzioso a Laura e Grady e aver dato un rapido abbraccio a Theo, si sedette accanto a Noah e gli prese una mano. Josie cercò di concentrarsi sulla discussione, ma la sua mente continuava a tornare agli oggetti nella macchina da cucire di Colette. Cosa o chi era Pratt?

«Josie?» la chiamò Noah.

Lei si riscosse dai suoi pensieri, tornò presente nella stanza e gli offrì un sorriso. «Scusa, cosa hai detto?»

«Hai parlato con il medico legale?» intervenne Laura. «Quando ci restituiranno nostra madre?»

«Oh, scusate. Sì, ci ho parlato. Ve la restituiscono domani.»

Tutte le teste si voltarono verso l'impresario funebre mentre si discuteva sulle date. Poi arrivò la questione dei soldi: anche se avessero optato per il metodo più economico della cremazione, si sarebbero comunque trovati di fronte a una spesa di migliaia di dollari. Seguì una breve discussione tra i fratelli, che alla fine si risolse con l'accordo che ognuno avrebbe pagato un terzo dei costi e che sarebbero stati rimborsati quando sarebbe arrivata la liquidazione della modesta polizza assicurativa sulla vita di Colette.

Una volta terminata la riunione, decisero di andare a pranzo, anche se nessuno di loro sembrava avere appetito. Theo si avviò verso il ristorante con la sua auto a noleggio e, dopo che Noah ebbe deciso di farsi accompagnare da Josie, Laura e Grady lo seguirono con il suo SUV. Josie e Noah rimasero in disparte, all'ingresso dell'impresa funebre. Almeno era una bella giornata, pensò Josie, mentre il sole li riscaldava e una fresca brezza accarezzava i loro volti.

«La mia macchina è laggiù.» disse Josie quando Noah non si diresse verso il parcheggio.

Noah non si mosse e rimase con lo sguardo fisso in lontananza, un'espressione vuota. Josie gli toccò il braccio. «Noah?»

«Sto bene.» borbottò lui.

«Sai, non devi andare a pranzo per forza. Sono sicura che tuo fratello e tua sorella capirebbero.»

Lui non disse niente.

Avrebbe preferito non farlo, ma non aveva nemmeno idea di quando avrebbero avuto un'altra occasione per rimanere da soli, così si schiarì la voce e disse: «Noah, il nome "Pratt" non ti dice niente?»

Lui girò la testa per guardarla, con le sopracciglia aggrottate. «Cosa?»

«Pratt...» ripeté Josie. «Ti è familiare? Conosci qualcuno con questo nome?»

«Perché me lo chiedi?»

«Prima sono stata con Mettner a casa di tua madre. C'erano alcune cose al piano di sopra che erano state messe a soqquadro. Stavamo cercando di sistemare la stanza dove tua madre cuciva e abbiamo trovato alcuni... oggetti nascosti nella base della sua macchina da cucire. Uno di questi è una chiavetta USB con il nome "Pratt" scritto sopra.»

Noah scosse la testa. «Non conosco nessuno che si chiami Pratt, e nemmeno mia madre.»

«Sei sicuro?»

«Non deve essere sua.»

«Ma era nascosto nel fondo della sua macchina da cucire. Usava quella macchina quasi tutti i giorni, non è così? Dove l'aveva presa? Era nuova quando l'aveva comprata?»

«No, gliel'avevo regalata io a Natale qualche anno fa.» rispose lui.

Josie tirò fuori il suo telefono e recuperò le foto della fibbia della cintura e della punta di freccia per mostrargliele. «E questi oggetti, li riconosci?»

Noah scosse la testa. «No, non li ho mai visti prima. Questa sembra soltanto una punta di freccia, come quelle che si trovano nei boschi.»

Josie rimise in tasca il telefono con un sospiro. «E la fibbia della cintura? Potrebbe essere appartenuta a tuo padre? O a qualcun altro che tua madre conosceva?»

Lui scosse la testa. «No. Mio padre non ha mai indossato

cose del genere e mia madre non ha avuto uomini nella sua vita dopo che lui se n'è andato. Non ho idea da dove provenga o di chi sia. Perché mi stai chiedendo tutto questo, adesso?»

«Sto cercando di farmi un'idea di cos'è successo.» disse Josie a bassa voce.

«Mia madre è morta, ecco cos'è successo.» disse lui con tono categorico, incamminandosi verso la sua auto.

«Noah?» lo chiamò Josie.

Gli corse dietro, fermandosi davanti a lui per bloccargli la strada. «So che stai soffrendo in questo momento, ma qualcuno ha ucciso tua madre ed è mio compito scoprire chi è stato. Per quanto ne sappiamo, è ancora a piede libero.

Non voglio che nessun altro si faccia male o rimanga ucciso. Sai che devo fare delle domande come queste.»

Noah fissò l'asfalto per un attimo, poi una risata roca gli risuonò dal profondo della gola. «Non puoi essere solo... *Josie*, vero?»

Lei fece un passo indietro. «Cosa intendi dire?»

I suoi occhi nocciola si concentrarono sul viso di Josie. «Non è compito tuo trovare la persona che ha ucciso mia madre. Non è compito tuo fare queste domande. Non hai bisogno di farne una crociata. C'è tutta una squadra che può occuparsene. Gretchen, Hummel, Mettner.»

«Sai che Gretchen è relegata ai lavori di ufficio. Hummel è il capo della squadra di raccolta alle prove, non è un detective, e Mettner è bravo, ma inesperto. Vuoi davvero che il caso di tua madre sia gestito dal membro più inesperto della squadra senza alcuna supervisione?»

«Una supervisione da parte tua, vuoi dire.»

«A meno che non trovi un modo per far tornare Gretchen sul campo, sì.»

Lui non rispose, ma guardò oltre, con il volto intriso di dolore e frustrazione.

«Noah...» disse Josie. «Ora non riesci a rendertene conto

perché stai soffrendo troppo, ma ti assicuro che un giorno sarà molto importante che l'assassino di tua madre sia dietro le sbarre.»

Lui si passò una mano tra i capelli. «Non la riporterà indietro.» disse. «Niente di quello che farai la riporterà indietro.»

«Pensi che non lo sappia?»

Lui la guardò negli occhi. «Allora limitati a essere la mia compagna, adesso.»

Lei sentì il bruciore delle lacrime negli occhi. Si premette una mano sul petto. «Sono la tua compagna, Noah, e sono qui con te in questo momento. Senti, so che sei arrabbiato, ma... ma perché non sei più...»

«Più cosa?»

Josie scosse la testa. «Non lo so. So solo che, se qualcuno che amo fosse ucciso, non sarei in grado di dormire, mangiare o concentrarmi su nient'altro finché non trovassi l'assassino e lo sbattessi dietro le sbarre. Chitwood dovrebbe farmi rinchiudere per tenermi lontana dalle indagini.»

«Pensi che non mi importi che qualcuno abbia ucciso mia madre?»

«Non è quello che ho detto. Stavo solo...»

«È proprio quello che intendevi.» la interruppe lui.

«No, non volevo dire questo. Sai benissimo che non volevo dire questo. Noah, voglio soltanto che questa faccenda si risolva.»

«Ma non può essere "risolta".» disse lui. «Non lo capisci? Puoi trovare l'assassino, metterlo in prigione, ma questo non riporterà indietro mia madre. Non cancellerà dalla mia mente l'immagine del suo volto, quando... quando stavamo cercando di rianimarla.» Abbassò la testa, ma non prima che Josie vedesse nuove lacrime scintillare nei suoi occhi.

Gli toccò delicatamente il braccio. «Lo so.» disse. «Me ne rendo conto.»

Noah si prese un momento per ricomporsi e poi sventolò

una mano in segno liquidatorio. «Andiamo al pranzo, d'accordo?»

Con un po' di titubanza, Josie gli prese la mano. Lo condusse alla macchina e guidò fino alla tavola calda di Denton con Noah che fissava fuori dal finestrino, senza dire una parola. Era passato meno di un giorno da quando avevano trovato Colette. Lui era ancora in preda allo sconforto. Josie poteva percepire il dolore, crudo e tagliente, che si irradiava da lui a ondate. Desiderava più di ogni altra cosa poterglielo togliere, potergli restituire in qualche modo ciò che aveva perso. Ma sapeva di non poterlo fare. Il meglio che poteva fare era stargli accanto e cercare di trovare l'assassino di sua madre.

DIECI


Il pranzo fu penosamente imbarazzante: nessuno parlava o aveva voglia di mangiare. Grady cercò disperatamente di coinvolgere ognuno di loro in una conversazione: chiese a Laura se il bambino si muoveva molto, chiese a Theo com'era il tempo in Arizona e chiese a Josie e Noah quali fossero le novità al lavoro.

Ogni volta Laura lo zittì con un tono esasperato. «Grady, a nessuno interessa sapere che tempo fa e sai benissimo cosa c'è di nuovo al lavoro di Noah e Josie: nostra madre è stata appena uccisa.»

Il volto di Grady cambiò colore e lui abbassò lo sguardo sul suo panino al tacchino non mangiato, al che Josie disse: «Beh, non credo sia vero che a nessuno interessi il tempo.» Si rivolse a Theo. «È vero che in Arizona ci sono enormi tempeste di polvere? Come si chiamano?»

«Sul serio?» scattò Laura. «Vogliamo parlare del tempo proprio adesso?»

«Laura, per favore.» disse Grady.

Josie aprì la bocca per rispondere, ma al suo posto parlò Noah. «È stata una tua idea venire a pranzo. Siamo in un luogo pubblico. Possiamo sforzarci di essere civili l'uno con l'altro. La mamma vorrebbe che fosse così.»

Theo si schiarì la gola e fece a Josie un sorriso sofferto, ma lei poté vedere le rughe intorno ai suoi occhi nocciola allentarsi con sollievo. «Si chiamano haboob.» disse.

Ignorando lo sguardo gelido di Laura, Josie lo incalzò: «Ho visto solo dei video al notiziario. Sembrano terrificanti. Ce ne sono molti dalle vostre parti?»

Era consapevole, nella sua vista periferica, del tintinnio delle posate contro i piatti e di Noah che prendeva il suo caffè centellinandolo.

«La prima volta che ne ho visto uno...» disse Theo «ho pensato di essere in guai seri.» e scoppiò a ridere. «Non è una cosa a cui un ragazzo della Pennsylvania è preparato.»

Per il resto del pranzo fecero quattro chiacchiere di circostanza, alle quali si unì solo Grady. E comunque, quando arrivò il conto, nei loro piatti era rimasta buona parte di quello che avevano ordinato. Quando la cameriera chiese se volevano dei contenitori da asporto, rifiutarono tutti. Grady pagò il pranzo e se ne andarono in silenzio.

Arrivati a casa di Noah dopo pranzo, Josie fu incaricata di tornare a casa di Colette per recuperare tutti gli album di foto che riusciva a trovare. Il lavoro di mettere insieme le fotografie di famiglia per una proiezione di immagini durante i funerali era l'unica piccolezza che sembrava sollevare i fratelli Fraley dal loro dolore, anche se solo temporaneamente, soprattutto dopo che Theo aveva trovato una bottiglia di vino nella dispensa di Noah. Josie fu rincuorata nel vedere Noah sorridere a molti dei ricordi dell'infanzia che avevano condiviso. Josie ordinò una pizza per cena e in seguito Noah addirittura la baciò quando lei uscì per tornare a casa sua a cambiarsi. La borsa della notte di Josie era già pronta quando Gretchen la chiamò.

«Mi dispiace moltissimo per Mrs. Fraley.» disse Gretchen. «Ti prego di fare le mie condoglianze a Noah.»

«Grazie, lo farò.» disse Josie. «Non è che mi stai chiamando perché Chitwood ti ha permesso di lasciare la scrivania, per caso?»

Gretchen lanciò una risata breve e secca. «Non è possibile. Ma sto aiutando Mettner in tutto quello che posso. Chitwood è d'accordo purché il mio sedere non si stacchi da questa sedia. So che Noah ha bisogno di te in questo momento, e normalmente non te lo chiederei, ma al momento sei il nostro intermediario non ufficiale con la famiglia.»

«Trovato niente?» le chiese Josie, sollevata dal fatto che Mettner stesse delegando a Gretchen quello che poteva.

«Alcune cose a cui vorrei che dessi un'occhiata, per verificare se riesci a trovarci un senso e poi magari chiedere informazioni alla famiglia. Hai tempo per passare in centrale?» domandò Gretchen.

«Hai avuto accesso alla chiavetta?» chiese Josie.

«Sì, abbiamo il mandato. Ma non riesco a capire cosa diavolo contenga: sembra un mucchio di vecchi documenti del tribunale, persino un estratto conto bancario, e non vedo il nome Pratt in nessuno di questi documenti. Colette lavorava nel sistema giudiziario o per una banca?»

«No...» rispose Josie. «Lavorava per una cava, mansioni da ufficio, credo come segretaria. È andata in pensione qualche anno fa. A quando risalgono i documenti?»

«Ad almeno quindici anni fa.» disse Gretchen. «È più facile se te li mostro.» Josie guardò la sveglia sul comodino. Era certa che i Fraley avrebbero continuato a rievocare e a sfogliare le foto di famiglia fino a notte fonda. Poteva dedicare un po' di tempo all'incontro con Gretchen.

«Sarò lì tra dieci minuti.»

La centrale di polizia di Denton era ospitata in un vecchio edificio storico a tre piani che sembrava quasi un castello. Era enorme e grigio, con modanature ornamentali sulle numerose finestre ad arco a due battenti e un vecchio campanile a un angolo. Un tempo era il municipio, ma sessantacinque anni prima era stato adibito a stazione di polizia. Josie lasciò la macchina nel parcheggio comunale e si diresse verso la porta sul retro, dove si trovava l'area di detenzione, al piano terra, per poi salire al secondo piano, dove si trovava una grande sala. Si trattava di un ampio ambiente aperto e ingombro di scrivanie. Le scrivanie di Josie, Noah e Gretchen formavano una U al centro della stanza. Gretchen aveva i file in formato PDF già aperti sul suo computer. Josie accostò la sua sedia a quella di Gretchen e iniziò a scorrerli.

«Sono documenti giudiziari protetti.» notò Josie. «Sono denunce penali contro minori.»

«Esatto.» confermò Gretchen. «Da quello che posso vedere, questi documenti riguardano tre diversi ragazzi, due maschi e una femmina, di età compresa tra i quattordici e i sedici anni.»

Gli occhi di Josie scorsero sulle denunce. «Violazione di domicilio, taccheggio, vandalismo. Nessuno di questi è un reato grave. Al massimo si saranno beccati qualche schiaffo sul dorso della mano. Anzi, sarei sorpresa se uno di questi fosse arrivato in tribunale. Persino un difensore d'ufficio avrebbe potuto patteggiare per ridurre le condanne ad ammende o per far annullare i casi come primo reato. Queste denunce risalgono al 2005. Sono passati tredici anni. Hai cercato questi ragazzi?»

«Sì, ma non ho ottenuto molto oltre agli indirizzi attuali. Però se continui a scorrere vedrai che ognuno di loro è stato condannato a una pena compresa tra i sei e i ventiquattro mesi in un centro di detenzione minorile dall'altra parte della contea di Alcott.» disse Gretchen.

«È un periodo molto lungo per reati minori come questi.» osservò Josie, continuando a sfogliare i documenti finché non trovò il nome del carcere minorile. Wood Creek. Qualcosa si accese in fondo alla sua mente, ma con la stessa rapidità con cui si era manifestato, svanì. Continuò fino a raggiungere le ultime pagine del documento PDF. «Questi sono estratti conto bancari.» disse.

Gretchen annuì. «Ce ne sono due. Uno sembra essere di un conto aziendale e l'altro di un conto personale.»

Josie lesse i nomi. «Eugene Sanders è il nome del titolare del conto personale. L'indirizzo è stato oscurato. Il conto commerciale è di una certa Wood Creek Associates.» La scintilla nella mente di Josie si trasformò in un vero e proprio inferno. «Oh, santo cielo!» esclamò. «Sai cos'è questo?»

Si voltò per vedere la smorfia sul volto di Gretchen. «Non lo sapevo, almeno non all'inizio. Ma quando ho cercato Eugene Sanders e poi il centro di detenzione di Wood Creek, ho capito tutto. Si tratta dello scandalo Kids for Cash. Sanders era il giudice.»

«Esatto.» disse Josie.

«All'epoca lavoravo a Philadelphia. Ricordo di averne sentito parlare al notiziario, ma sul momento non mi fece molta impressione. Avevo il mio bel da fare nel dipartimento della Omicidi.» Josie sospirò e si scostò i capelli castano scuro dal viso mentre si appoggiava alla sedia. «Lo scandalo Kids for Cash scoppiò subito dopo il mio arrivo in polizia. È accaduto qui, nella contea di Alcott. Andava avanti da anni prima che un giornalista lo portasse alla luce nel 2010.»

«Sanders prendeva tangenti per condannare i bambini a detenzioni eccessivamente lunghe a Wood Creek, giusto?»

Josie annuì mentre i suoi occhi seguivano le colonne di ogni estratto conto. «Esatto. Wood Creek era un centro di detenzione minorile a scopo di lucro, gestito privatamente e di proprietà della Wood Creek Associates, in pratica un gruppo di compari di Sanders che si erano riuniti e avevano finanziato la struttura. Dopo averlo costruito diedero a Sanders una somma di denaro fissa per ogni minore che vi spediva: più tempo passavano in prigione, meglio era. Questi ragazzi scontavano pene del tutto ingiustificate per reati minori, e Wood Creek era un posto orribile in cui la maggior parte di loro veniva maltrattata.»

«Se non ricordo male, anche i responsabili della Wood Creek Associates sono finiti in prigione.» disse Gretchen.

«Sì.» disse Josie. «Ma non per tutto il tempo in cui lo è stato anche Sanders, comunque, perché era lui che emetteva tutte le sentenze fasulle. Ha rovinato molte vite. Qui...» indicò lo stato bancario di Eugene Sanders. «questo è un deposito di 5.000 dollari datato 20 aprile 2005; guarda l'estratto conto del conto di Wood Creek: stessa data, un trasferimento di qualche tipo per lo stesso importo.»

Gretchen si chinò sulla spalla di Josie, scrutando lo schermo. Trovarono altri due depositi di 5.000 dollari sul conto di Sanders, avvenuti nelle stesse date in cui la Wood Creek Associates aveva trasferito la stessa somma dal proprio conto. «Già nel 2005 qualcuno aveva le prove di ciò che stava accadendo, ma il caso non è stato risolto per altri cinque anni.»

«Allora perché mai Colette Fraley aveva questi documenti?» Josie si chiese ad alta voce.

«E chi è Pratt?»

«Scopriamolo.» rispose Josie, accedendo al browser Internet e navigando fino alla home page di Google.

# UNDICI

«Quinn!» gridò una voce maschile alle loro spalle, facendole trasalire entrambe.

Josie e Gretchen si voltarono e videro Bob Chitwood, il loro nuovo capo della polizia, incombere alle loro spalle. Il suo viso, di solito rubicondo e pieno di cicatrici da acne, era cinereo nel fissare il monitor del computer davanti a loro. Indicò lo schermo. «Avete ricavato qualcosa dalla chiavetta che è saltata fuori sulla scena dell'omicidio di Colette Fraley?»

Gretchen annuì. «Sì, e sopra c'era scritto il nome Pratt.»

«Siete riuscite a capire cosa significa?»

«No, non ancora, Signore.» rispose Gretchen.

«Continua a cercare, allora.» le ordinò Chitwood. «Quinn, nel mio ufficio. Subito.»

Josie si voltò verso Gretchen per dirle: «Vedi cosa riesci a trovare.» e fece in tempo a vederla annuire e a rimettersi al computer, prima che di seguire Chitwood nel suo ufficio. Sedendosi su una delle due sedie per gli ospiti di fronte alla grande scrivania, Josie notò che aveva finalmente disfatto la scatola da impiegato piena di oggetti personali che aveva portato con sé quando aveva assunto la carica di capo. Tuttavia, alle pareti non aveva ancora appeso niente. C'erano diverse cornici che giacevano sul pavimento, appoggiate alla parete accanto alla scrivania. Non era la prima volta che si chiedeva che tipo di uomo fosse Bob Chitwood, oltre al suo brutto carattere.

«Come sta Fraley?» domandò Chitwood chiudendo la porta dell'ufficio e andando a sedersi dietro la scrivania.

«Come ci si può aspettare in una situazione del genere...» rispose Josie, sbalordita dal fatto che Chitwood si fosse anche solo preoccupato di chiederlo. «Credo sia ancora parecchio scosso.»

Chitwood sospirò. «Beh, avremo bisogno di lui. Non per lavorare, ma per rispondere a molte domande. Sai che nelle indagini cominciamo sempre dalla famiglia.»

Josie si spostò sulla sedia, pensando a quanto era andata bene per lei fare domande a Noah all'inizio della giornata. «Sì, lo so. Senta, capo, credo che abbiamo bisogno di Gretchen. Dovrebbe essere lei a condurre l'indagine.»

Lui incrociò le braccia sul petto. «No.»

«Signore, Gretchen è la più esperta detective che abbiamo in materia di omicidi. Più esperta di me. E lei la tiene alla scrivania soltanto perché...»

Lui scosse un dito per interromperla. «Stai attenta, Quinn. La tengo alla scrivania per la figuraccia che ha fatto con l'ultimo omicidio che è avvenuto in questa città. Non avrebbe mai dovuto essere riammessa in servizio. Credi che non sappia che dietro c'è il tuo zampino?»

«Non mi interessa parlare di politica con lei, Signore.» disse Josie. «Mi interessa trovare l'assassino di Colette Fraley il più velocemente possibile. Sappiamo entrambi che Gretchen è la persona più indicata per farlo.»

«Stai mettendo in dubbio il mio giudizio, Quinn?»

«Sto dicendo che questa indagine ha bisogno di Gretchen.»

Chitwood fece un gesto verso la porta chiusa. «Beh, la trovi in ufficio. Può aiutarti in tante cose dalla sua scrivania.»

«Abbiamo bisogno di lei sul campo!»

«No.»

«Signore...»

«Vuoi essere messa anche tu in congedo? Ti ritirerò il distintivo per insubordinazione, Quinn. Questo è il mio dipartimento ora, non il tuo. Se la detective Palmer mi dimostra di saper stare al suo posto finché è alla scrivania, prima o poi la farò tornare sul campo. È una mia decisione. Capito?»

Josie voleva dire di più, ma sapeva di essere sul filo del rasoio. Per il bene di Noah, doveva cercare di rimanere nelle grazie di Chitwood. Mettner era bravo, ma qualcuno doveva supervisionare l'indagine. Josie poteva farlo solamente se era ancora in gioco.

«Sì...» rispose lei.

«Bene. Vedi cosa riesci a ottenere da Fraley.» le disse Chitwood. «So che è in lutto, ma dobbiamo risolvere un omicidio.»

# DODICI

Gretchen alzò lo sguardo speranzosa quando Josie uscì dall'ufficio di Chitwood, ma vedendola scuotere la testa, si accasciò sulla sedia. Josie le strinse una spalla mentre tornava a sedersi accanto a lei. «Dagli tempo.» le disse. «Intanto io continuerò a fare pressioni per farti tornare sul campo.»

«Ti ringrazio.» disse Gretchen.

«Hai trovato qualcosa su Pratt?»

«No. Purtroppo Pratt è un nome piuttosto comune. In Pennsylvania ci sono centocinquanta attività commerciali con il nome Pratt.»

«Beh...» disse Josie. «Non credo che Pratt sia il nome di un'azienda in questo caso.»

«Non c'è nessun Pratt in nessuno dei documenti sulla chiavetta.» disse Gretchen.

«Hai controllato i nomi di tutti i membri del Consiglio di amministrazione della Wood Creek Associates?»

«Sì. Nessuno di nome Pratt.»

«E sappiamo che gli estratti conto non appartengono a nessuno di nome Pratt.»

«Però la chiavetta o apparteneva a qualcuno di nome Pratt oppure era destinata a qualcuno di nome Pratt.» disse Gretchen.

«Sì.» concordò Josie. «Penso che lo possiamo ipotizzare senza ombra di dubbio.»

«E allora perché ce l'aveva Colette Fraley?» si chiese Gretchen.

«Mettiamola da parte per un attimo.» propose Josie. «Concentriamoci su Pratt. Supponiamo che fossi tu ad avere queste prove sullo scandalo delle tangenti...»

«Credi che Colette avesse queste prove? Mi sembrava che avessi detto che lavorava per una cava.»

«Sì, infatti. Non so come l'abbia avuta o perché la tenesse nascosta, ma come ho detto, restiamo sulla pista di Pratt. Supponiamo che chiunque abbia messo insieme i documenti contenuti in questa chiavetta, che si tratti di Colette Fraley o di un'altra persona, li abbia poi dati a qualcuno di nome Pratt. A che tipo di persona la daresti?»

«A un poliziotto.» rispose senza esitazione Gretchen.

«Facciamo una ricerca sul Centro di Controllo della Contea per trovare un agente di nome Pratt. Inizieremo dalla contea di Alcott e allargheremo verso l'esterno. Poiché lo scandalo delle tangenti ha avuto luogo qui nella contea di Alcott, la mia ipotesi principale è che il Pratt che stiamo cercando si trovi proprio qui.»

Gretchen prese il telefono e iniziò a comporre il numero del loro centralino. «Ricordi che qualcuno di nome Pratt sia mai stato in servizio al distretto?»

«No...» disse Josie. «Non da quando ho iniziato a lavorare qui. Fammi chiamare il sergente Lamay, che è qui da più tempo di tutti noi.»

Lamay, di stanza nell'atrio, rispose al secondo squillo. Ascoltò la domanda e disse: «Mi faccia pensare.» Josie lo sentiva respirare mentre aspettava. Dan Lamay lavorava nel dipartimento da quasi quarantacinque anni. Aveva visto l'avvicendarsi di cinque capi della polizia, tra cui Josie, ed era sopravvissuto a un enorme scandalo. Aveva ormai superato l'età della pensione, aveva un ginocchio malandato e una pancia sempre più prominente. Josie lo aveva mantenuto come sergente durante il suo mandato da Capo perché sua moglie si stava riprendendo dal cancro e sua figlia era al college. Le era stato profondamente fedele, l'aveva aiutata quando ne aveva avuto più bisogno. Ora temeva che il capo Chitwood lo collocasse a riposo, ma finora era rimasto fuori dai suoi radar, svolgendo il proprio dovere in modo silenzioso ed efficiente. «No.» disse infine. «Non ricordo nessuno di nome Pratt. La mia memoria non è delle migliori, Boss.»

«Non importa.» disse Josie. «Gretchen è al telefono con il Centro di Controllo della Contea per vedere se loro riescono a risolvere la situazione. Ho pensato che magari tu te ne ricordassi.»

«Mi dispiace di non poter essere di maggiore aiuto. Però, sa, questo nome mi suona familiare.»

«Grazie.» disse Josie e riattaccò. Anche a lei il nome era familiare, ma non riusciva ancora a capire perché.

Dopo diversi minuti al telefono, Gretchen riagganciò con un pesante sospiro. «Nessun Pratt nelle forze dell'ordine della contea di Alcott, almeno non ce ne sono risalenti alla documentazione della chiavetta.»

«Ci sta sfuggendo qualcosa.» disse Josie. Tirò fuori il cellulare e controllò, ma non c'erano chiamate o messaggi da parte di Noah. Poteva ancora perdere un po' di tempo. «Stiamo sbagliando strategia.»

«L'FBI?» suggerì Gretchen.

«Sì, svolge indagini sulla corruzione» disse Josie. «ma no, credo che dobbiamo guardare più vicino a noi. Riflettici: che fine fa la documentazione di un caso una volta che lascia le mani della polizia?»

Gretchen si sedette più dritta sulla sedia e i suoi occhi assunsero uno scintillio pari a quello di Josie. «Un Procuratore.»

Josie accese il browser Internet del suo computer e digitò le parole: Pratt, Procuratore, contea di Alcott, Pennsylvania. Nel momento in cui apparvero i risultati, ricordò.

«Drew Pratt!» disse. «Era un assistente Procuratore Distrettuale della contea di Alcott. È scomparso nel 2006. Io all'epoca andavo all'università.»

«2006...» disse Gretchen. «Allora lavoravo a Philadelphia.»

Josie fece clic su "Immagini" e le foto di Drew Pratt riempirono lo schermo. Gretchen si avvicinò.

Drew Pratt sorrideva, con gli occhi scuri che lampeggiavano di allegria. Nella foto si trovava di fronte al tribunale della contea di Alcott, aveva quasi sessant'anni e i capelli color sale e pepe diradati sulle tempie.

«Questo me lo ricordo.» disse Gretchen mentre Josie sfogliava altre foto. «Un giorno del 2006 è uscito in macchina e non è stato più visto, giusto?»

«Esatto.» sospirò Josie. «È stato uno dei casi di scomparsa più famosi dello Stato.»

«Mi sta tornando in mente adesso.» disse Gretchen. «Trovarono la sua auto, vero?»

«Sì...» confermò Josie. «Ma non lui. Nessun corpo, niente. La gente pensò...»

Si interruppe mentre cliccava su una nuova foto. Le sue dita si bloccarono sul mouse.

«È chi penso che sia?» chiese Gretchen. Inforcò gli occhiali da lettura e si avvicinò allo schermo. «Ingrandisci.»

Josie fece clic finché la foto non si ingrandì. Mostrava Drew Pratt in piedi fuori da un edificio federale con un gruppo di uomini in giacca e cravatta e diversi agenti con l'uniforme della polizia. Sorridevano tutti, evidentemente stavano festeggiando una qualche vittoria legale. Alle spalle di Drew Pratt, con un aspetto più giovane di due decenni, ma non per questo meno spigoloso o magro, c'era Bob Chitwood.

«Stampala.» disse Gretchen.

«Subito.» rispose Josie.

# TREDICI

Il capo era ancora dietro alla sua scrivania quando Josie e Gretchen entrarono senza bussare. Una delle sue sopracciglia si incurvò verso l'alto. «Ma che diavolo state facendo?»

Josie gli sventolò davanti la foto prima di metterla al centro della scrivania. «Pensiamo che quella chiavetta fosse destinata a Drew Pratt o che gli appartenesse. Come lo conosceva?» chiese. «Pensavo che prima di questo incarico lei lavorasse a Pittsburgh, praticamente dall'altra parte dello Stato.»

«Stai mettendo in dubbio la mia integrità, Quinn?» esclamò Chitwood, dando un'occhiata superficiale alla foto.

«Sto soltanto facendo una domanda, Signore.» rispose Josie con tono neutro. Ormai si era abituata ai suoi sfoghi, non ci faceva quasi più caso.

«Lavoravamo insieme in una task force contro il traffico di droga. Anni e anni fa. Probabilmente quando tu eri ancora in fasce.»

«Cosa c'entra lo scandalo delle tangenti per i bambini con Drew Pratt?» chiese Gretchen.

Chitwood si abbandonò sullo schienale della sedia e intrecciò le dita sotto il mento. «Sedetevi, tutte e due.» ordinò.

Josie guardò Gretchen che rispose con un'alzata di spalle appena percettibile: se Chitwood era disposto a parlare, loro avrebbero ascoltato volentieri, così presero posto entrambe.

«Se ricordate il caso di Drew Pratt» cominciò Chitwood «allora probabilmente ricorderete che ci furono almeno una mezza dozzina di teorie su ciò che gli era realmente accaduto.»

Josie aveva visto diversi programmi speciali sulla scomparsa di Drew Pratt nel corso degli anni. «Sì, me lo ricordo.» confermò. «Alcuni dicevano che si era suicidato. Altri ritenevano che avesse chiuso con la sua vecchia vita e ne avesse iniziata una nuova sotto una falsa identità. C'erano molte teorie che circolavano sulla possibilità che qualcuno che lui aveva perseguito in passato lo avesse ucciso e ne avesse nascosto il corpo.»

Chitwood annuì. «E qualche anno fa ci fu anche un detenuto che sosteneva di sapere dove si trovava il suo cadavere: diceva che una banda lo aveva ucciso e aveva abbandonato i suoi resti in una zona remota per vendicarsi della condanna di uno dei loro membri.»

«Poi si scoprì che non era vero niente.» disse Gretchen. «Ricordo che ne parlarono al notiziario.»

«Sì, è vero.» disse Chitwood. «Il detenuto in questione stava cercando di ottenere una riduzione della pena. Non c'era nessun corpo e nessuna prova a sostegno della sua rivelazione.»

A quel punto Josie capì che c'era un collegamento con la vicenda delle tangenti per i bambini. «Drew Pratt aveva le prove di ciò in cui il giudice Sanders e la Wood Creek Associations erano coinvolti nel 2005, l'anno precedente alla sua scomparsa. Scelse di non procedere con il procedimento giudiziario. Nel 2010, quando scoppiò lo scandalo, la gente cominciò a parlare di lui. Il suo nome tornò sulla stampa, non è così?»

«Sì, è così. La gente pensava che si fosse allontanato dalla sua vita perché sapeva che lo scandalo stava per arrivare e che sarebbe stato incolpato per non aver perseguito prima il giudice

Sanders. Era una teoria. Nessuno ha mai potuto dimostrare che avesse le prove della storia delle tangenti per i bambini prima della sua scomparsa. L'ufficio del Procuratore non aveva nessun documento. Non è mai stato trovato niente nel suo ufficio o tra i suoi effetti personali. È la prima volta che sento parlare di una chiavetta contenente dei documenti. Conoscevo Drew Pratt. Era un uomo affidabile e non gliene fregava niente di chi faceva arrabbiare. Se avesse avuto le prove che Sanders mandava dei giovani innocenti in un posto infernale in cambio di denaro, Drew lo avrebbe perseguito, senza alcun dubbio.»

Josie sentì gli occhi di Gretchen su di sé. «Capo...» disse Josie. «C'erano delle prove. Il materiale su quella chiavetta era la prova di ciò che Sanders e Wood Creek stavano facendo.»

«E c'era anche il suo nome.» aggiunse Gretchen.

Ancora una volta, Josie si chiese quale fosse il legame tra Pratt, Sanders, Wood Creek e Colette Fraley.

«C'era il suo nome.» le fece eco Chitwood. «Ma non si può provare che l'abbia mai ricevuta o che l'abbia anche solo vista.»

«Se ci sono le sue impronte sopra, allora sapremo che ne è stato in possesso.» gli fece notare Gretchen.

Chitwood alzò un dito. «Questo non proverebbe che ne abbia mai consultato il contenuto.»

Josie si stava ancora scervellando per ripescare nella memoria tutto quello che riusciva a ricordare sullo scandalo delle tangenti e sul suo collegamento con il Procuratore scomparso. «C'era un'altra teoria sullo scandalo» disse poi «non è vero?»

Chitwood e Gretchen la fissarono e Josie continuò. «Dovrei documentarmi, ma sono sicura che c'era un'altra teoria su quello che è successo a Pratt. C'era una madre il cui figlio era stato mandato a Wood Creek per un reato minore, dove fu brutalizzato, e una volta uscito non fu più lo stesso. Alla fine, il ragazzo si suicidò.»

Gretchen annuì. «Ora me lo ricordo. La madre uccise uno dei responsabili di Wood Creek, uno che faceva parte del loro Consiglio di amministrazione. Il suo piano era di uccidere tutte le persone coinvolte, ma fu subito catturata.»

«Esatto.» concordò Josie. «In seguito, si ipotizzò che fosse stata lei a uccidere Pratt, tanti anni fa, perché lui sapeva cosa stava succedendo e non l'aveva denunciato. Anche un secondino che lavorava nella struttura si suicidò; l'indagine sulla sua morte fu riaperta dopo l'arresto della madre, perché la polizia pensò che per anni la donna avesse ucciso altre persone senza farsi scoprire.»

«Come si chiamava?» chiese Gretchen.

«Patti qualcosa... Patti Snyder!» rispose Chitwood.

«La conosceva?» gli chiese Josie.

«No. Non la conoscevo, ma mi è stato riferito da più fonti che era tenuta sotto controllo per la scomparsa di Drew, specialmente perché nelle ore precedenti la sua scomparsa, Drew era stato visto in un negozio a parlare con una donna che assomigliava vagamente a Patti Snyder.»

Josie si segnò mentalmente di scoprire tutto il possibile sul caso di Drew Pratt non appena ne avesse avuto l'occasione.

«Pensa che sia stata lei?» domandò Gretchen.

Chitwood alzò le spalle. «Non lo so. Come ho detto, non abbiamo prove che Drew sapesse cosa stavano combinando Sanders e i responsabili di Wood Creek. Non sono nient'altro che speculazioni. Per anni si sono fatte speculazioni. Inoltre, Patti Snyder era semplicemente pazza.»

«O semplicemente afflitta dal dolore.» puntualizzò Josie. «Indipendentemente da quello che questa Patti Snyder ha fatto o non ha fatto» intervenne Gretchen «il vero problema è capire perché la madre di Noah aveva questa chiavetta, perché l'ha nascosta, e se è questo che il suo assassino stava cercando.»

«Il caso risale a molti anni fa.» sottolineò Josie. «E Pratt è scomparso da oltre dieci anni. Non c'è niente di così straordinario in quella chiavetta da dover essere tenuto nascosto.»

«È vero.» ammise Gretchen. «Esaminerò più attentamente tutte le persone citate in quei documenti e vedrò cosa riesco a scoprire. Dobbiamo sapere che legame aveva Colette con tutto questo, ammesso che ce ne sia uno.»

QUATTORDICI

I fratelli Fraley avevano solo vaghi ricordi di Drew Pratt e dello scandalo delle tangenti per i bambini, cose che avevano sentito al notiziario o letto su Internet e nessuno di loro si spiegava perché Colette avesse una chiavetta USB. «Deve averla trovata oppure deve averla ricevuta per caso.» teorizzò Laura.

«Sì.» concordò Noah. «Non so da dove provenga, ma non credo che lei avesse idea del contenuto.»

«Ne sapeva abbastanza per nasconderlo.» fece notare Josie.

Laura rise. «Con altri due oggetti completamente casuali, stando a quello che ha detto Noah. Devi capire, Josie, che più la demenza si impadroniva della sua mente, più faceva cose strane e inspiegabili. Dio solo sa dove ha preso quegli oggetti, ma probabilmente aveva uno dei suoi episodi quando li ha nascosti. Probabilmente ha nascosto degli oggetti in tutta la casa.»

Ma quando Noah aveva fatto il sopralluogo insieme a Mettner non aveva trovato altri oggetti nascosti o altre cose insolite.

Con il funerale che incombeva, Josie aveva aiutato Noah a sistemare e ripulire la casa della madre prima che la sorella la vedesse: Laura stava entrando nell'ultimo mese di gravidanza e

Noah era già preoccupato per lo stress che la morte di Colette le aveva procurato e non voleva che vedesse la casa in disordine. Una volta che ebbero rimesso tutto a posto, Laura frugò nell'armadio di Colette per scegliere i vestiti e i gioielli per il suo funerale. Josie fece del suo meglio durante quella settimana per aiutare la famiglia Fraley in ogni modo possibile. I giorni e le notti passarono in modo confuso. Aveva poco tempo per consultarsi con Mettner o Gretchen e, prima di rendersene conto, stava entrando nell'impresa funebre mano nella mano con Noah.

Erano arrivati ben prima dell'inizio della proiezione. Una strana, strisciante immobilità si impadronì di loro quanto più si addentravano nell'edificio. Sentendo le semplici scarpe basse nere che indossava sprofondare nella spessa moquette della sala del commiato, Josie non poté fare a meno di ricordare il funerale di suo marito Ray. A distanza di così tanti anni, il dolore era ancora presente, la ferita a malapena rimarginata. Josie provò un'ondata di tristezza per Noah, che da quel momento avrebbe sentito sulle sue spalle il giogo della perdita, per sempre. Josie gli strinse la mano quando l'impresario funebre entrò nella stanza e fece cenno ai fratelli Fraley di entrare nell'anticamera dove erano state esposte con eleganza tutte le foto. Josie rimase in disparte mentre Noah, Theo, Laura e Grady si occupavano degli ultimi dettagli prima che iniziassero ad arrivare i partecipanti al funerale. Il corpo di Colette giaceva in una bellissima bara color oro rosa lucido nella parte anteriore della stanza, circondata da decine di composizioni floreali. Josie lesse ogni biglietto. *Con le più sentite condoglianze*, si leggeva, e sotto ogni messaggio c'era il nome di una famiglia. A Josie si formò un groppo in gola quando si rese conto di quante vite Colette aveva toccato.

Si voltò quando i fratelli Fraley e Grady rientrarono. Laura aveva le guance rigate di lacrime, teneva una mano appoggiata sulla pancia e l'altra stringeva un fazzoletto stropicciato. Noah si avvicinò a Josie e le prese la mano.

Theo guardò il suo telefono. «Probabilmente la gente inizierà ad arrivare presto. Meglio prepararsi.»

Presero posto lungo il lato della stanza, con Theo più vicino alla bara, poi Laura e Grady e infine Josie e Noah. Laura si soffiò il naso e poi si sporse in avanti, guardando prima nella direzione di Theo e poi in quella di Noah.

«Noah...» disse, con voce tremante e stridula. «Josie può sedersi laggiù.» Indicò le file di sedie allineate davanti alla bara di Colette. Per un attimo Josie sentì il calore salirle sulle guance, ma per non creare inutili drammi si avvicinò alle sedie. Ma Noah non le lasciò la mano.

«Josie sta in fila per i saluti accanto a me.» disse alla sorella. Laura uscì dalla fila e superò Grady per parlare con Noah faccia a faccia. Puntò un dito in aria in direzione di Josie. «Non siete sposati. Non può stare nella fila per i saluti.»

«Laura, piantala!» la riprese Theo, «Non essere ridicola.»

Laura gli lanciò un'occhiata caustica. «Stanne fuori, Theo. Tu sei a malapena qualificato per stare nella fila dei saluti. Quando è stata l'ultima volta che hai parlato con la mamma?»

«Dio santo, Laura.» disse Grady, allungando la mano per afferrarle il braccio. «Smettila.»

«No che non smetto.» sbottò lei. «Questo è il funerale di mia madre.»

«È anche il funerale di *mia* madre!» le fece notare Noah «E vorrei che Josie stesse accanto a me per sostenermi.»

Laura incrociò le braccia sulla pancia. «Non la voglio nella fila.»

Josie provò un misto di rabbia e imbarazzo, parole pungenti le gorgogliavano sulla punta della lingua, ma le represse.

Noah rimase fermo sulle sue posizioni. «La voglio in fila.»

Josie vide che un muscolo della mascella di Laura cominciava a pulsare e cercò di liberare la sua mano da quella di Noah. «Non importa, Noah.» mormorò. «Vado a sedermi.»

Ma lui non la lasciò. Josie allungò la mano libera e gli toccò la guancia. «Davvero. Non c'è problema. Mi siederò proprio lì, di fronte a te. Se avrai bisogno di me, sarò a pochi passi di distanza.»

Sotto lo sguardo di Laura, Noah alla fine si arrese, allentando la presa sulla mano di Josie, che andò a prendere posto in fondo alla navata più vicina, proprio di fronte a Noah, e vide Theo che le diceva "scusa" a bassa voce. Gli rivolse un sorriso smorzato. I quattro si misero in fila mantenendo una postura eretta e un'espressione rigida; la tensione tra loro era palpabile. Fu quasi un sollievo quando i partecipanti al funerale cominciarono ad arrivare in un flusso costante di volti che Josie non riconosceva. Erano amici, vicini e membri della parrocchia, da quello che Josie poté dedurre dalle poche parole che scambiarono con i fratelli Fraley dopo essersi stretti la mano, abbracciati e aver fatto le condoglianze. Dalla lunga fila di persone era evidente che Colette era stata molto amata e rispettata.

Una mano strinse delicatamente la spalla di Josie. Si voltò leggermente e vide che si trattava di Gretchen che si era seduta sulla sedia dietro di lei e un'ondata di sollievo la investì. «Grazie per essere venuta.» le disse a bassa voce.

«Non sei in fila per i saluti?» chiese Gretchen.

Josie scosse la testa. «Non chiederlo.»

Gretchen si avvicinò per parlarle all'orecchio. «A proposito, ho verificato gli alibi dei fratelli Fraley. Mettner me l'ha fatto fare al telefono. Theo era a Phoenix per una riunione di lavoro. Il suo diretto superiore ha potuto confermarlo. Laura stava organizzando una fiera di lavoro a Bethlehem. Diverse persone hanno potuto confermarlo. E la governante degli Halls ha confermato che Grady è rimasto sempre a casa a lavorare il giorno all'ora in cui Colette è stata uccisa.»

«Molto bene.» disse Josie. «Non pensavo che qualcuno di

loro avesse a che fare con la morte di Colette, ma avevo detto a Mettner di verificare comunque.»

«Il padre si è fatto vivo?» chiese Gretchen. «Lance Fraley?»

«No. Laura aveva detto che non sarebbe venuto. A quanto pare, aveva ragione. Gli hai parlato?»

«Non ancora. Ho una chiamata pronta per lui. Ehi, chi è quell'uomo dai capelli bianchi?»

Josie alzò lo sguardo mentre un uomo alto e robusto, sulla settantina, con una folta chioma di capelli bianchi, si dirigeva con sicurezza verso la fila dei saluti, raggiungendo prima Noah e poi proseguendo a porgere le condoglianze ai fratelli Fraley, dedicando a ciascuno di loro diversi minuti, mentre la fila di persone in lutto indietreggiava.

«Credo che sia Zachary Sutton.» disse Josie. «Il vecchio capo di Colette. L'attuale capo di Laura.»

«Quindi il capo viene al funerale ma non l'ex marito, il padre dei suoi figli?» chiese Gretchen.

Josie non disse altro. Aveva appena pensato la stessa cosa. Tuttavia, sapeva anche quanto potessero essere conflittuali i divorzi. Non era sicura che l'assenza di Lance Fraley fosse un segnale di sospetto.

Quando la fila si diradò, Gretchen si alzò e si diresse verso i fratelli Fraley per porgere le sue condoglianze. Josie notò che stavano arrivando diversi membri della polizia di Denton, tra cui il capo Chitwood.

Quando la funzione cominciò, rimanevano soltanto posti in piedi. Il calore di tanti corpi unito alla tristezza collettiva rendeva pesante e stucchevole quel poco di aria che era rimasta nella stanza. Josie si tolse il maglione di lana che aveva indossato sopra il tubino nero e si spostò i capelli scuri sulle spalle, cercando di rinfrescarsi. Diverse persone parlarono di quanto Colette fosse una persona gentile e generosa, di quanto fosse stata devota ai suoi figli e alla parrocchia. Poi Theo fece un appassionato elogio funebre e, quando Josie si guardò intorno verso la fine del suo discorso, vide che la maggior parte dei presenti stava piangendo silenziosamente.

Quando tutte le preghiere furono recitate e gli inni cantati, Josie si sentì esausta benché non avesse fatto altro per tutta la mattina che stare doverosamente seduta al suo posto. Appoggiò una mano tra le spalle di Noah mentre lo accompagnava verso la fila di auto che avrebbe accompagnato il corpo di Colette al luogo di riposo finale. Laura, Grady e Theo andarono con il SUV di Laura e Josie accompagnò Noah con la sua auto. Almeno non ci furono battibecchi sulla posizione di Josie nella fila di auto. L'atmosfera era cupa al cimitero e non migliorò durante il pranzo organizzato dalla famiglia in un ristorante vicino.

Tornata a casa di Noah, Josie lo seguì fino in camera da letto, dove lui si accasciò sul letto completamente vestito. Lei fece qualche tentativo di conversazione, ma lui le disse che era stanco e non voleva fare altro che chiudere gli occhi. Lei si sedette accanto a lui sul letto, accarezzandogli i capelli finché lui non si addormentò. Stanca fin nelle ossa, anche Josie cercò di dormire, ma non ci riuscì e dovette arrendersi; si alzò, prese il portatile dalla borsa e lo avviò.

Sapeva che sia Gretchen che Mettner avrebbero fatto tutto ciò che era umanamente possibile per assicurare alla giustizia l'assassino di Colette, ma, nonostante ciò, Josie non poteva fare a meno di soddisfare la sua curiosità riguardo alla vicenda di Drew Pratt. I dettagli che ricordava sulla sua scomparsa erano nebbiosi. Diverse volte, durante la settimana, aveva iniziato a fare ricerche usando il browser del telefono, ma poi si era fermata, per non sembrare scortese e insensibile nei confronti di Noah e dei suoi fratelli. Dopo che Noah le aveva detto chiaramente che voleva che lei fosse solo la sua compagna, non voleva che si sentisse trascurato quando aveva più bisogno di lei.

Anche se era vero che desiderava dare la caccia all'assassino di Colette, il motivo principale era che le si spezzava il cuore vedere Noah soffrire in quel modo. Non poteva sopportare di rimanere in disparte e desiderava andare in giro per assicurare alla giustizia la persona che aveva causato quel dolore.

Ora che il funerale era finito e Noah era caduto in un sonno profondo, non avrebbe fatto male a nessuno fare qualche ricerca.

QUINDICI

Una rapida ricerca su Google portò a migliaia di risultati, così Josie consultò un servizio della stazione televisiva locale, la WYEP, che era stato trasmesso diversi anni dopo la scomparsa di Drew Pratt. A quel tempo, Trinity Payne, la sorella gemella di Josie, svolgeva il ruolo di reporter in trasferta per la WYEP e, nel servizio, Trinity si trovava accanto a un grande schermo televisivo e indossava un vestito rosso attillato e un rossetto lucido in tinta. I lunghi capelli neri le ricadevano fino a metà schiena in onde che sembravano essere state trattate con la lacca in modo permanente. Josie era stupita dall'aspetto giovane di Trinity. D'altra parte, il servizio risaliva a molto prima del caso delle ragazze scomparse e a prima del caso di Lila Jensen, che le aveva segnate entrambe.

«Nel 2006» esordiva Trinity in modo chiaro e deciso «l'assistente del Procuratore Distrettuale Drew Pratt si prese un giorno libero dal lavoro e fece un giro in macchina.» Il volto di Drew Pratt appariva sul grande schermo con la scritta "DISPERSO" in sovrimpressione. Nella foto, i suoi occhi marroni erano penetranti e la sua bocca era irrigidita in una linea arcigna. Josie immaginava che dovesse essere un avversario formidabile in tribunale. Trinity continuava: «Ha guidato da casa sua a Bellewood fino al mercato dell'artigianato e degli agricoltori di Susquehanna, a Denton.» Sullo schermo accanto a Trinity scorrevano le immagini della fiera dell'artigianato, che Josie riconobbe subito. A Denton c'erano due ponti che attraversavano il fiume Susquehanna: uno poco usato, a sud, e il più frequentato ponte orientale. Vicino a quest'ultimo non lontano dalla riva del fiume, c'era un vecchio fienile che era stato ristrutturato e modernizzato dal proprietario per affittarne gli spazi interni agli abitanti locali che volevano vendere o produrre oggetti di artigianato. Era aperto solo pochi giorni alla settimana, ma era un punto di riferimento in tutta Denton da che Josie potesse ricordare.

Il servizio di Trinity continuava: «Non era insolito che Drew Pratt frequentasse la fiera dell'artigianato. Come ci ha riferito la figlia, Pratt era solito dare il suo sostegno agli artisti locali; la maggior parte delle opere d'arte esposte nella sua abitazione di Bellewood erano state acquistate alla fiera nel corso degli anni.»

La telecamera tagliava all'interno del capannone riconvertito, mostrando i vari banchi gestiti da artisti locali che vendevano di tutto, da grandi quadri da parete a decorazioni per le feste.

«Pratt è arrivato alla fiera dell'artigianato verso le dieci del mattino, come la polizia ha potuto ricostruire dai filmati di sorveglianza ripresi all'interno del capannone. Si vede Pratt intento a curiosare tra i vari stand e poi a intrattenere una conversazione con una donna. La polizia afferma che, poiché il filmato era sgranato, non è stato possibile estrarre un suo fermo immagine. Tuttavia, le autorità dichiarano che la donna doveva essere alta circa un metro e sessantacinque, rispetto a Pratt che era alto un metro e ottantacinque, e che aveva i capelli corti e scuri.»

Sullo schermo appariva un uomo ispanico più anziano, con i

capelli grigi e diradati, che indossava un abito blu navy e una cravatta rossa. Nella parte inferiore dello schermo veniva identificato come Dom Hernandez, agente dell'FBI. «Non conosciamo l'identità di questa donna. Non sappiamo se Pratt la conoscesse o se si fossero appena incontrati, né sappiamo di cosa abbiano parlato o se siano andati via insieme. Purtroppo, quando si è svolta l'indagine preliminare, la polizia locale non ha dato molta importanza a questa persona, quindi, il fatto della sua esistenza non è mai stato reso noto alla stampa. Ritengo che, se questo dettaglio fosse stato reso noto immediatamente dopo la scomparsa di Mr. Pratt, forse sarebbe arrivata qualche segnalazione. Ormai sono passati diversi anni, quindi chi può sapere chi fosse questa donna e dove si trova adesso?» Trinity riprendeva il discorso. «La polizia si rifiuta ancora di rilasciare il filmato di Pratt e della donna misteriosa. La moglie di Pratt è morta circa dieci anni prima della sua scomparsa in seguito a una lunga lotta contro il cancro, e la figlia, ormai adulta, ci riferisce che non usciva con nessuno al momento della scomparsa. Quello che sappiamo è che il veicolo di Pratt si trovava ancora nel parcheggio dell'edificio della fiera dell'artigianato ventiquattro ore più tardi, quando la figlia ha denunciato la scomparsa del padre. Nel 2006, Beth Pratt si era appena laureata alla Pennsylvania State University ed era tornata a casa per vivere con il padre, mentre cercava un lavoro. Ha raccontato alla polizia che era estremamente insolito che lui rimanesse fuori durante la notte senza dirle dove sarebbe andato.»

Questa volta, sullo schermo appariva un vicesceriffo della contea di Alcott. Sullo sfondo, Josie poteva vedere il fiume che scorreva mentre lui parlava. «Il veicolo era chiuso a chiave. Le chiavi e il cellulare di Mr. Pratt erano ancora nell'auto. Quando abbiamo aperto il veicolo, c'era un forte odore di fumo di sigaretta, ma la famiglia ci ha confermato che Mr. Pratt non fumava. Abbiamo anche trovato della cenere di sigaretta sul sedile del passeggero, quindi, riteniamo che a un certo punto, prima della sua scomparsa, ci fosse un'altra persona in macchina con lui. Sfortunatamente, non ci sono telecamere nel parcheggio e quindi non sappiamo di chi possa trattarsi. Abbiamo rilevato le impronte sull'auto, ma non ci sono altre impronte, oltre a quelle di Mr. Pratt, di sua figlia e di alcuni suoi colleghi, tutti con un alibi per il giorno della scomparsa.»

A quel punto riappariva Trinity. «L'unica prova mai rinvenuta nel caso di Drew Pratt è il suo computer portatile, ritrovato sulla riva del fiume Susquehanna quasi due mesi più tardi. Sua figlia afferma che non era insolito che portasse con sé il portatile quando usciva a fare un giro in macchina, poiché gli piaceva fermarsi nelle caffetterie della contea per sfuggire al rumore dell'ufficio del Procuratore Distrettuale. Purtroppo, il disco rigido era talmente danneggiato che non è stato possibile recuperare nessuna informazione. Dopo il ritrovamento, molti responsabili delle forze dell'ordine hanno ipotizzato che Pratt potesse essersi tolto la vita gettandosi dal ponte nelle vicinanze e cadendo nel fiume, ma anche dopo settimane di ricerche, le unità nautiche non avevano trovato alcuna traccia del Procuratore.»

«È come se fosse svanito nel nulla.» diceva una giovane donna apparsa sullo schermo accanto a Trinity. Josie stimò che avesse una ventina d'anni. Assomigliava in modo impressionante a Drew Pratt e quando il suo nome apparve sullo schermo, Josie capì perché: era Beth Pratt. «Ma non credo che mio padre mi abbia abbandonata e non credo che si sia suicidato. Non era depresso. Aveva una vita molto piena e gratificante. Amava il suo lavoro. Era molto impegnato. Sono più che mai convinta che si tratti di un caso di omicidio. Qualcuno deve sapere cosa gli è successo e deve farsi avanti.»

La voce di Trinity riprendeva mentre lo schermo mostrava il montaggio di un video delle imbarcazioni della polizia che perlustravano il fiume Susquehanna e fotografie dell'auto abbandonata di Drew Pratt, sola nel parcheggio della fiera dell'artigianato. «Le teorie abbondano su cosa possa essere successo esattamente al popolare Procuratore della contea di Alcott. Sebbene la figlia di Drew Pratt respinga l'idea che il padre si sia suicidato, il nipote di Pratt non riesce a trattenere lo sconforto di fronte ai fatti e alle circostanze familiari che circondano la scomparsa dello zio.»

Sullo schermo appariva un giovane uomo con folti capelli color sabbia. Sembrava un po' più vecchio di Beth Pratt. La scritta in basso sullo schermo annunciava che il suo nome era Mason Pratt. Indossava una felpa con cappuccio, jeans e scarponi e stava in piedi sulla riva fangosa del Susquehanna, con le mani infilate nelle tasche. «È strano. Voglio dire, più che strano. Mio padre è annegato in questo stesso fiume nel 1999. Praticamente è successo esattamente nello stesso modo: non lo si trovava né a casa né al lavoro. Sembrava sparito. Io e mia madre ne abbiamo denunciato la scomparsa quando non lo abbiamo visto tornare a casa quella sera. La polizia ha trovato la sua auto proprio in questo punto.» Mason alzò un braccio per indicare la sponda. «Qui ci troviamo a Bellewood, quindi siamo a una quarantina di chilometri di distanza dal luogo in cui mio zio Drew è scomparso. L'auto di mio padre era parcheggiata proprio qui, nel fango. Il portafoglio e le chiavi erano in macchina. Le portiere erano chiuse a chiave, ma lui era sparito. Qualche giorno dopo, il suo corpo è stato ritrovato. Ci dissero che si era suicidato. Era bipolare e aveva sempre avuto problemi di depressione e altro. Ma non avrei mai pensato che si sarebbe tolto la vita.»

L'immagine di Trinity tornava sullo schermo e accanto a lei apparivano altre foto di Drew Pratt: alcune durante conferenze stampa e alcune personali in cui era insieme a sua figlia. Il suicidio del fratello di Drew non doveva aver suscitato molta attenzione da parte della stampa, ammesso che ne avesse avuta, dato che la WYEP non aveva foto o video da mostrare in relazione alla sua morte.

«Il figlio di Samuel Pratt, Mason, non era l'unica persona a pensare che il padre non si sarebbe ucciso. Amici e familiari ci dicono che anche Drew Pratt ha sempre creduto che la morte del fratello fosse stata frutto di un omicidio.»

A schermo appariva un altro Procuratore che veniva intervistato fuori dal tribunale di Bellewood. «Sì, Drew non ha mai creduto che Sam si fosse suicidato, ma disgraziatamente non c'erano prove che la sua morte fosse imputabile a qualcun altro. So che Drew ne era contrariato. Ogni due anni chiedeva alla polizia di ricominciare a indagare, ma non hanno mai trovato niente di sospetto.»

Di nuovo, appariva Trinity: «Due fratelli. Sette anni e quaranta miglia di distanza. Entrambi i loro veicoli trovati vicino al fiume con le chiavi chiuse dentro. Samuel Pratt è stato rinvenuto, annegato, due giorni dopo la denuncia di scomparsa, mentre il corpo di Drew Pratt non è mai stato ritrovato e la sua scomparsa rimane uno dei misteri più sconcertanti e duraturi della storia dello Stato della Pennsylvania.»

La trasmissione si concludeva con Trinity che forniva un numero di telefono per le segnalazioni e invitava gli spettatori che avessero informazioni a contattare la polizia. Josie chiuse il portatile e lo mise da parte. Il suo corpo fremeva di energia, rendendole impossibile prendere sonno. Accanto a lei, invece, Noah russava.

Josie prese il cellulare dal comodino e mandò un messaggio a Gretchen.

*Credo che dovremmo indagare sul caso di Drew Pratt. Ricordi la donna misteriosa che era con lui il giorno della sua scomparsa? Il filmato non è mai stato reso pubblico. Pensi di poterlo ottenere?*

La risposta di Gretchen arrivò meno di un minuto più tardi. *Ce l'ho già. Mettner l'ha recuperato dall'archivio dei casi irrisolti. Te lo mostrerò domani, se hai tempo di passare. Mettner ha anche fissato un incontro con Beth Pratt nel tardo pomerig-*

*gio, se ti va di accompagnarlo. Sto cercando di rintracciare il nipote.*

Questo era esattamente il motivo per cui Josie aveva assunto Gretchen quando era capo provvisorio: si trovavano spesso sulla stessa lunghezza d'onda. Sorridendo, Josie le rispose: *Fantastico. Hai trovato qualcosa in casa? Impronte digitali? Fibre? Capelli? DNA?*

*Non molto.* rispose Gretchen. *Nessuna impronta non identificata. Nessuna traccia di DNA sul corpo.*

Certo che no, pensò Josie. Lei e Noah avevano rovinato ogni possibilità di ottenere qualsiasi traccia di DNA che fosse rimasta quando avevano praticato la rianimazione cardiopolmonare su Colette. Nel tentativo di rianimarla avevano contaminato, o addirittura distrutto, parte della scena del crimine.

Arrivò un altro messaggio di Gretchen: *Abbiamo trovato un'impronta in giardino. Scarpa da uomo, numero 44. Non c'è altro. Qual è il numero di scarpe di Noah?*

Josie sospirò. *45. È già qualcosa. Grazie,* rispose. *Ci vediamo domani.*

## SEDICI

Laura era in piedi sulla porta della cucina di Noah, con le mani sui fianchi, e fissava Josie con un'espressione che si poteva definire di semplice disgusto. «Come sarebbe a dire che non vieni a cena con noi stasera?»

Noah, che stava seduto al tavolo della cucina di fronte a Josie, le rispose: «Laura, per favore.»

«Non dirmi "per favore", Noah. Questa è la nostra ultima cena prima che io e Grady torniamo a Bethlehem e Theo torni in Arizona. Dovrebbe esserci anche lei.»

Noah rise. «Perché?» chiese. «Io e Josie non siamo sposati, come hai tenuto a precisare al funerale della mamma. Con entrambi assenti, al comando di polizia sono a corto di personale in questo momento. Non c'è problema se lei va a lavorare.»

Josie posò la tazza con il caffè e disse: «Non devo tornare al lavoro per forza. Sono sicura che Mettner può gestire gli interrogatori da solo. È più che capace e Gretchen sta lavorando su ogni pista possibile dalla sua postazione. Non c'è problema. Pensavo soltanto che...»

Laura la interruppe. «Mia madre diceva che eri troppo ossessionata dal lavoro. Per questo non le piacevi, sai.»

La testa di Grady apparve oltre la spalla di Laura, con le sopracciglia aggrottate in un'espressione imbarazzata. «Tesoro, ti prego. Calmati.»

Rivolgendosi a Noah e Josie, Grady disse: «Sono gli ormoni della gravidanza.»

Laura diede un manrovescio a Grady, colpendolo sul petto. «Non dare la colpa alla gravidanza».

Josie si alzò in piedi. «Pensavo di non piacere a tua madre perché ho sparato a Noah.»

Questo li mise tutti a tacere. Josie si avvicinò al lavello della cucina e gettò il resto del caffè nello scarico, facendo un respiro profondo.

«Quali interrogatori?» chiese Laura, cambiando argomento. «State interrogando delle persone legate al caso di nostra madre?»

«Non ne siamo ancora sicuri.» disse Josie. «Il dipartimento sta ancora valutando varie piste.»

«Che diavolo significa?» scattò Laura.

«Laura, calmati.» disse Noah.

«Non voglio calmarmi. Sai che uno dei tuoi detective ha chiamato i nostri datori di lavoro? Il mio e quello di Theo? Per non parlare della nostra donna di servizio! Voleva conferma dei nostri alibi, per il caso dell'omicidio di mia madre!»

«Credo che sia la procedura operativa standard, tesoro.» disse Grady con calma. «Non è vero, Noah? Escludere prima la famiglia?»

«Esatto.» confermò Noah. «Indaghiamo sempre sulle persone vicine alle vittime. Non significa niente, Laura.»

«Eccome se significa qualcosa.» sbottò lei.

«Sentite.» disse Josie, prima che Laura potesse continuare. Si voltò verso di loro. «So che vostra madre non si era affezionata a me e mi dispiace che non abbiamo avuto più tempo per conoscerci, soprattutto perché la ammiravo e la rispettavo sinceramente. L'ultima cosa che voglio fare in questo momento è sconvolgervi ancora di più, ma voglio darmi da fare per trovare il responsabile. Voglio che la persona che ha ucciso vostra madre sia consegnata alla giustizia. Detto questo, se Noah vuole che rimanga a cena, ci sarò. Senza fare domande.»

La stanza calò nel silenzio. Noah si alzò, facendo strusciare con un gran rumore la sedia sulle piastrelle. Si avvicinò a Josie, le afferrò le spalle e la tirò a sé, posandole un morbido bacio sulla fronte. «Ti amo.» disse. «Ora vai a lavorare.»

Gli occhi di Josie si riempirono di lacrime. Era la prima volta, da quando avevano rinvenuto il corpo di Colette, che le sembrava anche solo lontanamente il Noah che lei conosceva.

Dieci minuti più tardi era di nuovo in centrale, schiacciata tra Mettner e Gretchen davanti al computer di quest'ultima, a guardare il filmato sgranato di Drew Pratt e della donna misteriosa che le telecamere della fiera dell'artigianato avevano ripreso dodici anni prima. Entravano nella struttura fianco a fianco e percorrevano gli ampi corridoi a passo lento; i loro corpi erano abbastanza vicini e sincronizzati da indicare che erano sicuramente insieme, eppure si giravano l'una verso l'altro una volta sola. Il filmato era di qualità così bassa che non era possibile capire se stessero parlando o meno. Inoltre, la telecamera era stata posizionata in alto, con un'angolazione che guardava dall'alto verso il basso.

«Capisco perché la polizia non si sia preoccupata di renderlo pubblico all'epoca.» osservò Gretchen. «È del tutto inutile. Si può solo dire che la donna era più bassa di Pratt, relativamente magra e con i capelli corti e scuri. La definizione di questo filmato non è nemmeno abbastanza alta da permetterci di indovinare la sua età.»

«Già.» concordò Josie. «Ma se avessi gestito io il caso, avrei almeno informato il pubblico che Pratt era stato visto parlare con una donna bianca, bassa e dai capelli scuri, prima della sua scomparsa, e le avrei chiesto di farsi avanti.»

Gretchen sospirò. «Sì, anch'io. Cerca su Google un numero

sufficiente di articoli su questo caso e arriverai alle parti in cui le varie forze dell'ordine si incolpano a vicenda perché non è stato risolto. La polizia locale e statale, gli investigatori della contea, l'ufficio del Procuratore, lo sceriffo e persino l'FBI se ne sono occupati, avvicendandosi.»

Mettner digitava sulla sua applicazione per prendere appunti mentre le due parlavano. «Non c'è nessuno, tra le persone che erano alla fiera dell'artigianato quel giorno, che si ricorda di lei?» chiese. «Nessuno è riuscito a dare una descrizione?»

«No.» rispose Gretchen. «Ho dato un'occhiata al fascicolo. C'era parecchio materiale tra appunti e interviste. Quel giorno erano passate tantissime persone. Nessuno si ricordava specificamente di Drew Pratt. Era un cliente come tanti. Né Pratt né la donna misteriosa avevano un aspetto abbastanza riconoscibile da permettere ai venditori di fornirne una descrizione o un profilo. A meno che qualcuno che ha delle informazioni non parli, il caso non verrà risolto.»

«Forse, o forse no.» disse Josie, tirando fuori il telefono. Aveva passato buona parte della nottata a sfogliare gli album fotografici della famiglia Fraley per trovare foto di Colette nel periodo in cui Drew Pratt era scomparso e ne aveva scattato delle immagini con il cellulare che adesso mostrava a Gretchen e Mettner. «Per un attimo ho pensato che Colette potesse essere la donna misteriosa, ma come potete vedere ha sempre avuto i capelli lunghi. Non sono riuscita a trovare una sola foto in cui avesse i capelli corti.»

Gretchen prese il telefono di Josie e lo consultò. «La corporatura è simile, però. Forse indossava un travestimento?»

«Ma perché avrebbe dovuto?» chiese Josie. «Che motivo avrebbe avuto Colette Fraley di incontrarsi con Drew Pratt? Indossando un travestimento, per giunta.»

Con un altro sospiro, Gretchen riconsegnò il telefono a Josie e con il mouse chiuse il video e aprì alcune foto. «Non lo so.»

disse. «Ma guardate qua: queste sono foto di Patti Snyder nel 2006.»

Nella foto della patente, la pelle di Patti Snyder era abbronzata e agli angoli dei suoi occhi azzurri e intorno alla bocca cominciavano a formarsi delle rughe. I suoi capelli scuri erano abbastanza lunghi da poterci passare le dita, ma non abbastanza da poterli legare a coda di cavallo, e ai lati sembrava che li avesse rasati quasi a zero. L'altra foto che avevano preso dall'archivio la ritraeva in piedi accanto a un albero di Natale, con in testa una fascia con le corna da renna e, appesa al collo, una lunga collana di luci natalizie scintillanti. Sullo sfondo, si potevano vedere pavimenti in marmo e pareti di vetro.

«Non si può negare che avesse i capelli corti e una corporatura simile.» osservò Josie. «Patti Snyder fumava? I rapporti dicono che nell'auto di Drew Pratt c'era della cenere di sigaretta sul sedile.»

«Non secondo il fascicolo.» rispose Gretchen. «E invece Colette fumava?»

«Molti anni fa. Lo so soltanto perché una volta Noah mi ha raccontato che aveva smesso definitivamente e che l'aveva trovato estremamente difficile.»

«Bene.» disse Mettner. «Lo spuntiamo dalla colonna di Colette.»

«Ma i capelli corti mettono un segno nella colonna di Patti Snyder.» rispose Josie. «Immagino che qualcuno glielo abbia chiesto.»

«L'FBI.» rispose Gretchen. «La mettono sotto torchio ogni due anni. Si rifiuta di parlare con le forze dell'ordine perché dice che nessuno l'ha ascoltata quando suo figlio è stato condannato a due anni a Wood Creek.»

«Beh...» disse Josie «questo renderà le cose molto più difficili quando andremo a parlarle, non è vero? Cos'è questo sullo sfondo? Dove si trovava?»

«Bellewood First National Bank.» rispose Gretchen. «Ci lavorava in qualità di addetta ai prestiti.»

«Quindi è possibile che gli estratti conto su quella chiavetta provengano da Patti Snyder.»

«Sì.» convenne Gretchen. «E prima che tu lo chieda, Mett e io non siamo riusciti a trovare alcun collegamento tra Colette e Patti Snyder. Non c'è nessun punto in comune.

Non vivevano vicine l'una all'altra. Non hanno frequentato le stesse scuole, la stessa parrocchia, gli stessi dottori, niente di niente. Abbiamo anche controllato se ci fossero collegamenti tra suo figlio e Noah o con sua sorella e suo fratello, ma non abbiamo trovato nessuna traccia.»

«Tutto questo non ha senso.» disse Josie.

«Vero.» concordò Mettner. «Ma anche assumendo che Patti Snyder abbia creato questa chiavetta e l'abbia consegnata a Drew Pratt, come diavolo ha fatto Mrs. Fraley a metterci le mani sopra?»

«Non lo so.» disse Josie. «E perché? E quando?»

Gretchen controllò l'ora sul telefono. «Posso sicuramente organizzare un colloquio con Patti Snyder, ammesso che sia disposta a incontrare te e Mettner in prigione; ma intanto, perché voi due non andate a trovare Beth Pratt e cercate di capire se ha informazioni rilevanti?»

# DICIASSETTE

Il ranch a piano unico in cui viveva Beth Pratt si affacciava su un percorso rurale tra le montagne che circondavano Denton, dove ogni casa era separata da un paio di ettari di terreno e vantava lunghi vialetti di ghiaia. La casa di Beth era piccola e bianca, con scuri neri ai lati delle finestre. Si trovava ad almeno un ettaro di distanza dalla strada ed era circondata da alte querce. Non c'era un portico, solo un piccolo gradino di pietra che conduceva alla porta d'ingresso.

Josie parcheggiò dietro una piccola berlina rossa, una Honda. Lei e Mettner scesero e mentre si avvicinavano, Josie sentì i toni bassi di quello che sembrava un programma televisivo a giochi. Dietro la zanzariera, la pesante porta in legno massiccio era aperta, così Mettner batté le nocche contro il telaio della porta e chiamò: «Miss Pratt?» Non seguì risposta, né alcun suono dall'interno della casa, a parte quello della televisione. Josie sbirciò oltre Mettner verso il soggiorno. Non aveva una buona prospettiva della stanza, che si trovava a destra della porta d'ingresso, ma vide il bracciolo di un divano, il lato di un televisore appoggiato su un piccolo supporto, una soffice moquette beige e quella che sembrava la pianta di un piede nudo. Il suo cuore si fermò per un attimo e poi si rimise in moto. La sua mano scattò verso la pistola d'ordinanza, le dita aprirono abilmente la fondina che teneva alla vita e il palmo si avvolse intorno all'impugnatura dell'arma. «Mett...» sussurrò, «c'è qualcosa che non va.»

Con il mento, Josie gli indicò il soggiorno. Nel momento in cui gli occhi di Mettner si posarono sul piede, anche lui estrasse la sua arma. Tenendo le canne delle pistole puntate verso il basso, entrarono in casa, urlando con voce forte e chiara «Polizia!» Nessuno rispose. Mettner si spostò immediatamente a destra dove il corpo di una donna giaceva a faccia in giù sul tappeto davanti al tavolino, con un cuscino che le copriva parzialmente la testa. Indossava una maglietta viola e pantaloni neri elasticizzati. Entrambi i piedi erano nudi. Un braccio era appoggiato al fianco e l'altro era piegato, con il palmo della mano sopra la testa. Vicino ai suoi piedi, giaceva una tazza riversa su un fianco, accanto a una macchia marrone scuro. A pochi metri di distanza c'erano il telecomando della televisione e un numero della rivista *People*. Dall'altra parte della stanza, ai piedi di una libreria vuota, giacevano pile di libri in brossura e album fotografici che erano stati rovesciati dagli scaffali.

Mettner si accovacciò e tolse una mano dall'arma per sentire il battito sul collo della donna. Guardò Josie negli occhi. «È morta.» La sua mano toccò delicatamente il braccio della donna. «È fredda.» Il che significava che probabilmente era morta da tempo e che non sarebbero stati in grado di riportarla in vita. Josie fece un cenno in direzione del corridoio che portava al retro della casa e Mettner la seguì. Si disposero in formazione con Josie in testa, e controllarono ogni stanza e il giardino sul retro prima di tornare al corpo di Beth. La scena era molto simile a quella della casa di Colette Fraley, tranne per il fatto che chiunque avesse messo a soqquadro la casa lo aveva fatto più frettolosamente, lasciando molto più disordine. I cassetti della cucina erano stati estratti dalle loro sedi e gettati sul pavimento di piastrelle e il loro contenuto era stato sparso per tutta la stanza. Carte, penne e altro materiale da ufficio coprivano ogni superficie di quello che sembrava essere un ufficio domestico. Nella camera da letto principale, ogni cassetto del comodino era stato gettato sul pavimento, sopra una pila di vestiti stropicciati. Le ante dell'armadio erano aperte e il suo contenuto era ammucchiato sul pavimento. Anche il bagno era stato devastato, con gli oggetti dell'armadietto dei medicinali e del lavandino scaraventati sul pavimento.

«Qualcuno stava cercando qualcosa.» mormorò Josie.

Dopo aver controllato tutta la casa, si spostarono fuori, nel cortile, ma non trovarono nessuno, né tracce del passaggio di qualcuno. Riponendo le armi nella fondina, tornarono al corpo. Josie prese il telefono e chiamò la centrale. «Ci servono la squadra di raccolta delle prove e il medico legale.» disse. «Meglio procurarci anche qualche mandato. Sembra che ci sia capitato un altro omicidio tra le mani.»

# DICIOTTO

Un'ora più tardi, Josie e Mettner si trovavano nel soggiorno di Beth Pratt a guardare il medico legale, la dottoressa Anya Feist, eseguire un esame sommario del cadavere. Poi i paramedici la aiutarono a girare Beth Pratt sulla schiena per poterla collegare al defibrillatore semiautomatico esterno per assicurarsi che non ci fosse ritmo cardiaco, ma apparve subito evidente che non c'era bisogno del macchinario: il livor mortis aveva già annerito la pelle delle braccia di Beth Pratt nel punto in cui erano state a contatto con il pavimento.

La dottoressa Feist sospirò. «Direi che è morta da circa due ore.»

Mettner prese appunti sul suo telefono. Josie fece una smorfia; se solo fossero arrivati prima.

«Siete sicuri che sia lei la proprietaria di casa?» chiese la dottoressa Feist, alzando lo sguardo verso l'alto.

«Sì.» rispose Josie. «L'assassino ha rovesciato la sua borsa sulla tavola della sala da pranzo. O almeno, supponiamo che sia stato l'assassino a farlo, dal modo in cui abbiamo trovato il contenuto sparso sul tavolo. C'era anche la sua patente di guida.» Con i guanti ancora indosso, tirò fuori il telefono e mostrò la foto che aveva scattato. La dottoressa Feist prese il telefono e studiò il volto sorridente di Beth Pratt, spostando lo sguardo dal telefono alla donna morta che aveva di fronte. Era difficile dirlo dal corpo che avevano di fronte, con il suo volto cereo e senza vita, ma dalla fototessera Josie poteva vedere che Beth aveva ereditato la mascella squadrata del padre, così come le labbra sottili e i capelli scuri. Dalle sue ricerche sapeva che Drew Pratt era alto più di un metro e ottanta, mentre Beth, con il suo metro e cinquantacinque circa, avrebbe avuto difficoltà a contrastare un aggressore più grosso e feroce.

La Feist restituì il telefono a Josie con un sospiro. «Direi che è un'identificazione confermata.» Dalla tasca della giacca estrasse una piccola torcia e la accese puntandola negli occhi vitrei di Beth Pratt. «Ci sono delle petecchie, come mi aspettavo. Ne saprò di più quando la porterò al laboratorio, ma la mia impressione iniziale è che sia morta per asfissia.» Con delicatezza, le sue dita guantate esplorarono le labbra di Beth Pratt, scostandole metodicamente dai denti. Poi spinse il labbro in giù, premendo un dito al centro del mento di Beth per farle aprire la bocca e poterla esaminare all'interno con la sua torcia elettrica.

«Ci sono dei tagli all'interno delle labbra e delle fibre di moquette sulla lingua, il che fa pensare che qualcuno l'abbia tenuta con la faccia contro il pavimento.» La dottoressa Feist indicò il cuscino vicino alla testa di Beth. «Probabilmente l'hanno usato per tenerla ferma e soffocare le urla.»

L'intera scena provocò un brivido lungo la schiena di Josie.

«A giudicare da tutta la roba rovesciata sul pavimento, sembra che ci sia stata una specie di colluttazione.» osservò Mettner.

«E quindi, possiamo ipotizzare che fosse seduta sul divano.» concordò Josie. «Magari stava leggendo una rivista, con una tazza di caffè e aspettava il nostro arrivo.»

Mettner indicò la grande finestra del soggiorno che dava sul vialetto, ora occupato da veicoli della polizia, dal furgone del dottoressa Feist e da un'ambulanza. «L'assassino si avvicina, approfittando della porta aperta, probabilmente perché Miss Pratt ci aspettava.»

«Non ci sono segni di effrazione sulla zanzariera.» disse Josie. «Magari è stata proprio lei ad aprirla quando lui è arrivato.»

Mettner si avvicinò alla porta d'ingresso e la aprì come se stesse facendo entrare qualcuno. «Nel momento in cui lei si rende conto che il suo visitatore non è della polizia di Denton, è troppo tardi, lui è già in piedi sulla porta aperta ed entra subito.»

«Oppure» propose Josie «lei era ancora sul divano, aspettando che lui bussi, e invece lui ha cercato di forzare la porta, si è accorto che era aperta ed è entrato subito. L'ha colta di sorpresa e l'ha aggredita immediatamente. Hanno lottato. Lui l'ha messa a faccia in giù sul tappeto, le ha messo il cuscino sulla testa e l'ha soffocata.»

«Poi ha perlustrato tutta la casa.»

«E non abbiamo idea se abbia trovato quello che stava cercando.» disse Josie con un sospiro. «Sai se per caso Beth ha detto a Gretchen se viveva con qualcun altro, quando hanno parlato al telefono?»

«Gretchen mi ha detto che ha rotto con la sua ragazza, con cui conviveva, tre mesi fa e che ora viveva da sola.» disse Mettner.

«Non è passato molto tempo.» disse Josie. «Prima cosa: alibi per l'ex fidanzata. Se si discolpa, forse potrà dare un'occhiata in giro e dirci se manca qualcosa.»

Rivolgendosi alla dottoressa Feist, disse: «Pensa che sia opera dello stesso uomo che ha ucciso Colette?»

La dottoressa si alzò e si tolse i guanti, infilandoli nelle tasche della giacca. «Dal punto di vista clinico, non saprei dire. Una volta che l'avrò messa sul tavolo, ne saprò di più. Credo che la causa della morte sia la stessa, asfissia, ma lei sa bene quanto me che questo non significa che il responsabile sia la stessa persona.»

Mettner tornò nella stanza. «La scena è estremamente simile. Una donna sola, che viveva per conto suo. Nessuna effrazione, la vittima è stata soffocata in modo piuttosto brutale, la casa è stata messa a soqquadro ma non sono stati sottratti oggetti di valore, almeno per quanto possiamo dire a questo punto.»

«Giusto.» disse Josie. «Precisamente quello che pensavo. Ci sono molti gioielli nella camera da letto di Beth Pratt, molti dispositivi elettronici in tutta la casa e circa trecento dollari nel suo portafoglio. Quindi, qualsiasi cosa l'assassino stesse cercando, era qualcosa di molto specifico che aveva valore solo per lui.»

«Esattamente come è accaduto da Colette.» osservò Mettner.

«Non abbiamo modo di sapere cosa stesse cercando a casa di Colette, ma supponiamo che fosse il sacchetto con gli oggetti che abbiamo trovato all'interno della macchina da cucire.» disse Josie. «In quel sacchetto c'era una chiavetta che ci ha condotto a Drew Pratt e poi a sua figlia. Non credo che il suo omicidio sia una coincidenza.»

«Nemmeno io.» disse Mettner con una smorfia.

La dottoressa Feist si avvicinò alla porta e chiamò i paramedici che entrarono a prendere il corpo di Beth per trasportarlo all'obitorio. Josie e Mettner si fecero in disparte, ritirandosi in un angolo del soggiorno vicino alle librerie svuotate. «Allora, che cosa aveva Beth Pratt per cui valeva la pena di essere uccisa?»

Mettner scosse la testa. «Di cosa poteva trattarsi? Non poteva essere in possesso delle prove di ciò che era accaduto a suo padre, altrimenti non si spiegherebbe come mai non l'abbia reso noto per tutti questi anni.»

Josie fece una panoramica della stanza, un luogo altrimenti luminoso e allegro, ma ora segnato dalla violenza. «Forse posse-

deva qualcosa di importante, ma non sapeva che fosse importante. O forse l'assassino credeva che avesse qualcosa di
importante.»

«Come la chiavetta che aveva Colette? In quella chiavetta
non c'è niente per cui valesse anche solo lontanamente la pena
di uccidere.»

«Non per noi, forse.» disse Josie. «Ci sfugge qualcosa. Qualcosa di grosso. Chi è il parente più prossimo di Beth?»

«Mason Pratt.» disse Mettner. «Il figlio di Samuel Pratt. Lui
e sua madre sono i suoi parenti più stretti, almeno i più vicini in
questa zona. La famiglia della madre di Beth vive in Texas.
Avevo già chiesto a Gretchen di chiamare Mason prima che
arrivassimo qui.»

«Forse è il caso di fargli visita.» disse Josie. Controllò l'ora
sul telefono. «Hummel sta entrando in servizio. Chiamalo e
digli di passare a prendere Mason Pratt. Lo incontreremo alla
centrale.»

Mentre Mettner faceva la telefonata, Josie studiò il pavimento dove i libri in brossura e gli album fotografici giacevano a
mucchi vicino ai loro piedi. Uno degli album era aperto e, da
dove si trovava, Josie vide quelle che sembravano le foto del
matrimonio di Drew Pratt. Si accovacciò per guardare meglio.
Erano istantanee scattate da amici o da altri membri della famiglia, vecchie e ingiallite. Ne scorse alcune finché non ne individuò una con quelli che dovevano essere Drew Pratt e suo
fratello maggiore, Samuel. Indossavano entrambi un vecchio
modello di smoking blu e sorridevano alla fotocamera. Samuel
sembrava più vecchio, con un pizzetto ben curato. I suoi occhi
erano marroni come quelli di Drew, ma più ravvicinati sotto
sopracciglia più folte. Le forme del mento e del naso erano
uguali, così come il colore castano scuro dei capelli. Samuel era
più alto del fratello di qualche centimetro. «Magari anche
Mason potrà dirci qualcosa di più su suo padre.» borbottò Josie
mentre Mettner terminava la sua telefonata. Girò alcune pagine

dell'album, trovando altre foto di Drew e di sua moglie, con un bambino in fasce tra di loro in quasi tutte le foto. Quando arrivò alla fine dell'album, Josie ne prese un altro; in questo non c'erano più la piccola Beth e sua madre, c'erano invece foto di Drew e di una Beth adolescente accanto a Samuel, che sembrava molto più vecchio, e a un ragazzino che era chiaramente Mason Pratt. Di tanto in tanto, una donna si univa a loro nelle foto. Josie pensò che fosse la moglie di Samuel. Ma per lo più si trattava di foto dei due fratelli e dei loro figli adolescenti: escursioni, canottaggio, rafting e avventure all'aria aperta di ogni tipo. La moglie di Samuel Pratt compariva soltanto nelle loro attività meno fisiche, come una vacanza a New York, dove si trovavano davanti a un teatro di Broadway, e una gita a Disneyworld.

«Ehi.» disse Josie, facendo cenno a Mettner di avvicinarsi. «Guarda qui.»

Mettner si accovacciò accanto a Josie, prendendo in mano l'album aperto. «Che cos'è questo?»

Josie indicò una foto dei due fratelli Pratt e dei loro figli in piedi sulla cima di una montagna, tutti con gli scarponi da trekking e lo zaino in spalla, sudati, con la faccia rossa e sorridenti sotto il sole. «Quello è Samuel Pratt, credo.»

«Mi sembra logico.» concordò Mettner.

Josie indicò la sua mano destra, dove stringeva nel pugno un piccolo oggetto chiaro. «Quello cos'è?»

Mettner strizzò gli occhi. «Non saprei dire.»

Josie si avvicinò e girò una pagina, indicando un'altra foto di loro quattro in piedi sulla riva di un fiume, con due canoe alle spalle. Si stringevano in un abbraccio. Il braccio sinistro di Samuel Pratt era appoggiato sulla spalla del figlio, ma la mano destra pendeva al suo fianco, con il pugno di nuovo chiuso intorno a qualcosa, di cui si vedeva solo una parte della superficie chiara. Mettner sfogliò rapidamente altre pagine dell'album. «Lo tiene in mano in quasi tutte le foto.»

«Infatti.» confermò Josie. «Tranne in questa.» Tornò indietro di alcune pagine fino a una delle foto con la canoa, dove Drew e Beth erano in piedi sulla riva davanti a un falò, con le canoe alla loro destra. Alla loro sinistra, Samuel Pratt era seduto su una sedia da campeggio e sbucciava una mela con un coltello da frutta, gli occhi concentrati sul suo lavoro. Non faceva parte della foto, ma era stato ripreso sullo sfondo. Josie indicò il suo grembo. Sui pantaloncini blu navy che indossava poggiava il piccolo oggetto pallido.

Mettner avvicinò la foto al suo viso. «Porca puttana.» disse. «È...»

«È un po' sfocata.» disse Josie. «Ma sembra una punta di freccia, vero?»

DICIANNOVE

Tornati alla centrale, Bob Chitwood li aspettava in piedi alle
spalle di Gretchen, che era seduta alla sua scrivania con il ricevitore del telefono premuto contro un orecchio. Le braccia
erano incrociate sul petto sottile. Il suo naturale rossore cremisi
era tornato, facendo risaltare gli sparuti peli bianchi sul viso.
«Quinn!» gridò mentre si avvicinavano. «Vuoi prendermi in
giro?»

«Signore?» chiese Josie, gettando le chiavi sulla scrivania.
Salutò Gretchen con un piccolo cenno.

Chitwood le puntò un dito contro. «Tu e Mettner avete
appena scoperto l'omicidio di Beth Pratt? Beth Pratt, maledizione! Ti rendi conto che questo caso sarà di altissimo profilo?
La stampa parla ancora della scomparsa del padre, a distanza di
dodici anni. Sarà una vera tempesta di merda, lo sai?»

Josie mise le mani sui fianchi. «Sì.»

«Tutto qui? Sì? È meglio che ti tenga pronta per questo
casino, Quinn. Non so cosa diavolo stia succedendo qui, ma è
bene che tu vada a fondo della questione come se il tuo lavoro
dipendesse da questo, perché potrebbe essere così. Cercherò di

tenere questa storia lontano dalla stampa il più a lungo possibile.»

Ignorando la sua filippica, Josie disse: «Signore, questo potrebbe essere un buon momento per reintegrare la detective Palmer. La faccia tornare sul campo.»

«Non provarci nemmeno, Quinn.»

«Signore...» protestò Josie.

L'urlo di Chitwood fece tacere ogni suono nella stanza. «Maledizione, Quinn! Ho detto di no. Palmer rimane inchiodata a quella dannata scrivania e questa è la mia ultima parola su questo argomento.»

Mettner, alle spalle di Josie, si schiarì la gola. «Signore...» intervenne. «C'è una persona di sotto che dobbiamo interrogare. Hummel l'ha accompagnato e l'ha fatto accomodare nella sala conferenze.»

«Ho sentito.» disse Chitwood. «Mason Pratt. Pensi che sia un sospettato?»

«No.» rispose Mettner. «Non per il momento.»

Con un ultimo sguardo, Chitwood si ritirò nel suo ufficio borbottando qualcosa sulla gente che moriva come mosche e sulla maledetta famiglia Pratt.

Mettner sembrava sollevato, e Josie e Gretchen trattennero un sorriso. «Andiamo a parlare con Mason Pratt.» disse Josie a Mettner.

«Mi trovate qui alla mia scrivania.» disse Gretchen con un sospiro.

«Può vedere se la squadra di raccolta delle prove ha trovato qualcosa sull'impronta trovata a casa di Colette Fraley?» chiese Mettner.

Gretchen annuì e prese il telefono. «Ottima idea.» rispose. «Ci penso io.»

Josie recuperò il fascicolo su Colette Fraley e un paio di blocchi per appunti e di penne e scese al piano di sotto, nella sala conferenze, dove Mason Pratt era seduto davanti a una tazza di caffè intatta, con i capelli biondicci coperti da un berretto con visiera e gli occhi arrossati dal pianto. Hummel aveva detto di essere andato a prendere Mason nel negozio locale di trattori e mangimi dove lavorava. Il capo di Mason aveva confermato che era stato lì dalle sei di quella mattina. Indossava una felpa verde scuro con cappuccio e, sotto il tavolo, Josie poteva vedere che aveva jeans e scarponi. Si alzò quando entrarono e strinse la mano a entrambi. Sia Mettner che Josie gli fecero le loro condoglianze.

«Grazie.» disse Mason. «Non riesco a credere che sia successo tutto questo.»

«Qualcuno ha avvisato sua madre?» chiese Mettner. «Ha avuto modo di dirglielo?»

«Non ho avuto modo di andare a trovarla. L'ho scoperto solo quando il vostro collega è venuto a prendermi. Mia madre vive a Rockview.» disse Mason. «La casa di riposo, avete presente?»

«La conosco» disse Josie «anche mia nonna ci vive.»

«Lei e Beth eravate intimi?» domandò Mettner.

Mason si tolse il berretto e si passò una mano tra i capelli. «Sì, abbastanza, direi. Voglio dire, prima mio padre e poi il suo. Questo tipo di cose... non sono molte le persone che riescono a comprenderle, sapete? Ma Beth e io...» si interruppe, lo sguardo gli cadde sulle ginocchia. «Dio santo, comincio a pensare che la mia famiglia sia maledetta.»

«È una cosa difficile da accettare.» convenne Josie. «E lei ne hai passate tante. Ci dispiace doverlo fare, soprattutto ora che ha subito una tale perdita, ma dobbiamo farle alcune domande su Beth, suo zio Drew e suo padre. Se la sente?»

Lui annuì. «Cosa volete sapere?»

Cominciò Mettner: «Conosce qualcuno che avrebbe avuto un motivo per fare del male a Beth?»

Mason scosse la testa. «No. Non mi viene in mente nessuno. Bisogna ammettere che era testarda e determinata come mio zio Drew, ma non aveva nemici. Non che io sappia, almeno. Lavorava all'università. Lo sapevate?»

«Sì.» disse Mettner. «Ce lo ha accennato la detective Palmer quando l'ha chiamata per organizzare l'incontro di oggi. Lavorava nell'ufficio della segreteria, è corretto?»

«Sì. Le piaceva molto il suo lavoro. Andava d'accordo con i colleghi. Non riesco a immaginare che qualcuno di loro avesse un motivo per ucciderla. Avete parlato con la sua compagna... scusate, *ex* compagna?»

«La nostra squadra la sta rintracciando.» disse Josie. «Quando è stata l'ultima volta che ha parlato con Beth?»

«Circa una settimana fa, più o meno. L'ho chiamata per sapere come stava dopo la brusca rottura. L'aveva presa piuttosto male.»

Josie tirò fuori una foto di Colette Fraley che aveva fotocopiato dalle foto della famiglia Fraley e la mostrò a Mason. «Riconosce questa donna?»

Il suo sguardo rimase vuoto. «No.» disse poi. «Non l'ho mai vista prima. Chi è?»

«È stata uccisa circa una settimana prima di Beth.» spiegò Josie. «Al momento stiamo esaminando la possibilità che le morti siano collegate.»

«Magari c'è la possibilità che mia madre la conosca.» suggerì.

Josie mise via la foto. «Lo verificheremo.» Poi tirò fuori il suo telefono e selezionò alcune delle foto che aveva scattato a casa di Beth Pratt. Le scorse per farle vedere a Mason e, nell'ultima, indicò quella che sembrava la punta di una freccia. «Può dirci cosa tiene in mano suo padre in queste foto?»

Un accenno di sorriso si affacciò sulle labbra di Mason. «Sì.» confermò. «Era soltanto una stupida punta di freccia. Sapete cosa sono, vero?»

«Sì.» risposero all'unisono Mettner e Josie.

«E quella in queste foto...» chiese Josie «aveva un qualche significato speciale per lui?»

«Beh, sì.» disse Mason. «Sapete che mio padre era un archeologo, vero?»

«No.» rispose Josie. «Non ne eravamo a conoscenza.»

«Sì, era professore dell'Università di Denton. E appunto, l'archeologia era la sua passione; infatti, prima che io nascessi, aveva visitato siti e scavi in tutto il mondo.»

«Ed è in uno di questi scavi che aveva trovato quella punta di freccia?» chiede Mettner.

«No. L'aveva rinvenuta qui, in Pennsylvania. Quando era piccolo andava nei boschi a giocare e faceva finta di essere un archeologo di fama mondiale. Ebbene, una volta trovò davvero qualcosa: questa punta di freccia. Non valeva assolutamente niente, ma per lui aveva un grande significato. Quando partiva per gli scavi la portava con sé per ricordarsi di casa sua. Per "restare con i piedi per terra", così diceva. In seguito, quando si stabilì qui e iniziò a insegnare, la teneva in tasca e quando iniziava a sentirsi ansioso o nervoso la tirava fuori e passava le dita sui bordi.»

Il cuore di Josie fece una capriola al pensiero dei bordi levigati della punta di freccia che avevano trovato nella macchina da cucire di Colette. «Quanti anni aveva suo padre quando è morto?» chiese a Mason.

«Cinquantanove.»

«Aveva conservato questa punta di freccia fin da bambino?»

«Sì. Forse da quando aveva nove o dieci anni.»

Dunque aveva passato circa cinquant'anni a sfregare la dura superficie della punta di freccia. Aveva avuto tutto il tempo per levigarla.

«Non sa che fine ha fatto?» chiese Mettner.

«Macché.» rispose Mason. «Io e mia madre abbiamo semplicemente immaginato che fosse sempre nella sua tasca quando è caduto nel fiume, e che sia finita a fondo con lui. Non andava mai da nessuna parte senza e non l'abbiamo ritrovata nella sua macchina.»

«Può raccontarci del giorno in cui suo padre è caduto nel fiume?» chiese Josie.

Erano passati diciannove anni dal tragico giorno in cui Mason aveva perso il padre e le sue parole suonarono semplici, quasi prive di emozioni, come se si trattasse di una storia che aveva raccontato centinaia di volte. Josie suppose che fosse così.

«Andavo ancora al liceo. A quei tempi vivevamo tra qui e Bellewood, fuori Bowersville. Quella mattina andò al lavoro e tenne la lezione delle nove. Poi andò a prendere un caffè alla caffetteria, come faceva ogni giorno. È stato ripreso dalle telecamere. Poi se ne andò e nessuno lo vide per due giorni. Mia madre ne denunciò la scomparsa quella sera stessa, quando non lo vide tornare a casa per cena, ma la polizia non iniziò a cercarlo prima che fossero passate ventiquattro ore. Il giorno dopo la Polizia di Stato trovò la sua auto sulla riva del fiume Susquehanna, a Bellewood. Era chiusa a chiave. Le chiavi, il telefono, il portafoglio, tutto era ancora nell'auto. Tranne lui.»

«Era depresso?» gli domandò Josie.

«Mio padre ha sempre sofferto di depressione. Letteralmente, ci ha lottato per tutta la vita. Soffriva di bipolarismo. Quindi, o era al settimo cielo o era in un girone dell'inferno, ma nessuno di noi ha mai pensato che sarebbe arrivato a farla finita.»

«Non aveva mai manifestato tendenze suicide?» chiese Mettner.

«Non in modo tale da farci pensare che avrebbe mai rischiato di farsi davvero del male. Quando era in uno dei suoi cicli di depressione, era solo molto triste e scontroso, dormiva parecchio. A volte diceva qualcosa del tipo: "Sarebbe meglio se morissi" ma non sembrava mai che avesse intenzione di uccidersi. Era in cura da un terapeuta e vedeva uno strizzacervelli per i farmaci.

Mia madre lo seguiva sempre molto da vicino perché diceva che se non fosse stato vigile avrebbe potuto perdere il controllo. Anche dopo il ritrovamento del corpo, non credeva che si fosse ucciso. Ma non c'erano prove che non l'avesse fatto.»

«E lei cosa credeva?» chiese Josie.

«Non lo so. Pensavo che mia madre avesse ragione, ma crescendo non ne sono stato più tanto sicuro. Ora non so cosa pensare. Voglio dire, non si dice che le persone che hanno intenzione di uccidersi non ne parlano prima e un giorno si alzano e lo fanno? Da allora ho letto molte cose sul tema del suicidio. Forse ha semplicemente deciso di farlo. La polizia disse che non aveva segni sul corpo, se non qualche contusione sulla schiena, sulle spalle e sulle braccia, ma che probabilmente erano dovute all'impatto del corpo contro le rocce e i rami degli alberi nel fiume e in prossimità della riva. Non poterono dimostrare che fosse rimasto coinvolto in una lotta.»

«Era un buon nuotatore?» gli chiese Mettner.

«Passabile.»

«Cosa ne pensava suo zio?» domandò Josie.

«Che fosse andato lì per incontrare qualcuno e che quella persona lo avesse ucciso e ne avesse gettato il corpo nel fiume o lo avesse tenuto fermo e annegato.»

«La causa della morte è stata l'annegamento, vero?» chiese Mettner.

«Sì.»

«Su zio chi pensava che avrebbe dovuto incontrare?» chiese Josie.

«Non ne ho idea. Non siamo mai riusciti a capirlo. Mia madre e lo zio Drew controllarono le sue e-mail di lavoro e private, il suo telefono, il suo ufficio al lavoro e lo studio in casa, parlarono con la sua assistente, con i suoi colleghi, con i suoi studenti. Da quello che ricordo, non trovarono niente di strano, e se per caso avevano trovato qualcosa, non me lo hanno mai detto. Mi sono sempre immaginato che se si fosse incontrato con un'altra persona, ne sarebbe rimasta traccia, una telefonata, un'e-mail. Qualsiasi cosa.»

«Sì, sarebbe logico.» confermò Josie.

Pensò alla donna misteriosa con cui Drew Pratt si era incontrato alla fiera dell'artigianato il giorno della sua scomparsa: non c'era stato alcun indizio che facesse pensare che Drew aveva intenzione di incontrarsi con una persona. Conosceva già la donna misteriosa prima di andare alla fiera? Ci si era recato con l'intenzione di incontrarla o si era semplicemente imbattuto in lei? In ogni caso, non era certo che la donna misteriosa avesse ucciso Drew Pratt. Entrambi i fratelli Pratt superavano il metro e ottanta. Ci sarebbe voluta una persona molto forte, molto abile o ambedue le cose per sopraffarli; e anche se avesse trovato un modo per ucciderli che non richiedesse la forza bruta, per esempio avvelenandoli, avrebbe avuto bisogno di aiuto per sbarazzarsi dei loro corpi.

Il fruscio di una busta di carta per le prove riportò l'attenzione di Josie sul tavolo. Mettner si era infilato i guanti e aveva tirato fuori il sacchetto di plastica che avevano trovato nella macchina da cucire di Colette, senza la chiavetta USB, che era stata inviata al laboratorio per l'analisi delle impronte digitali dopo che ne era stato scaricato il contenuto. Mettner lo mise davanti a Mason, raccomandandogli di non toccarlo e appiattendo la plastica in modo che potesse vederla meglio. «Assomiglia per caso alla punta di freccia di suo padre?»

Mason la squadrò, alzandosi e chinandosi per guardarla meglio. «Dove l'avete presa?»

«L'abbiamo trovata di recente sulla scena di un altro crimine.» disse Josie. «Non possiamo ricavarne impronte a causa della superficie irregolare. Anche se è piuttosto liscia, non è abbastanza uniforme e questo rende quasi impossibile prelevare impronte. Stiamo cercando di capire il suo significato.»

Mason indicò il sacchetto. «Può girarla?»

Mettner girò il sacchetto tra le mani e glielo tese perché

vedesse la freccia. Mason indicò il bordo inferiore. «Proprio lì.» disse, con voce ansimante. Josie si avvicinò e vide un sottile segno nero lungo il bordo inferiore della punta che non aveva notato fino a quel momento. Mason ripeté: «Dove l'avete trovato? Su quale scena del crimine?»

«È quella di suo padre?» chiese Mettner.

Gli occhi di Mason si riempirono di lacrime. «Sì, penso che sia la sua. Un'estate stava riverniciando l'esterno della nostra casa. Io non ero che un bambino, avrò avuto dieci o undici anni... e aveva lasciato la punta della freccia sul tavolino del portico. Pensai di aiutarlo a finire di verniciare la parete, ma finii per versare la vernice blu scuro sulla sua amata punta di freccia. Era così sconvolto che pensai... che mi avrebbe ammazzato. Riuscì a toglierne la maggior parte. Tutta tranne quella piccola macchia. Lo ha sempre infastidito.»

Josie e Mettner si scambiarono uno sguardo, con gli occhi spalancati. Colette Fraley era in possesso di due oggetti personali appartenenti a due uomini, uno morto e l'altro scomparso da dodici anni. Le parole rimasero inespresse tra loro, ma Josie sapeva che Mettner stava pensando la stessa cosa che pensava lei: *in cosa diavolo era rimasta coinvolta Colette?*

## VENTI

«Il nome Colette Fraley le dice qualcosa?» chiese Josie a Mason Pratt.

Lui scosse la testa. «No, non l'ho mai sentita nominare. Chi è?»

«È la donna che è stata uccisa la settimana scorsa.» spiegò Josie. «La scena del crimine e le circostanze sono molto simili a quelle in cui abbiamo trovato Beth. Abbiamo trovato la punta della freccia di suo padre nascosta in casa sua.»

«Con questa fibbia.» disse Mettner, muovendo il sacchetto tra le mani in modo che Mason potesse dare un'occhiata. «La riconosce?»

Mason si appoggiò di più al tavolo, allungando il collo per vedere meglio. Mettner la girò tra le mani un paio di volte in modo che Mason la potesse studiare, e alla fine disse: «No. Cos'ha a che fare con Beth o con mio padre?»

Mentre Mettner rimetteva il sacchetto nella busta delle prove, Josie disse: «C'era un altro oggetto in quel sacchetto. Era una chiavetta con il nome Pratt scritto sopra. Crediamo che appartenga a suo zio Drew.»

Mason Pratt aggrottò la fronte. «Mio zio Drew? Che cosa conteneva?»

«Documenti legali.» disse Mettner.

«Ma niente che ci dica qualcosa su quello che gli è successo.» aggiunse Josie. «In realtà stavamo andando a parlare con Beth della scomparsa di suo padre quando l'abbiamo trovata.»

«Perché?» domandò Mason. «Siete la polizia. Non sapete già tutto quello che c'è da sapere sulla sua scomparsa?»

«Abbiamo un fascicolo in centrale» disse Josie «perché è scomparso entro i confini della città, ma molte agenzie hanno lavorato al suo caso nel corso degli anni e questo significa che il nostro fascicolo potrebbe essere incompleto. Inoltre, è successo molto prima che noi arrivassimo in questo dipartimento. Volevamo sentire direttamente alcune delle persone che conoscevano Drew all'epoca. Ci dica, Mason, Beth ha creduto a qualcuna delle teorie che sono circolate dopo la sua scomparsa?»

Mason si massaggiò le guance con entrambe le mani; sembrava sempre più esausto. «Beth credeva che suo padre fosse morto. Ma non per suicidio. Ha sempre creduto che qualcuno lo avesse ucciso. Si trattava solo di trovarne il corpo.»

«Aveva qualche idea su chi lo avesse ucciso o sul perché?» domandò Mettner.

«Pensava che la spiegazione più ovvia fosse probabilmente quella giusta.»

«Che sarebbe?» chiese Josie. «Che il suo omicidio aveva a che fare con qualcuno che aveva perseguito?»

Mason annuì con convinzione. «Esattamente. Non è la prima cosa a cui si pensa? Un assistente Procuratore Distrettuale di successo e rispettato che ha fatto bene il suo lavoro per decenni. Mio zio Drew ha fatto rinchiudere contrabbandieri di armi illegali, trafficanti di droga e molti membri di associazioni a delinquere dalle bande di motociclisti alle bande di suprematisti bianchi. Anche quella banda di latinos, avete presente, la 23?»

Riconoscendolo, Josie ebbe un sussulto. «Sì, conosco la 23. Alcuni di loro sono stati coinvolti in una sparatoria sulla Interstatale proprio qui a Denton qualche anno fa.» In effetti, era stata quella sparatoria a far precipitare Josie direttamente nelle oscure profondità del caso delle ragazze scomparse che aveva scosso non soltanto la città, ma l'intera nazione.

Mason si grattò dietro un orecchio. «Sì, mi sembra di ricordarlo. Comunque, lo zio Drew ha messo in galera un sacco di delinquenti e Beth ha sempre creduto che fosse stato qualcuno di una delle organizzazioni criminali a farlo fuori.»

«Non Patti Snyder?» chiese Josie.

Mason inarcò un sopracciglio.

«Lei era...» iniziò Josie, ma lui la interruppe.

«So chi era... chi è. Credetemi, Beth e io conosciamo tutti i protagonisti di ogni scenario che la stampa ha vomitato negli ultimi dodici anni. Capisco perché molte persone ci abbiano creduto, ma non c'è mai stata alcuna prova che lo zio Drew sapesse qualcosa di quello che stava succedendo con lo scandalo delle tangenti per i bambini. Quindi no, Beth non ha mai creduto che Patti Snyder avesse ucciso suo padre.»

«Nel corso degli anni alcuni investigatori hanno ipotizzato che Patti Snyder fosse la donna che aveva parlato con Drew Pratt alla fiera dell'artigianato il giorno in cui è morto.» sottolineò Josie.

«Sì, sì. Ne sono al corrente.»

Allora Mettner ne approfittò per chiedergli: «Beth aveva qualche teoria su quella donna?»

«Non pensava che si trattasse di Patti Snyder. Pensava che chiunque fosse quella donna, si trovava lì per attirare lo zio Drew verso la morte. È stata una delle ultime persone a vederlo vivo, a parlargli. Se non era coinvolta, perché non si è mai fatta avanti? Inoltre, se fosse stata Patti Snyder e sapesse cosa gli è successo, perché non dovrebbe usarlo come leva, ad esempio per ottenere una riduzione della pena o qualunque altro vantaggio?»

«Ottima osservazione.» osservò Josie.

«C'è stato anche quel periodo di due o tre settimane in cui lo zio Drew si trovava...» Mason si interruppe bruscamente, un accenno di panico gli balenò sul viso, come se avesse parlato troppo.

Con tono pacato, Josie chiese: «Dove si trovava suo zio, Mason?»

«Beth non l'ha mai detto a nessuno perché pensava che i poliziotti e la stampa avrebbero subito gridato al suicidio, ma per le due o tre settimane precedenti alla scomparsa, disse che lo zio Drew non se la passava bene.»

«In che senso?» chiese Mettner.

«Disse che non mangiava e non dormiva, che era nervoso e che era fuori controllo.»

«Era successo qualcosa che aveva scatenato questo stato?» chiese Josie.

«Non voleva parlarne. Beth glielo chiese in più occasioni, ma ogni volta lui la liquidava dicendo che era solo stressato per il lavoro.»

«Ma i suoi archivi di lavoro sono stati studiati a fondo dopo la sua scomparsa.» disse Josie. «Non aveva casi importanti in sospeso. Si trattava soltanto di incarichi minori.»

Al che Mason rispose: «Sì, Beth fece molta pressione sulla polizia dopo la scomparsa dello zio Drew, ma le dissero che non c'era niente di veramente stressante nel suo lavoro.»

«Ma lei continuava a credere che fosse stato ucciso da qualcuno che aveva perseguito?» insistette Josie.

«Proprio così. Beth ritiene che potesse aver ricevuto una specie di minaccia qualche settimana prima della sua scomparsa.»

«Ma non ci sono prove di questo.» disse Josie. «Gli investigatori hanno controllato ogni particolare della sua vita.»

Mason alzò le mani in aria. «Lo so. Vi sto solo dicendo quello che Beth crede... credeva. Mio Dio, non posso crederci. Non posso credere che se ne sia andata. Chi farebbe una cosa del genere? E per quale motivo?»

Vedendo il suo viso ricoprirsi di lacrime Josie sentì il suo stomaco precipitare. Aveva perso il padre, poi lo zio e ora la cugina, il tutto in circostanze strane e sospette. Avrebbe voluto avere più risposte da dargli.

«È quello che volevamo chiederle.» spiegò Mettner. «A casa di Beth sembrava che qualcuno avesse rovistato tra le sue cose, come se stesse cercando qualcosa. Le viene in mente niente di quello che Beth aveva e che qualcuno potesse volere?»

Mason scosse la testa. «No, non che mi venga in mente, niente per cui valga la pena uccidere.»

VENTUNO

Fecero una pausa, lasciando Mason da solo nella sala conferenze, per andare nell'area di ristoro del primo piano a prendersi una tazza di caffè e una bottiglia d'acqua da portargli. Josie inserì un filtro nuovo nella caffettiera, vi versò la polvere di caffè e poi versò nuova acqua nel recipiente. «Dovremmo metterlo sotto custodia protettiva.»

Mettner rise. «Ce l'abbiamo a Denton?»

«Sai cosa intendo. Dovremmo almeno affiancargli un'unità. Non ti sembra strano? Colette nasconde qualcosa che è appartenuto sia a Drew che a Samuel Pratt. Finisce assassinata. Rintracciamo la figlia di Drew, ma la troviamo uccisa. E se Mason fosse il prossimo?»

«Non è una cattiva idea.» convenne Mettner. «Ma Chitwood non approverà mai gli straordinari per mettere un'unità su quel poveraccio.»

Josie ispezionò le tazze di caffè sulla mensola accanto al lavandino e ne prese due per sé e Mettner. «Certo che lo farà. Se vuole evitare che la situazione dei Pratt peggiori. È già preoccupato che la stampa scopra che la figlia di Drew Pratt è stata uccisa.»

«D'accordo, allora mettiamo un'unità a disposizione di Mason Pratt fino a quando non avremo capito come stanno le cose. Io andrò a Rockview a parlare con sua madre, per vedere se conosceva Colette Fraley.»

«Credo che dovremmo parlare con Patti Snyder.» disse Josie. «O almeno provarci.»

«Pensa che fosse lei la donna misteriosa del video?»

«Non so cosa pensare, ma vorrei scoprire se sa qualcosa della chiavetta che aveva Colette.» fece notare Josie. Hummel fece capolino nella saletta. «Boss.» disse. «Mett.»

«Solo detective Quinn, adesso.» precisò Josie.

«Sì?» disse Mettner.

«Abbiamo trovato qualcosa sulla chiavetta. L'impronta parziale di un pollice.»

«Un'impronta parziale?» chiese Josie. «E quante corrispondenze possibili?»

«Cinque.» rispose Hummel. «Ma Drew Pratt è uno di loro. La detective Palmer ha il rapporto.»

Josie abbandonò il caffè. Mettner passò una bottiglia d'acqua a Hummel mentre attraversavano la porta e gli disse di consegnarla all'uomo della sala conferenze e di dirgli che sarebbero tornati nel giro di dieci minuti. Una volta raggiunta la tromba delle scale, salirono di corsa la rampa e irruppero fianco a fianco nella grande stanza. Gretchen era alla sua scrivania, con il rapporto tra le mani, e scrutava l'elenco dei nomi. «Non riconosco nessun altro in questa lista.» li avvertì vedendoli avvicinarsi.

Josie e Mettner lessero i nomi della lista da sopra la spalla di Gretchen. «L'unico che conta è Drew Pratt. Direi che questo prova in modo abbastanza inequivocabile che ha consultato il contenuto della chiavetta.» dedusse Josie.

«No.» dissentì Gretchen. «Dimostra solo che l'ha tenuta in mano. Non possiamo sapere con certezza se abbia mai guardato il contenuto della chiavetta.»

«Uhm.» mormorò Josie. «Questo è vero. Oppure potrebbe essere questo che ha messo Drew Pratt in uno stato d'animo così cupo prima della sua scomparsa. Ammettiamo che avesse ricevuto la chiavetta prima di scomparire, ma che non avesse ancora potuto leggerla.»

Gretchen consegnò l'elenco a Mettner perché lo esaminasse a sua volta. «Dal contenuto della chiavetta avrebbe capito chi doveva perseguire, o almeno su chi indagare. Forse ci stava pensando quando è scomparso. Ma non possiamo ancora concludere che la chiavetta abbia avuto a che fare con quello che gli è successo.»

«Giusto.» disse Josie. «Possiamo solo dire con certezza che, a un dato momento, questa chiavetta è stata in suo possesso e che successivamente è passata a Colette Fraley. Solo che non sappiamo in quali circostanze e per quale motivo.»

«Dovremo iniziare a indagare anche sulla fibbia della cintura.» borbottò Mettner.

Josie sentì un brivido freddo di paura lungo la nuca. «Ho paura di quello che troveremo.»

«Già.» commentò Gretchen. «Anch'io.» Prese un altro fascio di fogli e li porse a Josie, che riconobbe immediatamente le foto dell'impronta di scarpa trovata sulla scena del crimine di Colette. C'erano altre fotografie del calco e un rapporto sui risultati della squadra di raccolta delle prove.

«Che cosa abbiamo?» chiese Mettner.

Gli rispose Josie: «L'impronta era di un numero 44, cosa che sapevamo, ma qui dice che, considerando la forma dell'impronta nel terreno, è probabile che chi ce l'ha lasciata pesasse tra gli ottanta e i novanta chili. Il contorno più definito vicino alla parte anteriore del piede suggerisce che fosse chinato, facendo gravare la maggior parte del peso sulla pianta del piede.»

«Cosa che avrebbe dovuto fare per inginocchiarsi e mettersi a cavalcioni su Colette.» osservò Gretchen.

Josie continuò: «Il disegno della suola corrisponde a una

marca molto comune di scarpe da ginnastica da uomo, che si può trovare in quasi tutti i negozi del paese che vendono questo tipo di calzature.»

«Beh, questo sì che restringe il campo.» disse Mettner.

«Già.» sospirò Josie. «Non credo che questo ci porterà molto lontano.»

Gretchen indicò l'orologio appeso alla parete che segnava le 23:00.

«Perché non vai a casa a vedere come sta Noah? Io scriverò tutti i rapporti di oggi, così tu e Mett potrete occuparvene domani.»

VENTIDUE

La casa di Noah era immersa nell'oscurità quando Josie sgattaiolò all'interno. Avvertì un pizzicore mentre si muoveva dall'atrio, oltre il soggiorno e la cucina. Erano stati aggrediti in quelle stesse stanze solo pochi mesi prima. Per lei era ancora difficile, ma lui si rifiutava di trasferirsi. Trascorrevano la maggior parte del tempo a casa sua, ma non dalla morte di Colette. Josie accese la luce della cucina e vide il biglietto che Noah le aveva lasciato sul frigorifero. *Ti ho preso qualcosa da mangiare. Sono esausto. Sono andato a dormire. N.*

Aprì il frigorifero e sorrise, con un po' di sollievo che le fece passare la tristezza che la opprimeva dall'omicidio di Colette. Noah si assicurava sempre che mangiasse. L'odore delizioso di una bistecca perfettamente grigliata si diffondeva da un contenitore da asporto sul ripiano superiore. Josie si sedette al tavolo e la divorò prima di salire in camera di Noah. Ci teneva ancora alcuni vestiti, così si cambiò infilandosi i pantaloni della tuta e una maglietta, si lavò i denti e si infilò nel letto accanto a lui. Mentre i suoi occhi si adattavano all'oscurità, osservò il petto nudo di Noah alzarsi e abbassarsi. Gli passò le dita tra i capelli e gli diede un bacio sulla guancia, ma lui non si mosse.

La stanchezza le appesantì le membra, ma dopo pochi minuti passati a girarsi e rigirarsi, capì che il sonno era ormai lontano. Prese il telefono dal comodino e mandò un messaggio a sua sorella Trinity. *Sei sveglia?*

La risposta di Trinity arrivò qualche minuto dopo. *Per te sempre, sorellina. Che succede? Come sta Noah?*

*Devastato,* rispose Josie. *Senti, per caso ti ricordi di aver fatto il servizio sulla scomparsa di Drew Pratt quando facevi ancora la cronista locale?*

*È stato solo uno dei casi più importanti della Pennsylvania. Certo che mi ricordo. Ci sono stati sviluppi?*

*Diciamo così,* rispose Josie. *Per ora non posso dirtelo. Mi chiedevo soltanto che cosa pensi gli sia successo.*

La risposta tardò ad arrivare e per un attimo Josie pensò che Trinity si fosse addormentata, ma il messaggio arrivò poco dopo. *Credo che qualcuno lo abbia ucciso. Qualcuno che Patti Snyder conosceva o aveva assunto. Sai chi è Patti Snyder?*

*Sì,* rispose Josie. *Lo so bene. Perché pensi che sia stata Snyder?*

*È l'unica cosa che ha senso, considerando la donna misteriosa. La polizia mi ha lasciato vedere il video quando ho fatto il mio servizio per il notiziario locale. Credo che Patti Snyder gli abbia detto cosa stava succedendo e quando lui ha deciso di non occuparsene, lei lo ha fatto uccidere. Non parlerà mai, però. Dovrebbe consegnare l'assassino altrimenti.*

*Beh, grazie,* rispose Josie.

*Fammi sapere se ci sono sviluppi!!!* Le scrisse Trinity quasi subito, seguito da: *PER PRIMA.*

Josie ridacchiò e rimise il telefono sul comodino. Si sdraiò sul cuscino accanto a Noah, inspirando il suo profumo familiare e confortante. Un turbinio di domande le affollava la mente. Dopo altri venti minuti passati a rigirarsi nel letto, sentendo il sonno sfuggire, prese di nuovo il telefono e cercò su Google Patti Snyder. Era una madre single che lavorava come cassiera in una banca e cresceva il suo unico figlio quando, nel 2002, lui era stato arrestato per aggressione semplice dopo essere stato coinvolto in una rissa con un altro adolescente. La rissa era avvenuta sul campo da football durante una partita tra scuole superiori rivali ed era scaturita nel corso di una rissa più ampia tra i giocatori. Era stata filmata in un video che qualcuno della stampa aveva riesumato dopo lo scoppio dello scandalo delle tangenti per i bambini, e da quello che Josie riuscì a vedere dal filmato sgranato e ripreso da lontano - la lotta tra il figlio di Patti Snyder e l'altro ragazzo era stata evidenziata da un cerchio bianco -, non aveva avuto conseguenze particolarmente brutali. Tuttavia, il giudice Eugene Sanders aveva condannato il figlio di Patti Snyder a quasi due anni a Wood Creek. Il suo difensore d'ufficio aveva cercato di ottenere un patteggiamento, ma Sanders lo aveva rifiutato. Così, il ragazzo aveva scontato la sua pena nel riformatorio e, secondo la madre, ne era uscito come l'ombra di quello che era prima di entrarvi. Non si era mai ripreso del tutto, aveva dichiarato Patti Snyder al processo. Non c'era niente che lo facesse uscire dalla depressione e lei era sull'orlo della bancarotta per cercare di fargli avere l'aiuto di cui aveva bisogno. Poi, un giorno, nel 2005, mentre lei era al lavoro lui si era impiccato nel giardino di casa. Al processo, Patti Snyder aveva raccontato che dopo averlo trovato, aveva dovuto anche tagliare la corda con cui si era impiccato. Non c'era un occhio asciutto in aula.

Patti Snyder aveva avuto dei sospetti su Wood Creek fin da subito. Le indagini che aveva svolto presso la banca in cui lavorava - che erano illegali - avevano portato alla luce ciò che lei riteneva fosse una conferma. Sosteneva di aver tentato più volte di denunciarne le attività, ma che nessuno le aveva dato ascolto. Poi, quando la storia era scoppiata nel 2010, tutti gli uomini coinvolti avevano assunto avvocati molto prestigiosi. La stampa aveva parlato del fatto che la maggior parte delle persone coinvolte avrebbe accettato di patteggiare per evitare la prigione.

Snyder si era recata a casa di uno dei finanziatori della Wood Creek Associates, aveva bussato alla sua porta e, quando questi aveva aperto, gli aveva sparato al petto e lo aveva lasciato lì a morire. Era stata condannata all'ergastolo senza possibilità di libertà vigilata.

Noah si spostò su un fianco e il movimento improvviso fece trasalire Josie. Le cadde il telefono dalle mani e le finì in grembo. Lo recuperò tra le coperte e lo rimise sul comodino, collegandolo al caricabatterie. Era più che sufficiente per quella sera. L'indomani Gretchen avrebbe cercato di ottenere un colloquio con Patti Snyder, sperando che facesse luce su quanto Drew Pratt sapeva dello scandalo delle tangenti prima della sua scomparsa e se fosse davvero lei la donna misteriosa che gli aveva parlato alla fiera dell'artigianato.

Josie cadde in un sonno agitato e si svegliò qualche ora dopo con la luce del giorno che filtrava dai contorni delle tende e il braccio di Noah che le cingeva la vita e il suo corpo che, per abbracciarla, si era adattato perfettamente al suo. Quando lei si mosse, lo fece anche lui. Le loro mani si esplorarono sonnolente, i corpi si scaldarono per il bisogno e l'urgenza, scoprendo un dolce sfogo l'uno nell'altro che li lasciò entrambi senza fiato e sudati.

Josie stava sonnecchiando tra le braccia di Noah, pronta a dormire per diverse ore, quando un colpo alla porta di casa li fece trasalire entrambi.

Aspettarono, con i corpi in tensione, per vedere se avrebbero bussato ancora, e così fu.

«Vado io.» le disse Noah. «Resta qui.»

Josie lo guardò mentre si metteva addosso qualcosa e spariva nel corridoio. Ascoltò i suoi passi e il suono della porta di casa che si apriva cigolando. Poi una voce femminile. Josie si alzò, si rivestì e lo rincorse giù per le scale. Quando raggiunse l'atrio, lui aveva già chiuso la porta. Tra le sue braccia c'era una grande teglia con un biglietto attaccato al coperchio.

Noah le sorrise. «Una signora della parrocchia di mia madre.» spiegò. «Avranno pensato che potessi aver bisogno di un mangiare qualcosa.»

Josie lo seguì in cucina. «Che pensiero gentile.»

«Ha detto di metterlo in forno per venticinque minuti a 180 gradi.» biascicò Noah mentre faceva posto nel freezer. Si avvicinò al tavolo con il biglietto in mano, strappando la busta e aprendola. Lo lesse velocemente e glielo porse prima di tornare al frigorifero per cercare qualcosa da preparare per la colazione. «Sono davvero delle brave persone.» disse da sopra la spalla.

«Sì, è vero.» concordò Josie leggendo il biglietto. Era un biglietto di condoglianze piuttosto classico. Invece di farlo firmare a tutti i fedeli, qualcuno aveva scritto, con una calligrafia elegante: FACCI SAPERE SE HAI BISOGNO DI QUALCOSA. TI RICORDIAMO NELLE NOSTRE PREGHIERE. LA TUA FAMIGLIA DELLA CHIESA EPISCOPALE DI SAINT MARY.

«Mi sembrava che avessi detto che tua madre era cattolica.» disse Josie.

«Che cosa?» chiese Noah, chiudendo lo sportello del frigorifero tenendo in mano soltanto un cartone di succo all'arancia.

«Pensavo che tua madre fosse cattolica. Frequentava una chiesa episcopale?»

Lui bevve un sorso di succo, direttamente dal cartone, e disse: «E allora?»

«E allora una chiesa episcopale non è la stessa cosa di una chiesa cattolica, e a Denton ci sono quattro chiese cattoliche, una delle quali è più vicina a casa di tua madre rispetto alla chiesa episcopale di Saint Mary.» gli fece notare Josie.

«Josie, che importa a quale chiesa andava mia madre?»

«Per quanto tempo ha frequentato la Saint Mary?»

Lui fece un sospiro di frustrazione e disse: «Non lo so. Ci è sempre andata.»

Il che equivaleva a dire da quando Noah riusciva a ricordare. Josie si alzò dal tavolo di cucina e andò al bancone dove c'era la caffettiera, prendendo i filtri e la polvere di caffè dal mobile soprastante. «Noah.» disse. «Quelle cose che abbiamo trovato nella macchina da cucire di tua madre...»

Noah sbatté il cartone del succo sul tavolo della cucina. Josie si girò e lo fissò. «Perché continui a tirare fuori questo argomento? Te l'ho detto, non è altro che un equivoco. Non sono importanti. Un paio di vecchi gingilli e una chiavetta USB appartenuta a qualche avvocato.»

Josie si girò completamente verso di lui. «Non "qualche avvocato", Noah. Drew Pratt. L'assistente del Procuratore Distrettuale scomparso dodici anni fa. Ieri la figlia di Drew Pratt è stata uccisa. Con modalità molto simili a quelle di tua madre. Morta per soffocamento nella sua stessa casa, che era stata messa a soqquadro, perciò chiunque sia stato stava sicuramente cercando qualcosa. Abbiamo parlato con suo cugino, Mason, dopo averla trovata. Mettner gli ha mostrato la punta di freccia e lui ha detto che apparteneva a suo padre.»

«E con questo?»

«Anche suo padre è morto.»

Josie riuscì a vedere che sulle spalle tese di Noah si accumulava l'irritazione. «Cosa?»

Gli fece un breve riassunto di tutto ciò che lei, Gretchen e Mettner avevano appreso sui fratelli Pratt.

«Mia madre non conosceva quegli uomini.» disse lui.

«Come fai a sapere che non li conosceva?» lo incalzò Josie. «Non puoi sapere tutto di lei.»

«Sapevo abbastanza di lei. Ti ripeto che non conosceva quegli uomini.»

«Allora come è entrata in possesso dei loro effetti personali?» gli chiese Josie.

«Deve trattarsi di un equivoco.» ribadì Noah, alzando la voce.

«Mi dispiace, Noah, ma non credo che sia un equivoco. Due uomini, uno morto e uno scomparso – fratelli, nientemeno – e tua madre occultava in casa sua alcuni loro oggetti personali. Non pensi che stesse nascondendo qualcosa?»

Si avvicinò a lei, fermandosi così vicino che Josie poté vedere il rapido alzarsi e abbassarsi del suo petto. «Per esempio cosa?» chiese Noah. «Cosa potrebbe aver mai nascosto?»

«È quello che sto cercando di capire.»

Le puntò un dito verso il petto. «Stai cercando di capire su cosa mentiva mia madre quando dovresti cercare di capire chi l'ha uccisa.»

Josie si appoggiò un palmo sul petto. «Perché credo che qualsiasi cosa stesse nascondendo l'abbia fatta uccidere, Noah.»

«Cosa potrebbe mai aver nascosto? Cosa? Pensi che fosse una specie di serial killer? Che annegava uomini nei fiumi dando a credere che si fossero suicidati? È questo che pensi?»

La schiena di Josie scivolò lungo il bancone mentre si allontanava da lui. «Non ho mai detto questo. Ma tua madre aveva dei segreti, Noah. Devi rendertene conto.»

Il suo volto si contorse in un'espressione per lei irriconoscibile, e quando lui pronunciò le parole che seguirono, capì perché: non l'aveva mai trattata in modo così brusco. D'altra parte, non era mai stato così traumatizzato, così stravolto. «So che sei stata cresciuta da una donna che potrebbe anche essere la sorella di Satana, e che è l'unico esempio che hai, ma le madri *normali* non hanno segreti, e mia madre era *normale*. Non hai un parametro di riferimento per ciò che è normale, quindi, forse è per questo che non lo capisci, che non mi ascolti. Con mia madre, come la vedevi, così era. Lei non si sarebbe mai fatta coinvolgere in qualcosa di simile a quello di cui stai parlando. Non so da dove siano venuti quegli oggetti o come siano finiti nella sua macchina da cucire, ma lei non ha fatto niente di male.»

Josie non perse la calma e la ragionevolezza della sua voce. «Noah, non ho detto che ha fatto qualcosa di sbagliato. Ho solo detto che c'erano delle cose che teneva nascoste. Quei segreti potrebbero averla fatta uccidere.»

«Mia madre non aveva segreti. So che tu, tua nonna e quella puttana malefica che ti ha cresciuto avevate tutte più segreti di quanti tu ne possa ricordare, ma...»

Josie lo interruppe. «E questo cosa vorrebbe dire?»

«Significa che sei stata cresciuta da un branco di bugiarde. Tutto ciò che riguardava la tua vita era una bugia. Ora vedi il mondo attraverso il filtro della menzogna. Vedi cose che non ci sono. Non tutte le persone sono bugiarde e subdole come quelle a cui sei abituata. Mia madre era...»

Josie non riuscì più a tenere a freno la rabbia. Fece un passo verso di lui e protese il mento in avanti. «Tua madre era cosa? Perfetta? Una santa? Pensi che non abbia mai detto una bugia in tutta la sua vita?»

«Non parlare di mia madre.» gridò lui.

Josie non demorse. «Noah, un'altra donna innocente è morta. Che ci piaccia o no, c'è un assassino in libertà in questa città. Dobbiamo trovarlo.»

Lui si allontanò di scatto.

«Dove stai andando?» gli chiese.

Noah si fermò sulla soglia della porta, ma non la guardò.

«Perché ti comporti così?» disse Josie, le parole le sfuggirono acute e piene di angoscia prima che lei riuscisse a trattenerle. «Perché ti comporti in questo modo?»

«In quale modo?»

«Come se non ti importasse del fatto che qualcuno l'ha uccisa.»

Si voltò, con le lacrime agli occhi. «Certo che mi importa che l'abbiano uccisa. È l'unica cosa a cui riesco a pensare. Ma ti prego, ti supplico, non rovinare il ricordo che ho di mia madre.»

«Oh, Noah, non lo farei mai...»

Lui alzò una mano per farla tacere. «Non voglio più parlare di questo. Forse dovresti andare a casa tua.»

Le lacrime le punsero il fondo degli occhi, ma lei le trattenne. Temendo che qualsiasi altra cosa dicesse avrebbe portato solo ad altri litigi, mormorò: «Se è quello che vuoi.»

Lui non aggiunse altro. Lei rimase immobile in cucina, ascoltandolo muoversi per la casa. Sentì il tintinnio delle sue chiavi e poi la porta d'ingresso che si chiudeva e quando la sua auto si mise in moto davanti a casa, si lasciò andare a un pianto dirotto.

# VENTITRÉ

«È come se non sapessi più chi è.» si lamentò Josie rivolta a Gretchen. Le due si sedettero una di fronte all'altra a un tavolo del Komorrah's Koffee, che si trovava a pochi isolati dalla stazione di polizia. Josie finì la sua terza danese al formaggio e diede un sorso al caffè.

Gretchen prese un croissant con la crosta di noci e lo mise nel piatto davanti a sé. Nel momento in cui Gretchen aveva visto Josie, aveva capito che era uno di quei giorni da una dozzina di pasticcini e aveva prontamente ordinato un'intera confezione da dividere. «Beh...» cominciò Gretchen. «Le persone elaborano il lutto in modo diverso. Io e te lo mettiamo da parte, lo respingiamo e ci buttiamo sul lavoro.»

«È vero.» disse Josie.

«Alcune persone cadono in depressione e si lasciano andare. Alcune persone si arrabbiano e si sfogano. Mi sembra che Noah faccia parte di quest'ultimo gruppo.»

Josie posò la tazza e sospirò. «Ma è così insolito per lui. È sempre così... equilibrato e ragionevole.»

Gretchen rise. «Oh, lo so. Quando sembra che tutti gli altri stiano perdendo la testa, lui ha la capacità di entrare in una stanza e di stemperare la situazione molto velocemente.»

«È il suo dono.» concordò Josie. «Vorrei che Chitwood ti lasciasse libera di tornare sul campo. Così potrei stare di più a casa con lui e non dovrei essere necessariamente io a fare le domande difficili.»

Gretchen diede un morso al suo pasticcino e masticò lentamente, con un'espressione pensierosa. Dopo aver deglutito, disse: «Ho i miei dubbi che se le domande le facesse qualcun altro sarebbe più facile per lui.»

«Hai ragione.» convenne Josie.

«Durante il mio terzo o quarto anno alla Omicidi, mi occupai di un caso in cui il nipote di una donna fu ucciso con un colpo di pistola. Era poco più di un ragazzino. Lei lo stava tirando su, ed erano solo loro due. Era sconvolta, questo era evidente, ma non volle sapere assolutamente niente della nostra indagine. Non fino a quando non avessimo preso l'assassino e anche in quel caso, tutto ciò che volle sapere fu che fosse dietro le sbarre. La maggior parte delle famiglie chiamavano sei volte al giorno per avere aggiornamenti. Ma c'erano sempre uno o due che avevano bisogno di prendere le distanze da tutto quello che era successo: l'omicidio, i dettagli, l'indagine. È troppo, troppo doloroso. Ecco dove si trova Noah in questo momento. Il dolore è troppo grande per lui adesso.»

«È così arrabbiato.»

«Ma non è arrabbiato con te.» la rassicurò Gretchen. «È arrabbiato per tutta questa orribile situazione. Si sta semplicemente sfogando su di te.»

«Fantastico.» disse Josie con tono drastico. Prese la sua quarta danese al formaggio e le diede un grosso morso, pensando che più tardi avrebbe dovuto fare una corsa per bruciare tutte le calorie che stava assumendo. Da quando aveva smesso di bere, aveva cominciato a mangiare molto per lo stress.

«Non aveva mai perso nessuno che gli fosse molto vicino, vero?» chiese Gretchen.

Josie scosse la testa. «No, questa è la prima volta.»

«Beh, non c'è modo di programmare queste cose, lo sai. Soffrirà per parecchio tempo.»

«Sai se Mettner ha parlato con la madre di Mason Pratt?» chiese Josie, cambiando argomento. Gretchen aveva ragione. Quando soffriva, il lavoro migliorava le cose.

«Sì, dice che non ha mai sentito parlare o visto Colette Fraley.»

«Quindi è un vicolo cieco.»

«Temo di sì. Ho fatto una richiesta alla prigione dove è rinchiusa Patti Snyder, ma il direttore mi ha avvertito che non parla mai con poliziotti o giornalisti.»

«Sembra promettente.» mormorò Josie.

La porta d'ingresso del caffè si aprì di scatto e poi si udì il suono della voce del capo Chitwood che rimbombava nella saletta, facendo trasalire entrambe. «Quinn! Palmer!»

Gretchen gli fece un piccolo cenno di saluto e lui si avvicinò a loro.

Guardò il tavolo. «Che diavolo è questa roba?»

«Signore?» chiese Josie.

«Credevo che qui ci fossero le danesi al formaggio. Cos'è questa porcheria? Pecan?» Josie lanciò un'occhiata dall'altra parte del tavolo verso Gretchen, che si sforzava di trattenere un sorriso che si faceva largo sul suo volto. «Non dire niente.» disse Josie sottovoce.

«Quinn le ha mangiate tutte. Sono i suoi dolci preferiti.» esclamò Gretchen.

Chitwood lanciò un'occhiata a Josie. «Ma non mi dire. Beh, abbiamo qualcosa in comune.»

«Sconvolgente.» mormorò Josie.

«Scansati.» le disse Chitwood, infilando il suo corpo alto e magro tra il divanetto e il tavolo accanto a lei prima ancora che lei avesse la possibilità di spostarsi. Il gomito ossuto di Chitwood urtò contro quello di lei, mentre prendeva uno dei croissant con la crosta di noci di Gretchen e lo guardava con un ghigno.

«Signore» disse Gretchen «vuole che le prenda qualcosa al banco? Un caffè? Una danese al formaggio?»

«No.» disse Chitwood. «Grazie.»

«Non è venuto qui per una danese al formaggio.» osservò Gretchen.

Chitwood si strofinò la peluria sul mento e lanciò un'occhiata di traverso a Josie.

«No, sono qui perché Patti Snyder, che non ha parlato con nessuno delle forze dell'ordine da quando è in prigione, ha accettato di parlare con Quinn.»

«Cosa?» chiesero all'unisono Josie e Gretchen.

Chitwood girò la testa e lanciò a Josie uno sguardo lungo e penetrante. Josie si assicurò che lui distogliesse lo sguardo prima di lei. «Quinn, conosci quella donna?»

«No, Signore. Non l'ho mai incontrata.»

«Ha specificato espressamente che avrebbe parlato solo con te. Non con Mettner. Con te. E perché mai l'avrebbe fatto?» La voce di Chitwood era più stupita che sprezzante, il che era un gradito cambiamento.

«Non ne ho idea, Signore.» rispose Josie.

Chitwood rimise il croissant sul piatto al centro del tavolo e sospirò. «Non ha molta importanza, vero?»

Il suo volto si contorse in una smorfia, come se quello che doveva dirle lo addolorasse profondamente. «Ottimo lavoro, Quinn. Andrai a parlarci questo pomeriggio. Ho organizzato tutto con il direttore. La prigione di Muncy è a circa due ore da qui, quindi è meglio che tu ti metta in viaggio. Dovevamo esserci occupati di questa faccenda di Pratt già da ieri. Non riuscirò a tenere la stampa lontana da questa storia ancora per molto tempo, e ci sono spie nel Dipartimento di Correzione. Non appena si saprà che Snyder ha incontrato un poliziotto dopo tutti questi anni, gli avvoltoi cominceranno a volteggiarci intorno.»

Il telefono di Gretchen fece un trillo. Lo tirò fuori e lo guardò. «Mettner sta andando all'obitorio per l'autopsia di Beth Pratt. Io vado a lavorare su l'alibi della sua compagna. Allora ci incontreremo per fare il punto quando tornerai.»

VENTIQUATTRO

Per tre volte, durante il viaggio verso la prigione di Muncy, Josie diede un'occhiata al cellulare e poi lo gettò sul sedile del passeggero della sua Ford Escape; nessuna chiamata o messaggio da Noah. Pensò a ciò che aveva detto Gretchen, al modo in cui le persone affrontano il lutto. Capì che la perdita della madre aveva spinto Noah in un territorio completamente nuovo per lui; che la perdita era troppo violenta e troppo grande per essere gestita e che si era scagliato contro di lei perché gli era vicina, ma si chiese ancora se lei avrebbe dovuto reagire o meno; questo era un territorio nuovo anche per lei.

Il Penitenziario Statale di Muncy era l'unico carcere femminile di massima sicurezza nello Stato della Pennsylvania. Josie lo sapeva perché era lì che Lila Jensen, la donna che aveva fatto a pezzi la sua famiglia e distrutto la sua infanzia, stava scontando l'ergastolo senza condizionale. Josie sperava che morisse a causa del cancro che le stava divorando gli organi interni da diversi anni, ma ancora resisteva.

Situato in una rigogliosa valle della contea di Lycoming, a prima vista il Penitenziario di Muncy sembrava più un campus universitario che una prigione. Un'ampia strada alberata conduceva dalla State Route 405 alla struttura carceraria. Josie lasciò la macchina nel parcheggio per i visitatori fuori dal reticolato di filo spinato, dietro il quale si ergeva un edificio in pietra con una torre dell'orologio bianca, il fulcro del vasto parco di Muncy. Il suo perimetro circondava dodici ettari, ma al di fuori di esso si estendevano oltre trecento ettari di fitta area boschiva. Josie sapeva che all'interno del perimetro recintato c'erano più di settanta edifici, di cui quasi venti ospitavano le detenute.

Passò il controllo al cancello d'ingresso. Poi venne accompagnata al centro visitatori da uno degli agenti penitenziari che l'aspettava su ordine del direttore. Qui consegnò la sua arma e seguì un altro agente penitenziario in un lungo labirinto di corridoi, finché alla fine fu introdotta in una stanza beige con un lungo tavolo di metallo al centro. Si sedette di fronte alla porta mentre una delle guardie portava dentro Patti Snyder. La guardia le tolse le manette e uscì dalla stanza, restando in piedi appena fuori, dove un'ampia vetrata gli permetteva di sorvegliare attentamente la detenuta, anche se a Josie era stato detto che aveva mantenuto una condotta esemplare fin dalla sua incarcerazione. Josie aveva visto solo foto e video di Patti Snyder subito dopo l'arresto e durante il processo. All'epoca, Patti era leggermente in sovrappeso, da cui il suo viso morbido e rotondo, e aveva lunghi capelli castani con qualche ciocca grigia. La donna ora di fronte a Josie era magra, muscolosa e dai lineamenti marcati. Si era rasata i capelli in un taglio informe in modo che nessuno potesse aggrapparvisi. Patti Snyder aveva sviluppato una durezza che un tempo non esisteva.

Patti intrecciò le mani sul tavolo e guardò a lungo Josie.

«Lei è più piccola di quanto pensassi.»

Non è quello che Josie si aspettava. «Mi avrà visto al notiziario, immagino.»

«Qualche volta.»

Tra loro scese il silenzio. Josie aspettò un attimo per vedere se Patti avrebbe aggiunto qualcosa, ma non lo fece, perciò andò dritta al punto. «Devo farle alcune domande su Drew Pratt.»

Lo sguardo di Patti si spostò verso la vetrata dove la guardia le stava osservando, con le braccia incrociate sul petto robusto. Lentamente, girò di nuovo la testa per guardare Josie. «Sa cosa ha ucciso mio figlio?»

Josie si prese una manciata di secondi per riflettere sulla sua risposta. Sapeva che Patti non stava parlando in senso letterale. «L'avidità.»

Un sorriso si aprì sul volto di Patti. «Quasi. Ci è andata molto vicino. L'avidità ci ha messo lo zampino, ma non è questo che me lo ha portato via. È stata la corruzione a ucciderlo.»

«Lo immagino.» concordò Josie. Gli uomini del Consiglio di amministrazione della Wood Creek Associates erano stati avidi, sacrificando degli adolescenti per riempire le proprie tasche, ma il giudice era stato quello che aveva accettato la proposta. Il giudice avrebbe dovuto essere giusto e imparziale. Invece, aveva emesso sentenze di gran lunga superiori a quelle giustificate, rovinando la vita di innumerevoli ragazzi per ingrassare il proprio conto in banca.

«Sapevo che avrebbe capito. Anche lei ha conosciuto la corruzione da vicino, non è vero?»

Josie deglutì. Capì subito che Patti stava parlando del caso delle ragazze svanite che l'aveva catapultata sotto i riflettori di Denton. «Sì.»

«La corruzione ha ucciso suo marito, vero? Non importa cosa sia successo a tutte quelle ragazze e al vecchio capo...»

«Si può dire così.» rispose Josie.

«Non mi fiderò mai più di un poliziotto, di un avvocato o di un giudice dopo quello che è successo a mio figlio, ma parlerò con lei. Solo oggi. Questa è la sua unica occasione, quindi faccia tutte le sue domande e io le risponderò sinceramente, ma se cercherà di usare qualsiasi cosa io dica per fregarmi o invischiarmi in qualcosa in cui non ho motivo di essere invischiata, negherò tutto.»

Josie fece un cenno con la testa in direzione della vetrata. «La nostra conversazione verrà registrata, Patti.»

Patti alzò le spalle. «Non significa niente. La gente si inventa sempre le cose. Potrei raccontarle tutto quello che vuole sentire perché volevo incontrare una celebrità locale.» Con ciò fece l'occhiolino e Josie ebbe la sensazione che avrebbe detto la verità. A seconda di ciò che Patti sapeva, questo poteva essere un bene o un male. Se avesse detto a Josie qualcosa di completamente incriminante, Josie non avrebbe potuto servirsene o, per lo meno, sarebbe stato difficile da utilizzare; ma se avesse saputo qualcosa che poteva rivelarsi importante o utile per i casi di Colette Fraley e Beth Pratt, allora sarebbe valsa la pena di giocare a questo gioco.

«Ha ucciso lei Drew Pratt?» chiese Josie.

Patti rise e lanciò a Josie un'occhiata di ammirazione. «Beh, non c'è dubbio che è una che va dritta al punto. No. Non ho ucciso Drew Pratt. Avrebbe fatto parte della mia lista, ma nel tempo necessario per stilare quella lista, lui era già sparito.»

«Sa cosa gli è successo?»

«No. Non lo so e questa è la pura verità.»

«Lo ha incontrato il giorno in cui è scomparso?»

«No, non l'ho incontrato.»

«Gli ha dato una chiavetta con le prove di ciò che Sanders stava facendo?»

Gli occhi marroni di Patti si spalancarono per lo stupore, ma riprese subito il controllo della sua espressione. «Sì.» ammise. «Sì, gliel'ho data.»

«Quando?» chiese Josie.

«Circa cinque o sei mesi prima della sua scomparsa.»

«Ne è sicura?»

«Sì. Drew Pratt era solito fare colazione al bancone di una tavola calda a Bellewood quasi ogni mattina.»

«Quella di fronte al tribunale?»

Patti annuì. «Esatto, quella. La mia responsabile aveva una cotta per lui. Pratt era single, o vedovo, o quello che era, e lei aveva perso la testa per lui. Un tipo affidabile, con un buon lavoro, molto rispettato nella comunità, non troppo vecchio. Anche lei ci andava quasi tutte le mattine, prima dell'apertura della banca. È allora che mi venne l'idea di provare a parlargli.»

«Fu la sua responsabile a organizzare l'incontro?»

«No, non l'ha mai saputo. Era fuori sede il giovedì, così raccolsi quello che potevo e un giovedì andai a fare colazione in quella tavola calda. Mi sedetti accanto a lui al bancone.»

«Che mese era?» chiese Josie.

«I primi di dicembre.» rispose Patti. «Era dopo il Ringraziamento ma prima di Natale. Lo ricordo perché stavo attraversando un periodo difficile. Era la prima volta che passavo le feste senza mio figlio.»

Questo coincideva con quanto aveva poco prima affermato Patti sul fatto che si trattava di cinque o sei mesi prima della scomparsa di Drew. Era scomparso ad aprile.

«E gli disse cosa conteneva la chiavetta?»

«No. Non volevo che qualcuno ci sentisse. Gli dissi soltanto che c'era qualcosa che avrebbe dovuto vedere.»

«E lui guardò?»

«Non all'inizio, non credo.» disse Patti. «Lo ritrovai alla tavola calda un giovedì, circa un mese dopo. Fu molto dura anche solo aspettare così a lungo, ma non volevo essere troppo aggressiva o che altre persone ci vedessero insieme troppo di frequente per farsi strane idee. A quel tempo sembrava che quegli uomini di Wood Creek avessero un grande potere. Un potere enorme. Non sapevo cosa avrei rischiato facendo una soffiata o cosa.»

«Ma alla fine ci pensò lui.» la incalzò Josie.

«Lo incontrai di nuovo alla tavola calda a febbraio, poco prima della festa di San Valentino. Mi disse di fare una passeggiata con lui e io accettai. Disse che niente di quello che gli avevo consegnato era ammissibile o provava davvero qualcosa. Che in nessun modo avrebbe potuto incriminare Sanders sulla base di alcuni estratti conto bancari.» Emise un soffio di frustrazione. «Ero distrutta. Ma lui disse che non dovevamo arrenderci. Avrei dovuto incontrarlo due mesi dopo, per dargli un po' di tempo per indagare da solo.»

«Poi è scomparso.» aggiunse Josie.

«Sì, poi è scomparso.»

«Ma non venne fatta nessuna indagine.» disse Josie. «Ho esaminato i fascicoli della polizia. La vita di Drew Pratt nei mesi precedenti alla sua scomparsa venne passata al setaccio più volte. Non c'era alcun accenno a Sanders o a Wood Creek in nessuno dei suoi appunti personali, sul suo computer a casa o al lavoro.»

«Beh, non posso esprimermi su quello che fece dopo che avevamo parlato a febbraio. Posso limitarmi a raccontare quello che mi disse in quel momento.»

«Pensa che Sanders o qualcuno dei ragazzi di Wood Creek abbia a che fare con la sua scomparsa?» chiese Josie.

«Non lo so. Ma se fosse così, non sarebbe stato uno di loro a fare il lavoro sporco.»

«Ha ragione.» concordò Josie.

«Drew Pratt è scomparso da dodici anni. Vi ci è voluto tutto questo tempo per capire cosa c'era nella chiavetta?»

«No. L'abbiamo trovata da pochi giorni.» spiegò Josie.

«È per questo che è qui?»

«No, sono qui perché Beth Pratt è stata uccisa.»

«E questo cosa c'entra con me?» chiese Patti.

«Niente, a quanto pare.» sospirò Josie «Ma è stata uccisa subito dopo che abbiamo trovato quella chiavetta che ci ha portato a indagare più a fondo su quello che è successo a suo padre.»

«Beh, è un vero peccato.»

«Eccome.» disse Josie. «Era molto giovane.»

«No.» disse Patti. «È un peccato che Drew non sia vissuto abbastanza per sapere cosa si prova a perdere un figlio.»

## VENTICINQUE

Tornata alla centrale, Josie si sedette alla sua scrivania per scrivere il rapporto su ciò che aveva appreso da Patti Snyder. Sentì il confortante profumo del caffè ancor prima che Gretchen si avvicinasse e deponesse un bicchiere di carta blu notte davanti a lei, con tutto intorno la scritta Komorrah's Koffee. Per un attimo Josie sentì una piccola fitta al cuore: di solito era Noah a rifornirla di caffeina e a sostenerla durante un'indagine importante. Non l'aveva chiamata né le aveva mandato messaggi per tutto il giorno.

«Mettner sta salendo.» disse Gretchen sedendosi alla sua scrivania.

Infatti, pochi istanti dopo, Mettner apparve: era pallido, i capelli castani scompigliati.

«Hai assistito all'autopsia?» gli domandò Josie.

Lui annuì.

«Ci vuole un po' di tempo per abituarsi.» lo rassicurò Gretchen.

Lui non guardò nessuna delle due. Invece, tirò fuori il telefono e iniziò a scorrere i suoi appunti, riportando ciò che aveva appreso dalla dottoressa Feist. «Dall'autopsia non è emerso niente che già non sapessimo. Beth Pratt è morta per soffocamento dopo una breve colluttazione. Ho interrogato un gruppo di amici di Colette Fraley e un gruppo di persone che frequentava in parrocchia. Nessuno aveva niente di utile da raccontare. Poi ho fatto un controllo incrociato su tutte queste persone per vedere se riuscivo a trovare qualche collegamento tra loro e Drew Pratt. Ma niente. Poi sono andato nell'ufficio della cava e ho parlato con il suo capo e i suoi colleghi. Anche in questo caso non c'è stato niente di utile e nessuna delle persone con cui ho parlato aveva legami con Drew Pratt. Inoltre, non so cosa diavolo fare per capire a chi appartiene la fibbia della cintura. Non riesco a trovare delle impronte. Non so nemmeno da dove cominciare per cercare degli uomini che portassero fibbie così vistose nel 1973.»

Josie rise.

«Forse dovremmo far girare la notizia sui giornali.» suggerì Gretchen. «O almeno sui social media. Chiedere l'aiuto della popolazione.»

«No.» disse Josie. «Non credo che possiamo rischiare in questo momento. È evidente che qualcuno sta cercando questi oggetti che, per chissà quale motivo, sono importanti. Non voglio rischiare di bruciare le nostre indagini.»

«Se questi dettagli sono così importanti, allora il loro significato non dovrebbe essere più evidente per noi?» scherzò Mettner, incrociando finalmente il suo sguardo.

Josie sorrise. «Si potrebbe pensare così. Non è mai tanto semplice. Cominciamo con Google. Poi con eBay. Inoltre, chiedi a Hummel di portare la fibbia ai banchi dei pegni e ai negozi di antiquariato per vedere se qualcuno la riconosce.»

«Buona idea.» disse Mettner, scrivendo un appunto sul suo telefono, poi guardò Gretchen. «È riuscita a scoprire l'alibi della compagna di Beth Pratt?»

«Sì.» rispose Gretchen. «È pulita. Era al lavoro e l'ho verificato con tre suoi colleghi.»

«Il padre di Noah?» chiese Mettner. «Ha avuto modo di parlargli?»

«Anche lui ha un alibi. Era a New York. Ho avuto conferma dall'albergo in cui alloggiava. Inoltre, aveva i biglietti per uno spettacolo di Broadway. Mi ha mandato le foto delle matrici dei biglietti.»

«Ha detto qualcosa?» chiese Josie. «Che cosa ha detto? Di Colette, voglio dire.»

«Era triste, ma ha detto che non si vedevano da più di dieci anni. Non ne avevano motivo: Noah era il loro figlio più giovane e aveva diciotto anni quando hanno divorziato. Ha detto che non aveva idea di chi potesse volerle fare del male. Anche se il loro matrimonio non ha funzionato, lei era una brava persona, così mi ha detto.»

«E dei figli?» chiese Josie. «Ha chiesto di loro?»

«No, non ha chiesto di loro, però ha detto che negli anni ha cercato di contattarli, ma erano così arrabbiati con lui per essersene andato che non hanno più voluto parlargli e alla fine si è arreso. Ha detto che sarebbe stato peggio per loro se fosse venuto al funerale.»

«Sì.» disse Josie. «Noah e sua sorella mi hanno dato la stessa sensazione.»

«Penso che dovremmo continuare a cercare i fratelli Pratt perché è su questo che dobbiamo basarci e perché un altro Pratt è appena stato ucciso.» disse Mettner. «Per ora scendiamo nella tana del coniglio e vediamo dove ci porta.»

«Mi sembra giusto.» rispose Josie.

«Com'è andata con Patti Snyder?» chiese Mettner.

Josie sorseggiò il caffè, sentendo il suo calore diffondersi in tutto il corpo e la stanchezza che le annebbiava la mente dissolversi. Fece a Mettner e Gretchen un resoconto dell'incontro con Patti Snyder.

«Tu le credi?» chiese Gretchen.

«Non ne sono sicura.» disse Josie. «Voglio dire, non aveva

niente da nascondere, quindi perché è stata così riservata per tutto questo tempo? Perché non dire semplicemente che sì, aveva dato a Drew Pratt la chiavetta, ma che lui non ne aveva mai approfittato?»

«Perché così avrebbe dato ancora di più l'impressione di essere coinvolta.» spiegò Gretchen. «Prima di oggi non c'erano collegamenti certi tra i due; non c'erano altro che speculazioni. Adesso, sappiamo che si sono incontrati, che hanno parlato e che lei gli ha fornito le prove di ciò che il giudice Sanders stava facendo. Se l'opinione pubblica lo avesse scoperto, sarebbe stata la principale sospettata della sua scomparsa. Il sospetto su Patti Snyder salterebbe subito in cima alla lista. Anche se, leggendo i documenti, so che è stata comunque indagata e nessuna autorità di polizia è riuscita a trovare prove del fatto che avesse un complice che forse ha ucciso Pratt al posto suo.»

«È vero.» ammise Josie.

«A prescindere dal fatto che l'abbia ucciso o meno» disse Mettner, «ora sappiamo che Pratt ha sicuramente visto il contenuto della chiavetta e non ha indagato.»

«Posso informarmi sul giudice Sanders e sui ragazzi di Wood Creek per vedere se c'è qualche collegamento con Drew Pratt.» propose Gretchen. «Tuttavia, se sono stati coinvolti nella sua scomparsa, sono riusciti a tenerlo nascosto per tutto questo tempo con grande successo. Potremmo non trovare prove.»

«Non è così sicuro che la faccenda delle tangenti c'entri qualcosa.» Josie alzò lo sguardo verso Mettner. «Ricordi cosa ha detto Mason? Drew ha iniziato a comportarsi in modo strano due o tre settimane prima della sua scomparsa. Sapeva già da mesi della faccenda delle tangenti. Quindi cosa aveva scoperto? O cosa era successo nelle due o tre settimane precedenti alla scomparsa da sconvolgerlo così tanto?»

«Come diavolo facciamo a saperlo, se nemmeno sua figlia è riuscita a capirlo?» brontolò Mettner.

«Vale la pena provare.» disse Josie. «A volte un paio di occhi nuovi fanno la differenza.»

Mettner infilò il telefono nella tasca posteriore. «Come facciamo a capire cosa ha sconvolto tanto Drew Pratt subito prima della sua scomparsa?»

Josie scrollò le spalle. «Difficile a dirsi. Forse possiamo dare un'altra occhiata alla casa di Beth Pratt? Cominciare da lì? Possiamo anche parlare di nuovo con Mason. Forse lui può dirci se Beth ha conservato appunti o documenti che appartenevano a suo padre prima della sua scomparsa. Potrebbe aver conservato alcuni degli effetti personali del padre, o magari tutti. Sarei anche interessata a vedere se Drew aveva degli appunti sulla morte di Samuel. Era un Procuratore che chiedeva alla polizia di riesaminare la morte del fratello a cadenza di qualche anno, è impossibile che non abbia tenuto un fascicolo personale sulla morte di Samuel.»

«Pensi che Beth Pratt avrebbe conservato una cosa del genere?» chiese Gretchen.

«Penso che valga la pena indagare.» rispose Josie. Guardò l'orologio. Era già sera. «Inizieremo domani. Per prima cosa.»

## VENTISEI

Josie passò davanti alla casa di Noah dopo aver lasciato la centrale. Le luci erano spente, non c'era traccia della sua auto e lui non rispose quando accostò per mandargli un messaggio. Tornando a casa sua, rallentò quando passò davanti al negozio di liquori: ogni cellula del suo corpo desiderava fermarsi e comprare una bottiglia di Wild Turkey per affogare tutta l'insicurezza che provava a causa di ciò che stava accadendo tra lei e Noah. Al solo pensiero sentì il caldo bruciore dell'alcol infiammare la gola, ma aveva promesso a se stessa che non l'avrebbe più fatto. *Sarebbe stato così facile*, le diceva una voce nella testa. *Solo qualche ora di intorpidimento.*

«No.» mormorò ad alta voce, premendo forte il piede sul pedale dell'acceleratore e tirando dritto fino a casa.

Una volta arrivata, si sentì improvvisamente sollevata per non aver ceduto. Riconobbe nel suo vialetto le auto di sua madre, Shannon Payne, e della sua amica, Misty Derossi. Mentre si fermava appena fuori dalla porta di casa, dalla cucina le giunse il suono di voci femminili miste a risate. Fece qualche passo avanti e guardò dentro scoprendo che al tavolo non c'erano solo Shannon e Misty, ma anche sua nonna, Lisette

Matson. Davanti a loro c'era una vasta gamma di cosmetici, soprattutto smalti per le unghie e vari accessori per la manicure.

«Jo! Jo!» Il suono della voce di Harris Quinn, che ora aveva due anni, la fece trasalire. Abbassando lo sguardo, lo vide correre per la cucina verso di lei. Aprendo le braccia, lo acchiappò con destrezza e lo prese in braccio. «Ciao, tesoro.» disse, dandogli un bacio sulla guancia. Tutte le sensazioni cupe e stucchevoli che l'avevano assalita in macchina furono spazzate via quando le piccole braccia di Harris si strinsero intorno al suo collo.

Il bambino allentò un braccio e indicò il tavolo. «Tutte insieme.»

Fu allora che le tornò in mente.

«Te ne sei dimenticata, vero?» disse Shannon, leggendo lo stupore sulla sua espressione.

«No, non l'avevo dimenticato...»

«Se n'era dimenticata.» sentenziò Lisette.

«Non importa, Josie. Abbiamo discusso se disdire o meno a causa di tutto quello che sta succedendo a Noah, ma poi abbiamo pensato che ti avrebbe fatto bene.»

Misty agitò una mano, con un sorriso nervoso sulle labbra. «Questo mese toccava a me, quindi ho scelto la serata benessere.»

«Il mese prossimo faremo la serata dedicata al club del libro.» aggiunse Shannon.

Da un po' di tempo questa improbabile ma meravigliosa pseudo-famiglia che si era formata intorno a Josie, si riuniva ogni secondo martedì del mese; a turno sceglievano un tema per il loro incontro. Avevano esteso l'invito a Gretchen, ma lei aveva rifiutato, così erano rimaste loro quattro. Lisette aveva voluto una serata giochi, Josie aveva scelto una serata cinema, Shannon aveva deciso per il club del libro e Misty aveva organizzato qualcosa che riguardava la cura personale. Josie non riusciva a ricordare chi avesse avuto quell'idea, ma le piaceva più di quanto avesse mai osato ammettere. Josie era stata cresciuta da una donna che l'aveva rapita da neonata e aveva incontrato la madre biologica solo all'età di trent'anni; con Shannon quindi dovevano ancora imparare a conoscersi. Misty aveva frequentato il defunto marito di Josie, Ray, dopo che lui e Josie si erano separati e aveva dato alla luce suo figlio, Harris, poco dopo la sua morte. Lisette era stata l'unica e sola costante nella vita di Josie e lo era rimasta, anche se ora sapevano di non avere legami di sangue.

«Va benissimo.» disse Josie, spostando Harris sul fianco e avvicinandosi verso il tavolo. «Ordiniamo da mangiare?»

Due ore dopo, si erano smaltate le unghie, avevano la pancia piena e le guance indolenzite dalle risate, e Harris dormiva pacificamente nel box dei giochi nel soggiorno.

«Devi tornare da Noah?» le chiese Lisette.

«Sembra che non mi voglia intorno in questo momento.» mormorò Josie.

«Sciocchezze.» sbottò Lisette. «Ha bisogno di te. Ha appena perso sua madre. Chi altri gli resta?»

Nessuno, pensò Josie. «Sono passata da casa sua prima di venire qui, ma non c'era.» disse.

«Beh, dove potrebbe essere andato?» chiese Shannon.

---

A casa di Colette le luci erano accese e nel vialetto c'era l'auto di Noah. La porta non era chiusa a chiave, così Josie la aprì e lo chiamò un paio di volte. Alla fine, lo trovò nella stanza del cucito di sua madre, dove aveva spinto il tavolo con la macchina da cucire a un lato della stanza e aveva steso diversi album di foto e altri documenti sul pavimento. Accanto a lui c'erano tre scatole di plastica da archivio portatili.

Non alzò lo sguardo quando lei entrò, ma disse: «Sto

cercando di trovare un collegamento tra la mamma e i fratelli Pratt e ti assicuro, Josie, che qui non c'è.»

Josie si sedette a gambe incrociate davanti a lui. «Lo so.» disse. «Neanche noi riusciamo a trovarne uno.»

Noah spostò alcune foto sul pavimento. «E se fosse tutto un errore? Se avesse trovato quegli oggetti da qualche parte mentre aveva uno dei suoi... momenti di scarsa lucidità e non sapesse cosa farsene?»

«E, secondo te, perchè li avrebbe nascosti? Noah, se li avesse trovati da qualche parte durante uno dei suoi attacchi, a un certo punto sarebbe tornata lucida e si sarebbe resa conto di non avere idea di cosa fossero. Se fosse successo a me, probabilmente li avrei buttati via, oppure avrei usato i social media per chiedere al proprietario di reclamarli.»

Noah si passò una mano tra le folte ciocche. «Credo che tu abbia ragione. E se... e se qualcuno glieli avesse dati e le avesse detto che erano molto importanti, e quindi lei li avesse nascosti?»

«Chi?» chiese Josie. «Mettner ha interrogato tutti quelli che conoscevano tua madre e anche Gretchen ha fatto dei controlli su di loro. Nessun collegamento con i Pratt.»

«Deve esserci qualcosa.» disse Noah. «Niente di tutto questo ha senso.»

«Hai ragione.» disse Josie, guardando alcune delle foto. In una di esse, Colette era in piedi davanti alle porte della chiesa episcopale, con un abito da sposa succinto, e lo sposo al suo braccio era l'immagine sputata di Noah. «Questo è tuo padre?»

«Sì.» disse Noah. Le prese la foto e la mise da parte, sfogliandone altre finché Josie non ne individuò una che ritraeva Colette da giovane, in uniforme da alunna di una scuola cattolica. Josie stimò che avesse circa undici o dodici anni, con il viso fresco e i capelli scuri e lucenti che brillavano alla luce del sole. C'erano altre foto di lei e di altri bambini in uniforme della scuola.

«La chiesa episcopale era la chiesa di tuo padre?» chiese Josie. «È per questo che tua madre ha cambiato chiesa?»

Per la prima volta, Noah la guardò negli occhi. «Cosa? No. Mio padre era ateo. Sopportava la fede di mia madre. Si è sposato in chiesa solo perché lei aveva insistito parecchio.»

Sulle sue guance apparve una sfumatura rossastra. Josie aveva altre domande, ma finalmente Noah stava ricominciando a parlare con lei e lei non voleva rovinare tutto, così cambiò argomento. «Cos'altro hai trovato? Nelle altre scatole.»

Noah batté sul coperchio di uno di essi. «Niente, in realtà. Vecchie fatture. L'atto di proprietà della casa. Garanzie di elettrodomestici, biglietti di auguri dei colleghi di lavoro di quando è andata in pensione. Certificati di matrimonio e di divorzio. Alcune vecchie agende. Quando ha iniziato a perdere lucidità, è uscita e ne ha comprata una. Diceva che l'aiutava a tenere a mente le cose. Ce n'è una di quest'anno e una dell'anno scorso.»

«Posso vederle?»

«Certo, tieni.» Spinse verso di lei una delle scatole e lei la aprì per estrarre le due piccole agende settimanali. Le sfogliò, ma non trovò nessuna annotazione insolita.

Non c'era niente di particolare, solo la chiesa, le visite ai figli e qualche controllo dal medico.

Il suo cellulare squillò. Lo tirò fuori dalla tasca. «È Mettner.» disse. «Devo rispondere.» Scorse sull'icona per rispondere e disse: «Quinn.»

«Boss.» disse Mettner, con il fiato leggermente corto. «La casa di Beth Pratt è in fiamme.»

VENTISETTE

Mettner e Josie si trovavano sul ciglio della strada, di fronte al luogo in cui i vigili del fuoco di Denton combattevano contro le fiamme che inghiottivano ciò che rimaneva della casa di Beth Pratt. La notte era rischiarata dalle luci di segnalazione che lampeggiavano, dal calore e dal bagliore dell'incendio che la facevano sembrare un pomeriggio di agosto. Perle di sudore si formarono lungo il labbro superiore di Josie, che le asciugò con il dorso della manica della maglietta. «Dov'è Mason Pratt?» chiese a Mettner.

«È a casa sua. Ho già chiesto conferma all'unità tre volte.»

«Voglio che sia sorvegliato, dentro casa.»

Mettner inarcò un sopracciglio. «Ho seri dubbi che ce lo permetterà, ma possiamo provare.»

Tirò fuori il telefono e fece qualche telefonata.

Josie guardò i vigili del fuoco che trascinavano altre manichette da un secondo camion che si era fermato proprio sul prato di Beth Pratt. Le fiamme uscivano dalle finestre e divoravano il tetto. Ardenti braci arancioni fluttuavano su tutta l'area e Josie provò una leggera fitta di paura, temendo che il fuoco si estendesse agli alberi circostanti. Mettner riattaccò. «Avremo due unità su Mason Pratt. Uno degli agenti che è già da lui lo sveglierà e cercherà di far entrare uno dei nostri ragazzi almeno per stanotte.»

«Grazie.» disse Josie.

Un'ondata di fumo grigio si levò nella loro direzione e, mentre entrambi tossivano e si asciugavano gli occhi, uno dei pompieri urlò loro di stare indietro. Avanzarono un po' lungo la strada, assicurandosi di rimanere sottovento, dove sentirono il sollievo di un'aria più fresca.

Una berlina a quattro porte di colore scuro si avviò lungo la strada, rallentando davanti a loro. Josie si stava preparando a dire al conducente che lui o lei non poteva passare in quel momento, ma quando il finestrino del lato guida si aprì, vide che era il capo Chitwood. «È la casa di Beth Pratt? Mi prendi per il culo?» fu l'unica cosa che disse.

Chitwood si scostò i capelli radi. «Sono dovuto venire a vedere di persona. Per tutti i santi, questo è un autentico disastro. Non riuscirò a tenere lontana la stampa da questa storia. Te ne rendi conto, vero? Sarà una vera tempesta di merda. Hai mandato delle unità in più a controllare Mason Pratt?»

«Sì, Signore.» disse Josie.

«Per quale dannato motivo la casa di Beth Pratt sta andando a fuoco, Quinn?»

«Non lo so, Signore. Forse l'assassino non ha trovato quello che stava cercando l'ultima volta che è stato qui e ha pensato che dando fuoco all'intera casa se ne sarebbe sbarazzato una volta per tutte.»

«Pensi che Beth Pratt avesse qualcosa che l'assassino non voleva che nessuno vedesse? Cosa poteva essere?» chiese Chitwood.

«Non lo sappiamo, Signore.» disse Mettner.

«Di qualunque cosa si trattasse, ho la sensazione che Beth Pratt non si fosse resa conto che era importante.» suggerì Josie.

Chitwood aprì la bocca per rispondere, ma il cellulare di Mettner squillò, interrompendoli.

«Mettner.» rispose e subito dopo «Oh merda. Sì, arriviamo subito.»

Josie e Chitwood lo fissarono mentre chiudeva la chiamata e diceva: «Mason Pratt è stato aggredito in casa sua circa venti minuti fa.»

VENTOTTO

Mason Pratt era seduto sul retro di un'ambulanza parcheggiata nel suo vialetto, con una borsa del ghiaccio premuta su un lato della testa. Nel momento in cui Mettner e Josie arrivarono, fecero spegnere le luci a tutte le unità di emergenza; l'attenzione che l'omicidio di Beth Pratt e l'incendio doloso della sua casa avrebbero suscitato era già abbastanza dannosa, non avevano bisogno che l'aggressione a Mason fornisse altro materiale per la fabbrica del pettegolezzo del quartiere. Mettner si infilò nel retro dell'ambulanza e si sedette sul sedile in vinile accanto alla barella su cui era seduto Mason. Josie si arrampicò dietro di lui.

«Stavo dormendo.» disse Mason prima che avessero la possibilità di fare domande. «All'inizio pensavo di essermelo sognato.»

«Che cosa è successo, esattamente?» chiese Josie. «Ricorda qualcosa?»

«Dormivo a pancia in giù. Così ho iniziato a svegliarmi quando ho cominciato a sentire una pressione sulla parte superiore della schiena e poi sulla testa. Una volta che mi sono svegliato completamente, mi sono reso conto che c'era qualcuno sopra di me e mi spingeva la testa contro il cuscino. Riuscivo a malapena a respirare.»

Josie fu percorsa da un leggero brivido. «Ha detto qualcosa?»

Mason abbassò la borsa del ghiaccio, scosse la testa e la rimise sulla parte laterale con una smorfia. «No. Non ha detto una parola. Non appena mi sono reso conto che era reale, che stava accadendo davvero, ho iniziato a dibattermi. Mi è sembrato che durasse un'eternità. Era davvero forte. Anche per me. Facevo lotta libera al liceo, ma questo tizio riusciva a bloccarmi. Sono riuscito a togliermelo di dosso, poi sono rotolato giù dal letto e ho sbattuto la testa al comodino.»

Abbassò di nuovo l'impacco di ghiaccio e girò la testa per ravviarsi con le dita una ciocca di capelli, sotto la quale Josie riusciva già a vedere un grosso grumo viola che spuntava sulla fronte.

«Dovrebbe farsi controllare.» gli consigliò Mettner. «E magari fare una TAC alla testa.»

Mason sospirò. «Non importa. È solo che non riesco a credere che questo schifo stia accadendo davvero. Prima è toccato a Beth e adesso a me... e la polizia mi ha detto di casa sua.» Lacrime gli colavano dagli angoli degli occhi. «Cavolo, non finisce mai. Ma insomma, si può sapere che cavolo sta succedendo?»

«Stiamo cercando di venirne a capo.» lo rassicurò Josie.

«Cosa è successo dopo che è rotolato giù dal letto?» chiese Mettner.

«Era ancora lì, in piedi sopra di me. Si è chinato, come se stesse per mettersi a cavalcioni su di me, ma poi abbiamo sentito che qualcuno bussava alla porta d'ingresso. Non solo un colpo, ma una specie di martellata. Molto forte. Si è spaventato ed è scappato. Credo sia uscito dalla porta sul retro. Un attimo dopo ho visto che c'era la polizia nella mia camera da letto, tutti gridavano e un agente è uscito di corsa dal retro per inseguire quell'uomo.» Josie e Mettner sapevano già, dopo aver parlato con i loro colleghi di pattuglia, che non erano riusciti ad arrestare l'aggressore di Mason. Uno degli agenti in uniforme lo aveva inseguito, ma lo aveva perso nel labirinto di cortili dietro la casa di Mason. Un'altra unità stava ancora perlustrando il quartiere alla ricerca dell'uomo o di chiunque potesse sembrare sospetto. Ma Josie aveva la sensazione che si fosse ormai allontanato da un pezzo. Aveva avuto un po' di tempo prezioso per guadagnarsi un vantaggio prima che l'agente si mettesse all'inseguimento. Se avesse parcheggiato in una strada adiacente, avrebbe potuto facilmente saltare qualche recinzione, attraversare un vicolo e tornare in strada con il suo veicolo prima che qualcuno se ne accorgesse.

«Mi dispiace molto che stia passando tutto questo.» disse Josie. «So che non è il momento migliore e sono d'accordo con l'agente Mettner che dovrebbe andare in ospedale, ma vorremmo farle qualche altra domanda.»

«Va bene.» disse lui, appoggiandosi allo schienale della barella. Il suo volto era segnato dalla stanchezza e dal dolore.

«È riuscito a vedere quell'uomo?» chiese Mettner.

«No, sfortunatamente. Nella mia stanza era buio pesto. Mi aveva appena svegliato. Poi ho sbattuto la testa. Ero disorientato. Era solo una grande figura, un'ombra.»

«Le viene in mente qualcosa di particolare?» disse Josie. «O saprebbe dirci se aveva un'arma?»

«No.» rispose Mason. «Non c'è niente di particolare e non ho visto nessuna arma.»

«Ascolti.» disse Mettner. «Noi riteniamo che, chiunque sia, il responsabile di tutto questo sia alla ricerca di qualcosa oppure pensi che lei sappia qualcosa o che sia in possesso di qualcosa di importante, qualcosa di incriminante.»

«Incriminante? Per esempio?»

«Non lo sappiamo.» disse Josie. «Qualcosa che potrebbe

rivelare quello che è successo a suo zio. Forse anche quello che è successo veramente a suo padre.»

Mason spalancò gli occhi. «Pensate che mio padre sia stato ucciso?»

«Non possiamo dirlo con certezza.» ammise Josie. «Ma qualunque cosa questa persona stesse cercando era disposta a uccidere per ottenerla, o per tenerla nascosta. Speravamo di andare a casa di Beth domani mattina e controllare tutto ciò che aveva o che poteva essere appartenuto a suo padre prima della sua scomparsa. Pensavamo che avesse conservato alcune delle sue cose.»

«È così.» disse Mason. «Pensava che fosse morto, ma non riusciva a liberarsi delle sue cose. Pensate che questo assassino stia cercando qualcosa che apparteneva allo zio Drew?»

«È l'unica cosa che ha senso a questo punto.» disse Josie. «Potrebbe trattarsi di qualcosa che all'apparenza non sembra significativo o importante, ma è soltanto perché non abbiamo ancora messo insieme tutti i pezzi che ha l'assassino.»

«Oppure i pezzi sono sparsi e lui non vuole che noi li mettiamo insieme.» ipotizzò Mettner.

«Giusto.» concordò Josie.

«Domani mattina potrò mostrarvi gli effetti personali dello zio Drew.» disse Mason con impazienza.

Josie e Mettner si scambiarono uno sguardo scettico. Josie si chiese se avesse una commozione cerebrale.

«Mason, non è rimasto niente della casa di Beth. Ci siamo stati. Non credo che riusciranno a recuperare qualcosa.» disse Mettner.

«Lo so.» replicò Mason. «Ma Beth non teneva le cose di suo padre a casa. Erano troppe e per lei era troppo doloroso avere tutta quella roba intorno.»

«Cosa sta dicendo?» chiese Josie.

«Sto dicendo che aveva affittato un deposito. E io ho la chiave di riserva.»

VENTINOVE

Josie non era disposta a lasciare incustodito il magazzino di Beth Pratt nemmeno per la notte, non dopo tutto quello che era successo nelle ultime ventiquattro ore. L'assassino a cui stavano dando la caccia era tanto temerario e sfrontato quanto audace e spavaldo come qualsiasi altro criminale a cui Josie avesse mai dato la caccia. Per quanto ne sapevano, avrebbe potuto trovare le prove del magazzino all'interno della casa di Beth Pratt prima di bruciarla. Josie inviò un'unità all'indirizzo fornito da Mason per verificare la situazione e sorvegliare il luogo per la notte. Non poteva andare a casa a dormire finché non avesse avuto notizia che l'unità era al suo posto e non aveva avuto problemi. Era l'una di notte passata, ma incoraggiata dall'incontro precedente con Noah che almeno non l'aveva ignorata o allontanata, gli mandò un messaggio per vedere se era sveglio, però non ottenne risposta.

La mattina seguente, Josie fece una colazione veloce con Shannon prima di incontrare Mettner e Mason Pratt al Lux Storage, un grande edificio piatto a blocco vicino all'ingresso della Interstatale a sud di Denton. Era di mattoni grigi con doppie porte gialle all'ingresso di ogni magazzino.

Lo spazio che Beth aveva affittato era vicino al fondo e fuori dalla vista della strada, cosa di cui Josie fu grata. Potevano curiosare a loro piacimento senza preoccuparsi che qualcuno facesse domande. Si fermarono dietro il furgone di Mason e scesero. Anche Mason saltò fuori, con l'aria esausta. Josie si chiese se fosse riuscito a dormire. L'avevano mandato al pronto soccorso mentre la squadra di raccolta delle prove passava al setaccio la sua camera da letto e la porta sul retro in cerca di impronte. Dalla sua aggressione erano passate appena quattro o cinque ore.

Li salutò con un mezzo cenno della mano e tirò fuori dalla tasca dei jeans un mazzo di chiavi. Un attimo dopo erano dentro il locale e Mason accese una lampada a soffitto che gettava un forte bagliore sulla stanza.

Su un pavimento di cemento c'erano diverse file di contenitori di plastica, impilati fino all'altezza delle spalle. C'era odore di muffa e l'aria era fredda. «Non sono sicuro di cosa tenesse qui dentro, nello specifico.» disse Mason, battendo un palmo della mano contro la pila di contenitori più vicina. «Ma potete tranquillamente dare un'occhiata per tutto il tempo che volete.» Lanciò la chiave verso Mettner, che la prese al volo. «Io vado a casa a dormire.» aggiunse. «Riportatemela quando avete finito.»

«Mason...» lo chiamò Josie mentre si avviava per tornare verso il furgone. «Se non le dispiace, per il momento vorrei metterla sotto sorveglianza con uno dei nostri agenti in casa e un'unità all'esterno.»

Lui si grattò la fronte. «Non ho intenzione di oppormi, soprattutto dopo ieri sera.»

Lo ringraziarono e si misero al lavoro. Mettner iniziò a cercare tra i contenitori all'estrema sinistra e Josie tra quelli all'estrema destra. Procedettero verso il centro, trovando vecchi vestiti, cimeli sportivi, utensili da cucina, alcuni album fotografici, i diplomi universitari incorniciati di Drew Pratt e decine di quaderni scritti con la sua calligrafia, evidentemente appunti presi sui suoi vari casi come assistente Procuratore.

«Buon Dio.» disse Mettner, passandosi l'avambraccio sul labbro superiore. L'aria fuori era fresca, ma più a lungo lavoravano nel piccolo magazzino, più si accaldavano e sudavano. «Ci vorrà un secolo per esaminarli tutti, e non sappiamo nemmeno cosa stiamo cercando.»

«Mettili da parte.» disse Josie. «Possiamo guardarli meglio più tardi.»

«Cosa dovremmo trovare?» chiese Mettner.

«Non lo so, ma credo che lo sapremo quando lo avremo tra le mani.»

Rinvennero una collezione di scarpe e cravatte, diversi contenitori di libri, alcune coperte e lenzuola e una vecchia cassetta degli attrezzi.

«Beh...» commentò Mettner. «Mason ci ha detto che Beth credeva che suo padre fosse morto, ma a quanto pare ha conservato tutto ciò che possedeva.»

Josie sentì un piccolo strattone al cuore. «Probabilmente c'è sempre stata una parte di lei che sperava ancora che lui tornasse a casa dalla porta principale.»

«Guardi qua.» disse Mettner, tirando fuori da uno dei contenitori di plastica una piccola scatola marrone. Sul coperchio, scritto con un pennarello nero spesso, c'era il nome Sam. Mettner la portò verso la porta del magazzino, dove la luce del giorno era più intensa e l'aria più fresca.

Si misero entrambi in ginocchio sul pavimento e Josie aprì la scatola. C'erano un quaderno, che sembrava una vecchia agenda, e diversi fogli sparsi.

«Sembra il "dossier" non ufficiale di Drew Pratt sulla morte del fratello.» osservò Josie. Cercò di immaginare come fosse stato per Drew Pratt perdere il fratello in circostanze così strane; essere cresciuti con qualcuno e conoscerlo intimamente e poi vedergli fare una cosa così inaspettata. Josie e il suo defunto marito, Ray, si erano conosciuti durante l'infanzia. Erano stati migliori amici, poi fidanzati al liceo e infine marito e moglie. Come avrebbe reagito se un giorno Ray si fosse dileguato, avesse guidato per quaranta miglia fino alla riva di un fiume e fosse scomparso, per poi essere ritrovato qualche giorno dopo, morto? Come Drew Pratt, non avrebbe mai creduto che si trattasse di un suicidio. Come Drew Pratt, avrebbe condotto le sue indagini. Non sarebbe stata in grado di lasciar perdere.

Mettner sfogliò le pagine sciolte. «Ha ragione. Qui c'è il rapporto dell'autopsia e ci sono anche alcuni verbali della polizia.»

«E questo cos'è?» chiese Josie, indicando una pila di pagine dattiloscritte che erano state rilegate insieme con uno spesso elastico.

Mettner le tirò fuori dal basso della pila che aveva preso e le sfogliò. «Articoli accademici scritti da Samuel Pratt.»

Li porse a Josie. I termini archeologici del testo e i titoli erano per lei privi di significato, ma Josie capì che i documenti sembravano essere stati scritti su scavi che Samuel Pratt aveva effettuato in vari paesi: Egitto, Italia, Bosnia-Erzegovina, Cina e persino alcuni luoghi negli Stati Uniti. Josie li mise da parte e spostò alcuni altri oggetti all'interno della scatola. C'erano una spillatrice, un piccolo cilindro pieno di graffette e una targhetta sulla scrivania con scritto: Dottor Samuel Pratt. «Alcune di queste cose provengono dall'ufficio di Samuel Pratt.» osservò Josie. «L'ultimo posto in cui è stato visto vivo.»

Josie prese il quaderno e iniziò a sfogliare le pagine. C'erano annotazioni su annotazioni nella minuta calligrafia di Drew Pratt sul caso di suo fratello. La maggior parte erano domande scritte con inchiostro nero a cui Pratt aveva poi risposto con inchiostro blu.

*Ha ricevuto qualche chiamata quel giorno in ufficio?*
*La segretaria ha riferito di aver ricevuto solo una telefo-*

*nata dalla presidenza del dipartimento per il programma
delle lezioni estive.
Qualcuno è passato dal suo ufficio quel giorno?
La segretaria ha riferito che uno studente si è fermato per
lasciare una ricerca consegnata in ritardo.
Qualcuno al bar lo ha visto?*

*Il barista ha riferito che Sam è arrivato alla solita ora, ha ordinato il suo solito drink e sembrava normale.*

Da sopra la spalla di Josie, Mettner emise un fischio basso. «Questo tizio è stato davvero scrupoloso. Se ci fosse stato qualcosa di sospetto da trovare, l'avrebbe trovato.»

Josie sfogliò altre pagine, con gli occhi che scorrevano il più velocemente possibile sugli appunti, pur cogliendone l'importanza. Alla fine, finalmente, qualcosa di insolito attirò la sua attenzione.

*Chi o cos'è C.F.?*

Drew Pratt aveva risposto sotto con diverse possibilità:

*Conferenza? Sam doveva recarsi a una conferenza la
settimana successiva alla sua morte. Caffè? No, Sam
andava al bar tutti i giorni. Uno studente? Sam aveva
due studenti in corso con quelle iniziali, ma entrambi
erano in classe tutto il giorno. Il nome di una patologia?
Aveva qualche problema di salute grave? Sarebbe emerso
dall'autopsia? Un collega? Sam aveva un collega con
quelle iniziali, ma quel giorno doveva essere operato.
Un'amante?*

Sotto la parola "amante" non era scritta alcuna risposta.
«Da dove avrà preso quelle iniziali?» si chiese Mettner.
Le dita di Josie tremarono leggermente mentre tirava fuori

l'agenda che aveva visto quando avevano aperto la scatola. «Da qui.» disse. «Qual è la data di scomparsa di Samuel Pratt?»

Mettner tirò fuori il telefono e fece scorrere le annotazioni nella sua applicazione per prendere appunti finché non trovò la data: «14 aprile 1999.»

Josie aprì l'agenda. Sul davanti c'era il nome di Samuel Pratt, l'indirizzo del suo ufficio all'Università di Denton e il numero di telefono. Scorse fino ad aprile. Erano segnate alcune cose: qualche orario d'ufficio, la scadenza di un saggio, le riunioni di facoltà, la conferenza di fine mese e poi il 14 aprile c'era una sola annotazione.

*C.F.*

«Colette Fraley.» disse Josie.

## TRENTA

«Pensavo che Colette Fraley e Samuel Pratt non si conoscessero.» disse Mettner.

Josie e Mettner avevano riordinato il magazzino, rimesso a posto tutti i contenitori e portato via la scatola con la scritta "Sam" dopo aver chiamato Mason per avere il suo permesso. Ora Mettner era alla guida per tornare alla centrale di polizia e Josie sedeva sul sedile del passeggero con la scatola in equilibrio sulle ginocchia.

«Chi altri potrebbe essere C.F.?» replicò Josie. «Drew Pratt ha passato anni a cercare di capire a cosa o a chi appartenessero quelle iniziali. Forse non ci è mai riuscito perché non aveva idea di chi fosse Colette. Voglio dire, noi non siamo riusciti a trovare un collegamento tra lei e nessuno dei due fratelli Pratt.»

Mettner si accigliò. «Quindi potremmo parlare di una relazione. Lo sa, vero? Diciannove anni fa, Noah andava alle scuole medie. Quando ha detto che i suoi genitori hanno divorziato?»

«Quando lui aveva diciotto anni.» disse Josie «Nell'aprile del 1999 avrebbe avuto circa tredici anni. Quindi sì, Colette sarebbe stata ancora sposata.»

«Una relazione potrebbe spiegare perché Sam ha fatto tutta

la strada fino a Bellewood. Entrambi vivevano qui a Denton, eppure l'auto di Samuel Pratt è stata trovata a quaranta miglia da qui.» ragionò Mettner.

Josie sentì il cuore sprofondare, come se fosse una pietra fredda che affondava nello stagno che era diventato il suo stomaco. «È improbabile che nel 1999 uno dei due abbia avuto un cellulare, e neanche le e-mail erano così diffuse all'epoca.»

«E gli inquirenti non avrebbero richiesto i tabulati telefonici di casa o dell'ufficio perchè era sembrato un suicidio.» aggiunse Mettner. «C'è la possibilità che lui e Colette si siano frequentati per un po' di tempo e che nessuno l'abbia mai scoperto.»

Josie aprì la scatola e riprese l'agenda. Controllò gli appunti tra il 1° gennaio e il 14 aprile. C'era solo un'altra annotazione con le iniziali C.F. e risaliva a circa tre settimane prima del 14 aprile. «Non credo che fosse un rapporto continuativo.» disse Josie. «O almeno, non deve essere andata avanti a lungo. Vedo soltanto un'altra nota qui, poche settimane prima che Samuel Pratt finisse nel fiume. Ma se era una relazione, cosa è successo?»

Mettner disse: «Cosa intende dire?»

Josie chiuse l'agenda e la rimise nella scatola. «Un giorno lei lo incontra al fiume e lo convince ad annegarsi? Hai visto le foto di Samuel Pratt? Era un uomo gigantesco. È impossibile che una persona della taglia di Colette potesse tenerlo sott'acqua fino ad annegarlo.»

«Forse lei ha rotto con lui, lui non l'ha presa bene... e si è ammazzato.»

«È un'eventualità.» concordò Josie. «Soprattutto visti i suoi problemi di salute mentale.»

«O forse Colette aveva un amante geloso, cioè un altro uomo, o forse il marito l'ha scoperto, ha perso la testa e l'ha ucciso.»

Josie aveva incontrato Colette Fraley da poco, e non la conosceva così bene, ma le era difficile immaginarla come una giovane tentatrice che portava avanti molteplici relazioni extra-coniugali. «Ma allora che dire di Drew Pratt?»

«Che cosa c'entra?»

«Colette aveva la sua chiavetta, il che significa che molto probabilmente era lei la donna misteriosa della fiera dell'artigianato. In quale altro modo l'avrebbe avuta? L'ha nascosta insieme alla punta di freccia di Sam. C'è un collegamento. Avrà avuto una relazione anche con Drew?»

«Hmmm.» fece Mettner. «Sembra improbabile. Tuttavia, anche se sette anni dopo l'annegamento di Samuel si fosse incontrata con suo fratello e avessero avuto una relazione, a quel punto lei era già divorziata. Drew Pratt era vedovo. Quindi possiamo probabilmente escludere che il marito fosse un assassino geloso. Non ci sarebbe stato nemmeno motivo di mantenere la segretezza. Ma non credo che avesse una relazione con Drew.»

«No, infatti. Non lo penso nemmeno io. Forse hai ragione, ha scaricato Sam e lui si è ammazzato, e lei si è sentita in colpa per questo. Oppure sapeva chi aveva ucciso Sam e stava cercando di confessare tutto a Drew, anche se mi chiedo per quale motivo avrebbe dovuto dirgli tutto dopo tutti quegli anni? Non ha senso...» disse Josie.

«Non necessariamente.» specificò Mettner. «Forse non riusciva più a sopportare il senso di colpa per aver spinto Samuel al suicidio e aveva bisogno di fare ammenda con la sua famiglia. Oppure torniamo all'ipotesi che avesse un altro amante, il quale si è ingelosito e ha ucciso Samuel: magari Colette sapeva, o almeno sospettava, che dietro la morte di Samuel ci fosse il suo amante geloso. Forse non riusciva più a convivere con il senso di colpa e ha deciso di rivolgersi a Drew. Lui era un pubblico ministero. Forse pensava che lui potesse aiutarla, anche se questo non spiega cosa avesse a che fare con la sua chiavetta USB.»

«Vero. Forse è per questo che Drew Pratt era sconvolto nelle settimane precedenti la sua morte, non per qualcosa che avesse a che fare con lo scandalo delle tangenti, ma perché aveva finalmente scoperto cosa era successo a suo fratello.» ipotizzò Josie. «Poi Colette ha finito per attirare Drew verso la morte, proprio come Sam; forse non intenzionalmente, ma è successo lo stesso. Eppure, come hai detto tu, non si spiega come mai avesse la chiavetta di Drew Pratt. Perché aveva degli effetti personali di ognuno di loro? Perché li ha conservati? E a chi appartiene la fibbia della cintura?»

Josie poteva vedere il cipiglio di Mettner, anche di profilo. «È inquietante, vero? Voglio dire, di solito solo i serial killer tengono dei trofei, giusto?»

«Esatto. Non riesco a immaginarmi Colette come una specie di assassina, ma tutto è possibile, suppongo.» Sospirò Josie. «A Noah non piacerà affatto questa linea di indagine.»

«Dovremo fare una conversazione più approfondita con il padre di Noah.» disse Mettner.

«Anche questo non piacerà a Noah.»

«No, sicuramente non gli piacerà.» convenne Mettner. «Ma c'è un assassino a piede libero, e sta degenerando.»

Josie avrebbe giurato di sentire ancora l'odore del fumo dell'incendio della sera prima a casa di Beth Pratt nei capelli, anche se li aveva lavati due volte. «Sì, lo so.» disse.

TRENTUNO

Tornati alla stazione di polizia, aggiornarono il capo Chitwood e
Gretchen, poi ordinarono qualcosa da mangiare. Josie controllò
il cellulare, ma non c'erano messaggi di Noah. Provò a chiamarlo, ma non ottenne risposta. Gli mandò un messaggio in cui
minacciava scherzosamente che avrebbe mandato un'unità a
casa sua per controllare se non le avesse fatto sapere che era
vivo. Ci vollero dieci minuti, ma alla fine le rispose: *Sono vivo.
Oggi devo sistemare la casa della mamma.* Josie si sentì in parte
sollevata e in parte ansiosa. Era felice che lui avesse risposto,
naturalmente, ma le mancava la natura genuina e persino civet-
tuola dei loro scambi abituali. Quasi tutti i suoi messaggi termi-
navano con una serie di faccine sorridenti o con un "ti amo".
Dentro di sé, si rimproverò. Noah aveva appena perso la madre
in modo orribilmente violento. L'ultima delle sue preoccupazioni era far sentire Josie rassicurata. Si sentì egoista anche solo
per averci pensato. Piuttosto si chiese: Noah sarebbe stato al
sicuro da solo a casa di sua madre? Non sapevano ancora cosa
stesse cercando l'assassino e in pochi giorni Beth Pratt era stata
uccisa, la sua casa era stata data alle fiamme e Mason Pratt era
stato aggredito nel sonno.

Prese il telefono e chiamò il centralino per vedere se l'agente Hummel era ancora in servizio, poi lo chiamò al cellulare e gli chiese di fare dei giri di controllo intorno a casa di Colette.

Senza alzare lo sguardo dallo schermo del computer, Gretchen disse: «Bella pensata.»

Quando vide Mettner apparire accanto alla sua scrivania, fu un gradito sollievo. Passò a Josie un elenco di quelli che sembravano antiquari e banchi dei pegni. «Ho fatto lavorare Hummel su questo oggi. Non ha ottenuto niente con la fibbia della cintura.»

Con un pesante sospiro, Josie studiò l'elenco. «Stiamo affrontando la cosa nel modo sbagliato.»

Gretchen alzò gli occhi dal computer. «Cosa vuoi dire?»

«L'anno deve avere un significato. È stato quarantacinque anni fa.» Guardò Mettner. «Di' a qualcuno di andare a Rockview.»

«La casa di riposo?» chiese Mettner.

«Sì.» disse Josie. «Fai in modo che qualcuno parli con i residenti. Mostra loro le foto della fibbia della cintura. Molti di loro erano giovani o di mezza età nel 1973. Qualcuno potrebbe avere un'idea del suo significato o della sua provenienza.»

«Agli ordini.» disse Mettner, allontanandosi.

Gretchen si alzò, allungò le braccia sopra la testa e gli gridò alle spalle. «Non fare tardi. Ti ho procurato un incontro con Lance Fraley.»

Chitwood apparve sulla porta aperta. «Ci può andare Palmer.» disse.

Mettner, che era quasi arrivato ai gradini, si immobilizzò e tornò a guardare il capo.

L'espressione di Gretchen si riempì di speranza. «Posso lasciare la scrivania?»

Chitwood inarcò un sopracciglio. «No, non completamente. Ma abbiamo due omicidi, e considero quello di Beth Pratt di alto profilo. E adesso un incendio doloso e un altro Pratt in pericolo. Quindi, Palmer potrà aiutarvi in modo *molto discreto* con un po' di lavoro di gambe. Quinn, porta Palmer all'incontro con Lance Fraley. Mettner, tu vai a rintracciare la fibbia della cintura. Avevo già fatto fare gli straordinari alla squadra di raccolta delle prove per analizzare le tracce sulla scena dell'omicidio di Beth Pratt, e adesso sulla scena dell'incendio doloso, oltre che a casa di Mason Pratt. Ho più crimini che agenti. Ma Palmer, lo giuro su Dio, se travalichi i confini anche solo una volta, anche solo di un passo, ti ritrovi alla scrivania fino alla pensione.» Gretchen riuscì a malapena a contenere il sorriso mentre rispondeva: «Certo, Signore.»

## TRENTADUE

Il padre di Noah viveva a circa due ore di distanza da Denton, in una città vicina al confine settentrionale del New Jersey e a quello meridionale dello Stato di New York. Gretchen lo chiamò prima di partire per assicurarsi che lo avrebbero trovato a casa. Trascorsero il viaggio parlando dei figli, ormai adulti, con i quali Gretchen si era appena ricongiunta: aveva passato molto tempo con loro durante i mesi di congedo e le cose sembravano andare bene. Era un'altra cosa che le due donne avevano in comune: riallacciare i rapporti con la famiglia dopo decenni di lontananza. Mentre si fermavano davanti alla casa di Lance Fraley, Josie si chiese se Noah avrebbe mai riallacciato i rapporti con suo padre.

Quando vide due ragazzi che giocavano a pallacanestro nel vialetto, capì perché non era probabile. Erano entrambi alti, avevano forse tredici o quattordici anni, indossavano magliette troppo grandi e pantaloncini larghi. Avevano entrambi i capelli castani arruffati e sembravano dei Noah in miniatura, ma senza la somiglianza con Colette. Quando Josie e Gretchen scesero dall'auto e iniziarono a incamminarsi lungo il vialetto, uno di loro gridò: «Papà, sono arrivate le tue amiche!»

Continuarono a giocare come se Josie e Gretchen non ci fossero.

Passando intorno all'uno contro uno di basket, Josie e Gretchen si diressero verso la porta d'ingresso. La casa era grande, su due piani, con la facciata bianca come il guscio d'uovo e le rifiniture rosso vivo. Aiuole accuratamente coltivate circondavano il perimetro. Nella veranda c'era una panchina a dondolo e diversi vasi di fiori appesi al tettuccio. Un piccolo tappeto marrone davanti alla porta annunciava: Fraley. Josie sentì il cuore fermarsi un attimo quando una bella donna bionda, che non poteva avere molti più anni di lei, aprì la porta. Rivolse a entrambe un sorriso radioso e si asciugò le mani con uno strofinaccio prima di aprire la porta a zanzariera. «Siete le detective, giusto? Entrate pure.»

Fece loro cenno di passare davanti a lei per accedere a un luminoso atrio con pavimenti in parquet e un piccolo tavolo in ciliegio su cui era accumulata una pila di posta e un mazzo di chiavi. «Andi Fraley.» si presentò la donna, allungando una mano verso di loro. Gretchen la strinse per prima e poi Josie, che era così stupita da non riuscire a parlare. Per fortuna ci pensò Gretchen a fare le presentazioni e poi a dare una spintarella a Josie, mentre Andi Fraley le conduceva in uno spazioso soggiorno con un grande divano componibile color tortora e un tappeto coordinato che spiccava sul lucido parquet.

«Posso offrirvi qualcosa? Deve essere stato un lungo viaggio. Acqua? Caffè?» chiese Andi.

«Un caffè andrebbe benissimo.» disse Gretchen e siccome Josie non rispondeva, con lo sguardo che spaziava per la stanza, Gretchen aggiunse: «Anche la detective Quinn gradirebbe un caffè.»

Andi rivolse loro un altro sorriso di grande intensità e disse: «Certo. Vado a chiamare Lance. È nel suo studio.»

Appena se ne andò, Gretchen sibilò: «Quinn, datti una svegliata.»

Josie indicò la parete più lontana dove si trovava una grande libreria, i cui scaffali erano costellati di foto di famiglia felice. Mostravano Andi, i due ragazzini che avevano visto nel vialetto e quello che ovviamente era Lance Fraley. Noah era quasi identico a lui. La sorella di Noah era abbastanza simile a entrambi i genitori e Theo assomigliava quasi completamente alla madre, ma Noah era praticamente un clone del padre.

E Lance Fraley aveva lasciato la moglie dopo trentaquattro anni di matrimonio e si era fatto una famiglia tutta nuova.

«Ha ricominciato da capo.» disse Josie. «Completamente.»

«In genere è quello che fanno le persone quando divorziano.» le sussurrò Gretchen.

«Beh...» rispose Josie. «Deve esserci qualcosa di più. Forse non ha davvero cercato di mettersi in contatto con loro come ha detto.»

Josie ora capiva perché Noah e i suoi fratelli erano così amareggiati per l'assenza del padre. Josie si chiedeva se quello che Lance aveva detto a Gretchen sul fatto di fare uno sforzo con i figli adulti fosse davvero vero. Il Noah che conosceva era gentile, indulgente, equilibrato e giusto. Era difficile immaginare che avesse allontanato il padre, scegliendo di non avere alcun tipo di rapporto con lui. Alla luce di quanto sapeva, era più logico che gli "sforzi" di Lance fossero stati così minimi da risultare inesistenti. Inoltre, data l'età dei figli avuti da Andi, era molto probabile che già frequentasse la nuova moglie quando era ancora sposato con Colette. Anche se si fosse sforzato di rimanere nella vita dei suoi figli, il fatto che avesse lasciato la loro madre per un'altra donna e si fosse creato una nuova famiglia sarebbe stato estremamente doloroso per tutti loro. Gretchen aveva ragione. È quello che le persone fanno: divorziano e ricominciano da capo; ma se dopo il divorzio Lance era stato così assente come sostenevano i fratelli Fraley, era comprensibile il motivo per cui fossero ancora così arrabbiati con lui. Si chiese come ci si sentisse ad avere un vero padre per tutta la vita - un uomo premuroso, affettuoso e attento, una figura sempre presente - che improvvisamente, un giorno, se ne va dalla famiglia senza più nemmeno guardarsi indietro.

Prima che lei potesse fare altre ipotesi, Lance Fraley entrò con Andi alle sue spalle, che portava un piccolo vassoio con sopra delle tazze di caffè, due cucchiai, un cartone compatto di latte e una ciotolina di zucchero. Lance strinse loro la mano mentre Andi posava il vassoio sul tavolino. Josie lo studiò mentre si sedevano. Era molto più alto di Noah e i suoi capelli erano grigi, ma folti come quelli di Noah, e aveva una fisionomia quasi identica a quella del figlio, sia di persona che nelle foto che aveva visto.

Con un altro sorriso raggiante, Andi li lasciò soli in salotto. Lance sedeva in diagonale rispetto a loro, sull'altra estremità del divano, con le grandi mani sulle ginocchia. Il suo sorriso sembrava più una smorfia. Era lo stesso sguardo che aveva Noah quando sapeva di dover fare qualcosa, ma lo temeva. «Cosa posso fare per voi, signore?» chiese.

Josie ritrovò la voce. «Dobbiamo parlarle della sua ex moglie.»

La smorfia si trasformò in un'espressione di tristezza. «Vi dirò quello che posso.» disse.

Gretchen tirò fuori il telefono e passò a una foto dei tre oggetti che avevano trovato nella macchina da cucire di Colette. La mostrò a Lance, ma la sua espressione rimase invariata. «Riconosce qualcuno di questi oggetti?» chiese.

Lui scosse la testa. «No, mi dispiace, non li riconosco. Cosa c'entrano questi con Colette?»

«Forse niente.» disse Josie. «Dove vi siete conosciuti lei e Colette?»

«Da ragazzi.» rispose lui con semplicità. «Eravamo fidanzatini al liceo.»

«Com'era il vostro matrimonio?» chiese Gretchen.

Lui si accigliò. «Scusatemi, ma non vedo la rilevanza di...»

Josie lo interruppe. «Dobbiamo sapere se Colette ha mai avuto una relazione, o più relazioni, di cui lei fosse a conoscenza.»

A questo punto Lance si mise a ridere. «È uno scherzo? È uno scherzo, vero? Sono stati i ragazzi a mettervi in testa di fare questa sceneggiata? Sì, avevo una relazione con Andi mentre ero ancora sposato con Colette. Sì, Andi è rimasta incinta e io me ne sono andato. So che non è stata una situazione idilliaca, ma sono passati anni. Hanno davvero bisogno di superarla.»

Josie mise zucchero e panna nel suo caffè e bevve un sorso, usando la tazza per nascondere la sua espressione di sgomento. Tra Lance e i suoi figli adulti non correva buon sangue.

Gretchen inarcò le sopracciglia. «Siamo qui per conto del Dipartimento di Polizia di Denton che sta indagando su una serie di omicidi, Mr. Fraley, quindi no, nessuno ci sta "mettendo in testa di fare sceneggiate", in alcun modo.»

«Una serie di omicidi?» chiese lui, con il volto che impallidiva.

«Sì.» disse Josie. «Abbiamo ragione di credere che la persona che ha ucciso Colette abbia ucciso anche un'altra donna e abbia tentato di uccidere una terza persona. Stiamo cercando di ottenere il maggior numero di informazioni possibili su tutte le vittime di questo caso. Trovare dei collegamenti tra di loro potrebbe aiutarci a catturare l'assassino.»

«Oh, capisco. Scusatemi, il fatto è che... sentite, non ho più parlato con Colette da quando il nostro divorzio è stato ufficializzato.»

«Nemmeno dei vostri figli?» chiese Josie, rimettendo la tazza sul tavolo. Ricordò le foto che aveva visto alla laurea di Noah. Suo padre non era presente in nessuna di esse. Si chiese se fosse a conoscenza del fatto che a Noah avevano sparato qualche anno prima. Era consapevole che i genitori divorziati di figli adulti non hanno molti motivi per tenersi in contatto, ma per gli eventi importanti, la laurea o un'emergenza di salute, dovrebbero poter almeno comunicare.

«No, i nostri figli erano già grandi.» disse Lance. «Non c'era più bisogno di parlarne.»

«Oh, quindi una volta che diventano adulti non c'è più bisogno di occuparsi dei figli?» sbottò Josie, beccandosi una forte gomitata nelle costole da Gretchen. Si tappò la bocca e lasciò che fosse Gretchen a occuparsi dell'interrogatorio.

«Mr. Fraley, credo che quello che la mia collega sta cercando di dirle è che ci risulta che lei abbia avuto pochi contatti anche con i suoi figli dopo il divorzio. Quindi è verosimile affermare che lei non ha avuto contatti con Colette negli ultimi anni, né direttamente né indirettamente.»

Lance cambiò posizione, a disagio, ma rispose: «Esatto.»

«Quindi, tenendo conto di questo, vorremmo farle qualche domanda di approfondimento. Lei è stato sposato con Colette per oltre trent'anni. È logico che in un periodo così lungo l'abbia conosciuta piuttosto bene, non le sembra?»

«Indubbiamente.»

«Non mi piace fare domande scomode, tanto quanto a lei non piace rispondervi, ma è necessario per la nostra indagine. Dobbiamo esaminare ogni strada possibile. Spero che lei capisca.»

«Naturalmente.» disse Lance.

Josie guardò Gretchen intessere il suo incantesimo, tutta professionalità e simpatia. Gretchen continuò: «Quindi, che lei sappia, Colette ha mai avuto una relazione?»

«No, non che io sappia, e sinceramente non credo che ne abbia mai avute. Non era quel tipo di persona. Era molto devota. A dire la verità, non ero molto propenso a sposarmi, anzi, volevo lasciarla dopo il liceo, ma poi rimase incinta di Theo. A quei tempi, non sposarsi non era contemplato.»

«Colette fu felice quando scoprì di essere rimasta incinta?» gli domandò Gretchen.

«Entusiasta, sì. Voleva sposarsi subito. Organizzammo un matrimonio veloce. Andammo a vivere insieme. Poi abbiamo avuto altri figli. Non è stato sempre facile, ma l'abbiamo fatto funzionare. Beh, finché i ragazzi non sono cresciuti e ho incontrato Andi...»

Il suo sguardo si perse, rimase a fissare un punto sopra le loro teste. «So di aver fatto soffrire i miei figli. Me ne pento profondamente, ma non potevo continuare in quel modo... Noah stava per andare al college. Saremmo rimasti solo noi due. Sapete, non avevamo molto in comune. Quando ci si conosce al liceo, non è che...»

«Io ho sposato il mio fidanzato del liceo.» disse Josie.

«Mi dispiace.» disse Lance. «Non intendevo... Quello che volevo dire è che alcune persone sono perfettamente felici...»

Josie riuscì a fare un sorriso. «Non si preoccupi. Non ha funzionato. Noi... ci siamo allontanati.»

Questa ammissione sembrò allentare la postura di Lance, che ricambiò il sorriso. «Sì, credo che sia successo anche a noi. Eravamo molto presi dai nostri figli, ma poi, quando non ci sono stati più loro a tenerci legati, siamo diventati molto distanti. E quando ho incontrato Andi tutto è cambiato.»

«E scommetto che sarà stato comunque difficile lasciarsi alle spalle un rapporto che si era protratto per così tanto tempo.» proseguì Josie. «Soprattutto se conoscevate l'uno i segreti dell'altro.»

Lance annuì mentre lei parlava.

Josie proseguì: «Anche se da quello che abbiamo capito finora, Colette non era proprio il tipo che custodiva dei segreti.»

«No, infatti, non era da lei.» confermò Lance. «Con lei, come la vedevi, così era. C'è stata una sola volta in cui l'ho vista...»

Si interruppe.

«In cui l'ha vista... come, Mr. Fraley?» chiese Josie.

Lui sventolò una mano. «Non era niente. Non so nemmeno perché ne sto parlando.»

«Non può essere niente se l'ha notato tanto da ricordarsene a distanza di tanto tempo.» gli fece notare Josie.

«Una volta l'ho vista parlare con un altro uomo, cosa di per sé non così insolita. Parlava con molte persone. Era amichevole con i fedeli della sua parrocchia e con i colleghi di lavoro. Il macellaio del negozio di alimentari le voleva bene. Ma quella volta era... non so, diversa.»

Sia Josie che Gretchen si erano spostate sul bordo del divano. «In che senso?» chiese Gretchen.

«Erano al parco.» disse. «Avete presente il parco cittadino di Denton?»

«Sì.» dissero all'unisono Josie e Gretchen.

«Avevamo questo cagnolino, quando i ragazzi erano adolescenti... beh, Laura e Noah, perché Theo si era già trasferito. Sapete, più crescevano e meno desideravano passare del tempo con noi. Pensavamo che se avessimo preso un cane, avrebbe aggiunto qualcosa alla famiglia. Comunque, Colette portava sempre a spasso il cane dopo cena. Noah avrà avuto, non so, forse tredici anni all'epoca. C'era un suo amico a casa nostra e stavano giocando. Noah cadde e si ruppe il naso. Pensai di portarlo al pronto soccorso e di passare dal parco per far sapere a Colette che ce lo stavo portando. Ebbene, mentre percorrevamo la strada che costeggia il parco, la vidi, con il cane, in piedi sotto un albero mentre parlava con un tizio. Era grosso, corpulento e calvo, ma non come se avesse perso i capelli, sembrava che se li fosse rasati di proposito. Aveva un aspetto duro. All'inizio pensai che la stesse minacciando perché sembrava il tipo, ma quando mi avvicinai, mi parve che stessero parlando. Erano vicini. Lui si stava protendendo verso di lei. Poi lei gli mise una mano sul petto.»

«Come se lo stesse allontanando?» chiese Josie. «O sembrava più un gesto intimo?»

«Era sicuramente più un gesto intimo.» confermò Lance. «Noah non si accorse di niente perché aveva la testa reclinata all'indietro con un grosso impacco di ghiaccio sul viso. Io continuai a guidare. Per tutto il tempo che passammo al pronto soccorso continuai a chiedermi a cosa diamine avessi assistito. Mi convinsi, anzi, che davvero si vedesse con quell'uomo e sospettai che tutte quelle passeggiate con il cane fossero solamente un pretesto per incontrarsi con il suo amante.»

«Gliene parlò?» chiese Josie.

«Sì, certo. Quella sera stessa, dopo che i ragazzi furono andati a letto, le dissi che l'avevo vista con un uomo nel parco e lei mi rispose: "Oh, quello era Ivan". Come se nulla fosse. Allora le chiesi: "E chi diavolo è Ivan?".»

«E chi era Ivan?» chiese Gretchen.

«Mi disse che era un compagno delle elementari e che all'epoca erano molto amici. Come fratello e sorella, mi disse. Le risposi: "Se eravate come fratello e sorella, perché è la prima volta che sento parlare di lui?". E lei mi raccontò che aveva traslocato da Denton molto tempo prima e che tornava in città solo ogni paio d'anni e che in quel periodo si erano allontanati.»

«Disse se l'aveva incontrato per caso al parco quella sera o se l'avevano programmato?» chiese Josie.

«Disse di averlo incontrato per caso, ma non ne sono così sicuro.»

«E finì lì?» chiese Gretchen.

Lance scrollò le spalle. «La misi sotto pressione. Arrivai quasi al punto di accusarla di avermi tradito con quell'uomo, ma lei si stranì e si mise a ridere, dicendo che era un'assurdità. È stato il modo in cui liquidò la questione che mi fece pensare che si stesse lasciando sfuggire la verità. Colette era una pessima bugiarda, tanto per cominciare. Iniziai a convincermi che stesse ammettendo la verità su tutta la faccenda.»

«Ma è a questo che stava pensando poco fa, quando le abbiamo chiesto delle relazioni extraconiugali?» chiese Gretchen.

«Sì, è stato qualcosa tra di loro, come ha detto lei, un'intimità, un livello di confidenza che ho intravisto tra di loro giusto in quei pochi secondi da lontano. So che può sembrare stupido, ma in quel momento mi colpì parecchio.»

«Colette aveva fratelli o sorelle?» chiese Josie.

«No. Erano sole, lei e sua madre. Suo padre morì quando lei aveva otto anni.»

«Sua madre si ricordava di Ivan?» chiese Josie. «Ne ha mai parlato con lei?»

«Gliene parlò Colette» rispose Lance «la prima volta che andammo a cena a casa sua, dopo quella sera. Proprio lì, a tavola, disse: "Mamma, ti ricordi di quel ragazzo, Ivan, che veniva a scuola con me? L'ho incontrato nel parco ad aprile".»

Lance rise. «Poi sua madre disse che sì, si ricordava di lui. Aveva fatto il chierichetto prima di cominciare a mettersi nei guai, cose da ragazzi, disse, come il vandalismo e altre marachelle del genere. La famiglia si era trasferita dopo che lui era stato espulso dalla scuola.»

«Aspetti un attimo.» disse Josie. «Quando lei e Colette vi siete conosciuti al liceo, lei frequentava ancora la chiesa cattolica?»

«Beh, non ci siamo nemmeno accorti l'uno dell'altra fino all'ultimo anno di liceo.» disse lui. «A quel punto, lei frequentava la chiesa episcopale.»

«Sa, abbiamo trovato dei rosari sepolti nel suo giardino.» disse Josie. Lui rise di nuovo e la sua espressione conteneva una sorta di nostalgia. «Oh sì, ha mantenuto le sue abitudini da cattolica. Devono essere sepolte due dozzine di rosari anche nel giardino della casa in cui abbiamo cresciuto i nostri figli. Colette ci teneva molto a recitare il rosario.»

«Le ha mai detto perché è passata alla confessione episcopale pur continuando a osservare i riti cattolici?» chiese Josie.

Un'altra alzata di spalle. «Quando stavamo per sposarci, sua madre volle che la cerimonia si svolgesse nella chiesa cattolica. Sapete, sua madre aveva lavorato per i preti in canonica per quasi tutta la vita, come cuoca e come donna delle pulizie. Certo, aveva anche un altro lavoro, però le mansioni in canonica le avevano permesso di mantenersi a galla dopo la morte del padre di Colette. Comunque, Colette rifiutò assolutamente e disse che non avrebbe mai più messo piede in quella parrocchia. Allora sua madre le disse che poteva scegliere un'altra chiesa cattolica. Non doveva essere per forza quella che aveva frequentato da piccola. Ce n'era una graziosa a Bellewood che ci avrebbe permesso di sposarci lì, ma Colette fu irremovibile. Disse che, per quanto la riguardava, non esisteva più la Chiesa cattolica. Fu fonte di un litigio tra lei e sua madre. È stata l'unica volta che l'ho vista urlare contro sua madre e una delle poche volte che l'ho vista abbastanza turbata da piangere.»

«È possibile che qualcuno avesse... abusato di lei?» chiese Gretchen. Lance ci pensò un attimo e le sue labbra si arricciarono mentre rifletteva. «No, non credo. Le chiesi di parlarmene quando ci fu la controversia del matrimonio, perché non l'avevo mai vista così turbata per qualcosa. Era una questione che stava creando molta tensione tra lei e sua madre. Le chiesi a bruciapelo se uno dei preti le avesse mai fatto qualcosa e lei rispose di no. Disse che non voleva parlarne, ma tutto quello che dovevo sapere era che aveva assistito a cose poco cristiane. Perciò era passata alla Chiesa episcopale dove si trovava bene.»

Josie si chiese se la rabbia di Colette verso la sua vecchia chiesa e Ivan fossero in qualche modo collegati. Non c'era modo di saperlo senza rintracciare questo Ivan e non era sicura che il passaggio di Colette da cattolica a episcopale fosse davvero rilevante per il problema in questione, cioè trovare l'assassino di Colette e Beth Pratt. D'altra parte, non poteva far male parlare con Ivan. Colette era stata vista parlare con lui quando Noah aveva circa tredici anni, lo stesso anno in cui era morto Samuel Pratt. Era una coincidenza troppo forte.

«Lei o sua madre le hanno mai detto il cognome di Ivan?» chiese Josie.

«No.» rispose Lance. «Non si è più fatto vivo dopo quella volta.»

«E che mi dice di qualcuno che si chiama Pratt?» chiese Gretchen. «Conosceva qualcuno con quel cognome, che lei sappia?»

Lui scosse la testa. «No, non mi sembra di averlo mai sentito.»

«E i suoi orari di lavoro?» chiese Gretchen. «Colette lavorò a lungo per la Sutton Stone Enterprises, non è vero?»

«Sì, ottenne quel lavoro quando aveva circa ventidue anni e all'epoca fu una manna dal cielo perché io ero disoccupato. La trattavano davvero bene. Sembrava che le piacesse, ed era un lavoro facile: scrivere lettere, rispondere al telefono, prendere appuntamenti. All'inizio faceva parte del gruppo di segretarie e poi fu promossa ad assistente del capo.»

«Quindi, in pratica, lavorava dalle nove alle cinque tutti i giorni?» chiese Gretchen.

Josie sapeva che Gretchen stava cercando di stabilire quanto fosse flessibile l'orario di lavoro di Colette: avrebbe avuto il tempo di svignarsela durante il giorno e di portare avanti una relazione con Samuel Pratt?

«Sì, per anni e anni.» rispose Lance. «Decenni, in realtà. Come ho detto, la trattavano molto bene. Riceveva bonus ogni anno e una buona pensione. Quando le pensioni esistevano.»

Gli fecero qualche altra domanda prima di andarsene e Josie rimase colpita dal fatto che, per quanto perfetta e bella sembrasse la sua nuova vita familiare, non aveva ancora espresso preoccupazione per gli altri figli ora che Colette era morta. Si chiese se almeno sapesse che stava per diventare nonno.

Mentre dallo specchietto retrovisore guardavano la casa di Lance Fraley allontanarsi, Josie non poté fare a meno di sentirsi ancora più triste per Noah di quanto non lo fosse quella mattina. Gli mandò un messaggio per sapere come stava, ma lui non rispose.

# TRENTATRÉ

Quando tornarono alla centrale era già buio. Gretchen accese il suo computer per iniziare a cercare il misterioso Ivan, mentre Josie rintracciò Mettner per aggiornarlo e sapere se fosse riuscito a mostrare le foto della fibbia della cintura ai residenti di Rockview. Josie lo trovò nella sala ristoro, seduto a uno dei tavolini a mangiare un trancio di pizza unta. «Ehi.» disse lui tra un boccone e l'altro. «I vecchietti di Rockview sono stati molto utili.»

Josie inarcò un sopracciglio. «Sono residenti, Mett. Non vecchietti.» Lui fece un cenno di assenso e deglutì. «Mi scusi, boss. Residenti.»

Lei si sedette di fronte a lui. Mettner indicò il cartone della pizza tra loro, ma lei scosse la testa. «Cosa hai scoperto?»

Lui si pulì le dita su un tovagliolo e tirò fuori il telefono, scorrendo e digitando finché non trovò quello che cercava. «Un paio di signori di lì hanno detto che negli anni Settanta c'erano dei poligoni di tiro da queste parti. In tutto lo Stato, in realtà.»

«Poligoni di tiro?»

«Sì, come il tiro al bersaglio. Facevano delle gare. Dicono che ce ne fossero almeno una mezza dozzina. I membri che ne facevano parte gareggiavano con fucili e pistole per velocità e precisione. Per lo più in campi all'aperto.»

«Come una federazione?» chiese Josie. «Come nel bowling?»

«Sì, precisamente. In buona sostanza, si trattava di un gruppo di giovani del posto che si riunivano, si divertivano e gareggiavano. Ad ogni modo, per alcuni anni si sono svolte gare di campionato di tiro. Tutti i club iscrivevano il loro miglior tiratore e quello che eliminava tutti era il campione. Era quello che riceveva la fibbia della cintura.»

Josie avvertì un leggero brivido di eccitazione che le scatenò un'ondata di calore nello stomaco. Finalmente un indizio sulla fibbia della cintura. «Quindi quella fibbia apparteneva al campione di tiro del 1973?»

«È quello che pensano, sì. Nel tiro con la carabina, visto che sulla fibbia ci sono due fucili.» precisò Mettner.

«Come facciamo a rintracciare questi club? Ti hanno detto un nome? Qualche contatto?»

Mettner scosse la testa. «No, ma mi hanno detto che a volte i giornali locali riportavano notizie sulle gare, e parlo dei giornali locali, capisce? Intendo quelli che non esistono più. Non so se possiamo reperirli nella biblioteca locale.»

«Sì, ce li hanno.» confermò Josie. «So esattamente dove andare a cercare. Grazie, Mett!»

«Com'è andata con Lance Fraley?» chiese.

Josie gli fece un resoconto del colloquio con il padre di Noah. «Gretchen sta lavorando per rintracciare questo Ivan?» chiese Mettner.

«Sì. Ora torno di sopra per scrivere alcuni rapporti.»

Tornata alla scrivania, scoprì che Gretchen non riusciva a trovare nessun maschio bianco di circa sessantacinque anni di nome Ivan. «A questo punto domani dovrò andare alla parrocchia cattolica per vedere se conservano dei registri.» disse.

Josie le raccontò quello che Mettner aveva scoperto. «Quindi tu andrai in chiesa e io in biblioteca.»

«Sì.» disse Gretchen. «Sempre che Chitwood non cambi idea. Ormai è tardi, quindi ci tocca aspettare fino a domani.»

«Sarà la prima cosa.» concordò Josie. «Ora me ne vado da qui. Mi sembra di non vedere Noah da settimane. Devo andare a vedere come sta.»

# TRENTAQUATTRO

Josie andò al ristorante barbecue dove Noah andava sempre e prese il suo piatto preferito. Era quello che lui avrebbe fatto per lei, quello che aveva sempre fatto per lei nei momenti di grande pressione. Si assicurava che mangiasse e si riposasse a sufficienza anche quando erano le ultime cose che lei voleva fare.

Noah era a casa di Colette. Tutte le luci erano accese.

La porta d'ingresso era aperta. Mentre Josie si aggirava per la casa chiamando il suo nome, vide scatoloni accatastati in ogni stanza. Lo trovò nella camera da letto di Colette, dove stava gettando i vestiti dalla cassettiera in una scatola aperta sul letto, con il sudore che gli colava dalle tempie lungo i lati del viso. La maglietta umida gli aderiva al busto. I suoi movimenti erano frenetici. Una volta riempito lo scatolone, vi schiacciò dentro i vestiti, lo chiuse con il nastro adesivo e prese un altro scatolone dal pavimento.

«Noah...» disse Josie posando la busta del take away sulla cassettiera vuota. «Ehi.» rispose lui, lanciandole un'occhiata e poi riprendendo con il suo lavoro: sfilare i vestiti dalle grucce dell'armadio e infilarli nella scatola vuota.

«Non hai fatto altro tutto il giorno?» gli chiese Josie. «Hai mangiato almeno?»

«No.» disse lui. «Voglio solo finire.»

Josie fece un altro passo verso di lui e prese un'altra scatola vuota dal pavimento. «Lascia che ti aiuti.» disse.

Lui non protestò. Lavorarono in silenzio finché tutto ciò che c'era nella stanza non fu messo nelle scatole. Noah si accasciò sul bordo del letto di sua madre. Se ne stava a spalle curve, il suo viso era pallido e le occhiaie gli segnavano la pelle sotto gli occhi. Josie gli concesse un momento per riprendere fiato, sedendosi accanto a lui e accarezzandogli delicatamente la schiena.

«Ti ho portato qualcosa da mangiare.» disse. «Andiamo giù in cucina, d'accordo? Hai bisogno di mangiare.»

Noah indicò la busta. «Viene dal Talulah?»

«Sì.» disse Josie.

Quando lui le sorrise, il suo cuore ebbe un sussulto. «Grazie.» disse lui, prendendo il contenitore, aprendolo, estraendo il panino per mangiarlo lì dove era seduto. I suoi movimenti rallentarono gradualmente rispetto al ritmo maniacale di poco prima e Josie fu sorpresa quando, tra un boccone e l'altro, le chiese se c'erano novità. Cominciò a raccontargli della giornata passata con Gretchen, ma quando arrivò alla parte in cui avevano interrogato suo padre, Noah si girò a fissarla, con la bocca aperta e un pezzo di punta di manzo mezzo masticato che fuoriusciva, e mentre una sfumatura rossa si estendeva dal colletto fino alla radice dei capelli, disse: «Hai parlato con mio padre? Sei andata a casa sua? Alle mie spalle? Senza nemmeno parlarmene?»

Josie si alzò dal letto. «Non l'ho fatto "alle tue spalle".» ribadì perplessa. «Noah, sai che questa è una linea di indagine legittima.»

«Stiamo parlando di mio padre.» disse lui, con la voce che si stava trasformando in un grido. Gettò i resti del panino nel contenitore da asporto e si mise a misurare a grandi passi la stanza.

«Sì, ma dal nostro punto di vista è un familiare di una delle vittime che avrebbe potuto avere informazioni utili per le nostre indagini. Noah, lo sai bene.»

«Non è un familiare.» ringhiò Noah. «Non è un familiare per me. Ha abbandonato mia madre. L'ha tradita e poi se n'è andato senza voltarsi indietro.»

Josie si alzò e cercò di prendergli un braccio, ma lui la respinse e continuò a percorrere quegli stessi pochi metri. «Mi dispiace, Noah.» disse Josie. «Mi dispiace che tua madre sia morta. Mi dispiace che abbiamo dovuto parlare con tuo padre. Non posso nemmeno immaginare quanto debba essere doloroso per te, ma sappi che Mettner, Gretchen e io stiamo cercando di trovare la persona che ha ucciso tua madre. Questo è tutto.»

«Che cosa ti ha detto?» chiese Noah. «Cosa ha detto di lei?»

«Che era una moglie e una madre devota.» rispose Josie. «Ha ammesso il tradimento. Mi ha raccontato la storia di te e di un amico che stavate giocando e tu ti sei rotto il naso. Ha detto di averti portato in ospedale.»

Noah si schernì. «Sì, solo perché mia madre era fuori.»

«Avevi tredici anni?» lo incalzò Josie.

«Sì. La mamma rimase piuttosto sconvolta. Molto, molto più arrabbiata di quanto tutti noi avremmo pensato per un naso rotto. Una volta io e Laura litigammo e rovesciammo il mobiletto in salotto, rompendo tutto quello che c'era dentro e Laura si fratturò il polso. Aveva dodici anni. Ebbe bisogno di tre interventi chirurgici e di un bel po' di fisioterapia. Ai miei genitori costò una fortuna, ma in quell'occasione la mamma non si arrabbiò nemmeno tanto... invece quando mi ruppi il naso... non so, forse perché era una ferita alla faccia. Ricordo che dovevamo farci fotografare per la squadra di baseball: avevano fatto delle cornici per le foto che le facevano sembrare delle figurine di baseball finte. Comunque, sembrava che qualcuno mi avesse pestato.»

«Era primavera?» disse Josie.

«Sì. Theo compie gli anni il 28 aprile. Successe poco prima. Me lo ricordo perché venne a casa a trovarci e mia madre era ancora arrabbiata per tutta la faccenda, quindi fu di pessimo umore per tutto il fine settimana, e Theo scherzò dicendo che gli avevo rovinato il viaggio facendo agitare così tanto la mamma.» A quel punto si mise a ridere. Poi la sua fronte si aggrottò e disse: «Perché avrebbe dovuto raccontare questa storia? Voleva che tu pensassi che fosse un padre eccezionale e premuroso?»

«Non lo era?» chiese Josie, sinceramente curiosa. «Almeno, fino a un certo momento?»

«Beh, sì, credo. Cioè, finché non se n'è andato. Ma questo è il punto. Quanto poteva importargliene? Si era creato una nuova famiglia.» disse Noah. «Ha passato trentaquattro anni con mia madre, poi l'ha abbandonata e ha ricominciato da capo. Ci ha messi da parte come se non contassimo niente.»

«Mi dispiace davvero tanto, Noah. Ha detto che si è impegnato ha fatto degli sforzi per mettersi in contatto con te, Laura e Theo.»

Noah sbuffò. «"Impegnato". Mi ha chiamato una volta. Una volta sola. Mi ha detto che se avessi voluto incontrarlo, avrei dovuto chiamarlo. Si è impegnato parecchio. È un bugiardo e un figlio di puttana. Non gli importava nulla di noi o di mia madre. Non fa parte delle nostre vite da quasi quindici anni. Non c'era bisogno di parlare con lui. Se volevi sapere di lui, potevi chiedere.»

«Noah, andiamo dove ci porta l'indagine. Lo sai. Come pensi che mi sia sentita quando l'anno scorso la mia vita privata... ogni cosa orribile che mi è successa durante l'infanzia... è stata messa a nudo? È stato devastante. Ma l'ho affrontato, in parte perché tu mi sei stato vicino. Sto cercando di essere presente per te.»

«No, stai cercando di risolvere un caso.»

Josie alzò le braccia in aria. «Certo, anche quello! Non cerco mica di nasconderlo. Quando chiudo gli occhi la sera, vedo ancora il volto di tua madre, proprio come te, e vedo il tuo volto. Vedo il dolore che ti ha causato e voglio fermare il responsabile di tutto questo e fargliela pagare.»

«Non occorreva che andassi a parlargli. Gretchen avrebbe potuto andarci anche da sola. Avresti potuto chiedermi cosa è successo con mio padre, invece sei andata da lui senza nemmeno consultarmi prima. Hai ottenuto quello che volevi?»

«Quello che volevo? Non so cosa tu...»

Le sue parole furono interrotte dal rumore di un vetro che si infrangeva da qualche parte nella casa. Rimasero immobili entrambi, incrociando gli sguardi per una frazione di secondo prima di precipitarsi fuori dalla porta della camera da letto e in fondo al corridoio. L'odore di qualcosa che bruciava riempiva l'aria. Noah era davanti a lei, diretto verso le scale. Josie gli mise una mano sulla spalla. «Noah, è qui.»

Colonne di fumo grigio e denso serpeggiavano lungo le scale e lambivano il soffitto del corridoio.

«Abbassati.» disse Josie, tirando Noah verso il pavimento.

Prima a gattoni poi strisciando, si fecero strada fino a raggiungere la cima dei gradini, ma il fumo era troppo denso per riuscire a scendere.

Gli occhi di Josie lacrimavano; i fumi bruciavano e le graffiavano la gola. Il sudore imperlava la pelle e appesantiva i vestiti. Si aggrappò al polpaccio di Noah per impedirgli di andare oltre. Lui la guardò da sopra la spalla, ma il suo volto era a malapena visibile nella coltre di fumo sempre più densa. Josie sapeva che negli incendi l'inalazione era la principale causa di morte. Indicò una delle porte del corridoio. «Il bagno!» gridò.

Strisciarono lungo il corridoio verso il bagno, Josie si chiuse la porta alle spalle e vi si appoggiò, con il respiro affannoso e il petto in fiamme. Su una parete dello stretto e angusto vano erano allineate delle scatole. Noah ne aprì una e ne estrasse degli asciugamani che bagnò sotto il rubinetto. Gliene porse uno e lei se lo passò sul viso; il freddo le diede una sensazione paradisiaca sulla pelle infuocata.

«Credo che il piano di sotto sia già completamente occluso.» disse Josie. Tirò fuori il cellulare dalla tasca posteriore e compose il 911, chiedendo al centralino di inviare immediatamente i vigili del fuoco e un'ambulanza. Un colpo di tosse le uscì dal petto mentre riponeva il telefono. Noah aprì la finestra del bagno e diede un pugno alla zanzariera, allungando la testa all'esterno.

Josie si alzò in piedi. «Quanto è alto?»

Noah rientrò e le fece cenno di guardare. Dalla finestra, Josie poteva vedere pinnacoli di fumo scuro che fuoriuscivano dalle finestre del piano inferiore. Proprio sotto di loro c'era uno strapiombo su una delle aiuole perfettamente potate di Colette. Se avessero dovuto saltare erano abbastanza alti da rompersi qualcosa, ma non abbastanza da uccidersi. Josie guardò dietro di sé e vide che il fumo filtrava già sotto la porta del bagno, così afferrò uno degli asciugamani bagnati e lo premette con forza contro la fessura.

«Non possiamo aspettare.» esclamò Noah. «Dobbiamo saltare. Altri cinque o dieci minuti e anche il piano di sopra sarà inghiottito.»

«Hai ragione.» disse Josie, tossendo di nuovo.

Noah strappò la tenda della doccia e ne attorcigliò un angolo intorno alla mano e al polso sinistro. «La farò penzolare dalla finestra tenendola stretta. Se ti cali giù puoi lasciarti cadere a terra senza farti male.»

«E tu che farai?» gli chiese Josie.

«Io starò bene.»

Josie indicò la finestra. «No che non starai bene. Noah, ti farai male se salti.»

«Allora mi farò male. Josie, dobbiamo andarcene da qui. Adesso.»

La spinse verso la finestra. Josie si arrampicò e lasciò che il suo corpo scivolasse lungo la facciata, con i palmi delle mani saldamente aggrappati al davanzale della finestra. Una volta sospesa fuori, con il calore e il fumo che si sprigionava sotto di lei, Noah si sporse, gettando la tenda della doccia accanto a lei. Con la mano destra, Josie afferrò saldamente il tessuto vinilico. Non avrebbe retto a lungo, ma sarebbe stato sufficiente per farla scivolare giù e attutire la caduta. Trasferì quindi tutto il suo peso sulla tenda della doccia e staccò la mano sinistra dal davanzale della finestra per avvolgerla intorno alla tenda. Sopra di lei, il volto di Noah era arrossato e grondante di sudore per lo sforzo. «Vai!» le disse.

A poco a poco, scivolò giù per la tenda, finché non rimasero che pochi centimetri. Non aveva altra scelta che lasciarsi cadere. Con un'occhiata in basso, vide che si era avvicinata molto di più al suolo; a occhio soltanto uno o due metri separavano i suoi piedi dal terreno sottostante. Con un ultimo sguardo a Noah, si lasciò andare, il suo corpo scivolò lungo l'esterno della casa e i suoi piedi colpirono il suolo con forza. Una scossa le attraversò i talloni fino alle cosce e le ginocchia si piegarono, facendola cadere a terra. Ma era salva e non si era rotta niente. La tenda della doccia volò via, lontano dalla casa, e le gambe di Noah apparvero alla finestra, prima una, poi l'altra, finché non lo vide che penzolava dalla finestra proprio come aveva fatto lei.

Sentì lo schiocco dell'osso che si rompeva quando lui raggiunse il terreno. Si contorse stringendo la gamba. Josie si mise in ginocchio accanto a lui, osservando la sua bocca che si apriva per urlare di dolore, ma nel tentativo di respirare, non emise alcun suono. Non sapeva se la caduta gli avesse tolto il fiato, o se il dolore gli rendesse impossibile prendere aria o se il fumo tossico che avevano inalato gli avesse occluso le vie respiratorie, ma non c'era niente che potesse fare se non aspettare che gli tornasse il respiro. Quando finalmente prese una boccata d'aria, lei lo aiutò a rialzarsi, incastrando il suo corpo sotto il suo braccio sinistro. Lui tenne il piede sinistro sollevato da terra mentre si allontanavano insieme dalla casa. Josie sentì le sirene in lontananza. Mentre faceva sedere Noah nel giardino dei vicini, si guardò intorno e si accorse che molte altre persone avevano acceso le luci ed erano uscite all'aperto. L'incendio, che ora stava avvolgendo completamente la casa di Colette, illuminava tutta la strada. Josie seguì con lo sguardo i vari veicoli parcheggiati nei vialetti. Non c'erano macchine parcheggiate lungo la strada. Poi vide una forma accartocciata in mezzo alla carreggiata. «Aspetta qui» disse a Noah, «e non ti muovere.»

Josie sganciò la fondina mentre correva verso la figura, ma non appena la raggiunse si rese conto che non era una minaccia. Si trattava di un uomo anziano, probabilmente sulla settantina, a giudicare dai capelli bianchi e radi e dal viso rugoso e punteggiato dall'età. Raggomitolato su un fianco, gemeva. Josie si inginocchiò e gli toccò delicatamente la spalla. «Signore...» disse. «Sta bene?»

«Mi ha colpito.» rantolò l'uomo. «Quel maledetto bastardo mi ha colpito.»

Con delicatezza, lo girò sulla schiena. «Dove l'ha colpita?»

Il sudore colava dalla fronte di Josie e si sentiva il petto pesante. L'uomo si indicò lo stomaco. «Qui.» ansimò. «Mi ha colpito, e forte. Sono andato subito a terra.»

«Chi l'ha colpita?» chiese Josie, premendo due dita contro l'interno del polso per controllare il battito, che era forte e costante. «Il tizio che ha dato fuoco alla casa di Colette.» disse. «Mi aiuti a mettermi a sedere.»

Josie gli passò un braccio sotto le spalle e lo sollevò per farlo sedere. «Ha visto un uomo? Che aspetto aveva?»

«Grande. Corpulento. Vestito tutto di nero. Aveva un

berretto da baseball. Io abito laggiù...» Si voltò leggermente e indicò la casa di fronte a quella di Colette. «Ho visto Noah entrare in casa questa mattina. Ho parlato con lui. Vi ho visti qui un paio di volte, quindi quando si è fermata qui ho capito che era tutto a posto.»

Josie si chiese se avesse osservato così attentamente la casa di Colette prima del suo omicidio. Come se le avesse letto nel pensiero, lui disse: «Ho iniziato a prestare attenzione solo dopo che Colette è stata ammazzata. È terribile. Una cosa terribile. Cose del genere non succedono da queste parti.»

Josie lanciò un'occhiata alla casa di Colette, dove erano appena arrivate due autopompe e un'ambulanza. Guardò due paramedici che si precipitavano verso Noah che giaceva sul prato dei vicini. «Lo so.» disse. «Non dovrebbero accadere da nessuna parte. Che cosa è successo? L'ha visto uscire dalla casa?»

«L'ho visto entrare. È venuto a piedi da laggiù.» Indicò la strada che portava alla casa di Colette. «Poi ho aspettato qualche minuto. Ho notato che sembrava ci fosse del fuoco alla finestra del piano di sotto. Sono arrivato alla fine del vialetto. Non ero ancora sicuro di quello che stavo vedendo. Ho sentito del trambusto all'interno e sono uscito in strada. Poi ho visto del fumo uscire dalle finestre e ho capito. Stavo per tornare dentro e chiamare il 911, ma lui è uscito di corsa dal retro della casa, proprio nella mia direzione.»

«È riuscito a vederlo in faccia?» chiese Josie.

L'uomo scosse la testa. «Non bene. Aveva quel berretto. Qui fuori non c'era la luce che c'è adesso. Mi sembra che avesse gli occhi scuri, piccoli e brillanti, come quelli di un topo, e un naso piatto, come se fosse stato rotto un paio di volte. Non posso dirle altro.» Gemette e si tenne lo stomaco. «Mi fa male. Mi ha colpito forte. Gli ho detto di fermarsi. Non ha nemmeno detto una parola. Mi ha solo tirato un pugno nello stomaco ed è scappato.»

«So che ora sta soffrendo, ma può stimare altezza e peso?»

«Forse un metro e ottanta.» rispose incerto. «Una novantina di chili.»

«Boss!» Era Mettner che si precipitava verso di lei dalla sua auto di pattuglia. Dietro di lui, i paramedici di una seconda ambulanza stavano trasportando una barella. Mentre questi sollevavano l'anziano vicino sulla barella e lo portavano verso l'ambulanza, Josie il più rapidamente possibile fornì a Mettner tutte le informazioni che aveva ottenuto, compresa una descrizione dell'uomo visto fuggire dalla casa di Colette. «Voglio che le unità si mettano alla ricerca di quest'uomo.» disse Josie. «Era a piedi, quindi potrebbe aver parcheggiato non lontano da qui. Chiedi a qualcuno di controllare i residenti delle strade vicine per vedere se hanno visto auto sconosciute, uomini estranei o qualcosa di insolito.»

«Agli ordini, boss.» disse Mettner, allontanandosi di corsa.

Josie rimase sola in mezzo alla strada, fissando la piccola collina nella direzione in cui era andato il piromane. Guardò indietro, dove Noah veniva caricato su un'ambulanza. I vigili del fuoco stavano già pompando le loro manichette su ciò che restava della casa di Colette, cercando di contenere l'incendio. Mentre l'ambulanza con Noah a bordo si allontanava, Josie si precipitò giù per la collina.

# TRENTACINQUE

Mentre correva, con i polmoni in fiamme, Josie tracciava il quartiere nella sua mente. La casa di Colette era l'ultima in cima alla collina prima che questa scendesse nella direzione opposta. La casa si affacciava su un breve tratto di bosco che finiva a ridosso di una parete rocciosa. Il quartiere era stato praticamente scavato nel fianco della montagna. Perciò l'assassino non doveva essere passato dal retro perché non c'era nessun posto dove andare. Avrebbe potuto attraversare i giardini, ma la maggior parte di essi erano delimitati da alte recinzioni e se avesse fatto molto rumore nel giardino di qualcuno, avrebbe potuto essere facilmente individuato e forse anche catturato. Se non avesse voluto attirare la minima attenzione dopo aver appiccato il fuoco, sarebbe stato per lui più efficace correre lungo la strada in una direzione o nell'altra. Sarebbe stato ancora rischioso perché sarebbe stato in bella vista, ma sarebbe stato più diretto e avrebbe presentato meno potenziali insidie rispetto al tentativo di attraversare la successione di giardini che terminava ai piedi di una parete rocciosa. Inoltre, si sarebbe mosso nel buio della notte, il che gli avrebbe dato un vantaggio.

Doveva aver parcheggiato nelle vicinanze. Quando Josie

arrivò al primo incrocio in fondo alla collina, girò a destra. Qui era più buio, anche se molte case cominciarono ad animarsi, probabilmente in risposta al trambusto più in alto. Josie corse lungo la strada, con lo sguardo che spaziava da destra a sinistra e da sinistra a destra alla ricerca di qualcuno o qualcosa fuori dal normale. Non c'era niente. La strada era silenziosa e immobile, c'erano soltanto quattro auto parcheggiate. Le controllò tutte, dando un'occhiata all'interno per individuare eventuali figure e poi tastando i loro cofani per vedere se erano caldi. Niente. Un attimo dopo, una delle unità di Denton le passò accanto. Fece un cenno di saluto e continuò a correre finché i suoi polmoni non esplosero in un attacco di tosse che la fece quasi vomitare. Dopo aver setacciato sette o otto isolati circostanti senza trovare nessuna traccia, tirò fuori il cellulare e chiamò Gretchen. «Vieni a prendermi.» le disse Josie. «Non credo di riuscire a tornare indietro a piedi.»

———

Josie cominciava a odiare il Denton Memorial Hospital. Aveva un unico bel ricordo di quel posto, ed era quello del giorno in cui aveva salvato il piccolo Harris Quinn dall'annegamento. Tutti gli altri ricordi di quell'ospedale erano traumatici. Adesso, sdraiata su un lettino dietro una tenda, si ritrovò a catalogare mentalmente le ultime volte che c'era stata, in attesa che Gretchen tornasse con notizie di Noah. Josie lo aveva cercato freneticamente al loro arrivo, ma era già stato portato in sala operatoria. La frattura alla gamba era più grave di quanto avesse pensato.

«Tesoro, dovresti tenerla attaccata.» le disse un'infermiera, girando intorno al lettino e infilando la cannula nasale della bombola di ossigeno nelle narici di Josie, poi le applicò un piccolo saturimetro sul dito indice e le avvolse un misuratore di pressione intorno alla parte superiore del braccio, per la terza volta da quando Josie era arrivata in reparto.

«Sto bene.» protestò Josie.

«Beh...» disse l'infermiera mentre il bracciale stringeva, stringeva, stringeva e si allentava gradualmente, «questo lo lasceremo giudicare al dottore. La saturazione di ossigeno è buona, in realtà, considerando quello che hai passato, ma la pressione sanguigna è un po' aumentata, tesoro.»

«È dovuto allo stress.» disse Gretchen, scostando la tenda e avvicinandosi al capezzale di Josie. «Noah si è rotto il perone.»

«Ahi.» fece Josie.

«Sì, era disallineata. Sono dovuti intervenire per riallinearla. Dovrebbe volerci qualche ora. Vuoi che chiami sua sorella?»

«No, ma suppongo che dovremmo avvertirla.» disse Josie. «Vorrà essere informata. Specialmente considerando quello che è successo.»

Josie cercò il numero di Laura sul cellulare, ma Gretchen le prese il telefono. «Me ne occupo io.» disse. «Tu riposati un po'.»

Gretchen uscì dalla stanza e tornò qualche minuto dopo con una smorfia sul viso. Passò il telefono a Josie. «Lei e suo marito saranno qui tra qualche ora.»

«Immagino che le ricerche non abbiano dato risultati... che il nostro uomo abbia appiccato l'incendio, sia scappato e non sia stato localizzato. Giusto?» chiese Josie.

«Mi dispiace, boss.» disse Gretchen. «Niente.»

«Bene, semplicemente grandioso.» commentò Josie. «Senti, so che è una forzatura, ma è l'unica pista che abbiamo... credo che dovremmo impegnarci di più per rintracciare quel tale, Ivan.»

«Pensi che sia il compagno delle elementari di Colette che se ne va in giro ad ammazzare la gente e a dare fuoco alle loro case?» chiese Gretchen.

«Prima che scoppiasse l'incendio, Noah ha confermato quello che Lance ha detto sul fatto che si ruppe il naso quando aveva tredici anni, in aprile, lo stesso mese in cui è morto Samuel

Pratt. Secondo Noah, la reazione di sua madre fu sproporzionata rispetto all'accaduto. Stando a quanto mi ha detto, lui e Laura si azzuffavano spesso, e prima di quell'episodio lei si era procurata una frattura molto più grave, ma Colette non si era arrabbiata così tanto. Invece, quando Noah si ruppe il naso...»

«Pensi che in realtà non si fosse arrabbiata per il naso rotto di Noah?» la incalzò Gretchen.

«Precisamente. Credo che, di qualsiasi cosa avesse discusso con Ivan quella sera, fosse stata una cosa che l'aveva turbata. È semplicemente capitato che coincidesse con l'infortunio al naso di Noah e con la morte di Samuel Pratt.» disse Josie. «Le tempistiche combaciano.»

«Quindi, in che diamine di relazioni era con Ivan?» si chiese Gretchen. «Pensi che fossero amanti? Siamo tornati alla teoria dell'amante geloso?»

«Magari frequentava Ivan e Samuel Pratt e Ivan ha ucciso Pratt per gelosia...» ipotizzò Josie. «Non sono del tutto convinta di questa teoria, ma credo che Ivan sia coinvolto. È l'unica pista che abbiamo.»

Non era altro che il sussurro di una pista, per di più molto azzardata, ma Josie voleva disperatamente fermare il massacro di Denton il più presto possibile, soprattutto con Noah in pericolo.

«C'è anche la fibbia della cintura.» aggiunse Gretchen. «Perciò, il nostro piano rimane invariato: tu vedi cosa riesci a trovare in biblioteca, io faccio un salto alla chiesa. Sempre che Chitwood me lo permetta. Forse, se mi aggrego a Mettner, me lo concederà.»

«Sì, tu e Mett dovreste andare» concordò Josie «per prima cosa domattina. Ma penso anche che dobbiamo parlare di nuovo con tutti quelli che Colette conosceva, per vedere se qualcuno si ricorda di questo tizio o di qualsiasi altro dettaglio che faccia pensare a qualcosa di strano. Tutti quelli che riusciamo a trovare e che possano rievocare gli ultimi vent'anni. Forse sanno qualcosa e non ne sono consapevoli.»

«Allora, i fedeli della parrocchia e i colleghi di lavoro.» riassunse Gretchen. Tirò fuori il suo taccuino, sfogliando diverse pagine. «Mettner mi ha detto che c'era una manciata di persone che la conoscevano da tanto tempo. Non molti, ma alcuni. Possiamo dividerceli. Mettner e io ci occuperemo della gente della chiesa, tu della Sutton Stone Enterprises.»

«Hai visto il capo di Colette al funerale. Era ovviamente molto affezionato a lei, ed era molto ossequioso nei confronti dei figli. Credo di poterlo convincere ad aiutarci.» concluse Josie.

L'infermiera tornò e controllò ancora una volta i parametri vitali di Josie, spingendo nuovamente la cannula nasale nelle sue narici. Si occupò di lei per qualche minuto e poi se ne andò. Una volta che se ne fu andata, Josie disse: «Devi portarmi via da qui, però. Devo essere presente quando Noah uscirà dalla sala operatoria.»

## TRENTASEI

Josie dormiva profondamente su una sedia di vinile accanto al letto d'ospedale di Noah. Lui si svegliò un paio di volte durante la notte, frastornato e confuso. Ogni volta lei gli prendeva la mano e gli parlava dolcemente, assicurandogli che andava tutto bene, anche se le sembrava una bugia: sua madre era stata uccisa e la sua casa era stata rasa al suolo, e loro due erano quasi morti nell'incendio. Nel suo torpore indotto dall'anestesia, Noah accettò le sue parole, stringendole la mano prima di riaddormentarsi. Josie studiò il suo viso pallido cerchiato dalle occhiaie e il suo sguardo scese verso la flebo che gli somministrava antidolorifici nell'incavo del braccio destro e verso il lungo gesso che gli avvolgeva la gamba, sollevata da un cuscino. In un certo senso le appariva piccolo, come se le ultime due settimane gli avessero tolto qualcosa di vitale e lo avessero rimpicciolito.

Quando la luce del giorno si affacciò dalle grandi finestre, Josie si sentiva dolorante in ogni parte del corpo. Gli occhi le bruciavano per la stanchezza e il petto le sembrava ancora pesante. Il sapore di fuliggine e di fumo le impregnava la gola. Il petto di Noah si alzava e si abbassava con ritmo regolare. Josie andò in bagno e si spruzzò la faccia con acqua fredda, poi ne bevve un sorso direttamente dal rubinetto per dare sollievo alla gola. C'era un tubetto di dentifricio insieme a diversi altri oggetti in un piccolo contenitore di plastica giallo su uno degli scaffali del bagno; se ne spalmò un po' sull'indice per strofinarlo sui denti. Quando tornò, trovò Laura, in piedi accanto al letto, che teneva una mano di Noah e gli accarezzava i capelli, con la pancia prominente premuta contro la spalliera del letto. Alzò lo sguardo quando Josie entrò. «Sei qui.»

«Sono stata qui tutta la notte.» rispose Josie, cercando di non darle l'idea di stare sulla difensiva.

«Che diavolo sta succedendo, Josie?» chiese Laura, con gli occhi luccicanti di lacrime.

Prima che Josie potesse rispondere, Grady entrò portando un portabevande con quattro bicchieri di carta pieni di caffè, in mezzo ai quali erano infilate le bustine di zucchero e di panna. Si avvicinò prima a Josie, le diede un buffetto sulla guancia e le porse il suo caffé dal portabicchieri. «Mi dispiace molto per quello che è successo.» disse. «La cosa importante è che stiate bene.» Guardò Noah mentre posava gli altri bicchieri sul tavolino. «Beh, non completamente bene, ma vivi.»

Le lacrime scesero sul viso di Laura. «Non ce la faccio. Qualunque cosa sia, qualunque cosa stia succedendo, deve finire.»

«Stiamo cercando di andare a fondo della questione.» le assicurò Josie, assaporando il caffè, un balsamo per i nervi esausti e logori. Grady la incoraggiò a prepararlo come piaceva a lei, metà latte e metà crema e Josie lo fece, mandandolo giù in un sorso solo. Mentre aspettavano che Noah si svegliasse, i tre parlarono di ciò che era successo la sera prima. Laura alternava tratti di isteria a tratti di stoicismo, mentre Grady gestiva con calma le sue montagne russe di emozioni. Josie era sollevata dalla sua presenza. Grady andò a sedersi all'altro lato del letto di Noah, sorseggiando il suo caffè e guardando la moglie che camminava davanti a lui.

«Laura...» chiese Josie, dopo aver risposto a tutte le loro domande sull'incendio. «Ricordi se vostra madre ha mai incontrato o mantenuto contatti con qualcuno della sua scuola elementare cattolica?»

Laura smise di camminare e si premette due pugni sulla parte bassa della schiena. «Come? Che cosa intendi dire?»

«Ti ricordi se c'era qualcuno con cui vostra madre si era tenuta in contatto dalla scuola cattolica? Nello specifico, un uomo.»

Laura scosse la testa. «Non mi sembra. No. Non ricordo nessuno.»

«Il nome Ivan ti dice qualcosa?»

Laura premette con forza i pugni sull'osso sacro mentre una smorfia le si allargava sul viso. «Chi?»

«Ivan.» disse Josie. «Conosci un uomo che si chiama Ivan? Tua madre conosceva un uomo di nome Ivan?»

«No, non mi pare. Non conosco assolutamente nessuno con questo nome. Perché?»

«È un nome che è saltato fuori quando abbiamo parlato con vostro padre.» spiegò Josie. «Stiamo cercando di capirne il significato.»

«Avete parlato con nostro padre? Noah lo sa?»

«Sì, gliene ho parlato.»

«E a lui andava bene? È difficile da immaginare.» Sembrava un'accusa.

Josie mantenne un tono pacato. «Doveva essere interrogato come parte dell'indagine. Fa parte della procedura che seguiamo.»

Laura aprì la bocca per ribattere, ma il suono del gemito di Noah la fermò. Tutti e tre girarono la testa per fissarlo. Lui iniziò ad aprire gli occhi. Si guardò intorno lentamente, sbattendo le palpebre per combattere la stanchezza. «Che diavolo è successo?» gracchiò.

Josie a un lato del letto e Laura all'altro, attaccarono a parlare contemporaneamente. Lui alzò una mano per chiedere che la smettessero, poi guardò Josie. «Stai bene?»

Lei sorrise. «Sì, sto bene.»

«Quanto è grave la mia gamba?»

«È stata una frattura netta, e disallineata. Sono dovuti intervenire per riallinearla, ma ti riprenderai completamente. I medici non prevedono che avrai problemi una volta guarito.»

«Ma dovrai rimanere in malattia per un po'.» gli disse Laura e lanciando un'occhiata a Josie, disse: «Sono una sua parente prossima. Ho parlato con il medico prima di entrare.»

Josie non volle ribattere.

«Fa un male cane.» disse Noah.

«Chiederò se possono darti altri antidolorifici.» disse Josie.

«Domani ti dimetteranno.» disse Laura. «Penso che dovresti venire a casa con me e Grady.»

«Cosa?» sbottò Josie.

«Sto bene.» disse Noah. «Mi occorreranno solo delle stampelle.»

«Hai bisogno di cure.» disse Laura.

«Sto bene.» le ripeté Noah.

«Eppure sei qui in ospedale con una gamba rotta dopo essere scampato per un pelo a un incendio.» gli fece notare la sorella. «Non stai bene. Non so cosa diavolo stia succedendo in questa città, ma credo che tu debba andartene per un po'. Sei già abbastanza stressato. Hai bisogno di assistenza continua.»

Ma Noah si stava già assopendo di nuovo. Josie trattenne le parole che urgevano di uscire dalla sua bocca. Iniziare una guerra con la sorella di Noah era l'ultima cosa di cui aveva bisogno. Inoltre, per quanto Josie odiasse ammetterlo e odiasse ancora di più il pensiero di doversi separare da Noah, Laura aveva ragione: sarebbe stato più al sicuro a casa con lei e con Grady, a due ore di distanza.

Laura strinse l'avambraccio di Noah finché i suoi occhi si riaprirono. «Fratellino.» disse. «Promettimi che verrai a casa con me.»

Lui la guardò e poi rovesciò la testa dall'altra parte, incrociando lo sguardo di Josie. Lei riuscì a fare un sorriso tirato.

«Conosci qualcuno che si chiama Ivan?» continuò Laura.

«Cosa?» sbottò Josie.

Laura la ignorò, abbassandosi sul viso di Noah. «Josie mi ha chiesto di un certo Ivan. Pensa che nostra madre fosse in qualche modo invischiata con qualcuno di nome Ivan quando eravamo bambini.»

«Di cosa stai parlando?» chiese Noah, con gli occhi annebbiati dalla stanchezza e dalla confusione. Si voltò di nuovo verso Josie. «Chi è Ivan?»

Josie incrociò le braccia sul petto. «Solo una persona di cui ha parlato vostro padre. Ha detto di aver visto tua madre con un uomo il giorno in cui ti rompesti il naso. Vostra madre gli rispose che si chiamava Ivan e che erano andati a scuola insieme. La stiamo valutando come una potenziale pista.»

«Quindi ogni persona con cui ha parlato nostra madre adesso è un potenziale assassino?» rise Laura. «Mi dispiace di averlo tirato in ballo. Noah, non ricordi nessuno di nome Ivan, vero?»

A quel punto Josie cominciava a chiedersi perché l'avesse tirato fuori: sembrava intenzionata a mettere zizzania tra lei e Noah, ma non riusciva a capirne il motivo. Colette non si era mai affezionata a Josie, ma non aveva nemmeno mai cercato volontariamente di tenerli separati.

Noah aveva ancora un'aria stupita, ma scosse la testa. «No, non ho mai sentito parlare di qualcuno che si chiami Ivan. Non ricordo che la mamma avesse amici uomini con quel nome.» Chiuse gli occhi ma continuò a parlare, con la voce roca per la stanchezza e il dolore. «Josie, non puoi credere a niente di quello che ti ha raccontato nostro padre. È un bugiardo.»

«Non dobbiamo parlarne adesso.» sottolineò Josie.

«Non voglio parlarne né adesso né mai.» disse Noah. «Rispettalo. Sapevi qual era la mia posizione nei confronti di nostro padre e sei andata comunque a trovarlo.»

«Noah.» disse Josie. «Stavo facendo il mio lavoro. Non credo che tu riesca a pensare con chiarezza in questo momento. Ne hai passate tante.»

«Ho bisogno di tempo.» borbottò Noah. «Tempo da solo.»

«Tempo da solo?» gli fece eco Josie, con le guance che bruciavano per l'agitazione. «Cosa... cosa stai dicendo?» Non poté fare a meno di chiedersi se intendesse dire tempo lontano da lei. Temporaneamente o permanentemente, si chiese una voce silenziosa in fondo alla testa. La frattura tra loro era davvero diventata così grande?

«Sì.» si intromise Laura. «Credo che del tempo da solo sia proprio quello di cui hai bisogno.» Guardò Josie con attenzione. «Tempo lontano da tutti questi drammi, da tutte queste domande ridicole.»

Josie era certa che Laura intendesse davvero dire del tempo lontano da lei. «Bene.» concluse Josie rivolgendosi a Laura. «Non c'è bisogno che risponda a nessuna domanda in questo momento. Ha solo bisogno di riposare e di guarire.»

Laura incrociò le braccia sulla pancia. «Può farlo da noi, vero Grady?» Guardò oltre Josie, verso suo marito.

Grady aveva un'espressione infastidita, mentre si alzava e batteva le mani. «Certo.» disse. «Noah è sempre il benvenuto.» Rivolse a Josie un sorriso teso. «E tu puoi passare a trovarlo quando vuoi.»

«Grady!» sbottò Laura. «Pensi davvero che sia una buona idea?»

«Come sarebbe?» chiese Josie.

Laura puntò un dito contro Josie. «Ogni volta che ci sei tu, succede qualcosa di terribile. Sto soltanto cercando di proteggere il mio fratellino. Credo che voi due abbiate bisogno di una pausa l'uno dall'altra.»

«Io non...» Josie era a corto di parole, benché fossero parecchie quelle che avrebbe voluto spendere, ma non voleva turbare Noah o causargli ulteriori preoccupazioni: la pressione sulle sue spalle andava già oltre quello che lei poteva accettare di vedergli patire. Non importava se non era la benvenuta a casa di Laura e Grady; se Noah fosse rimasto da loro si sarebbe tenuto lontano dai pericoli e questo era ciò che contava di più.

Abbassò gli occhi per guardare il viso di Noah. «È questo che vuoi?» chiese sottovoce.

Il suo sguardo passò alla sorella e poi di nuovo a Josie prima di annuire e chiudere gli occhi.

«Va bene.» mormorò Josie, cercando di evitare che le lacrime le affiorassero agli occhi. «Vai con Laura e Grady. Io lavorerò con Mettner e Gretchen per sistemare le cose.»

# TRENTASETTE

La biblioteca di Denton era un edificio a due piani in stile neoclassico progettato da un architetto locale all'inizio del Novecento che presentava una grande scalinata e grandi colonne doriche sulla facciata in pietra. Josie aveva trascorso molte ore, durante gli anni dell'adolescenza, nascosta tra le scaffalature, studiando nel silenzio reverente che presiedeva all'enorme collezione di libri. Negli anni successivi, buona parte dell'edificio era stata modernizzata, passando dai tavoli alle postazioni informatiche e ingrandendo le sale per conferenze e altre attività. Ma anche quell'edificio a cui era tanto affezionata non riuscì a rallegrarla mentre ne varcava la soglia. La stanchezza bruciava ogni fibra del suo corpo. Le sembrava di essere appesantita da un mantello invisibile. Non riusciva a liberarsi dalla tristezza per il distacco tra lei e Noah. Ecco cos'era, Josie lo aveva capito mentre usciva dall'ospedale per andare in biblioteca: un distacco. Erano stati fianco a fianco quasi ogni giorno negli ultimi quattro anni, avevano affrontato le loro vite personali e professionali con naturale disinvoltura. Si erano innamorati e, dopo molte false partenze, avevano iniziato la loro relazione sentimentale. In passato erano stati messi alla prova da quelli che, secondo lei, erano stati i loro casi più scioccanti e difficili, ma solo adesso, solo con questo caso in particolare, Josie cominciava a sentirsi distante da Noah in un modo che non le piaceva per niente.

Mentre si avvicinava al banco informazioni, si chiese se non ci fosse qualcosa di profondamente sbagliato nella sua natura che le impediva di essere presente per una persona importante della sua vita. Ma non era vero. Aveva affiancato Ray nell'affrontare molte prove prima che morisse e, dopo Ray, aveva avuto una relazione seria, un fidanzamento con un poliziotto statale, Luke Creighton. Si era occupata fedelmente di lui per oltre un anno dopo che gli avevano sparato e aveva perso la milza. Allora perché stava commettendo così tanti errori nel tentativo di essere presente per Noah?

«Signorina? Posso aiutarla? Signorina?»

Josie sbatté le palpebre e scosse rapidamente la testa, cercando di concentrarsi sul compito da svolgere. Spiegò alla bibliotecaria che cosa stava cercando e la donna la condusse a una postazione informatica al secondo piano. Josie aveva già familiarità con la banca dati digitale della biblioteca, ma era troppo stanca per impedire alla donna di farle il suo discorsetto. Non le prestò molta attenzione, se non quando la donna le fece notare che gli articoli che stava cercando li avrebbe trovati molto probabilmente sul *Denton Tribune* o sul *Bellewood Record*, ma dato che quest'ultimo era un giornale più piccolo, sarebbe stato più probabile che i risultati delle gare del circolo di tiro vi venissero riportati.

Josie ringraziò la bibliotecaria per l'assistenza e iniziò a consultare il *Bellewood Record*, risalendo fino ai primi anni Settanta per trovare società, gare e poligoni di tiro. Tra il 1970 e il 1975, sull'ultima pagina del Bellewood Record, nella stessa area in cui le chiese locali elencavano le loro donazioni di generi alimentari, le cacce al tesoro per Pasqua, le cene di beneficenza e altri servizi, c'erano i calendari, gli orari e i luoghi in cui si erano tenute diverse gare di tiro. Controllò i giornali usciti nei giorni successivi a ogni gara, ma non c'erano i risultati. Ampliò i parametri di ricerca fino a includere gli anni Ottanta, ma non trovò ancora nulla. Passò al *Denton Tribune* dove trovò un breve articolo del 1976 nell'angolo in basso della sezione "Locale" intitolato: "La Tri-County Shooting League è stata sciolta".

*Alla fine degli anni Sessanta, Brody Wolicki e un paio di amici stavano bevendo qualche birra dopo il loro allenamento settimanale al tiro al bersaglio quando si misero a discutere amichevolmente su chi fosse il tiratore più preciso. La settimana successiva fecero una gara informale al poligono all'aperto di Bellewood e Wolicki perse. Volle un'altra possibilità, così il mese successivo si sfidarono di nuovo. Da queste competizioni informali nacque l'idea di formare un circolo di tiro al bersaglio, in modo da poter competere con un maggior numero di tiratori. Nel giro di un paio d'anni, nella contea di Alcott e in due contee limitrofe sorsero diversi club di tiro al bersaglio. Wolicki intravide un'opportunità di divertimento e di espansione del suo passatempo preferito e così formò la Tri-County Target Practice League e organizzò tornei in cui i club potevano competere per stabilire chi fosse il tiratore più preciso. Le gare si tenevano quattro volte all'anno, con un incontro finale di campionato ogni autunno. Wolicki raccoglieva le quote di ogni club che utilizzava per finanziare gli incontri e i premi per il miglior tiratore. «Abbiamo iniziato con i trofei.» racconta Wolicki. «Poi a qualcuno è venuta l'idea delle fibbie per le cinture e la cosa ha riscosso più successo.»*
*Per sei anni, i tiratori parteciparono al torneo annuale dell'associazione di Wolicki; il tiratore campione si guadagnava il rispetto e l'ammirazione dei suoi*

*compagni di campionato, oltre a un bel gingillo da indossare per mostrare il proprio primato.*
*«Ma poi la gente non ha più voluto pagare.» dice Wolicki. Le iscrizioni alla Tri-County League calarono, il che, sostiene Wolicki, non fu sufficiente a mettere in pericolo l'associazione. «È stato quando i membri hanno iniziato a chiedersi perché dovessero pagare le quote associative. Cosa credevano tutti quanti? Che fosse tutto gratuito? Qualcuno deve pagare per il tempo al poligono, il rinfresco e i premi. Non può essere tutto a carico mio.» Questo sarà quindi l'ultimo anno di campionato di tiro al bersaglio per la Tri-County League. «Mi rattrista sciogliere l'associazione.» dice Wolicki. «Ma non ho molta scelta. Per organizzare i tornei servono i tiratori. Se i tiratori non pagano, non possono iscriversi alla competizione. Niente campionato, niente gare.»*
*Wolicki non ha intenzione di rinunciare al suo passatempo. «Continuerò a sparare.» dice. «Mi piace andare al poligono, ma è ora che qualcun altro prenda le redini se la gente vuole competere.»*

Josie rilesse l'articolo due volte e poi cercò su entrambi i giornali altre storie sul campionato di tiro al bersaglio dal 1965 al 1977, ma non trovò nient'altro. Il campionato era esistito solo per sei anni. Perché non si parlava dei nomi dei campioni? «Perché sarebbe stato troppo facile.» mormorò tra sé e sé.

Stampò l'articolo, lo prese dalla stampante vicina e uscì dalla biblioteca. Se Brody Wolicki fosse stato ancora vivo, forse avrebbe ricordato il nome del vincitore della fibbia della cintura nel 1973.

TRENTOTTO

Con un'improvvisa scarica di energia per aver trovato un indizio sulla fibbia da cintura, decise di andare direttamente alla sede della Sutton Stone Enterprises per parlare con Zachary Sutton. Mettner aveva fatto alcune ricerche preliminari sull'azienda prima di interrogare i vecchi colleghi di Colette, e le aveva condivise con Josie. Ecco come faceva Josie a sapere che la sede centrale dell'azienda si trovava a quarantacinque minuti a sud-est di Denton, in una remota zona rurale e montuosa. L'edificio era un alto e moderno fabbricato in vetro arroccato sul bordo della cava originale della famiglia Sutton, fondata dal bisnonno di Zachary Sutton alla fine del diciannovesimo secolo. La cava era lontana chilometri da qualsiasi città, anche se un piccolo borgo chiamato Mount Haven, a dodici miglia di distanza, l'aveva rivendicata come parte della propria area postale.

Negli anni Sessanta il giovane Zachary Sutton aveva rilevato l'attività, sotto la tutela del padre, e aveva ampliato l'azienda in altre zone dello Stato, acquistando altri terreni e aprendo altre gallerie sotterranee. Zachary Sutton aveva anche ampliato la sua linea di produzione per includere qualcosa di più della semplice pietra blu e del marmo, estraendo anche l'aggregato, un tipo di particolato grossolano utilizzato nei progetti edilizi di tutto il mondo, oltre a materiali per il terreno e il tappeto erboso. Josie sapeva che fin dall'inizio aveva pagato profumatamente Laura Fraley-Hall per gestire l'intero reparto di pubbliche relazioni dell'azienda. Colette si era spesso vantata con Josie di come una delle prime cose che Laura aveva fatto come direttrice delle pubbliche relazioni era stata la sensibilizzazione della comunità nelle città in cui si trovavano le cave di Sutton, costruendo una buona intesa tra i cittadini locali e facendo brillare la reputazione della Sutton Stone Enterprises. Il suo lavoro era stato così buono che aveva fatto velocemente carriera fino a raggiungere l'attuale posizione di vicepresidente dell'intera azienda.

A Josie fischiarono le orecchie mentre percorreva la tortuosa strada di montagna fino all'ingresso della cava.

Ai lati della strada si ergevano alte fronde che la fecero sentire come in trappola, eppure, quando superò la collina e l'edificio della Sutton Stone Enterprises le apparve brillante e scintillante nella spettacolare luce del giorno, le sembrò di essere in cima al mondo. Lasciò la macchina nel parcheggio riservato ai visitatori e si diresse verso l'ingresso. Uno sguardo alla cava sottostante le diede un po' di vertigini. Camion, macchinari pesanti e mucchi di pietra erano a grandezza di giocattolo sul fondo dell'enorme cratere nella terra, completamente sgombro se non per strati di vari tipi di pietra. Si aggrappò a una ringhiera vicina per tenersi in equilibrio. Ai bordi della cava c'era una foresta che si estendeva a perdita d'occhio.

All'interno della doppia porta c'era la reception, presidiata da una signora dai capelli grigi che indossava una camicetta rosa. Josie presentò le sue credenziali e chiese di parlare con Mr. Sutton. La donna fece una smorfia, ma prese il telefono e compose l'interno di Sutton. Sembrò sorpresa quando lui le disse di mandare Josie direttamente nel suo ufficio, parlando ad alta voce e in modo abbastanza chiaro perché Josie potesse sentire attraverso il ricevitore. La receptionist le diede le indicazioni e lei seguì una serie di scale a chiocciola che salivano per due piani fino a un terrazzo di vetro che si affacciava nell'atrio. Josie vide subito il grande ufficio di Zachary Sutton, racchiuso da doppie porte di vetro. Oltre la grande scrivania e all'area di ricevimento ospiti al centro della stanza, c'era una parete di finestre; la luce del giorno che filtrava era quasi accecante. Josie si chiese se all'interno avrebbe fatto caldo, come in una serra, ma quando Sutton la accolse sulla porta e la fece entrare, scoprì che l'ambiente era sorprendentemente fresco. Davanti alla scrivania c'era un tavolino basso, bianco e moderno, circondato da quattro sedie color corallo. «Si accomodi.» la invitò Sutton sorridendo. «Mi ricordo di lei dal funerale di Colette. Non abbiamo avuto modo di presentarci ufficialmente, ma Noah mi ha fatto notare la sua presenza. Lei è la sua dolce metà, vero?»

«Ehm, sì.» confermò Josie, appollaiandosi sul bordo di una delle sedie. «Io e Noah lavoriamo insieme al Dipartimento di Polizia di Denton.»

Sutton si sedette di fronte a lei, appoggiando la caviglia sinistra sul ginocchio destro e intrecciando le mani, grandi e venose, sullo stinco della gamba sinistra. Indossava pantaloni cachi con mocassini e una camicia blu con il colletto aperto, senza cravatta. «Suppongo che lei sia qui come rappresentante della legge, allora. Questa mattina ho saputo da Laura dell'incendio a casa di Colette. Una tragedia terribile, soprattutto dopo la sua morte. Mi dispiace per la gamba di Noah, ma sono molto contento che nessuno sia rimasto ucciso.»

«Anch'io.» disse Josie.

«In cosa posso aiutarla, mia cara?» chiese Sutton. «Il suo collega è passato di qui la settimana scorsa e ha interrogato quasi tutti i presenti.»

«Mettner è molto scrupoloso.» disse Josie. «Avremmo

soltanto alcune domande di approfondimento. Lei conosceva Colette da decenni.»

Mr. Sutton annuì, con un'espressione triste e nostalgica sul viso segnato dalle rughe. «Aveva circa vent'anni quando cominciò a lavorare qui, se non ricordo male. Faceva parte del gruppo delle segretarie. Era molto brava in quello che faceva. Alla fine, mio padre la promosse come sua assistente e quando, tre anni dopo, assunsi il comando... credo fosse il 1980, lei entrò a far parte del mio staff.»

«Quindi ha lavorato a stretto contatto con lei per molti anni.» osservò Josie.

«Oh, sì. Per tanti anni. Ci siamo trovati insieme in molte situazioni. Alti e bassi in azienda, la nascita dei suoi figli, la morte di sua madre e di mio padre e la fine del suo matrimonio.»

«Si direbbe che foste molto uniti.»

«Beh, per quanto un capo e un dipendente possano essere vicini, suppongo. Per quanto potessero esserlo due persone come noi.» e una risatina accompagnò questa affermazione.

«Cosa intende dire?» domandò Josie.

«Il motivo per cui io e Colette siamo andati così d'accordo per tanto tempo è che eravamo molto simili. Riservati, schivi, stoici; non siamo inclini a mostrare emozioni drammatiche. Sa, quando suo marito la lasciò, entrò nel mio ufficio e disse: "Il mio matrimonio è finito. Sono un po' in difficoltà e forse dovrò prendere qualche giorno di ferie" con lo stesso tono con cui mi leggeva l'agenda della settimana.»

«Con tono deciso.»

«Esatto.»

«L'ha mai vista piangere?»

Un sopracciglio bianco e folto si inarcò. «Sì, credo. Probabilmente una volta, quando uno dei suoi figli si ruppe il naso, mi pare.»

«Ho sentito anch'io questa storia.» disse Josie. «Era Noah.

Perché poco dopo doveva farsi fotografare, e sembrava che qualcuno l'avesse picchiato.»

Sutton rise. «I ragazzi sono indisciplinati. Le dissi di non preoccuparsi. Il gonfiore sarebbe diminuito, i lividi sarebbero svaniti e suo figlio sarebbe stato bello come sempre.»

«E lei? Ha figli?» chiese Josie.

Sventolò una mano. «No, io no. Mai sposato. Mai avuto figli. Questa azienda è la mia creatura. Il mio impegno d'amore.»

Josie lanciò un'occhiata alla fila di finestre che mostravano un salto a picco nelle profondità della cava. «È un bell'impero quello che ha costruito. Cosa succederà quando andrà in pensione? Se non le dispiace che glielo chieda.»

Le fece l'occhiolino. «Tutti vogliono saperlo. Perché non ho eredi. Beh, se glielo dico, non deve mantenere il segreto?

Essendo un rappresentante della legge?»

Josie sorrise. «Credo che lei mi confonda con un prete o un avvocato. No, non ho obblighi di riservatezza, ma prometto di non dirlo a nessuno di importante.»

Sutton alzò una mano e agitò un indice, con un sorrisetto sul volto. «Nemmeno a Noah?»

Josie si sforzò di sorridere, pensando che Noah non era nelle condizioni di parlare con lei e che quindi non avrebbe fatto alcuna differenza. «Nemmeno a Noah.» disse.

«Sto preparando Laura per sostituirmi. È la più adatta. Ho già organizzato tutto, anche se non gliel'ho ancora detto.»

«Laura Fraley?» chiese Josie, momentaneamente scioccata anche se non aveva motivo di esserlo. Sapeva bene quanto Laura si dedicasse alla Sutton Stone Enterprises e quanto amasse il suo lavoro, e poi era già vicepresidente.

Mr. Sutton annuì.

«Mr. Sutton» disse Josie, «devo farle delle domande che potrebbero metterla a disagio. Riguardo a Colette. Preferirei non farlo, ma è necessario che indaghi.»

«Non abbiamo mai avuto una relazione.» disse con semplicità. «È a questo che pensava, non è vero? A parte sua madre, il marito e i figli, sono stato la persona più presente nella vita di Colette. Sono stato molto buono con lei e ora sua figlia diventerà presidente di questa società. È naturale fare questa supposizione. Credo che molti l'abbiano fatta nel corso degli anni, persone che lavorano in azienda, in ogni caso, e il grande imprenditore ha sempre... una storia d'amore con la sua segretaria, giusto?»

Josie lo fissò. «Non so se è un'ipotesi che tutti farebbero. Ma è una pista di indagine che non posso ignorare.»

«Lo capisco.»

«Sa se Colette ha mai avuto relazioni con qualcun altro?»

«Non mi sembra. Ma se ne avesse avute, non credo che ne avrebbe fatto parola con me. Non avevamo quel tipo di rapporto.»

«Ha mai nominato qualcuno di nome Ivan?»

Lui inarcò un sopracciglio. «In effetti mi suona familiare.»

«Riteniamo che fossero compagni di scuola.» disse Josie.

Mr. Sutton schioccò le dita. «Credo che sia il giovanotto che mi chiese di assumere!»

«Le chiese di assumere qualcuno?»

«Decenni fa. Mi sembra che si chiamasse così. Era un nome insolito e ricordo che lei mi disse che erano stati compagni di scuola.» spiegò Sutton.

«Quanto tempo fa è stato?» chiese Josie, sentendo l'eccitazione salire a spirale dallo stomaco.

Sutton si sfregò il mento mentre ci pensava. «Avevo appena preso il posto di mio padre. Lo so perché lo chiese a me e non a mio padre, il che significa che a quel punto dovevo essere già subentrato.»

«Per cosa voleva che lo assumesse?»

Lui alzò le spalle. «Se non ricordo male, andava bene una posizione qualsiasi. Disse che era messo male, ma che era una brava persona e aveva bisogno di lavorare.»

«E lei lo assunse?»

«Lo assunsi, sì, come operaio, se la memoria non mi inganna.» disse Sutton guardandola negli occhi. «Ma, detective Quinn, deve capire che è stato molto tempo fa. La mia memoria non è così buona. Non la prenderei come un vangelo. Quel giovane poteva avere in qualsiasi altro nome.»

Ma Josie era sicura che si chiamasse Ivan, perciò gli chiese: «Per quanto tempo ha lavorato qui?»

«Oh, non è stato un periodo particolarmente lungo, non direi. Qualche anno, forse? Ho avuto molti dipendenti, detective. Non riesco a ricordarli tutti.»

«I suoi registri del personale risalgono fino a quel periodo?» chiese Josie speranzosa.

Sutton sorrise. «Potrebbero, ma quei documenti, se li abbiamo ancora, si trovano in un deposito fuori sede. Tuttavia, gestisco io l'archivio, quindi posso chiamare il personale addetto e chiedere che diano un'occhiata. Sa, la meraviglia della tecnologia: posso anche dir loro di scannerizzare qualsiasi cosa trovino e inviargliela via e-mail. Non è miracoloso?» disse ridendo.

Josie non poté fare a meno di sorridere. «Credo proprio di sì.»

«Eh, lo è senz'altro. Lei è troppo giovane per ricordare un'epoca in cui tutta questa tecnologia non era a portata di mano. È davvero incredibile.»

«Pensa che potrei ricevere i vostri registri del personale che risalgono al periodo in cui Ivan dovrebbe essere stato assunto? Stiamo cercando di rintracciare tutte le persone a cui Colette poteva essere legata, quindi se ci sono dipendenti che hanno lavorato per lei a lungo, vorremmo rintracciarli e parlare con loro.»

Si alzò e si avvicinò alla scrivania. «Mi lasci scrivere tutto, mia cara.» Prese una penna e scarabocchiò su un blocco note. Poi aprì uno dei cassetti della scrivania e tirò fuori un biglietto da visita. Josie si alzò e si avvicinò per prenderlo. «Ecco il mio contatto diretto.» disse. «Se mi dà il suo biglietto da visita, passerò i suoi contatti al mio personale e le farò avere tutto ciò di cui ha bisogno. Ma tenga il mio biglietto da visita in caso di problemi.»

Josie tirò fuori dalla tasca della giacca il proprio biglietto da visita e glielo porse. «Lo apprezzo molto, Mr. Sutton.»

La pelle dei suoi occhi si increspò. «Si figuri, mia cara. Colette era una persona adorabile. Spero che le venga resa giustizia.»

# TRENTANOVE

Josie entrò nella sala grande della centrale. Tutta l'adrenalina dell'incontro con Zachary Sutton e della potenziale pista su Ivan era svanita durante il viaggio di ritorno. Tre diversi messaggi e una telefonata a Noah per sapere come si sentiva non avevano avuto risposta. Pregò che la porta del capo Chitwood fosse chiusa o che lui fosse impegnato in altro modo, ma non fu così fortunata: nel momento esatto in cui si mise a sedere sulla sedia alla scrivania, la voce di Chitwood rimbombò nella stanza. «Quinn!»

Si girò sulla sedia e lo vide che se ne stava in piedi sulla porta dell'ufficio, con i suoi caratteristici capelli bianchi che fluttuavano selvaggiamente intorno alla testa pelata. «Signore?» disse.

Josie era pronta a una strigliata sull'attenzione che il caso Colette Fraley-Beth Pratt stava attirando con l'ultimo incendio, ma lui disse solo: «Come si sente Fraley? Gli hai parlato questa mattina?»

Josie si passò una mano sul viso. «Sì.» disse. «Ci ho parlato. Era ancora un po' stordito, aveva un po' di dolore, ma stava meglio.»

Chitwood annuì. «Sono passato in serata, dopo che era uscito dalla sala operatoria, ma dormivate entrambi.»

Era esattamente quello che Josie avrebbe fatto quando era capo se due dei suoi agenti fossero scampati per un pelo a un incendio; invece, non sembrava in linea con la personalità abrasiva di Chitwood. Si chiese se non si stesse addolcendo un po'.

«Tu, Mettner e Palmer, nel mio ufficio alle quattro in punto per aggiornarmi su questa catastrofe... e mi aspetto qualche progresso.» disse.

«Difficile.» mormorò Josie sottovoce mentre la porta dell'ufficio di Chitwood sbatteva.

Aveva appena trovato l'indirizzo aggiornato di Brody Wolicki quando Gretchen apparve accanto a lei e depositò sulla sua scrivania un bicchiere di carta pieno di caffè e un sacchetto del Komorrah's Koffee.

Josie allungò una mano e lo aprì trovandovi all'interno due danesi al formaggio. Alzò lo sguardo verso Gretchen che prendeva posto alla sua scrivania e sorseggiava il caffè e fingendosi seria, le disse: «Penso che dovremmo sposarci.»

Gretchen rise e alcune gocce di caffè le colarono sul mento; se le asciugò con la manica della giacca. «Forse Noah potrebbe avere qualcosa da ridire.»

Josie addentò una danese e scosse la testa. «No, non credo.» Aggiornò Gretchen sui problemi che aveva avuto quella mattina con Noah e sua sorella.

«Beh...» disse Gretchen. «È meglio se non si trova nei paraggi. È più sicuro. Se vuole tempo, daglielo. Ti vuole bene, lo sai.»

Josie sospirò. Non era sicura che sarebbe stato sufficiente, ma ora c'erano questioni più serie da affrontare che i suoi sentimenti feriti. «Beh, ho degli sviluppi interessanti, credo. Chiamiamo Mett.» Lo chiamò al cellulare e cinque minuti dopo lui era seduto alla scrivania vuota di Noah. Josie poté aggiornarli entrambi sull'articolo di Wolicki e sul suo incontro con Sutton.

Con entusiasmo Mettner prendeva appunti sul telefono mentre Josie parlava.

«Quanto tempo ci vorrà per ottenere i documenti del personale?» le chiese.

Josie alzò le spalle. «Se vanno così indietro nel tempo? Forse una settimana. L'ho chiesto a Sutton prima di partire. Com'è andata con i parrocchiani?»

Mettner fece un cenno a Gretchen che prese un fascio di fogli dalla scrivania e lo porse a Josie. «Ecco l'elenco degli studenti iscritti alla scuola elementare di Saint Agatha tra il 1958 e il 1966. Qui c'è il nome di Colette. Ma nessun Ivan.»

«Cosa?» chiese Josie, scorrendo i nomi sulle pagine. «Stai scherzando?»

«Purtroppo no.» disse Gretchen. «Soprattutto se quei registri del personale non dovessero rivelare nulla. Comunque, questa è la cattiva notizia. La buona notizia è che ho un'altra pista. Guarda i nomi degli insegnanti.»

Josie trovò i nomi delle suore e dei maestri laici che avevano insegnato alla Saint Agatha quando Colette andava alle elementari. «Li vedo.»

«Alla scuola c'era una suora, suor Mary Elsa. Il suo vero nome è Tracy Schmidt. Ha lasciato la chiesa nel 1967.»

«Ha lasciato la chiesa?»

«Sì, l'ha lasciata. A quanto pare, fu uno scandalo.»

Josie aggrottò le sopracciglia. «Come fai a saperlo?»

Gretchen sorrise. «La segretaria della chiesa ha quasi ottant'anni. Lavora nell'ufficio della scuola da quando ne aveva venticinque.»

«E non ha mai sentito parlare di un ragazzino di nome Ivan?»

«No, ma ha detto che non è mai stata brava con i nomi degli studenti.» disse Mettner.

Josie rise. «Beh, che brava segretaria scolastica.»

«Sono un sacco di studenti da ricordare.» rispose Mettner.

«Tutti questi decenni di lavoro alla scuola. Il corpo insegnante e il personale della scuola restano più impressi. Quello che ricorda sono i pettegolezzi e, appunto, lo scandalo generato dalla partenza di suor Mary Elsa, altrimenti nota come Tracy Schmidt.»

«Che cosa successe?» chiese Josie, mettendo da parte la lista e bevendo un sorso di caffè.

«Non è sicura del perché se ne andò» disse Gretchen, «ma solo del fatto che lo fece. Questo fu lo scandalo. Le suore prendono i voti per tutta la vita. A quei tempi era una cosa piuttosto grave per una suora rompere i voti e lasciare la chiesa.»

«Quindi...» disse Josie, «la segretaria della scuola pensa che questa suora potrebbe darci delle informazioni?»

«A quanto pare lei e Colette erano molto amiche.» disse Mettner.

«E poi, a un certo punto, durante il liceo, Colette è passata alla Chiesa episcopale e non si è più voltata indietro.» concluse Josie.

«Esatto. Si allontanarono entrambe dalla Chiesa cattolica.» osservò Gretchen. «Quindi c'è sicuramente qualche collegamento.»

«Un collegamento che ci porterà a questo tizio, Ivan?» chiese Josie speranzosa.

Gretchen alzò le spalle. «Difficile a dirsi. Non lo sapremo se non andiamo a chiederglielo.»

Mettner si alzò. «Allora andiamo a parlare con Tracy Schmidt.»

«Speriamo che sia ancora viva.» disse Josie.

## QUARANTA

Mentre Mettner e Josie cercavano Tracy Schmidt, Gretchen cercò Brody Wolicki e mandò loro un messaggio con i risultati. Era ancora vivo, ma si era trasferito nella contea di Sullivan, una zona remota nel nord della Pennsylvania a circa tre ore da Denton. Josie conosceva già quella zona, perché la sorella del suo ex fidanzato, Luke Creighton, aveva una fattoria nella contea. Chiamò due volte il numero di Wolicki, ma lui non rispose. Dopo una breve discussione con Mettner, decisero che Josie si sarebbe recata sul posto la mattina dopo per seguire la pista della fibbia della cintura.

L'ex suora, Tracy Schmidt, era ancora viva, aveva passato gli ottant'anni e viveva in una zona degradata di Denton. Il suo appartamento si trovava in un fatiscente edificio di cinque piani di mattoni, in un isolato in cui le erbacce spuntavano dalle fessure del marciapiede e vetri rotti e rifiuti si accumulavano in ogni interstizio di cemento a portata di mano. L'edificio accanto a quello in cui viveva Tracy Schmidt era abbandonato e gli ultimi piani erano anneriti a causa di un incendio avvenuto diversi anni prima. Le finestre dei piani inferiori erano state prima sfondate, poi transennate e infine anche le assi che le chiudevano erano state divelte. Josie aveva saputo dagli agenti di pattuglia in zona che al piano inferiore vivevano abitualmente alcuni senzatetto. Al piano terra dell'edificio sul lato opposto c'erano un ristorante cinese e una piccola lavanderia a gettoni, mentre gli ultimi piani sembravano normali appartamenti. Dall'altra parte della strada c'erano diverse robuste case a schiera a due piani, ammassate l'una all'altra. La casa d'angolo aveva un mini-market al piano terra e all'esterno c'erano un paio di uomini con i cappucci calati che fumavano.

Josie e Mettner parcheggiarono davanti al palazzo della Schmidt e si diressero all'interno attraversando due porte di legno non chiuse a chiave e con vetrate fumé. C'erano alcune cassette postali di metallo affisse alla parete a sinistra e una rampa di scale a destra. «Sta al numero quattro.» disse Josie, indicando la cassetta della posta con il nome "Schmidt" scritto con un pennarello nero.

Salirono i gradini scricchiolanti fino al secondo piano. Un forte odore di muffa pervadeva l'aria e una moquette bordeaux, ormai logora, rivestiva il pavimento del corridoio, illuminato soffusamente da due lampade a sospensione che emanavano un debole bagliore giallo. Le porte delle unità erano in legno e sembravano essere state dipinte molte volte nel corso degli anni, tanto che ora si presentavano tutte di un colore marrone scuro indefinito. Alla porta con la scritta "4" si fermarono e Mettner bussò. Dopo qualche istante bussò nuovamente.

Per un attimo Josie si chiese se Tracy Schmidt fosse morta, soffocata, con il corpo riverso sul pavimento. Ma poi sentirono un movimento e la voce di una donna che avvertiva: «Solo un momento.»

Si udirono dei passi sul pavimento prima che la porta si aprisse con un cigolio e una donna anziana con le spalle ricurve, i capelli corti e grigi e una corporatura esile li fissasse. Indossava dei pantaloni da ginnastica blu navy e una felpa abbinata. Un paio di pantofole rosa aggiungevano un tocco di colore a questo ensemble. Le rughe le si arricciavano e afflosciano su ogni centimetro di pelle visibile, dal viso allungato alle mani artritiche. Sul naso stretto posava uno spesso paio di occhiali da vista, ma lei li guardava comunque strizzando gli occhi. «Voi chi siete?» chiese.

Josie lasciò che fosse Mettner a fare le presentazioni. Prima ancora che potessero mostrare i distintivi, lei fece loro cenno di entrare, muovendosi lentamente e con attenzione. Josie si rese subito conto che si trattava di un monolocale, non più grande del salotto di casa sua. Si potevano scegliere soltanto due posti a sedere: o il suo letto a due piazze oppure la poltrona reclinabile color malva proprio accanto al letto. A fianco della poltrona c'era un tavolino su cui erano posati un telecomando, una tazza di caffè, dei fazzoletti e diversi flaconi di pillole. Ai piedi del letto c'era un tavolino con un televisore e un cassettone. Di fronte al letto e alla poltrona reclinabile c'erano un piccolo piano d'appoggio, un lavello e un fornello. Accanto all'angolo cottura c'era una porta di legno dipinta di nero, spalancata, oltre la quale Josie riusciva a scorgere il bianco osseo della porcellana del gabinetto.

«Sedetevi.» disse Tracy Schmidt, adagiandosi sulla poltrona reclinabile. Josie e Mettner si sedettero sul bordo del letto, sopra una trapunta a fiori vecchissima. Mettner tirò fuori il telefono e aprì l'applicazione per prendere appunti. «Grazie per averci concesso un colloquio, Ms. Schmidt.» La donna fece di nuovo un cenno con la mano. «Non ricevo molte visite. Non più. Siete qui per parlare del Saint Agatha, vero?»

«Sappiamo che è passato molto tempo» disse Josie, «ma speravamo che lei potesse aiutarci. Si ricorda di un'alunna che si chiamava Colette Riggs? Dovrebbe aver frequentato la Saint Agatha tra il 1958 e il 1966.»

Tracy annuì. «Lettie. È così che la chiamavano all'epoca.È così che la conoscevo... è morta da poco. L'ho letto sul giornale. Non sono riuscita ad andare al funerale, però. Non mi muovo più molto bene. Immagino sia stata uccisa, perciò. È questo che significa quando un necrologio dice che una persona è "morta improvvisamente"?»

«Sì, qualche volta è così.» le rispose Mettner.

«Che cosa c'entra la Saint Agatha?»

Le rispose Josie: «Non siamo ancora del tutto sicuri. Ma stiamo cercando di rintracciare una persona con cui andava a quella scuola, un uomo. Non abbiamo visto il suo nome nell'elenco degli alunni, anche se c'era quello di Colette. A suo marito disse che si chiamava Ivan. A quanto ci risulta anche sua madre lo conosceva.»

Le guance di Tracy Schmidt si tinsero di rosa. Sbatté le palpebre più volte. «So di chi state parlando.»

Il cuore di Josie fece una capriola nel petto; il pensiero che potessero finalmente ottenere delle risposte a una delle loro domande le fece scorrere l'adrenalina nelle vene.

«Era uno degli alunni della Saint Agatha?» chiese Mettner.

«Sì, è così. Era un compagno di classe di Lettie. Erano molto uniti, quei due. Vedete, entrambe le loro madri lavoravano in canonica. Erano casi di carità. Frequentavano la Saint Agatha solo perché le loro madri ci lavoravano. Avevano diritto a uno sconto sulla retta.»

«Se era uno degli studenti, perché il suo nome non è sulla lista?» chiese Josie. «Visto che c'è il nome di Colette...»

Tracy sbatté di nuovo rapidamente le palpebre. Allungò una mano tremante verso il tavolino e prese un fazzoletto di carta dalla scatola. Lo usò per asciugarsi gli occhi umidi. «È per quello che successe. Quei bastardi cancellarono il suo nome dai registri in modo che non ci fossero più prove.»

Josie sentì un brivido lungo la nuca. «Che cosa successe?»

«Cosa pensate che possa essere successo?» sbottò Tracy. «Uno dei sacerdoti aveva preso di mira il povero Ivan e aveva iniziato a infastidirlo. A fare... delle cose con lui.»

«Fu Ivan a dire così?» chiese Mettner.

«No, certo che no. A quei tempi non si raccontavano cose del genere. Soprattutto non i ragazzi. Fu Lettie a raccontarlo. Li vide una volta. Ivan faceva il chierichetto e un giorno la madre di Lettie la mandò in sacrestia a spolverare e vide il prete che si comportava male con Ivan.»

«E lei a chi lo disse?» chiese Josie. Sapeva che gli scandali degli abusi sessuali nella Chiesa cattolica rappresentavano ancora un argomento estremamente delicato e che molte vittime non riuscivano a ottenere la giustizia che meritavano, pur avendo avvertito le famiglie e le autorità di quanto stavano subendo.

«A me.» disse Tracy. «Si rivolse a me, piangeva, era sconvolta. Eravamo molto unite, io e Lettie. Era una personcina così dolce. Una ragazzina ardente e dolce. Ivan non voleva che lo dicesse a nessuno. Avevano tredici anni e sarebbero andati al liceo. Era convinto che, una volta finito l'anno, avrebbe dovuto vedere quel prete molto di meno. Immagino che si vergognasse all'idea che qualcuno scoprisse cosa gli aveva fatto.»

«Una cosa terribile.» convenne Josie, intanto che Mettner continuava a trascrivere tutto sul telefono. «E lei cosa fece?»

«Mi rivolsi alla madre superiora. Disse che dovevamo pregare per l'anima del nostro confratello.»

«Tutto qui?» esclamò Mettner.

Tracy scosse la testa. «Non era sufficiente. Non per me. Non per Lettie. Perciò le dissi che avevo bisogno di un po' di tempo per escogitare qualcosa da fare, ma lei decise che non era abbastanza, che nessuno degli adulti si stava adoperando abbastanza in fretta. O forse aveva capito che non sarebbe cambiato niente, che nessuno con un po' di potere avrebbe creduto a una coppia di ragazzini e a una suora. O se anche ci avessero creduto, non ci avrebbero dato importanza.»

«E quindi cosa fece?» domandò Josie.

«Sua madre era responsabile della cucina per i sacerdoti. Si occupava di preparare tutti i loro pasti. Lettie li consegnava nelle loro stanze. Colazione e cena, quando non era a scuola. Quel sacerdote in particolare cominciò ad ammalarsi. Non riusciva a stare lontano dal bagno per più di due ore. Di certo non abbastanza a lungo per svolgere i suoi compiti o disturbare i chierichetti. Cominciò a perdere peso. Poi Lettie scrisse al vescovo di sua iniziativa, e il vescovo e alcuni dei suoi ausiliari, che erano praticamente i suoi assistenti, si precipitarono alla Saint Agatha come se avessero il diavolo alle calcagna, nel tentativo di mettere a tacere quei ragazzini. Non punirono il prete; punirono soltanto Lettie e Ivan. Una cosa deplorevole. La madre di Colette rischiò di perdere il lavoro e Ivan e sua madre dovettero lasciare la città.»

«Che cosa aveva dato al prete Colette?» chiese Josie. «L'ha mai scoperto?».

Tracy sorrise per la prima volta da quando erano entrati. «Olio di ricino. Cucchiaiate di olio di ricino. Mi sono sempre chiesta come avesse fatto a non accorgersene. Sapevo che avrei dovuto arrabbiarmi con lei, e pregai tanto per lei, ma la capivo.... capii la sua impotenza. Io non sono mai stata altrettanto coraggiosa.»

«Però poi lei si allontanò dalla chiesa.» disse Mettner con tono delicato. «Fu un atto di coraggio, soprattutto a quei tempi. Non c'erano molte opportunità per una suora scomunicata, immagino.»

«È proprio vero, mio caro.» concordò Tracy con un sospiro. «A volte mi chiedo se ne fosse valsa la pena. Ho fatto lavori saltuari per tutta la vita finché non ho potuto più lavorare. Qui riesco a malapena a tirare avanti, ma ho abbastanza per questo posto. Non potevo rimanere in quella chiesa sapendo cosa stava facendo quell'uomo e sapendo che nessuno lo avrebbe fermato.»

«Mi dispiace.» disse Mettner. «Non riesco a immaginare quanto debba essere stato difficile.»

«Ha più avuto notizie di Ivan?» le chiese Josie ma Tracy scosse la testa.

«Ricorda per caso il suo cognome?»

«Hmmm...» fece lei. «Non lo ricordo bene. Era un nome tedesco. Iniziava con la U. Dovrei pensarci.»

Mettner le porse un biglietto da visita. «Se le dovesse tornare in mente, potrebbe chiamarci subito? È davvero importante».

QUARANTUNO

«Coraggiosa.» disse Josie per la quinta volta durante il viaggio di ritorno in macchina verso la centrale. «Colette era coraggiosa.»

«Sì, dimostrò di avere carattere.» convenne Mettner. «Avrà avuto quanto? Tredici anni?»

«Penso che fosse incredibilmente coraggiosa.» continuò Josie. «È un'immagine che corrisponde alla donna che Noah ha conosciuto come sua madre e alla donna che ho conosciuto io. Una brava persona. Non una serial killer. Non una persona con terribili segreti.»

«È vero.» disse Mettner.

«Pensi che una persona disposta a fare una cosa del genere per un amico, persino per un amico d'infanzia, possa avere molteplici relazioni extraconiugali?» chiese Josie.

«È difficile dirlo.» rispose Mettner. «Le persone cambiano.»

«Non così tanto.» disse Josie. «Credo che ci sfugga qualcosa. Si è rifiutata di mantenere il segreto quando Ivan è stato adescato da un prete, anche a rischio e pericolo suo e di sua madre. Per come si era messa, sua madre avrebbe potuto anche perdere il lavoro.»

«Aveva un forte senso di giustizia.»

«Esatto. Allora perché custodiva dei segreti sui fratelli Pratt?» si chiese Josie. «In un modo o nell'altro è entrata in possesso di qualcosa che Samuel Pratt avrebbe portato con sé il giorno in cui è stato ucciso, e la chiavetta USB... beh, è possibile che Drew l'avesse con sé quando è scomparso.»

«Quindi lei pensa che Colette sapesse sicuramente cos'era successo ai fratelli Pratt.» disse Mettner.

«Non lo so. Sto tirando a indovinare. Il punto è che aveva dei segreti. Grandi segreti. Perché li avrebbe tenuti nascosti quando un tempo era stata così disposta a denunciare un sacerdote cattolico in un'epoca in cui una cosa del genere non si faceva?»

«È cresciuta.» spiegò Mettner. «Non si è più così coraggiosi quando si diventa adulti.»

Josie si lasciò andare a una risata priva di umorismo. «È vero. Però aveva trovato un lavoro a Ivan. Le importava abbastanza di lui da andare dal suo capo e chiedergli apertamente di assumerlo.»

«Quindi aveva un forte legame con quest'uomo, con Ivan. Con i Pratt...» ripassò Metner. «Pensa che stesse per denunciare qualcosa? O che semplicemente sapesse cosa era successo a loro?»

«E chi può dirlo?» mormorò Josie, sentendosi più frustrata che mai.

La stanchezza la stava inseguendo. Si strofinò le palpebre. «Continuo a ripensare a ciò che Mason Pratt ha detto di Beth, ovvero che credeva che la spiegazione più semplice e ovvia fosse quella giusta.»

«Quindi ritorniamo alle relazioni extraconiugali.» disse Mettner. «Con Samuel Pratt e forse anche con questo Ivan.»

Josie si batté entrambe le mani sulle cosce. «E questa non mi sembra la risposta. Non riesco a immaginarmi Colette che tradisce ripetutamente il marito, figuriamoci se riesco a vederla come una specie di serial killer, o come la complice di un serial killer.»

«Forse questo Ivan può fare luce sulla situazione.»

«Ammesso che riusciamo a trovarlo.»

Mettner si fermò nel parcheggio comunale dietro la stazione di polizia. «Quanti cognomi tedeschi che iniziano con la U ci possono essere in questo Stato? Lo troveremo. Non si preoccupi.»

Non appena si sedettero alla scrivania per informare Gretchen, la porta dell'ufficio di Chitwood si aprì di scatto e la sua voce rimbombò forte nella stanza. «Mettner! Palmer! Quinn! Rapporto nel mio ufficio, immediatamente!»

Josie e Gretchen fecero un pesante sospiro all'unisono ed entrarono nell'ufficio di Chitwood con Mettner al seguito. Il capo si sedette dietro la sua scrivania e aspettò che prendessero posto. Josie e Gretchen si sedettero mentre Mettner rimase in piedi tra le loro sedie. Poi Chitwood indicò Mettner e disse: «Parla.»

L'agente scorse gli appunti sul suo telefono e lo aggiornò su tutto quello che avevano scoperto negli ultimi due giorni e sulle piste che dovevano ancora seguire. Chitwood ascoltava con attenzione, mordicchiandosi l'interno della guancia man mano che Mettner procedeva con l'esposizione dei fatti. Quando ebbe finito, questi disse: «Allora, io e Palmer cercheremo Ivan, e Quinn andrà nella contea di Sullivan per incontrare Wolicki.»

Le due detective annuirono. Chitwood si allungò in avanti, appoggiando i gomiti sulla scrivania. «Finora siamo riusciti a tenere la stampa lontana da tutta questa storia, anche se un paio di persone della televisione mi hanno chiamato per l'incendio a casa Pratt. Presto dovrò divulgare qualche informazione, quindi muovete il culo e datemi delle risposte concrete. Inoltre, abbiamo recuperato alcune cose da casa Pratt.»

«Beth o Mason?» chiese Josie.

«Mason.»

«Di che si tratta?» domandò Mettner.

«Dell'impronta di una scarpa. Numero quarantacinque. L'abbiamo rinvenuta nel terriccio del giardino di Mason. Segni di trascinamento e fango sulla recinzione. Pensiamo che l'aggressore abbia saltato la recinzione. Hummel l'ha analizzata e misurata. La suola non corrisponde a quelle di Mason o di altri membri della nostra squadra. Sembra quella di uno stivale prodotto da un'azienda chiamata Coyote Run. Producono diversi tipi di scarponi. Distribuiscono in tutto il paese, ma soprattutto presso i rivenditori di articoli sportivi e da caccia.»

Mettner iniziò a scorrere i suoi appunti, ma Josie lo precedette. «È sicuro? Il numero di scarpe trovato sulla scena del crimine di Colette era un quarantaquattro.»

Mettner smise di scorrere e indicò lo schermo del telefono. «Esatto. Numero quarantaquattro.»

Chitwood fissò Josie con un sopracciglio inarcato. «È la tua squadra che ha analizzato la scena del crimine. Pensi che abbiano sbagliato una delle misure delle impronte delle scarpe?»

Josie cominciava a innervosirsi. Sapeva benissimo che la sua squadra di raccolta alle prove non avrebbe sbagliato una cosa del genere; anzi, pensò che forse Chitwood potesse aver frainteso gli agenti della squadra o il loro rapporto, ma non lo disse. «Quindi potremmo avere due sospetti.»

«Merda.» disse Gretchen. «Questo cambia tutto.»

«No.» disse Josie con fermezza. «Non direi proprio. Continuiamo a seguire le nostre piste. È iniziato tutto con Colette Fraley, quindi continuiamo come abbiamo fatto finora: troviamo questa persona, Ivan, e cerchiamo di identificare il proprietario della fibbia della cintura. Le piste sono sempre le stesse. Adesso sappiamo che stiamo cercando due persone diverse. Quello che ognuno di loro ha fatto nello specifico lo scopriremo una volta che li avremo trovati. Dovremmo chiedere a qualcuno di andare a parlare con i rivenditori di articoli sportivi e da caccia della contea e verificare se è possibile ottenere un elenco di clienti che hanno acquistato questo tipo di scarponi nell'ultimo anno o poco più e cominciare da lì. La maggior parte di questi posti distribuiscono carte fedeltà che vengono scansionate ogni volta che il cliente fa un acquisto, quindi anche se il nostro uomo ha pagato in contanti, i rivenditori potrebbero essere in grado di tracciare l'acquisto grazie alla sua carta fedeltà.»

«Io preparo un mandato.» disse Mettner.

E Gretchen aggiunse: «E io cercherò di trovare Ivan.»

QUARANTADUE

Dopo il lavoro, Josie andò a trovare Noah. Lo trovò addormentato con Laura seduta di guardia accanto al suo letto. Non degnò Josie di mezzo sguardo, anche se lei rimase seduta all'altro lato del letto di Noah per tre ore, finché il personale medico non le cacciò entrambe, dichiarando concluso l'orario di visita. Josie guidò senza meta per un'ora, passando due volte davanti al negozio di liquori vicino a casa sua, con una voglia disperata di entrare e prendere una bottiglia di Wild Turkey. Invece, tornò all'ospedale e usò le credenziali della polizia per tornare al piano dove si trovava Noah. Nella sua stanza le luci erano spente, ma la televisione trasmetteva a basso volume. Provò un'ondata di sollievo nel trovarsi finalmente sola con lui. Si avvicinò al letto e quando gli accarezzò i folti capelli lui aprì gli occhi. «Ehi.» disse. «Che ora è?»

«È tardi.» disse Josie. «Sono venuta anche poco fa, ma tu stavi dormendo. Come ti senti?»

«Ho parecchio dolore.» rispose lui. Si voltò verso di lei. «Laura è ancora qui?»

Josie cercò di non mostrare il dispiacere sul suo volto. «No, è dovuta andare via. Noah, io...»

«Domani vado a casa con lei.»

«Lo so. Volevo solo... volevo solo... le cose tra noi sono state...»

«Josie, parlavo seriamente questa mattina. Con tutto quello che sta succedendo, non riesco nemmeno a ragionare. Ho davvero bisogno di una pausa.»

«Resta qui.» disse Josie all'improvviso. «Mi prenderò un periodo di permesso. Puoi stare con me. Non lavorerò. Chitwood ha permesso a Gretchen di lasciare la scrivania, seppur limitatamente. Sia lei che Mettner sono perfettamente in grado di gestire il caso. Mi prenderò io cura di te.»

Noah scosse la testa. «No, devo andarmene da qui. Lontano da questa città. Ho bisogno di stare con la mia famiglia, in questo momento.»

Una pugnalata di dolore le trapassò il petto. Forse non la intendeva in quel modo, ma sembrava un rifiuto.

«Laura e Grady si prenderanno cura di me.» aggiunse.

Josie deglutì per il groppo in gola. «Non ho dubbi.»

Noah chiuse gli occhi. Josie aspettò, ma lui non li riaprì.

Anzi, cominciò a russare. Era stata congedata.

Tornando a casa, si fermò al negozio di liquori e comprò il Wild Turkey. Si accoccolò sul divano del soggiorno, ma prima ancora di aprire la bottiglia si addormentò profondamente.

———

Brody Wolicki era uno di quelli che hanno ancora un telefono fisso invece di un cellulare. Comunque, da quello che Josie sapeva della contea di Sullivan, il servizio di telefonia mobile non era il massimo, quindi un telefono fisso era la scelta migliore se si aveva bisogno di comunicare con il mondo esterno. Josie provò a telefonare a Wolicki una mezza dozzina di volte prima di partire per la contea di Sullivan.

Non ricevette alcuna risposta, il che le causò un'agitazione allo stomaco per quasi tutto il viaggio, anche se cercò di ragionare cacciando la paura in fondo alla sua mente: Wolicki poteva essere in vacanza o in ospedale, oppure poteva essere uscito a fare colazione quando lei aveva chiamato. Tuttavia, anche quando lasciò la Route 80 all'uscita di Buckhorn e imboccò la Route 42 verso le montagne, non riuscì a scacciare quella sensazione di terrore che le stava salendo allo stomaco. Superato il confine della contea, le strade si fecero più strette e tortuose. Provò a inserire nel GPS l'indirizzo di Wolicki sperduto nella campagna, ma senza successo. Si fermò in un negozio di alimentari a Laporte per vedere se poteva procurarsi una mappa vera e propria, ma non ne avevano. La cassiera, però, conosceva la casa di Wolicki e le diede delle indicazioni anche se piuttosto vaghe.

Andò a nord, oltre i margini del World's End State Park, poi a Dushore e oltrepassò l'unico semaforo dell'intera contea. Imboccò la strada non segnalata che la commessa dell'emporio le aveva indicato e la seguì fino alle montagne, dove le case erano sparse a diversi chilometri di distanza l'una dall'altra. Dopo tre svolte che non la portarono alla proprietà dei Wolicki, si ritrovò di nuovo su una delle strade principali. Dopo un'ora di guida senza meta, a malincuore, Josie svoltò verso la fattoria di Carrieann Creighton. Era l'unico posto che conosceva bene nella contea di Sullivan. Le cose con Luke non avevano funzionato, ma non c'erano mai stati rancori tra Josie e sua sorella, Carrieann, che si era addirittura messa in pericolo per aiutare Josie durante il caso delle ragazze scomparse. Perciò Josie era sicura che l'avrebbe aiutata anche stavolta, soprattutto considerando che le occorrevano solamente delle indicazioni. La speranza era che Carrieann potesse aiutarla a trovare Brody Wolicki.

La casa era in pietra, a due piani, e non era cambiata molto dall'ultima volta che Josie vi era stata, diversi anni prima. Mentre percorreva il vialetto di ghiaia sconnesso che si estendeva per oltre un quarto di miglio dalla strada al portico d'ingresso, vide che gli scuri erano stati riverniciati di recente. Alla luce del sole brillavano di bianco. Un segugio con il muso cadente e le orecchie lunghe stava sdraiato sul portico, con la testa appoggiata sulle zampe. Non alzò nemmeno lo sguardo quando Josie parcheggiò e scese dall'auto, ma prese a scodinzolare lentamente quando lei salì i gradini. «Ciao, bello.» sussurrò Josie, accovacciandosi e allungando verso il cane una mano che lui annusò senza particolare interesse.

Le giunse una voce maschile dalla porta d'ingresso, che disse: «Quello è Blue. Come puoi vedere, è un cane da guardia.»

La porta d'ingresso si aprì cigolando e Luke uscì. Il cuore di Josie le si bloccò in gola. Alto più di un metro e ottanta l'aveva sempre sovrastata. Negli anni trascorsi dall'ultima volta che lo aveva visto, aveva preso peso, ma in muscoli, non in grasso. Non portava più il taglio alto e corto che gli era stato imposto quando lavorava nella Polizia di Stato e adesso i suoi capelli castano scuro erano lunghi e accompagnati da una folta barba che gli copriva il viso. Indossava jeans strappati e sporchi, una canottiera termica bianca, ingrigita dall'uso, e ai piedi, portava degli stivali pesanti. Le sorrise. «Non avrei mai pensato di rivederti.»

Josie si leccò le labbra asciutte e si alzò. «Stavo cercando Carrieann.»

Luke fece un passo verso di lei. «Doveva fare delle commissioni. Tornerà stasera o domani.»

Tra loro si protrasse un lungo momento di silenzio, e alla fine, quando Josie non riuscì più a sopportarlo, gli chiese. «E adesso tu... tu vivi qui?»

«Sì, non è poi così male. Ho passato sei mesi in prigione. Sono in libertà vigilata. Ho avuto un ottimo avvocato. Aiuto Carrieann con la fattoria e posso vivere qui senza pagare l'affitto.»

«È fantastico.» disse Josie. «Voglio dire che tu...»

Si interruppe. Cosa poteva dire? Era fantastico che non fosse andato in prigione per molti anni? Era fantastico che non fosse un senzatetto? Era fantastico che non potesse più proseguire la carriera che aveva tanto amato?

«Josie» disse Luke, con voce ferma. «sto bene. Davvero. Le cose si sono sistemate.»

«Ne sono contenta.» disse lei.

Lui fece un altro passo verso di lei in modo che fossero a soli due metri di distanza. «Si sono sistemate anche per te, eh? Ho visto il servizio di *Dateline* su te e Trinity.»

Josie non riuscì a trattenere il sorriso. «Sì, all'improvviso ho una famiglia. È... bello.»

«A cosa ti serviva Carrieann? Forse posso aiutarti io.»

Sentì il battito del cuore stabilizzarsi su un ritmo normale. Il lavoro era un terreno solido. Gli disse che doveva parlare con Brody Wolicki di un caso a cui stava lavorando.

Luke si grattò la testa e per la prima volta Josie notò la cicatrice sulla sua mano. Durante il caso che aveva distrutto la sua carriera, messo fine alla loro relazione e lo aveva mandato in prigione, era stato torturato: gli avevano schiacciato entrambe le mani e per farle guarire erano stati necessari diversi interventi chirurgici. Cicatrici argentate correvano lungo il dorso della mano e la lunghezza delle dita. L'indice e il medio sembravano ancora appiattiti e deformati. Josie deglutì, cercando di concentrarsi su quello che le stava dicendo.

«...Credo che sia dall'altra parte di Dushore. Gestisce un poligono di tiro all'aperto nella sua proprietà. Se vuoi, ti ci posso accompagnare io.»

«Sì.» disse Josie. «Se puoi.»

QUARANTATRÉ

La conversazione fu più semplice durante i venti minuti di viaggio verso la proprietà di Brody Wolicki. Per lo più, Luke le fece domande sulla sua famiglia e su tutto quello che era successo dall'ultima volta che si erano visti. Mentre parlavano, Josie inviò un messaggio a Noah chiedendogli come si sentiva e se era già stato dimesso. Nessuna risposta.

«Allora, tu e Noah, eh?» disse Luke.

«Come fai a saperlo?»

Lui rise e girò il volante del suo furgone. Josie notò che anche il mignolo dell'altra mano era permanentemente deformato, con la punta leggermente ritorta. Ma non sembrava che avesse difficoltà con le mani. «L'ho soltanto immaginato. Voi due siete sempre stati in sintonia. Inoltre, era abbastanza evidente che lui aveva un particolare debole per te.»

Josie fece un cenno di assenso e guardò fuori dal finestrino, osservando la foresta che scorreva. Non più così tanto, pensò.

«Sono felice per voi.» disse Luke. «Noah è un bravo ragazzo.» Poco dopo annunciò: «Ci siamo».

Il vialetto di Brody Wolicki si intravedeva a malapena nella boscaglia a lato della strada, ma Luke vi accostò come se lo facesse tutti i giorni. Doveva aver visto che lei lo stava fissando quindi disse: «Come ho detto, ha un poligono all'aperto. Molti ragazzi di queste parti vengono a sparare.»

Il furgone procedette sobbalzando lungo il vialetto sterrato tra il fitto fogliame circostante. Si intravide una piccola baita. Era di un marrone scolorito e il tetto sembrava essere stato rattoppato più di una volta con diversi materiali. Una parete della struttura era ricoperta di muschio. A un lato della proprietà, Josie riuscì a vedere un altro sentiero che, immaginò, portare al poligono di cui aveva parlato Luke. Scesero e Luke la seguì nel piccolo portico. Bussò alla porta e aspettò. Rimasero in silenzio, ad ascoltare eventuali movimenti all'interno. Un altro colpo alla porta passò senza risposta. Con un sospiro, Josie si girò per uscire dal portico, sperando che Wolicki fosse al poligono di tiro.

«Nessuno da queste parti chiude a chiave le porte.» le disse Luke. «Brody! Ehi, Brody!» Girò la maniglia e la porta si aprì. Nel momento in cui Josie si voltò, l'odore la colpì, provocandole un istantaneo rigurgito di vomito che le schizzò dallo stomaco all'esofago. La mano corse verso la pistola, anche se la parte razionale del suo cervello le diceva che qualsiasi violenza fosse stata inflitta a Brody Wolicki era avvenuta molto prima che loro arrivassero.

Entrò con cautela, coprendosi la bocca con il dorso dell'avambraccio. Tuttavia, l'odore rancido le fece lacrimare gli occhi.

La baita non era grande: un'unica stanza che comprendeva sia il soggiorno che la cucina. Vide due porte in un piccolo corridoio sulla destra e immaginò che fossero la camera da letto e il bagno. Era arredata in modo spartano, con mobili spaiati che sembravano comprati da Good Will. Un brutto tappeto verde acqua formava un ovale al centro della zona giorno, tra un divano marrone a due posti e una stufa a legna ormai fredda.

Sul tappeto giaceva quello che Josie ritenne fosse il corpo di Brody Wolicki. Ma era difficile dirlo. Aveva visto solo la foto della sua patente nel database della polizia e il corpo davanti a lei era un corpo unto, nero e gonfio. La sua mente era già all'opera. Josie sapeva che tra le prime ventiquattro e le settantadue ore dopo la morte, i batteri aerobici presenti nel corpo consumano tutto l'ossigeno, aprendo la strada alla proliferazione dei batteri anaerobici. Una volta che i batteri anaerobi iniziano a proliferare nel tratto intestinale, producono gas maleodoranti che portano al gonfiore. Il gonfiore batterico, come talvolta lo chiamava la dottoressa Feist, si produce tra i quattro e i dieci giorni dopo la morte.

Brody Wolicki era morto da un pezzo.

Josie si voltò per parlare con Luke, ma lui non c'era. Tornò fuori e lo trovò appoggiato al suo furgone, con un gran pallore sul volto. Tra le mani tremanti teneva il telefono. Avvicinandosi, lo sentì borbottare. «Devo andarmene da qui... devo chiamare... devo andarmene... non posso restare qui.»

Josie allungò la mano e toccò il braccio di Luke. Lui trasalì e il telefono finì a terra, ai suoi piedi. Si lasciò cadere al suolo e lo raccolse. «Devo chiamare...» disse. «il 911. Devo chiamare il 911.»

L'indice gli tremava mentre cercava di digitare il codice di accesso. Josie provò un'ondata di compassione e tristezza. Si mise in ginocchio accanto a lui e gli cinse le larghe spalle con un braccio. «Luke.» disse dolcemente. «Va tutto bene. Li chiamo io.»

Senza guardarla, lui disse: «Non posso stare qui.»

Lei gli tolse il telefono dalle mani e lo infilò nella tasca della giacca. Gli si avvicinò e delicatamente gli girò il viso in modo che la guardasse. «Luke, va tutto bene. Non devi fare altro che aspettare nel furgone, d'accordo? Chiamo io il 911.»

Mentre lui incespicava per rimettersi in piedi, Josie tirò fuori il cellulare. Compose il 911 mentre Luke si arrampicava instabilmente sul sedile del guidatore e appoggiava la fronte al volante.

«911, qual è l'emergenza?» rispose la centralinista. Josie le fornì l'indirizzo.

«In che tipo di emergenza si trova, signora?»

«C'è un cadavere qui. Ho bisogno della polizia.»

# QUARANTAQUATTRO

Nel giro di un'ora, la piccola baita di Brody Wolicki fu invasa da agenti dello sceriffo e della Polizia di Stato e dal veicolo del medico legale. Josie e Luke rimasero seduti in attesa sul portellone posteriore del furgone di Luke mentre la scena veniva esaminata, rispondendo ogni volta che era necessario alle domande sul motivo per cui si erano recati nella proprietà di Wolicki.

Guardarono gli uomini e le donne entrare e uscire dalla baita, alcuni correndo fuori per vomitare all'esterno del perimetro della scena. Di tanto in tanto quell'odore pestilenziale arrivava fino a dove erano seduti e Luke doveva alzarsi e camminare per diversi minuti, mentre Josie controllava il telefono e mandava un nuovo messaggio a Noah, senza ottenere risposta. Per la quarta volta, Luke tornò a sedersi accanto a lei sul portellone posteriore, grattandosi la barba con una mano. C'era voluto del tempo, ma il colore del suo viso era tornato normale e sembrava più rilassato, cosa di cui Josie fu contenta. Qualche anno prima, durante il caso che aveva rovinato la sua carriera e lo aveva mandato in prigione, Luke aveva assistito a un crimine che aveva visto coinvolto il suo migliore amico. Josie non si era

resa conto di quanto quell'esperienza lo avesse colpito profondamente fino al momento in cui aveva visto la reazione di Luke al
ritrovamento del corpo di Wolicki.

Da dietro la baita, vestita con una tuta bianca di Tyvek,
emerse la detective della Polizia di Stato Heather Loughlin. Si
tolse il copricapo mentre si avvicinava a loro, scuotendo i lunghi
capelli biondi. Josie l'aveva già informata al suo arrivo. Avevano
lavorato insieme in passato, l'ultima volta su un caso che riguardava Gretchen. «A quanto pare questo tizio stava bruciando dei
documenti sul retro.» disse la Loughlin.

Josie gemette. «Mi sta prendendo in giro?»

Scosse la testa. «Andiamo» disse. «Le prendo una tuta così
può venire sul retro a dare un'occhiata.»

Una volta che Josie si fu vestita, lei e la Loughlin oltrepassa-
rono il perimetro della scena del crimine con l'agente dello
sceriffo che ne sorvegliava il confine, e arrivarono sul retro, dove
si trovavano due grandi barili di metallo arrugginito a una trentina di metri di distanza dalla porta posteriore della baita.
Accanto ai barili erano ammassate delle scatole di cartone
vuote. Al di là, a una cinquantina di metri di distanza, c'era un
piccolo capanno, anch'esso con la facciata marrone ricoperta di
muschio e la porta aperta.

«A quanto pare, nel suo piccolo, Wolicki era un accumulatore compulsivo.» disse la Loughlin «Il capanno è pieno di cian-
frusaglie: alcuni album di foto, vecchie cassette, una cassaforte
per le armi e un mucchio di animali imbalsamati nella sua
camera da letto.» Indicò il capanno. «Là dentro ci teneva un
sacco di roba, che sembra essere stata bruciata in questi barili.
Viveva da queste parti da solo, come sicuramente potrà immaginare. La maggior parte degli abitanti del posto lo conosceva,
come il nostro Luke, e lui lasciava usare il suo poligono di tiro a
molti di loro. Non aveva parenti. Nessuno nelle vicinanze che
potesse andare a fargli visita regolarmente. Immagino che alla

fine sarebbe stato trovato da qualcuno che veniva ad allenarsi al poligono di tiro.»

Quando si avvicinarono ai due barili, la Loughlin indicò l'interno di uno di essi, che era pieno di cenere annerita e fogli di carta. «Non è caldo» disse, «deve essere lì da un bel po'.»

«Dall'aspetto del corpo, è possibile che sia morto da una decina di giorni.» disse Josie. «Ha piovuto negli ultimi dieci giorni?»

«L'ultima volta che qui ha piovuto è stato nove giorni fa.»

«Quindi chiunque sia il responsabile, deve averlo fatto negli ultimi otto giorni.»

Heather Loughlin scosse la testa di lato. «E pensa che sia la stessa persona che ha bruciato tutta questa roba?»

Josie sospirò. «Sì.» Infilandosi i guanti di lattice esaminò alcuni fogli all'interno del barile. La maggior parte di ciò che rimaneva sembrava il residuo di appunti scritti a mano. Uno di quei resti riportava i nomi di un paio di associazioni di tiro che Josie riconobbe grazie alle sue ricerche in biblioteca, insieme a un elenco di carabine. Più scarti tirava fuori, più il suo cuore si faceva pesante. L'assassino, o gli assassini, avevano fatto più passi di lei ed era evidente che avevano scoperto il significato della fibbia della cintura molto prima che lei ci arrivasse, quindi, prima ancora che lei mandasse Mettner a chiedere informazioni ai residenti di Rockview. Si erano diretti alla baita di Wolicki, l'avevano ucciso e avevano distrutto tutta la documentazione della sua associazione di tiro e tutte le prove dell'identità di chi aveva posseduto la fibbia della cintura. Per un attimo si chiese se ci fosse stata una qualche fuga di notizie al Dipartimento di Polizia di Denton, o se la sorella e il cognato di Noah fossero in qualche modo coinvolti. Ma questa ipotesi non aveva senso, dato che Laura e Grady non sapevano che la polizia aveva intenzione di parlare con Beth e Mason Pratt, ed entrambi erano stati aggrediti prima che Josie e Mettner potessero raggiungerli. Wolicki era stato ucciso molto prima che la polizia di Denton sapesse di lui. Inoltre, le uniche persone del dipartimento che sapevano che Josie stava andando da lui erano Chitwood, Mettner e Gretchen.

Si diresse verso il capanno e sbirciò all'interno. Tutte le pareti erano rivestite di scaffali di legno. Un'intera parete era completamente vuota. Doveva essere quella che conteneva tutti i vecchi appunti di Wolicki. Le altre pareti erano piene di attrezzi, diserbanti, terriccio, rastrelli, pale, potatori, prolunghe e un compressore d'aria. Josie si voltò verso la Loughlin. «Qualche idea sulla causa della morte?»

«Difficile dirlo, soprattutto viste le condizioni del corpo, ma non ci sono traumi evidenti. Al punto in cui siamo non possiamo nemmeno dire che si tratta di un omicidio.»

Tornarono insieme verso l'ingresso della casa. «Oh, è proprio un omicidio. Quando riceverete il rapporto del medico legale risulterà che è stato soffocato. Aspetti e vedrà.»

## QUARANTACINQUE

Josie guidò il furgone di Luke fino alla fattoria. Lui, ancora parecchio silenzioso, non sembrò riprendersi finché non fu rientrato a casa. Lei lo seguì in cucina dove Luke iniziò subito a frugare nel frigorifero e nei pensili e a tirare fuori le pentole. «Hai fame?» le chiese.

Era passata l'ora di cena e lei non aveva mangiato per tutto il giorno. Il solo guardarlo tirare fuori le cose dal frigorifero le fece brontolare lo stomaco. Si sedette a tavola e tirò fuori il cellulare: Noah non aveva ancora risposto, così gli mandò un altro messaggio in cui lo pregava di non escluderla e poi lo posò sul ripiano. Avrebbe dovuto chiamare Gretchen, ma non aveva il coraggio di farlo proprio in quel momento. «Sto morendo di fame.» disse a Luke.

Lui si mise all'opera con gesti rapidi e abili, nonostante le sue mani sfregiate e maciullate, per preparare qualcosa che aveva un profumo delizioso, mentre fuori la luce del sole scompariva dietro l'orizzonte. Josie sentì scricchiolare la porta dell'ingresso e un attimo dopo Blue, il segugio, entrò in cucina e, con un sospiro, si adagiò davanti alle ciotole del cibo e dell'acqua.

«Ha imparato ad aprire la porta.» disse Luke.

«Davvero?» disse Josie. «Beh, è la prima volta che sento una cosa del genere.»

Luke sorrise e accarezzò la testa di Blue mentre si spostava dai fornelli al frigorifero e viceversa. Dopo aver dato gli ultimi ritocchi al piatto che stava preparando, prese la ciotola di Blue e vi versò un po' dell'intruglio. Il cane attese pazientemente che gli venisse restituita la ciotola, mentre Luke la lasciava raffreddare sul bancone. «Spero che ti piaccia la bistecca saltata in padella.» disse Luke, presentandole un piatto.

Le venne l'acquolina in bocca mentre prendeva la forchetta che le porgeva. «Mi è sempre piaciuta la tua cucina.» disse. «Grazie.»

Lui prese il suo piatto e si sedette di fronte a lei. Mangiarono in silenzio per diversi minuti. Josie cercò di concentrarsi sul sapore meraviglioso del piatto, ma la sua mente continuava a tornare alla scena di Wolicki e al fatto che una delle loro ultime piste era stata bruciata. La sua unica speranza era che Gretchen fosse riuscita a trovare Ivan. Controllò la posta elettronica, ma non c'erano notizie da parte di nessuno della Sutton Stone Enterprises. Non che si aspettasse che quella pista si sarebbe rivelata valida. Chi conserva i registri del personale per quasi quarant'anni?

«Stai bene?» le chiese Luke.

«Oh, sì. Bene.» rispose Josie.

«Hai bisogno di chiamare Noah? Posso uscire.»

«Oh no, non... le cose non stanno andando molto bene in questo momento. Però devo chiamare Gretchen per il caso.»

«Ho capito.» disse Luke. «Devo prendere una cosa. Torno subito.»

Con una pesante sensazione alla bocca dello stomaco, Josie chiamò Gretchen al cellulare. Rispose al terzo squillo e disse: «Non crederesti mai a quanti Ivan ci sono in questo Stato con un cognome che inizia per U. Underwood, Ulrich, Ulster, Umstead... Comunque, continuo a cercare. Posso sicuramente restringere il campo di ricerca in base all'età. A te come sta andando? Buone notizie, spero. Sei ancora nella contea di Sullivan?»

Josie le raccontò tutto.

«Beh, questo solleva un sacco di domande.» disse Gretchen.

«Esattamente».

Discutendone ancora per qualche minuto, Gretchen ebbe lo stesso pensiero di Josie riguardo alla fuga di notizie, ma alla fine convennero entrambe che non quadrava. L'assassino stava cercando gli oggetti che Colette aveva nascosto e ovviamente non li aveva trovati il giorno in cui l'aveva ammazzata, pertanto stava cercando di eliminare qualsiasi pista su cui quegli oggetti avrebbero potuto indirizzare la polizia. Il problema per Josie, Mettner e Gretchen era che chiunque avessero di fronte conosceva il significato di tutti e tre gli oggetti. Per il momento, non avendo ottenuto risposte più concrete rispetto al giorno precedente, decisero di riprendere il discorso l'indomani. Gretchen promise di aggiornare Mettner e riattaccò. Josie finì di mangiare e lasciò il piatto nel lavandino. Luke apparve sulla porta con una bottiglia di vino rosso in una mano e una bottiglia di Wild Turkey mezza piena nell'altra e le sorrise.

Josie rispose con un sorriso imbarazzato. «Oh, beh... a essere sincera non... non bevo da molto tempo.»

«Intendi dire che hai smesso di bere?» chiese Luke. «Non vuoi neanche un bicchiere di vino?»

Josie si mosse a disagio. Non c'era niente che le sarebbe piaciuto di più in quel momento che affogare la sua frustrazione in un bel bicchierone di vino seguito da un buon numero di cicchetti di Wild Turkey, ma dal caso che aveva sconvolto il suo mondo e le aveva regalato una nuova famiglia, aveva smesso di bere. «Non prendo buone decisioni quando bevo.» gli disse.

Luke posò le bottiglie sul bancone. «Non ti sto chiedendo di prendere una decisione. Cioè, non è del tutto vero. Carrieann non tornerà prima di domani, il che normalmente non sarebbe un problema, se non fosse che la giornata di oggi mi ha davvero messo in crisi.»

I suoi occhi si allontanarono da quelli di lei e una delle sue mani strinse il collo della bottiglia di vino.

«Luke, non dovrei proprio.»

Lui alzò di nuovo lo sguardo su di lei. «Hai intenzione di guidare per tre ore fino a casa e poi cosa? Torni nella tua casa vuota?»

Josie stava quasi per rispondere che la sua casa era piuttosto piena in quel periodo, ma la verità era che quella sera non ci sarebbe stato nessuno ad accoglierla.

«Josie...» disse Luke. «Non ci sto provando con te, se è questo che ti preoccupa. È solo che mi fa molto piacere vederti.»

Lei annuì. «Apprezzo l'invito.» disse. «Ma devo proprio tornare a casa.»

Si salutarono e lei era a metà del vialetto quando finalmente il suo cellulare squillò. Era un messaggio dal numero di Noah. Solo che non era di Noah. Il messaggio diceva: *Sono Laura. Ti prego di smetterla di mandare messaggi a Noah. Ti contatterà lui quando sarà pronto a parlare.*

Josie si fermò e fece diversi respiri profondi, sbattendo forte le palpebre contro il dolore e l'improvviso bruciore agli occhi. Dando un pugno sul volante, girò l'auto e tornò a casa di Luke. Questa volta Blue la accolse alla porta, scodinzolando. Entrò in casa dove Luke era seduto da solo al tavolo della cucina con un bicchierino di Wild Turkey davanti a sé. Quando la vide, sembrò spaventato. Lei si sedette di fronte a lui, prese il bicchiere che lui aveva preparato per lei e lo mandò giù, lasciando che il liquido le bruciasse fino allo stomaco.

«Cambio di programma.» disse.

## QUARANTASEI

Si svegliò con la testa che pulsava come se fosse sotto un martello pneumatico. Aprì un occhio, ma la luce del sole che si diffondeva nella stanza le trafisse la cornea come un migliaio di spine. Si coprì il viso con un braccio. La stanza. In che stanza si trovava? Sbirciò oltre il braccio, guardandosi intorno in un ambiente sconosciuto. La sua mente si mise all'opera per orientarsi. Di fianco a lei udì il suono di un sospiro. Girò la testa e vide la schiena nuda di un uomo. Capì subito che si trattava di Luke, anche se non ricordava di essere andata a letto con lui.

Si scrollò di dosso le coperte, fece scivolare le gambe oltre il bordo del letto e si mise a sedere, con una mano premuta sulla tempia sinistra. La stanza si inclinò di lato e le pulsazioni nella testa si fecero così intense che riuscì a malapena a respirare. Cercò di ricordare quanto tempo era passato dall'ultima volta che aveva smaltito i postumi di una sbornia. Si rese conto che era passato molto tempo. Abbassò lo sguardo su di sé. Indossava ancora la biancheria intima e la canottiera che aveva indossato sotto i vestiti.

Gemendo sommessamente, si alzò in piedi e combatté contro le vertigini che la assalivano. Tenendosi aggrappata al letto per sostenersi, recuperò i jeans e la polo dal pavimento e li indossò. Per un attimo fissò il corpo addormentato di Luke, cercando disperatamente di ricordare qualcosa della notte precedente. Ricordava di essere andata via, di essere tornata e di essersi scolata qualche bicchierino. Ricordava vagamente che avevano aperto la bottiglia di vino mentre guardavano la televisione in salotto. Ricordava di aver riso. Nient'altro. Cadendo sulle ginocchia, passò una mano sotto il letto, sperando di trovare le scarpe da ginnastica. Le aveva forse tolte al piano di sotto?

Il rumore di pneumatici sulla ghiaia che la raggiunse da fuori le fece salire la nausea dallo stomaco. Aprì la porta della camera da letto e per poco non cadde di faccia. Blue era steso dall'altra parte della soglia. Il cane alzò i suoi occhioni malinconici verso di lei, ma non si mosse. Josie spostò lo sguardo dal cane alla stanza. Ai piedi del letto era sistemata una grande cuccia marrone chiaro. Allora perché Luke aveva chiuso Blue nel corridoio? Josie non volle pensarci. Scavalcò il cane e si precipitò giù per le scale proprio mentre dei passi scricchiolavano sul portico. Le sue scarpe erano in salotto. Le infilò, prese le chiavi e il cellulare dal tavolo della cucina e spalancò la porta d'ingresso: si aspettava di trovare Carrieann e invece si ritrovò davanti sua sorella gemella, Trinity Payne.

«Che... che cosa ci fai qui?» le chiese Josie, alzando una mano per pararsi gli occhi dalle lance di luce che il sole le conficcava nella testa.

Trinity se ne stava lì, dritta con le mani sui fianchi, elegante nei suoi jeans attillati, gli stivali di pelle marrone alti fino al ginocchio e un maglione di cachemire stretto in vita da una cintura. Ma il suo viso aveva un'espressione stizzita e arrabbiata. «Bei capelli.» osservò Trinity.

Josie alzò una mano e cercò di abbassare una ciocca di capelli ribelli, sentendo i nodi che si impigliavano sulla punta delle dita. «Perché sei qui?» domandò Josie. «E come diavolo hai fatto a trovarmi?»

Trinity sventolò una mano davanti al viso, storcendo il naso. «Mio Dio, il tuo alito.» Si avvicinò e annusò Josie. «Hai ricominciato con il Wild Turkey, eh?»

Josie si mise una mano sul fianco e guardò Trinity negli occhi. «Ti ho fatto una domanda.»

Trinity girò sui tacchi e imboccò il vialetto nella direzione opposta. «Sali in macchina, Josie.»

Josie rimase lì e si accorse di una giovane donna che usciva dalla Lexus con cui era arrivata sua sorella. Trinity le disse qualcosa e lei guardò Josie.

«Muoviti, Josie.» disse Trinity.

Josie scese i gradini del portico e si incamminò lungo il vialetto. Trinity le prese le chiavi di mano e le diede alla ragazza.

«Questa è la mia assistente. Porterà la tua macchina a Denton. Tu vieni con me.»

Josie si sentiva troppo male per discutere. Il tragitto accidentato verso la strada le fece venire i conati di vomito. Trinity aprì un piccolo sportellino sulla parte superiore della console centrale e tirò fuori un pacchetto di gomme da masticare che gettò in grembo a Josie. Poi indicò il vano portaoggetti e disse: «Lì dentro c'è dell'ibuprofene. Prendilo.»

Le ci vollero tre tentativi per togliere il cappuccio a prova di bambino, ma alla fine ci riuscì, ingoiò tre pillole a secco e si mise in bocca una gomma da masticare. Chiuse gli occhi e aspettò che Trinity si decidesse a spiegarsi. Non ci volle molto. «Si può sapere che problemi hai?» cominciò Trinity. «Sei riuscita a salvarti per un pelo da un incendio e io devo scoprirlo da uno dei miei contatti con la stampa locale? Josie, non è così che si tratta la famiglia.»

Senza aprire gli occhi, Josie mormorò: «Non mi sono "salvata per un pelo".»

«Oh, davvero? Come hai fatto a uscire da quella casa?»

Con tono colpevole, Josie ammise: «Sono saltata dalla finestra.»

Trinity emise un verso di esasperazione.

«Non dovresti essere a New York per lavoro?» le chiese Josie.

«Mi sono presa un giorno di permesso. Il mio contatto alla WYEP mi ha chiamato ieri sera tardi e mi ha detto che sono successe un bel po' di cose sospette a Denton: Beth Pratt è morta e la sua casa è stata distrutta da un incendio. E poi mi ha detto: "Oh sì, anche la casa della madre di un detective della polizia è andata a fuoco". Così ho indagato e ho scoperto che era la casa della madre di Noah. Ti ho chiamata ma non hai risposto. Allora ho chiamato la centrale. Ho parlato con il sergente Lamay che mi ha raccontato tutta la storia. Ti ho chiamata di nuovo. Nessuna risposta. Ho chiamato Noah e indovina cosa mi ha detto? Che voi due vi stavate lasciando e che lui non sapeva dove fossi. Allora indovina cosa ho fatto?»

«Mi hai chiamata di nuovo.» disse Josie con un sospiro. «Ma come hai fatto a scoprire che ero qui?»

«Gretchen. Ha detto che dovevi tornare a casa ieri sera, ma non l'hai fatto. Ha mandato un'unità a casa tua. Tu non c'eri.»

Josie sentì il colpo di un pugno sulla spalla. «Ahi!» disse, aprendo finalmente gli occhi. Il senso di colpa la assalì quando vide le lacrime brillare negli occhi di Trinity. «Non ho aspettato trent'anni per ritrovare mia sorella, per poi vederla morire in mezzo a un bosco.»

«Non ero mica in pericolo.» ribadì Josie.

«Ma questo io non potevo saperlo. Ti chiederei perché non hai risposto al telefono, ma è abbastanza ovvio.»

Josie fece per difendersi, ma poi si rese conto che non c'era niente da difendere. La vergogna le bruciava già le guance. Aveva agito in modo irresponsabile, così irresponsabile che non sapeva nemmeno cosa fosse successo la sera prima. Tirò fuori il telefono e guardò l'ora. Erano le nove del mattino, quindi c'era ancora tempo per salvare la giornata.

Forse Chitwood non le avrebbe messo il culo in una fionda, dopo tutto. Quantomeno tra le due dozzine di chiamate e messaggi a cui non aveva risposto non ce n'erano di suoi. Il suo cuore si fermò momentaneamente quando vide una chiamata di Noah ricevuta la sera tardi. Probabilmente dopo che Trinity lo aveva chiamato.

Infilò il telefono in tasca e abbandonò la testa tra le mani. Dopo un attimo, sentì un sospiro di Trinity e una mano curata che le stringeva la spalla. «Andrà tutto bene.» disse dolcemente.

«Davvero?» Josie gracchiò. Le sembrava di avere la bocca piena di cotone.

Trinity le strinse di nuovo la spalla e poi, senza distogliere lo sguardo dalla strada, si allungò dietro il sedile di Josie e prese la sua borsa per posargliela in grembo. «Ho qualcosa che ti tirerà su di morale.»

Josie sollevò un sopracciglio. «Una borsa di Coach? Non è proprio il mio genere.» Trinity sgranò gli occhi. «Guardaci dentro. C'è una busta. Aprila.»

Josie rovistò nel contenuto della borsa di Trinity fino a trovare una busta bianca non contrassegnata. Infilò l'indice sotto il bordo sigillato e l'aprì. All'interno c'erano diverse piccole foto, non più di cinque centimetri per sette. Erano tutte ingiallite e sbiadite, ma Josie nella prima riconobbe subito i volti: i loro genitori, Christian e Shannon Payne. Erano più giovani di trent'anni, erano più magri e molto meno ingrigiti, e sorridevano alla macchina fotografica. Ciascuno dei due teneva in braccio una bambina avvolta in una coperta. Le altre foto ritraevano le bambine, i loro visini rosa che spuntavano dai fagotti. Le lacrime punsero gli occhi di Josie, mentre il respiro le si bloccò in gola.

«Siamo noi.» osservò. «Dove le hai prese? Pensavo che fosse andato tutto distrutto nell'incendio.»

«È così.» disse Trinity. «Ma la mamma aveva un rullino che

aveva portato al Photomat per farlo sviluppare quando la nostra casa è andata a fuoco e ci hanno separate. Se ne ricordò qualche settimana dopo l'incendio. Da allora le ha tenute in una cassetta di sicurezza perché erano le uniche foto che aveva di te.»

«Di noi due insieme.» disse Josie.

«Sì. Me le ha date quando è venuta a New York lo scorso fine settimana. Le ho fatte scannerizzare, così ora ci sono le copie digitali, ma volevo che vedessi gli originali. Puoi tenerle.»

Josie se li strinse al petto. «Grazie.»

Il suo cuore si sentiva pieno. Con la stessa rapidità con cui aveva perso il controllo, Trinity la stava riportando indietro e con i piedi per terra. Ecco come ci si sente ad avere una vera famiglia. Forse Trinity aveva ragione. Sarebbe andato tutto bene. Forse c'era anche un modo per risolvere questo terribile caso prima che qualcun altro venisse ammazzato. Rivolse la sua mente alle questioni pratiche. Avrebbe dovuto chiamare Gretchen, quando il mal di testa si fosse attenuato un po', per scoprire se fosse riuscita a restringere l'elenco degli uomini di nome Ivan.

Avrebbe anche dovuto parlare con Mettner per farsi dire se aveva avuto fortuna con i rivenditori di articoli per la caccia e lo sport e per ottenere un elenco di clienti che avevano acquistato scarponi Coyote Run, numero 45. Le sue dita accarezzarono i bordi fragili delle fotografie mentre cercava di reprimere la delusione per la perdita della pista sulla fibbia da cintura. Povero Brody Wolicki. Stava vivendo la sua vita tranquillamente nella sua piccola baita nel bosco, completamente ignaro di possedere qualcosa che un assassino voleva tenere segreto.

Scostò le foto dal petto e le fissò di nuovo. Sua madre aveva sentito la sua mancanza per trenta lunghi anni, con nient'altro che quelle poche fotografie a darle sollievo.

«Oh mio Dio.» disse Josie all'improvviso.

Rapidamente, infilò di nuovo le foto nella busta. Toccò

l'avambraccio di Trinity. «Torna indietro.» disse. «Torniamo indietro, subito.»

«Che cosa vuoi fare?» chiese Trinity.

Josie tirò fuori il cellulare e chiamò Heather Loughlin e mentre il telefono continuava a squillare, disse: «Torna indietro da dove siamo venute e ti indicherò la strada per arrivarci. Devo tornare alla baita di Wolicki.»

QUARANTASETTE

Josie si trovava fuori dalla baita di Wolicki, in attesa della detective Heather Loughlin. Il nastro della scena del crimine svolazzava ancora tra un albero e l'altro, delimitando il perimetro, anche se la scena era stata già esaminata, e Trinity si aggirava fuori dell'area, parlando al cellulare con vari contatti di lavoro. Quando Josie sentì il cellulare che squillava, vide il nome di Gretchen lampeggiare sullo schermo.

«Hai qualcosa?» le chiese quando rispose.

«Ivan Ulrich.» rispose Gretchen. «Credo che sia lui l'uomo che stiamo cercando. L'età corrisponde e viveva con la madre a Denton nel periodo in cui avrebbe dovuto frequentare la Saint Agatha. La madre è morta nel 1999 e sul necrologio che ho trovato c'è scritto che lavorava alla Saint Agatha, quindi, sono abbastanza sicura che abbiamo fatto centro. Ora vive a Bellewood. Sto contattando la polizia di lì per informarli che Mettner li raggiungerà a breve per interrogarlo. Io andrò con lui.»

«Ha precedenti penali?» si informò Josie.

«Ho controllato e ha la fedina penale pulita.» disse Gretchen. «Sto cercando di trovare altre informazioni su di lui, per esempio se ha mai lavorato per la Sutton Stone Enterprises. Hai avuto notizie dal loro archivio?»

«No.» disse Josie. «Ma chiamerò Sutton per sapere se può accelerare la ricerca. A questo punto gli riferirò il nome e la data di nascita di Ivan Ulrich e gli darò anche il tuo indirizzo e-mail. Credo di avere un'altra pista sulla fibbia della cintura, ma potrebbe volerci qualche ora.»

Riattaccarono e Josie chiamò Zachary Sutton che rispose subito, ascoltò la sua richiesta e promise di mettersi subito in contatto con il suo ufficio archivi. Mentre salutava Sutton vide Heather Loughlin avvicinarsi a bordo di un veicolo della Polizia di Stato senza contrassegni. La detective scese dall'auto e il suo volto si rabbuiò quando vide Trinity. «Lei cosa ci fa qui?»

Josie rise. «Si rilassi. Non è qui in veste di giornalista. È qui come mia sorella. Inoltre, non sa niente del caso. Devo entrare per vedere gli album fotografici.»

Heather Loughlin guardò a lungo Trinity come se stesse cercando di decidere il da farsi, poi aprì il bagagliaio, vi infilò la testa dentro e tirò fuori una tuta in Tyvek che porse a Josie. «Lei resta qui fuori. Si vesta e la porto dentro.»

Cinque minuti più tardi, Josie e Heather si trovarono nella camera da letto di Brody Wolicki e Josie cercò di non vomitare per l'odore che ancora aleggiava nella piccola baita. Smaltire i postumi della sbornia su una scena del crimine non era stata l'idea migliore che Josie si fosse mai fatta venire in mente, ma doveva fare un ultimo tentativo per scoprire a chi era appartenuta la fibbia della cintura nascosta nella macchina da cucire di Colette. Il letto a due piazze di Wolicki era a malapena visibile tra i cumuli di attrezzatura per la caccia e la tassidermia ammassati nella piccola stanza.

«Quando ha detto che "nel suo piccolo, Wolicki era un accumulatore compulsivo" credo che stesse peccando di moderazione.»

La Loughlin rise, sollevò una testa di cervo imbalsamata dal pavimento e la portò nel corridoio per fare spazio al loro lavoro. Josie seguì il suo esempio finché non ebbero rimosso altri animali imbalsamati tra cui un coniglio, una famiglia di scoiattoli e una testa di alce che richiese l'intervento di entrambe per essere portata fuori dalla stanza.

«Chissà perché queste non le aveva appese...» brontolò Josie mentre faticavano a far passare la testa d'alce attraverso la porta.

«Forse non voleva che lo fissassero di notte da sopra il suo letto.» scherzò Heather.

Quando ebbero sgomberato gli animali e alcune scatole di musicassette, raggiunsero gli album di fotografie, ammucchiati sul pavimento fino all'altezza delle spalle. «Mi ripete cosa stiamo cercando?» chiese Heather mentre Josie le porgeva un album.

Mentre lavoravano, e il sudore le scendeva a rivoli sulla schiena, Josie immaginò che la collega potesse sentire l'odore dell'alcol della notte precedente trasudare dai pori della pelle, ma non disse una parola. «Stiamo cercando una foto del campione della Tri-County Shooting League del 1973.» Tirò fuori il cellulare e mostrò alla Loughlin una foto della fibbia della cintura.

Due ore più tardi, Josie cominciava a chiedersi se fosse impazzita a credere che Brody Wolicki avesse conservato le foto dei suoi anni trascorsi nel campionato di tiro a segno. Nella maggior parte degli album c'erano fotografie della fauna locale e di battute di caccia. Ce n'erano molte di persone a cui Brody era stato chiaramente vicino: foto natalizie con persone riunite intorno a un albero; gruppi che si erano ritrovati in un bar per partecipare a quella che sembrava una festa di pensionamento; amici che avevano assistito insieme a una partita di football locale. Infine, in fondo alla pila, trovarono qualcosa: un vecchio album, la cui copertina sembrava sul punto di disintegrarsi tra le mani di Josie, ma che era pieno di fotografie del campionato di tiro a segno. Un brivido di eccitazione le percorse il corpo quando individuò il campione del 1972, che impugnava con orgoglio la carabina accanto a un bersaglio crivellato di proiettili. Un uomo accanto a lui, che Josie pensò si trattasse di Brody, teneva in mano una fibbia da cintura molto simile a quella che Colette aveva nascosto. Con delicatezza, Josie estrasse la foto da sotto l'involucro di plastica e la girò. C'era un nome accanto alle parole: Campione dell'Associazione, 1972.

Sfogliò freneticamente le altre pagine finché non trovò un'altra foto di un uomo basso, corpulento, con jeans e camicia stile western e cappello da cowboy, che teneva una carabina accanto a un bersaglio crivellato. Sotto i folti baffi, sfoggiava un ampio sorriso a trentadue denti. Accanto a lui c'era Brody Wolicki con la fibbia misteriosa in mano. Sul retro della foto c'era scritto: Craig Bridges, Campione dell'Associazione, 1973.

«Ce l'ho!» disse Josie. «L'ho trovata!»

QUARANTOTTO

Prima di tornare alla stazione di polizia, Josie andò a fare una doccia per lavarsi di dosso l'alcol, il sudore e la vergogna della sera precedente. Doveva rimanere concentrata sul compito da svolgere, ora che aveva una nuova pista sul caso Fraley e Pratt, e doveva seguirla. Lasciò Trinity a casa sua. Come promesso, l'assistente di Trinity aveva riportato l'auto di Josie a Denton e l'aveva parcheggiata nel suo vialetto. Mentre andava alla centrale chiamò Noah, ma lui non rispose. Stavolta non gli lasciò alcun messaggio.

Gretchen era alla sua scrivania e scriveva al computer. Josie si sedette di fronte a lei. «Siete riusciti a interrogare Ivan Ulrich?»

«Non era in casa. La polizia di Bellewood ha appostato un'unità al suo appartamento per noi. Appena si farà vivo, ci chiameranno.»

«Avete cercato Craig Bridges?»

Gretchen annuì. «Sì. Risulta scomparso dal 1990.»

«Che cosa vuoi dire? Che cosa gli è successo?»

Gretchen abbassò lo sguardo sulla scrivania dove si trovava il suo blocco per gli appunti. «Ho cercato in tutte le banche dati possibili e poi su Internet. Ho scoperto che viveva a Hagerstown, nel Maryland, anche se prima abitava in Pennsylvania, vicino a Bellewood. Sembra che sia scomparso dalla faccia della terra nel 1990, ma non avendo trovato alcuna prova che sia deceduto, ho fatto una ricerca sul NamUs.»

Il NamUs era il sistema nazionale per la ricerca delle persone scomparse e non identificate. «Che cosa hai trovato?»

Gretchen le passò un foglio stampato. «Ho anche chiamato la polizia di Hagerstown per avere maggiori dettagli. Hanno dovuto recuperare il fascicolo perché è molto vecchio.»

Mentre Josie studiava gli scarsi dettagli del rapporto NamUs, si sentì gelare il sangue. «Non può essere vero.»

«Agghiacciante, vero?» concordò Gretchen. «Ma ho parlato con la polizia di Hagerstown. Craig Bridges ha guidato fino alla riva del fiume Potomac, ha lasciato i suoi effetti personali nella sua auto chiusa a chiave ed è scomparso. Da allora non è stato più visto.»

«Amici? Parenti?» chiese Josie.

«La polizia di Hagerstown ha detto che aveva soltanto un coinquilino, ma, a quanto pare, lui e Bridges erano molto legati. Hanno detto che ogni due anni il coinquilino chiama per informarsi se sono stati fatti progressi sul suo caso.»

«Nessun segno di omicidio?»

«Nessuno. Per di più, Bridges era un alcolizzato con un passato di depressione. Quindi questo non aiuta. Se il suo corpo fosse stato ritrovato, è molto probabile che sarebbe stato considerato un suicidio.»

«Praticamente sono le stesse circostanze di Samuel Pratt.» disse Josie. «Come si chiama il coinquilino? È ancora vivo? Hai provato a contattarlo?»

Gretchen annuì. «È ancora vivo. Si chiama Earl Butler. Si è trasferito a Fairfield, nella contea di Lenore, dopo la scomparsa di Bridges.»

«È solo a un'ora a sud di qui.» disse Josie.

«Sì, ho provato a chiamare due volte il numero che ho trovato a suo nome, ma non ho ricevuto risposta, così ho chiamato la polizia locale e ho chiesto se possono fare un controllo sulle sue condizioni. La porta è chiusa a chiave, non risponde, ma non ci sono segni che indichino alcun problema.»

Josie sentì un malessere diffondersi dallo stomaco. «Ci andrò io in macchina.»

«E per fare cosa?» domandò Gretchen.

«Finora questo tizio, o questi tizi, hanno ucciso Colette, Beth Pratt, Brody Wolicki e hanno cercato di uccidere Mason Pratt. Hanno appiccato un incendio in due case. Sanno con chi andremo a parlare prima ancora di noi. Non perderò un altro secondo prima di assicurarmi che Earl Butler sia vivo e vegeto. Tu rimani qui. Mettner avrà bisogno di te quando Ivan Ulrich si farà vivo. Gli uomini di Sutton ti hanno mandato qualche documento?»

«No, non ancora.»

Josie tirò fuori dai jeans un pezzo di carta. «Questo è il nome e il numero della donna che lavora all'archivio fuori sede. Sutton me l'ha dato nel caso in cui non avessimo avuto notizie dai suoi collaboratori prima della fine della giornata.»

«La chiamerò.» disse Gretchen prendendolo. «Magari io e Mettner possiamo anche andarci di persona, mentre aspetto di avere notizie dalla polizia di Bellewood sul nostro amico Ivan.»

«Tienimi aggiornata se c'è qualche novità.»

QUARANTANOVE

Josie si precipitò il più velocemente possibile verso Fairfield. La località si trovava nella contea di Lenore, a sud di Denton, una zona per lo più costituita da fattorie e riserve di caccia, con dolci colline e molte distese boscose. Le strade strette erano come nastri neri che serpeggiavano all'interno della contea, in gran parte deserta. La casa di Earl Butler si trovava su una strada rurale dove le case erano distanti diversi ettari l'una dall'altra e lontane dalla strada. Era una casa prefabbricata a un piano, con facciata marrone chiaro e tetto marrone. Tre gradini di legno conducevano alla porta d'ingresso. Non c'erano aiuole o giardino, ma il prato era ben curato. In mezzo al breve vialetto di ghiaia era parcheggiata una vecchia berlina Ford. Josie lasciò la macchina dietro di essa e scese; passandoci accanto appoggiò per un breve momento una mano sul cofano. Era freddo.

Si avvicinò alla porta e bussò, con le orecchie tese alla ricerca di qualsiasi rumore all'interno. Non si sentiva niente. I suoi occhi seguirono il telaio della porta. Nessun campanello. Bussò di nuovo. Aspettò diversi minuti prima di girare intorno alla casa e sbirciare attraverso le finestre, la maggior parte delle quali erano coperte da pesanti tende o piccole veneziane. Riuscì a vedere la cucina, ma era vuota. Su un lato c'erano due sedie e un tavolino sul quale c'era un piatto con mezzo panino. Da dove si trovava, le sembrava che qualcuno lo avesse addentato. Alla porta sul retro si arrivava da un piccolo patio di cemento salendo un unico gradino. Josie bussò anche a quella e rimase in ascolto. Ebbe quasi l'impressione di sentire una voce flebile, ma non poteva esserne certa.

Fece di nuovo il giro della proprietà e questa volta lo chiamò per nome: «Earl Butler? È lì dentro? Sta bene, signore?» Ogni pochi passi si fermava ad ascoltare. Solo un'altra volta le sembrò di sentire un suono leggero, ma non riuscì a capire esattamente di cosa si trattasse. Una sensazione di terrore, pesante e soffocante, le si posò sulle spalle. L'istinto si agitava, segnalandole che qualcosa non andava, ma la testa le diceva che si stava soltanto facendo prendere dalla paranoia a causa di tutto quello che era successo nelle ultime due settimane. Fece un altro giro intorno alla casa, cercando di aprire sia la porta principale che quella posteriore, ma erano chiuse. Anche le finestre erano chiuse, ma probabilmente sarebbe riuscita a entrare facilmente rompendo il vetro. Ma a quel punto che cosa avrebbe fatto? E se dentro non ci fosse stato nessuno ed Earl Butler, tornando a casa, avesse scoperto che una donna sconosciuta vi si era introdotta con la forza? Josie sapeva che nemmeno il suo titolo di agente di polizia l'avrebbe protetta dalle accuse che le sarebbero state mosse. Avrebbe avuto bisogno di un mandato per entrare senza chiavi e si trovava in una contea fuori dalla sua giurisdizione. Poteva volerci un giorno o anche più per ottenerlo, ammesso che un giudice lo autorizzasse. Poteva cercare di rintracciare qualcuno che conosceva Earl Butler per scoprire quando era stato visto l'ultima volta e se qualcuno aveva una chiave di riserva.

Una chiave di riserva.

Josie si guardò intorno ma non vide nessun posto in cui Earl potesse aver nascosto una chiave di riserva: non c'erano piante o mobili da esterno. Fece di nuovo il giro della casa, controllando il perimetro alla ricerca di eventuali pietre. Controllò poi i vani ruota dell'auto di Butler per vedere se aveva una custodia magnetica dove poteva essere nascosta una chiave, ma non c'era niente.

Sul punto di arrendersi - si stava infatti incamminando verso la macchina - notò un irrigatore in mezzo al cortile. Era verde e si mimetizzava perfettamente in mezzo all'erba, motivo per cui non l'aveva notato prima. Attraversò il prato a zig-zag, cercando altri irrigatori, ma c'era soltanto quello. Era un'ipotesi azzardata, ma sul lavoro aveva visto scompartimenti segreti per chiavi in quasi tutte le fogge che le venivano in mente, compresi gli irrigatori. Chinatasi, usò entrambe le mani per ispezionarlo delicatamente. Se fosse stato collegato a un impianto sotterraneo, non lo avrebbe potuto estrarre dal terreno senza romperlo. Ma non era attaccato a nessun impianto e riuscì a tirarlo fuori subito. La parte inferiore era un vano cavo a forma di puntale. Un minuto dopo era riuscita ad aprirlo e una chiave le cadde sul palmo della mano. Rimise la testina dell'irrigatore dove l'aveva presa e scattò verso la porta, infilando la chiave per aprirla. La casa era poco illuminata e le ci volle un attimo perché i suoi occhi si adattassero. Il cuore le batté forte mentre osservava la scena che le si mostrò davanti. Subito a destra c'era quello che Josie pensava fosse un salotto, anche se in quel momento sembrava fosse stato investito da un tornado: i mobili erano rovesciati, le lampade scaraventate a terra si erano rotte, le riviste e la posta stracciate e sparpagliate in giro e un televisore con lo schermo incrinato giaceva sul tappeto del soggiorno. Più avanti c'era una sala da pranzo, a giudicare dal tavolo e dalle sedie, anche se il tavolo era storto, due sedie erano rovesciate e quella che sembrava una grande credenza era crollata in davanti. Il debole suono che a Josie sembrava di aver sentito all'esterno si ripeté e la fece sobbalzare. Mise mano alla sua pistola d'ordinanza e scrutò ogni angolo. «Mr. Butler!» chiamò.

Questa volta percepì la voce rauca di un uomo che cercava di chiamare aiuto. Si addentrò nella sala da pranzo e fu allora che vide un paio di piedi coperti da pantofole stile mocassino marrone chiaro spuntare da sotto la credenza. «Mr. Butler!» gridò. Riponendo la pistola nella fondina, si chinò sulle ginocchia e mise le mani sotto il bordo di un lato del mobile. Era pesante, molto più pesante di quanto avesse previsto. Josie era sicura che non sarebbe riuscita a sollevarlo da sola. Ma poi arrivò il suono di quella voce pietosa e ansimante che implorava aiuto. L'adrenalina prese a scorrerle nelle vene e un grido le uscì dalla gola mentre sollevava da terra la credenza. Il rumore del vetro che si rompeva e delle stoviglie di Earl Butler che si spargevano sul pavimento infranse il silenzio della casa. Una volta raddrizzato il grande mobile, Josie abbassò lo sguardo e vide l'uomo supino, con indosso un paio di pantaloni cachi e una camicia di flanella, i capelli grigi e radi e la barba bianca che punteggiava il suo viso cinereo. Le sue labbra erano quasi blu. Josie si mise in ginocchio accanto a lui e gli controllò il polso, mentre tirava fuori il telefono e componeva il 911.

«Mr. Butler!» disse. «Mi chiamo Josie Quinn. Sono una detective di Denton. Sto chiamando qualcuno per aiutarla. Tenga duro.»

# CINQUANTA

Un'ora più tardi, Josie era seduta accanto al letto di Earl Butler nel pronto soccorso del vicino ospedale. Dall'altra parte sedeva un vicesceriffo della contea di Lenore. Poiché l'aggressione a Butler era avvenuta in quella contea, era fuori dalla sua giurisdizione, ma dal momento che stava cercando di risolvere una serie di omicidi e aveva salvato Butler, le era stato permesso di assistere all'interrogatorio. C'era una bombola di ossigeno che fischiava in un angolo della stanza ed Earl si sforzava di parlarci sopra. Il suo viso aveva ripreso un po' di colore e sopra vi danzava una miriade di rughe quando parlava e la cannula nasale gli rimbalzava sul labbro superiore.

«Ieri è venuto un uomo. Ha detto che voleva parlare del mio vecchio amico, Craig Bridges. Abbiamo fatto il Vietnam insieme, io e Craig. Eravamo molto uniti. Eravamo coinquilini, ma poi Craig è scomparso. La polizia pensò che si fosse suicidato, ma io sapevo che non era così. E ora si presenta questo tizio. Sono passati quasi trent'anni. Ho pensato... ho pensato che era la volta buona, che avrei scoperto cosa era successo a Craig. Per questo l'ho fatto entrare.»

Prima di continuare, fece diversi respiri: «Era tarchiato,

muscoloso e calvo. Testa rasata, non calvo di natura. Avrà avuto una sessantina d'anni, ma era veramente in forma. All'improvviso mi ha aggredito. Mi ha sbattuto a terra, si è messo sopra di me, mi ha coperto la bocca e il naso con le mani. Era chiaro che stava cercando di uccidermi, così alla fine ho smesso di lottare. Sono rimasto immobile. Ho scommesso che non mi avrebbe controllato il polso e non l'ha fatto.»

«Ma ha rovesciato il mobile.» disse Josie.

Earl annuì. «Che mi ha immobilizzato le gambe impedendomi di uscire da sotto. L'ho sentito aggirarsi per la casa come se stesse cercando qualcosa. Non osavo provare a muovermi nel caso volesse finire il lavoro. Poi se ne è andato. Questa mattina ho sentito arrivare la polizia e ho provato a chiamarli, ma non ci sono riuscito. Grazie a Dio è arrivata lei. Non sono più giovane come una volta. Mi muovo con grandi difficoltà.»

Josie gli sorrise. Lanciò una rapida occhiata al vicesceriffo che con un cenno del capo le diede il permesso di fare le sue domande. «Mr. Butler, voglio mostrarle una foto.» disse tirando fuori il telefono e cercando la foto della fibbia della cintura per mostrargliela. «La riconosce?»

Butler armeggiò con la cannula nasale, strinse le labbra e le socchiuse, le strinse e le socchiuse di nuovo. Infine, parlò, con voce roca. «Era di Craig. Dove l'ha presa? Adorava quella fibbia. Sa, ha sofferto quando è tornato dal Vietnam. È successo a tutti. Ma mi disse che partecipare al campionato di tiro a segno lo aveva aiutato. Era bravo e diceva che era bello sparare ai bersagli anziché ad altre persone.»

«La indossava sempre?» chiese Josie.

Earl annuì.

«La indossava anche il giorno in cui è scomparso?»

«Sì.»

«Mr. Butler, ho letto il fascicolo della polizia relativo alla scomparsa di Craig Bridges. Può dirmi cosa pensa che gli sia successo?»

Earl annuì di nuovo. Distolse lo sguardo dalla foto, guardò dritto davanti a sé, come se stesse fissando il passato. «Credo che l'abbiano portato via. Diceva sempre che l'avrebbero fatto.»

Josie si raddrizzò di colpo. «Chi?»

«Quando tornammo dalla guerra, io feci ritorno nel Maryland e Craig in Pennsylvania. Era molto depresso, all'inizio non si prendeva molta cura di sé. Poi iniziò a frequentare il campionato di tiro a segno e lì trovò alcuni amici. Uno di loro gli procurò un lavoro in una cava. Un buon lavoro.»

«Aspetti.» disse Josie. «Una cava? La cava di Sutton?»

«Proprio quella. Gli piaceva lavorare lì. Era un semplice operaio, ma era un lavoro. Stava rimettendo insieme i pezzi della sua vita. E poi accadde. Gli chiesi, visto che all'epoca era su tutti i giornali, se era presente quando si era verificato il grande incidente.»

Josie avrebbe voluto prendersi a calci per non aver indagato più da vicino sulla Sutton Stone Enterprises, ma perché avrebbe dovuto? Nessuno degli indizi che avevano trovato coinvolgeva la società, tranne forse l'inafferrabile Ivan. Aveva scoperto di Ivan prima di comprendere il significato della fibbia della cintura e Bridges aveva lavorato per la Sutton prima che Colette vi fosse assunta. «Quale incidente?» chiese.

«Una delle gru cedette e cadde su una casa-mobile. Morirono quattro persone. Craig vide tutto. Da allora non mise più piede in quel posto. Non so in che modo, ma si ferì a una gamba. L'azienda gli diede un sacco di soldi. Credo per evitare le vie legali. Comunque, prese i soldi e mi raggiunse nel Maryland. Si presentò alla porta di casa mia. Era davvero distrutto dopo quell'episodio. Più di quanto non fosse quando eravamo tornati a casa dalla guerra.»

Josie aggrottò le sopracciglia. «Ma sicuramente quello che voi due avete visto in Vietnam è stato peggiore di qualsiasi cosa abbia visto lui da civile.»

Earl alzò le spalle. «Così pensavo, ma è stato l'incidente

nella cava a procurargli degli incubi. Non riuscì mai a superarlo. Pensavo che ci fosse dell'altro sotto quella vicenda e provai in più di un'occasione a convincerlo a raccontarmi, ma non lo fece. Alla fine, una sera, dopo esserci presi una sonora sbronza, tirai fuori di nuovo l'argomento e lui mi disse che non poteva raccontarmi quello che era successo davvero, perché mi avrebbe messo in pericolo. Diceva che, anche se aveva preso i soldi, non era davvero al sicuro, che un giorno sarebbero venuti a prenderlo perché sapeva troppo. Si guardava sempre le spalle.»

Josie fece un calcolo delle date nella sua testa. Poteva cercare l'incidente nella biblioteca di Denton, se ne avessero parlato i giornali, incidente che doveva essere avvenuto a metà o alla fine degli anni Settanta. Prima che Colette entrasse a lavorare per la Sutton Stone Enterprises e prima ancora che Zachary Sutton prendesse il posto del padre. Perciò, questo voleva dire che qualsiasi cosa fosse accaduta era stata gestita dal padre di Zachary Sutton, che era deceduto ormai da parecchi anni. Che cosa poteva essere accaduto di tanto grave da indurre la Sutton Stone Enterprises a uccidere per insabbiare tutto? C'era lo zampino della Sutton Stone? Josie scommetteva che Ivan Ulrich fosse l'uomo che aveva dato fuoco alla casa di Colette e tentato di uccidere Earl Butler. Ma secondo Zachary Sutton, non lavorava per loro da molto tempo. Allora perché Ivan Ulrich stava prendendo di mira quelle persone? Tanto più che ancora non lavorava per la cava all'epoca dell'incidente o quando Bridges era scomparso. A meno che Sutton non le avesse mentito.

«Mi scuserebbe un attimo?» gli disse Josie.

Earl annuì. Quando Josie uscì dalla stanza, sentì che il vicesceriffo continuava con altre domande. Chiamò Mettner e Gretchen per aggiornarli. Poi chiese a Gretchen di chiamare l'ufficio archivi della Sutton Stone e di chiedere di controllare se Ivan Ulrich fosse stato un loro dipendente negli ultimi trentacinque anni, non solo nel periodo di cui avevano parlato Josie e Sutton.

Promise di tornare entro un'ora e riattaccò. Una volta assicuratasi che Earl Butler sarebbe stato bene, lasciò i suoi dati di contatto al vicesceriffo e tornò a Denton, con la testa che le girava.

I pezzi non combaciavano. Non c'erano abbastanza collegamenti tra tutte le vittime. Che cosa aveva a che fare Colette Fraley con tutti gli altri? A quanto risultava, non conosceva nemmeno i fratelli Pratt o Craig Bridges. Aveva cominciato a lavorare nella stessa cava in cui aveva lavorato Bridges un paio di anni dopo di lui, ma niente di più. Che ruolo aveva Ivan? La teoria della relazione non sembrava più praticabile una volta che Bridges era stato inserito nell'equazione. Tuttavia, si chiese, se Ivan stesse lavorando da solo. No, pensò, chiaramente no perché avevano trovato due impronte di scarpe diverse in due scene diverse. C'era un collegamento con Sutton? Doveva esserci. Ma se Sutton era in qualche modo coinvolto, cosa aveva a che fare con Drew e Samuel Pratt? I casi dei fratelli Pratt non erano collegati al caso Bridges? Ma perché Colette era in possesso degli oggetti personali tanto dei fratelli Pratt, che non avevano alcun collegamento con la cava, quanto di Bridges?

La vista della centrale di Denton fu un gradito sollievo. Se non per i furgoni della stampa parcheggiati sul davanti.

«Oh no.» mormorò.

Lasciò la macchina nel parcheggio comunale e chiamò Trinity, cercando di non far trasparire dalla sua voce una nota di accusa. «C'è parecchia gente della stampa qui alla centrale.» disse alla sorella. «Ne sai qualcosa?»

«No.» sbottò Trinity. «Non ne so niente. Avresti potuto avvertirmi che c'era qualche sviluppo nel caso di Drew Pratt. Invece ho dovuto scoprirlo da qualcuno della WYEP.»

«E cosa ti ha detto il tuo contatto della WYEP?» le chiese Josie.

«Che la figlia di Drew Pratt è stata uccisa e che qualche giorno dopo hanno dato fuoco alla sua casa.»

«Questo non ha niente a che fare con Drew Pratt.» obiettò Josie.

«Forse no, ma visto che suo padre è scomparso in circostanze tanto sospette, si prevede che il suo caso tornerà sotto i riflettori. I giornalisti cercheranno di fare dei collegamenti tra le due vicende.»

Prima che Josie potesse fermarla, dalle sue labbra scoppiò una risata. «Buona fortuna.»

«Cosa c'è da ridere?» chiese Trinity, con una punta di fastidio nella voce.

«Devo andare.» disse Josie. «Parleremo più tardi, te lo prometto.»

Si fece strada tra la folla di giornalisti che le urlavano domande e le puntavano in faccia microfoni e telecamere, tenendo gli occhi sull'entrata e senza rispondere.

Si sentiva Chitwood urlare nell'atrio del primo piano. Josie salì le scale e fece capolino nella sala grande, dove Chitwood si sbracciava come un leone in gabbia, urlando contro "la maledetta stampa" e "questo circo diabolico" con cui ora doveva avere a che fare perché qualcuno del personale ovviamente non riusciva "a tenere la bocca chiusa" e che quando avrebbe scoperto chi aveva fatto trapelare notizie sul caso di Beth Pratt, lo avrebbe "fatto a pezzi". La cosa grave non era che un qualsiasi giornalista intraprendente avesse dovuto chiedere in giro ai vicini o ai colleghi di Beth Pratt per scoprire che era stata uccisa. La sua intenzione non era mai stata quella di tenere nascosta la sua morte e l'incendio doloso della sua casa, bensì, semplicemente, quella di assicurarsi che venisse attirata meno attenzione possibile.

Gretchen e Mettner stavano in un angolo della stanza con le tazze di caffè in mano, osservando Chitwood che misurava la stanza a grandi passi. Quando Josie incrociò lo sguardo di Gretchen, lei passò davanti alla sua scrivania dove prese casualmente un foglio di carta, poi si diresse verso la porta ed entrò nella tromba delle scale. Chiusero la porta, attutendo i rumori della rabbia di Chitwood.

Gretchen passò a Josie la stampa di un articolo del *Bellewood Record* del maggio 1974. Josie lo scorse rapidamente. Confermava ciò che Earl Butler le aveva raccontato, ovvero che c'era stato un incidente alla cava in cui avevano perso la vita quattro persone. Solo che non era accaduto in nessun cantiere. Secondo l'articolo, c'era un campo in cui la Sutton Stone Enterprises aveva allestito alloggi temporanei per i suoi operai. In pratica si trattava di una serie di case-mobili. Era ancora in costruzione quando una gru era caduta su una di esse schiacciandola e uccidendo tutti e quattro gli operai che si trovavano all'interno. L'azienda si era assunta la piena responsabilità e aveva risarcito generosamente le famiglie. Fine della storia.

Quando Josie finì di leggere l'articolo, chiese: «Allora perché hanno pagato Craig Bridges? Ovviamente non era un segreto e la società se n'era occupata.»

Al che Gretchen rispose: «È esattamente quello che pensavamo io e Mett.»

«C'è dell'altro.» sentenziò Josie. «Deve esserci.»

«Sono d'accordo.» disse Gretchen. «Possiamo indagare, ma al momento Ivan Ulrich è a casa. Mi ha appena chiamato la polizia di Bellewood. Forse tu e Mettner dovreste andare a parlargli...»

«No.» disse Josie. «Non ancora. Credo che ci servano altre informazioni.»

«Quali, per esempio?»

«Non lo so. Penso ancora che ci manchi qualcosa. Avete avuto notizie dall'ufficio archivi della Sutton Stone Enterprises?»

«Ci siamo andati. Abbiamo parlato con l'impiegata.» Gretchen passò a Josie la sua tazza di caffè e tirò fuori da una tasca un paio di occhiali da lettura e dall'altra il telefono. Si sistemò gli occhiali sul naso e iniziò a scorrere il telefono. «Forse mi è già arrivata un'e-mail. Sì, eccola.» Josie attese a lungo mentre Gretchen leggeva l'e-mail e arrivata alla fine emetteva un fischio basso. «Beh, è interessante. Ivan Ulrich è un appaltatore indipendente della Sutton Stone Enterprises dal 1983.»

«Un appaltatore indipendente? In che senso?»

«Fu assunto come operaio a tempo pieno nel 1981.» disse Gretchen.

«E questo corrisponde a quello che mi ha raccontato Zachary Sutton...»

«Poi, nel 1983, fu cancellato dal libro paga e messo sotto contratto come "consulente per la sicurezza". Da allora è stato pagato a progetto, a quanto pare.»

«Un consulente per la sicurezza?»

Si scambiarono uno sguardo. Entrambe sapevano esattamente cosa significava e Gretchen disse: «È il braccio destro di Sutton.»

CINQUANTUNO

Bob Chitwood era in piedi dietro la sua scrivania, con le braccia incrociate sul petto sottile, e guardava Josie, Mettner e Gretchen con prudente ottimismo. Infine, la sua voce si abbassò a un volume normale. Alzò una mano e puntò l'indice verso di loro. «Mi state dicendo che questo Ivan Ulrich lavora come "consulente per la sicurezza" di Zachary Sutton da oltre trent'anni e che Sutton ha mentito al riguardo?»

«Esatto.» confermò Josie. «O per meglio dire, ha detto che la sua memoria non era più così buona, ma non me la bevo. Inoltre, Ivan lavorava come suo braccio destro quando Craig Bridges è scomparso, quando Samuel Pratt è morto e quando Drew Pratt è scomparso.»

«Il che significa che Ivan, che era intimo di Colette Fraley, potrebbe essere responsabile di ciò che è accaduto a Bridges e ai fratelli Pratt.» aggiunge Mettner.

«E con questo? Pensate che sia stato lui a recuperare quegli oggetti e che li abbia consegnati a Colette?» chiese Chitwood. «E Laura Fraley-Hall non lavora per Sutton? Non è un pezzo grosso? Hai detto che non aveva mai sentito parlare di questo Ivan.»

«È la vicepresidente e dirige la cava di Bethlehem. È possibile che non abbia mai incontrato Ivan o che abbia avuto motivo di incontrarlo. È un appaltatore indipendente.» disse Josie. «Il che significa che non fa rapporto alla cava o a nessuno degli uffici. Lavora unicamente quando glielo dice Sutton, almeno stando ai registri del personale che ci siamo procurati.»

«Dovremmo comunque chiamarla per farle qualche domanda.» disse Chitwood.

Josie riusciva già a immaginare come sarebbe andata a finire. Si era chiesta quanto Laura sapesse e quanto non sapesse, e quanto del suo comportamento divisivo nei confronti di Josie e Noah avesse a che fare con la possibilità che nascondeva qualcosa. Però Josie non riusciva a immaginare che Laura avesse ucciso la propria madre, tanto meno all'ottavo mese di gravidanza. Inoltre, aveva un alibi solido. Tuttavia, non si sarebbe sorpresa se fosse saltato fuori che Laura aveva delle informazioni di importanza cruciale e le stesse nascondendo per proteggersi.

«Sì, la dobbiamo convocare.» convenne Josie. «Penso che sia possibile che Ivan abbia preso la fibbia della cintura, la punta di freccia e la chiavetta e li abbia dati a Colette, anche se non è da escludere che Colette possa essersi incontrata con entrambi i fratelli Pratt negli ultimi giorni in cui furono visti, e che quindi possa aver preso lei stessa la punta di freccia e la chiavetta.»

«Pensate che Colette Fraley abbia ucciso i fratelli Pratt?» chiese Chitwood.

«È plausibile.» disse Gretchen.

«No.» disse Josie.

Chitwood passò lo sguardo da una all'altra, con occhi accesi dall'interesse. Poi si rivolse a Mettner. «Vuoi dire la tua?»

Mettner scosse la testa. «Vorrei prima sentire cosa hanno da dire queste due brave detective.»

Chitwood aggrottò la fronte. «Sei un giovanotto in gamba, Mettner.»

«Io non credo che Colette Fraley sarebbe stata fisicamente in grado di sopraffare nessuno dei due fratelli Pratt.» disse Josie. «Ritengo che sia più probabile che Ivan Ulrich sapesse che lei li aveva incontrati, li abbia uccisi e poi, come avvertimento, le abbia consegnato un effetto personale appartenuto a ciascuno di loro. Voleva farle capire cosa sarebbe successo se avesse continuato a cercare di svelare il segreto di Sutton: sarebbero morte delle persone. Persone innocenti. Le diede quegli oggetti perché non dimenticasse mai.»

«Pensi che abbia avuto una relazione con questi uomini?» si informò Chitwood guardando Gretchen.

«È la cosa più sensata.» rispose Gretchen. «Tranne che per Bridges, che non viveva da queste parti quando è scomparso. Ma la detective Quinn non è d'accordo.»

Chitwood inarcò un sopracciglio e rivolse lo sguardo su Josie. «Quinn. Il fatto che Colette fosse la madre di Noah non la rende una santa.»

Josie si spostò sulla sedia. «Sì, lo so. Ma non è per questo che penso che Colette fosse innocente in tutta questa faccenda. Il modo in cui ha condotto la sua vita è del tutto incompatibile con la possibilità di intrattenere molteplici relazioni extraconiugali. O che moralmente sarebbe stata capace di fare qualcosa di simile a quello di cui stiamo parlando, cioè permettere a Ivan di uccidere quegli uomini e non dire una parola al riguardo.»

«Tutti quanti nascondono dei segreti, Quinn. Segreti enormi, vergognosi e terribili.»

«Con tutto il rispetto, Signore, io lo so meglio di chiunque altro.» Josie disse freddamente.

Si aspettò che lui replicasse, che facesse qualche commento meschino, che urlasse o che la minacciasse di licenziarla, ma tutto ciò che fece fu una risata e Josie si rese conto che doveva essere la prima volta che sentiva il suono di una risata uscire dalla bocca del capo. Rise per una trentina di secondi, mentre tirava fuori la sedia da sotto la scrivania e ci si metteva a sedere e, alla fine, Chitwood disse: «Sì, lo sapete entrambe meglio di qualsiasi altro criminale che abbia mai incontrato, giusto?»

«Signore...» disse Josie, mettendosi dritta, pronta a difendere se stessa e Gretchen, ma Chitwood le fece un cenno liquidatorio. «Non ti agitare, Quinn.» disse. «Stavo soltanto dicendo che hai ragione. Cosa pensi che sia successo, dunque?»

«Colette era l'assistente del proprietario e direttore dell'azienda, prima per Sutton padre e poi per Sutton figlio. Doveva aver visto cose che quasi nessun altro in azienda poteva aver visto.»

«Per esempio?» chiese Chitwood.

Josie scrollò le spalle. «Non ne sono sicura. Di tutto. Avrebbe potuto conoscere il contenuto di telefonate, riunioni, promemoria interni, registrazioni. Credo che avesse trovato qualcosa, la stessa cosa di cui era a conoscenza Craig Bridges e che lo ha fatto uccidere.»

«Ma cosa?» chiese Chitwood.

«È quello che ancora non sappiamo, Signore.» disse Gretchen.

«Quindi non pensate che avesse una relazione con uno dei fratelli Pratt?» Chitwood disse.

«No, è da escludere.»

«Va bene, diciamo che hai ragione. Colette è la segretaria del capo. Si imbatte in qualcosa che l'azienda non vuole far sapere all'esterno. Parla con Bridges perché lui era stato presente.»

Josie annuì. «Quindi Sutton chiede a Ivan di far sparire Bridges.»

«Possiamo immaginare che Colette si sia rivolta a Drew Pratt perché era un Procuratore.» disse Chitwood. «Ma perchè Samuel Pratt? Era solo un professore universitario.»

«Forse perché era il fratello di Drew Pratt?» aggiunse Mettner.

«Ma Drew Pratt non è mai riuscito a capire chi fosse C.F., quindi non ha senso.» disse Josie. «A meno che Ivan non abbia ucciso Samuel Pratt prima che potesse mettere Colette in contatto con suo fratello.»

«Perché non rivolgersi direttamente a Drew Pratt?». argomentò Chitwood. «Conoscevo Drew. Era molto disponibile.»

«Ci manca ancora qualcosa.» insistette Josie.

«Beh, se c'è qualcosa nei registri interni della Sutton Stone Enterprises, non c'è verso che Sutton ce li consegni. Voglio dire, possiamo procurarci un mandato, ma se conservasse qualcosa di così dannoso da essere disposto a uccidere per tenerlo segreto, non avrebbe ragione di metterlo a disposizione.» osservò Gretchen.

«E perché Sutton non ha fatto uccidere Colette Fraley se sapeva che lei era a conoscenza di un segreto così grosso che avrebbe potuto mettere a rischio la società?» domandò Chitwood.

«Non lo so.» ammise Josie. «Non ho ancora messo insieme tutti i pezzi, ma credo che dovremmo andare a parlare con Ivan. Possiamo trattenerlo finché la contea di Lenore non lo estraderà. Earl Butler sarà in grado di fare un'identificazione ufficiale. Convochiamo anche Laura Fraley-Hall e Zachary Sutton. Otteniamo un mandato per i registri della Sutton Stone Enterprise in relazione all'incidente della gru, e facciamo un controllo mentre interroghiamo Sutton e Laura in centrale.»

«Chi è la seconda persona?» chiese Chitwood. «La seconda impronta di scarpa?»

«Non lo sappiamo ancora.» disse Josie.

«Ho notificato i mandati a tutti i rivenditori di articoli sportivi e da caccia della contea» aggiunse Mettner, «ma per ottenere queste informazioni ci vorranno uno o due giorni.»

«Questo è ciò con cui dobbiamo lavorare.» sentenziò Josie. «Io dico di procedere con questo. Prima o poi troveremo la seconda persona, sia attraverso l'elenco che otterremo dai rivenditori, sia nel corso dell'indagine.»

Chitwood batté le mani. «Allora raduna una squadra e mettiti all'opera. La stampa ci sta col fiato sul collo. Voglio che questa storia venga risolta prima di subito.»

CINQUANTADUE

Si era fatto tardi, così scrissero il mandato e lo fecero firmare da un giudice, ma decisero di riunire tutti i componenti della squadra la mattina seguente e di far notificare il mandato a Mettner e a Hummel, mentre Josie e Gretchen avrebbero interrogato Ivan Ulrich, Laura e Zachary Sutton. Mettner si rimise a loro poiché erano le più esperte negli interrogatori. In macchina, sulla strada del ritorno, Josie si sentiva nervosa e allo stesso tempo esausta. Il suo corpo aveva sete di un altro drink, anche se il mal di testa per la sbornia del mattino persisteva ancora alla periferia del suo cervello. Si sentì sollevata quando vide la Lexus presa a noleggio da sua sorella parcheggiata nel vialetto. Trinity la accolse sulla porta, saltellando sulle punte dei piedi. Josie capì dal luccichio eccitato dei suoi occhi e dal modo in cui disse «Ehi!» che c'era qualcosa di strano. Infatti, si affrettò a spiegarsi, con voce bassa e impaziente: «C'è qualcuno che vuole vederti!»

Josie si immobilizzò nell'atrio come un cerbiatto alla luce dei fari di un'auto. Per qualche motivo, pensò che si trattasse di Luke. Se n'era andata senza salutare. Lei non ricordava niente di quello che era successo tra loro, ma lui probabilmente ricordava ogni secondo. Cosa gli avrebbe detto? Aveva davvero guidato fino a Denton per vederla? Sicuramente lui non poteva credere che sarebbero tornati insieme in alcun modo, anche se erano andati a letto insieme, e lei era sicura che non l'avrebbe mai fatto, per quanto ubriaca, perché amava Noah. Non aveva visto il suo furgone, né altre auto, nel vialetto. Inoltre, era estremamente improbabile che Trinity fosse così eccitata di vedere Luke.

Josie si sporse verso sinistra e sbirciò oltre la spalla di Trinity e vide Noah seduto sul divano, con la gamba ingessata appoggiata sul tavolino e un paio di stampelle sistemate sul divano accanto a lui. Sollievo e trepidazione la attraversarono contemporaneamente. Trinity le fece l'occhiolino e disse: «Sarò di sopra. Vado a farmi una doccia prima di tornare a New York.»

«Ehi.» la salutò Noah, sorridendole. Diede due colpetti al divano. «Vieni a sederti.»

Josie si appollaiò sul bordo della seduta. «Come sei arrivato qui?»

«Mi ha portato Grady. Laura probabilmente lo ucciderà, ma volevo tornare.»

«Come ti senti?» gli chiese lei.

«Sono stato meglio. Tu stai bene? Avevi fatto preoccupare Trinity. E anche me.»

«Ah, sì. Sto bene. Mi dispiace. Stavo seguendo una pista, tutto qui. Che cosa... cosa ci fai qui?»

Lui si avvicinò, le prese la mano e Josie si sentì allo stesso tempo riscaldata e colpevole. «Avevo bisogno di scusarmi con te. Laura ha preso il mio telefono e... avevo bisogno di andarmene da Denton, ma ho sbagliato a escluderti in quel modo. Mi dispiace. Questa situazione si sta rivelando un frangente alquanto difficile da attraversare.»

«Me ne rendo conto.» disse Josie.

«Non sono più contrariato che tu sia andata a parlare con mio padre.»

Josie sospirò. «Beh, allora non sarai entusiasta neanche di quello che succederà adesso: dobbiamo convocare Laura per un interrogatorio formale. Chitwood la chiamerà di persona domani.»

La postura di Noah si irrigidì. «Laura? Perché?»

«Non per qualcosa di male che potrebbe aver fatto, ma perché pensiamo alla Sutton Stone Enterprises siano accadute delle cose di cui vostra madre è venuta a conoscenza e che Sutton stava cercando di insabbiare. Dobbiamo farci dire quanto ne sa Laura, se ne sa qualcosa.»

«Non sa niente.» protestò Noah. «Non può esserne al corrente. Se fosse stato qualcosa di veramente brutto, non l'avrebbe tenuto nascosto. So che non l'avrebbe fatto.»

«Allora non dovrebbe essere un problema convocarla e chiederglielo.» gli fece osservare Josie.

Noah si passò una mano sul viso. Josie poteva vedere la sua lotta interiore; era venuto per riconciliarsi con lei, e lei gliene era grata, ma su di loro pendeva ancora la questione dell'omicidio della madre e di tutto ciò che ne era seguito, e il dubbio che la sua famiglia fosse o meno coinvolta in qualcosa di illecito.

«Noah, non sono tua nemica. Se tu fossi dall'altra parte di questa storia, lo capiresti. Sto cercando di risolvere un caso. L'omicidio di tua madre. Non posso girarmi dall'altra parte solo perché ci sono cose che sarebbero spiacevoli per te, Laura o Theo.»

Passò un momento di silenzio. Alla fine Noah disse: «Lo so. Hai ragione. Una volta sono stato dall'altra parte, ricordi?»

Un colpo alla porta li fece trasalire prima che Josie potesse rispondergli. Era Gretchen con un fascicolo in una mano e una pizza nell'altra. Mettner era in piedi dietro di lei, con aria impacciata. «Pensavo che avremmo potuto esaminare il caso.» disse attraversando l'ingresso. Poi vide Noah sul divano e divenne paonazza. «Oh, scusatemi. Non mi ero accorta che... Ehi, Fraley, come ti senti?»

Lui salutò con una mano. «Sono stato meglio.»

Con aria di complicità Mettner fece il saluto militare a Noah, che ricambiò. Gretchen tornò verso la porta, spingendo Mettner di nuovo sul gradino d'ingresso. «Andiamo.» disse.

«Non andatevene per colpa mia.» urlò alle loro spalle Noah. «Sono piuttosto stanco. Volevo andare di sopra a dormire un po'. Gli antidolorifici mi rendono sonnolento.»

Gretchen guardò Josie, che annuì, poi si diresse verso la cucina; Noah salutò Mettner chiaramente a disagio. Josie aiutò Noah a salire in camera da letto, dove gli bastarono pochi secondi per addormentarsi come un sasso, poi salutò Trinity e si sedette al tavolo della cucina con la pizza e i fascicoli su Fraley e Pratt.

«Pensate che sia qui dentro?» chiese Mettner.

«Che cosa?» chiese Josie, tirando fuori una pila di rapporti della scena di casa Fraley dopo l'omicidio di Colette.

«La cosa che ci manca?»

«Non lo so, ma questo è un buon punto di partenza.»

Sfogliarono pagine e note per un'ora, parlando pochissimo e prendendo appunti, Josie e Gretchen su blocchi individuali e Mettner sull'applicazione del suo telefono.

«Sapete cosa non capisco?» disse infine Josie. «Tutto ciò che Colette aveva tra le mani erano tre oggetti casuali che non avrebbero significato assolutamente niente per chiunque li avesse trovati. Allora perché Ivan, o il suo complice, o chiunque altro sia, si sta adoperando così tanto per mettere a tacere tutte queste persone – Colette Fraley, Beth e Mason Pratt, Brody Wolicki, Earl Butler – e per dare fuoco a due case?»

«Forse perché pensava che qualcuno avrebbe iniziato a fare domande una volta trovata la chiavetta.» suggerì Gretchen. «Alla fine, è questo che ci ha portato su questa strada.»

Mentre Josie sfogliava ancora una volta il rapporto della scena del crimine a casa Fraley, arrivò alle foto delle varie stanze della casa, del giardino e del corpo di Colette. «No.» disse Josie.

«Non credo che sia così. Prima abbiamo parlato della possibilità che Ivan le abbia portato gli oggetti. Solamente lui e Colette avrebbero potuto comprenderne il significato.»

Mettner mise giù il trancio di pizza che stava mangiando e si sporse in avanti. «E qual era il significato?»

«Le stava mostrando cosa sarebbe successo se non avesse taciuto.» rispose Josie. «Erano avvertimenti, non prove. Stiamo guardando tutto questo in modo sbagliato. Dobbiamo sapere che cosa aveva scoperto Colette, che cos'era ciò che aveva tra le mani e che questo tizio stava cercando. Doveva essere in possesso di qualcosa. Qualcosa di incriminante.»

«E Ivan non sapeva cosa ne avesse fatto.» disse Gretchen, seguendo il ragionamento di Josie.

«Esatto. Per quanto ne sapeva lui, Colette avrebbe potuto passare delle informazioni a uno dei figli dei Pratt. Forse è per questo che ha dovuto ucciderla. Stava per fare la spia.» disse Josie.

«Ma perché proprio adesso?» chiese Mettner. «Se era in possesso di informazioni incriminanti già nel 1990, quando Craig Bridges è scomparso, perché avrebbe deciso all'improvviso di fare la spia soltanto adesso?»

Josie sfogliò altre foto, arrivando a quella della sala da pranzo vuota dove lei e Noah avrebbero dovuto sedersi con Colette per la cena di quella sera, poi a quella della cucina dove i cassetti erano stati svuotati ma non per preparare qualcosa da mangiare. Josie sentì un pezzo del gigantesco e confuso puzzle andare al suo posto. «Forse perché sapeva di avere la demenza.» disse. «Voglio dire, era nelle fasi iniziali. Non sapeva per quanto tempo sarebbe rimasta lucida.»

«Così ha deciso di confessare tutto quello che sapeva. Ma non ne ha avuto la possibilità.» concluse Mettner. «Né Beth Pratt né Mason Pratt avevano ricevuto alcunché da Colette o avevano mai sentito parlare di lei prima che arrivassimo noi a fare domande.»

«Il che significa che era ancora in possesso di ciò che il suo assassino stava cercando.» disse Josie.

La foto successiva che le capitò tra le mani era quella dell'agente Chan che stringeva in mano un rosario incrostato di terra. Poi le foto della piccola pala che Colette aveva usato per scavare nel giardino. «Oh mio Dio.» disse Josie. Si alzò bruscamente in piedi, facendo raschiare la sedia contro le piastrelle.

«Dove stai andando?» le chiese Gretchen.

«Vado a svegliare Noah. Devo sapere l'indirizzo della casa in cui è cresciuto.»

# CINQUANTATRÉ

Alle sette del mattino successivo, Josie, Noah, Gretchen, Chitwood, Mettner e Hummel erano tutti riuniti fuori dalla casa d'infanzia di Noah. Si trovava a pochi isolati di distanza dal parco cittadino di Denton: era una casa in stile Cape Cod a due piani con la facciata grigia e le rifiniture di un blu brillante. Era più grande della casa in cui Colette aveva vissuto fino al momento della sua morte, ma Noah aveva detto a Josie che, dopo che il marito se n'era andato, aveva dovuto optare per una sistemazione più piccola.

Mentre gli altri stavano sul marciapiede, Noah si sedette sul sedile del passeggero dell'auto di Josie, con il gesso che penzolava fuori dalla portiera aperta. «Sei sicura?» chiese a Josie.

Non era sicura, ma valeva la pena tentare. Potevano convocare Ivan Ulrich e Zachary Sutton e interrogarli senza sosta, ma in mancanza di prove concrete o della certezza di cosa Colette stesse nascondendo, probabilmente non avrebbero ottenuto niente e Ivan e Sutton avrebbero potuto richiedere un avvocato; ma senza poterli collegare ad alcun crimine, avrebbero definitivamente perso la presa su di loro. Sebbene potessero fare un po' di leva su Ivan Ulrich, dal momento che Earl Butler era in grado di identificarlo, Josie pensava che non fosse sufficiente per far sì che Ivan fornisse una confessione completa di tutti i suoi crimini.

«Sì» disse Josie. «Sono sicura.»

Chitwood strizzò gli occhi contro il sole del mattino e si girò a guardarla. «Sei sicura che non sia nell'altra casa? D'altronde, è là che stava scavando.»

«No.» disse Josie con fermezza. «È qui. Laura ha detto che Colette seppelliva i rosari fin da quando erano bambini. Qualsiasi cosa Colette stesse nascondendo, l'aveva trovata quando i suoi figli erano piccoli. Quando vivevano qui. Quale modo migliore per tenerlo lontano dalle mani della persona sbagliata se non lasciandolo sepolto in questa casa, quando si era trasferita?»

«Allora perché stava scavando quando è morta?» chiese Noah.

Josie fece una smorfia. «Credo che fosse confusa, a causa della demenza.»

«È meglio che tu abbia ragione, Quinn.» sospirò Chitwood. «Sto per bussare alla porta di questa famiglia per chiedere di scavare nel loro giardino, e non sappiamo nemmeno cosa diamine dobbiamo cercare. A proposito, io chiamo Laura Fraley-Hall, tu e Gretchen andate a prendere Ivan Ulrich, mentre Mettner e Hummel convocano Zachary Sutton prima di notificare il mandato. Non ho abbastanza uomini per queste sciocchezze.»

Come se fosse stata chiamata, una vecchia Toyota Camry si fermò dietro la macchina di Josie. «Non si preoccupi.» disse Josie mentre il sergente Dan Lamay scendeva. «L'hai portato?» chiese rivolta a Lamay.

«Certo, Boss.» Lamay, zoppicando per il ginocchio malandato, raggiunse il bagagliaio, lo aprì e ne estrasse un metal detector.

Gretchen rivolse a Josie un sorriso di ammirazione; invece,

Chitwood disse: «E se non avesse nascosto questa cosa, qualunque cosa sia, in un contenitore metallico? Ci hai pensato, Quinn?»

«Signore.» rispose Josie. «Se non l'avesse fatto, dovremmo scavare in tutto il giardino, ma se l'avesse sotterrato in un contenitore metallico e Lamay riuscisse a localizzarlo, allora potremmo scavare in un punto soltanto.»

Chitwood scosse la testa ma si incamminò lungo il vialetto. «Speriamo che ce lo lascino fare.» borbottò. «Perché non credo di poter ottenere un mandato per una cosa così maledettamente vaga.»

Nei quindici minuti in cui Bob Chitwood rimase dentro a spiegare la situazione, Josie ebbe una valanga di ripensamenti per aver mandato proprio lui a chiedere al proprietario di lasciarli scavare nel loro giardino: Chitwood era il meno affabile fra tutti. Era riuscito persino a irritare Noah, che era un tipo accomodante. Ma il capo uscì con un sorriso, facendo un cenno a Lamay e dicendogli di "sbrigarsi". Agli altri disse: «Muovete il culo. Abbiamo molto lavoro da fare oggi.»

CINQUANTAQUATTRO

Due ore e mezza più tardi, Ivan Ulrich si trovava in una delle
stanze per gli interrogatori e Zachary Sutton in un'altra.
Nessuno dei due sapeva che stessero interrogando anche l'altro.
In uno strano colpo di scena, Sutton era quello che aveva dato
maggiori problemi alla squadra riguardo alla convocazione e
aveva fatto la voce grossa pretendendo che chiamassero il suo
avvocato prima ancora di lasciare l'ufficio, mentre Ivan Ulrich
aveva accettato di andare con Josie e Gretchen alla stazione di
polizia di Denton senza fare domande. In effetti, l'unica cosa
che aveva chiesto era: «Posso prendere il mio portafoglio?» e
adesso sedeva tranquillamente al tavolo, sorseggiando il caffè
che Josie gli aveva offerto. Era decisamente corpulento e piuttosto muscoloso, come avevano descritto sia il vicino di Colette
che Earl Butler, e la sua testa calva brillava sotto le luci al neon.
Sotto gli occhi scuri e impenetrabili, il suo naso sembrava
permanentemente schiacciato e sul suo viso campeggiavano
lunghi baffi neri e grigi. Aveva un'espressione dura e un aspetto
compassato. Josie capiva perché Sutton lo avesse usato come
braccio destro: sebbene fosse stato cordiale e collaborativo con

lei e Gretchen, non faceva fatica a immaginare che potesse diventare intimidatorio e spaventoso.

Una voce di una donna si diffuse nel corridoio. Josie riconobbe la voce di Laura Fraley-Hall ancora prima che questa girasse l'angolo con Chitwood alle spalle.«È uno scherzo, vero?» diceva indignata. «Non può che essere uno scherzo. Voglio sperare che non stiate insinuando di volermi interrogare in relazione al caso dell'omicidio di mia madre. Che diavolo di dipartimento dirige lei?»

Chitwood scosse la testa. «Si rilassi. La mia detective, Palmer, ha bisogno di farle giusto qualche domanda.»

Laura appoggiò le mani sulla sua enorme pancia. «Non può trattarmi così.» continuò. «Sto per partorire!»

«Ehi.» scattò Chitwood. «Io posso fare quello che ca...»

Gretchen lo interruppe. «Salve Laura. Grazie per essere venuta. Questo non è un interrogatorio. Anzi, perché non torniamo di sotto? C'è una sala conferenze piuttosto confortevole. In fondo al corridoio ci sono delle macchinette. Posso portarle qualcosa da mangiare o da bere o mandare il Capo a prenderle quello che vuole. Ha fame?»

Dapprima Laura si irrigidì, ma poi sembrò calmarsi un po' e la sua postura si ammorbidì. Chitwood guardò fisso Gretchen, però rimase in silenzio. «Sì, grazie.» disse Laura rivolta a Gretchen. «Magari un tè deteinato e dei cracker.»

Gretchen lanciò un'occhiata severa a Chitwood, il cui volto divenne rosso barbabietola. Tuttavia, girò sui tacchi e si avviò per soddisfare la richiesta di Laura.

«Non capisco cosa stia succedendo qui.» protestò Laura.

«Mi dispiace molto, Laura.» intervenne Josie. «È solo che ci sono stati degli sviluppi nel caso di tua madre e abbiamo davvero bisogno del tuo aiuto.»

«Infatti.» aggiunse Gretchen. «Mi scuso anche per il Capo. Può essere davvero irritante alle volte.»

Laura rise. «Oh, beh, è la più bella parola per dire "testa di cazzo" che abbia mai sentito.»

Josie non riuscì a trattenere le risate che le sfuggirono di bocca. Sperava sinceramente che, una volta conclusa la vicenda, Laura sarebbe stata scagionata e avrebbero trovato il modo di instaurare un rapporto autentico. Un rapporto in cui Laura non cercasse di tenere Josie lontana da suo fratello. Ma per il momento dovevano fare da spalla a Chitwood. Lui faceva la parte del poliziotto cattivo, lei e Gretchen la parte del poliziotto buono.

Una volta nella sala conferenze, aspettarono che Laura si fosse accomodata su una delle confortevoli poltrone in pelle con il tè e i cracker davanti a sé, prima di iniziare a fare domande.

Cominciò Gretchen, domandando: «Ha detto alla detective Quinn che non aveva mai sentito parlare di un uomo di nome Ivan, è corretto?»

«Esatto. Perché me lo chiede?»

«Quindi, il nome Ivan Ulrich non le dice niente?»

Gli occhi di Laura si spalancarono in un'espressione vuota. «No. Dovrebbe? Non è il nome dell'amico d'infanzia di mia madre?»

«Sì» disse Josie, «ed è anche il nome di un consulente per la sicurezza che è stato assunto dalla Sutton Stone Enterprises nel 1983.»

La fronte di Laura si aggrottò per la confusione. «Un consulente per la sicurezza? Come sarebbe a dire? C'è un'azienda con cui abbiamo stipulato un contratto per la sicurezza del cantiere. Posso fornirvi i loro contatti.»

«Dunque, la Sutton Stone Enterprises non ha contratti con consulenti per la sicurezza?» precisò Gretchen.

«Non che io sappia. Voglio dire, di certo non è una procedura di cui sono a conoscenza. Magari Mr. Sutton si è consultato con lui quando ha scelto l'attrezzatura per la sicurezza del cantiere.»

«Non è quel tipo di consulente.» disse Gretchen.

«Crediamo che Mr. Sutton abbia stipulato un contratto con Mr. Ulrich per... l'uso della forza.»

«L'uso della forza?» rise Laura. «Che cosa vorrebbe dire? Una specie di guardia del corpo? Mr. Sutton non ha certo bisogno di una guardia del corpo. Gestiamo una serie di cave. Non sono attività pericolose.»

«Non una guardia del corpo.» disse Josie. «Più che altro... un esecutore. Un faccendiere, se vogliamo.»

«Cosa?» chiese Laura, guardando prima Josie e poi Gretchen e viceversa come in attesa di una battuta finale. «Per quale motivo al mondo Mr. Sutton avrebbe bisogno di un "faccendiere"?»

Ignorando la sua domanda, Gretchen chiese: «Perciò, non ha mai sentito parlare o non è mai entrata in contatto con Ivan Ulrich nell'ambito del suo lavoro?»

«Cosa? No! Non l'ho mai sentito nominare fino all'altro giorno, quando Josie ci ha raccontato che era stato mio padre a parlargliene.»

«Sua madre le aveva mai parlato di problemi di lavoro?» chiese Gretchen.

«No.» disse Laura. «Ma lei lavorava nell'ufficio di Mr. Sutton. Io di solito ero in viaggio, almeno fino a quando non ho preso in carico la sede di Bethlehem.»

«Quindi, non ti ha mai accennato a qualcosa che aveva trovato o in cui si era imbattuta mentre lavorava per Sutton e che avrebbe potuto essere motivo di preoccupazione?» le chiese Josie.

Qualcosa tremolò negli occhi di Laura. Abbassò lo sguardo sulla tazza di tè. «Una volta ha accennato a qualcosa di strano, ma è stato durante uno dei suoi... episodi. Sai, quando mostrava i primi segni di demenza. Per questo non l'ho presa sul serio. Non aveva nemmeno senso.»

«Quanto tempo fa è successo? Che cosa ha detto?» chiese Gretchen.

Laura si mise le mani sulla parte superiore della pancia. «È accaduto l'anno scorso. Ha detto: "So cosa hanno fatto. È stato un grande insabbiamento". Allora le ho chiesto chi fosse stato e lei rispose "i Sutton". Le ho chiesto se intendesse Sutton padre, il suo vecchio capo, e lei ha risposto: "Non solo lui". Poi le ho chiesto di cosa stesse parlando e lei mi ha risposto: "Se parlo, mi uccideranno e forse uccideranno anche te". L'ho incalzata, ma è partita per un'altra tangente. Il fatto è che diceva un sacco di cose strane e paranoiche quando non era lucida. Non potevo prenderla sul serio.»

«Glielo hai chiesto di nuovo quando era lucida?» chiese Josie.

«Certo.» rispose Laura. «Si è messa a ridere e ha detto che probabilmente guardava troppe fiction poliziesche in televisione.»

«È stata l'unica volta che ha detto qualcosa del genere?» si informò Gretchen.

Con le mani Laura si accarezzò il ventre. La sua espressione si rabbuiò un po'. «Beh, in realtà in seguito ha detto qualcosa di strano, ma sinceramente non mi sono nemmeno preoccupata di approfondire perché ho pensato che fosse la demenza a parlare.»

«Che cosa ha detto?» chiese Josie.

«Ha detto: "So dove sono i corpi, tutti i corpi".»

## CINQUANTACINQUE

Josie e Gretchen lasciarono Laura nella sala conferenze e si diressero al piano superiore, dove si trovavano le stanze degli interrogatori. Controllando le telecamere a circuito chiuso, videro che Ivan non si era mosso molto durante l'attesa. Aveva finito di bere il suo caffè, ma a parte questo, sembrava contento di rimanere seduto fino a quando qualcuno non lo avesse raggiunto. Josie immaginò che fosse un uomo abituato a essere obbediente.

«Le credi?» le chiese Gretchen.

Josie sospirò. «Sì e no. È difficile credere che non sapesse che Sutton aveva messo qualcuno dietro le quinte per fare il lavoro sporco. Ma credo che non avesse idea di cosa Colette stesse nascondendo. Sua madre era affetta da demenza e diceva ogni genere di cose strane... Conoscendo la persona che Colette era, sentirle dire che sapeva dove si trovavano dei cadaveri sarebbe sembrato del tutto assurdo anche a me se fossi stata sua figlia. Piuttosto, le avrei creduto quando diceva di guardare troppi telefilm polizieschi.»

«E invece Colette stava dicendo la verità.» obiettò Gretchen. «Sapeva qualcosa. Sapeva sicuramente cosa era successo a Bridges e ai fratelli Pratt.»

«Sì.» concordò Josie. Tirò fuori il cellulare e chiamò Lamay, ma lui non aveva trovato granché, a parte una vecchia chiave inglese sepolta nel giardino. «Continua a cercare.» lo esortò Josie. «È importante.» Riattaccò e infilò il telefono in tasca. «Facciamo un tentativo con Ivan Ulrich.»

«Aspetta.» disse Gretchen mentre il suo telefono squillava. «È Mettner. Ha ricevuto un'e-mail dall'ufficio legale della Landon's Sporting Goods fuori Bellewood. Il nome di Ivan Ulrich è sulla lista dei clienti che hanno acquistato scarponi Coyote Run, numero 45, nel loro negozio negli ultimi sei mesi. L'hanno rintracciato attraverso la sua carta clienti fedeltà.»

«Perfetto.» disse Josie. «Andiamo.»

Lessero a Ivan i suoi diritti e Josie aspettò che chiedesse un avvocato, ma lui non lo fece. Forse non si rendeva conto di quanto fosse nei guai, pensò Josie.

Gretchen cominciò chiedendogli dove si trovasse nelle date e negli orari della recente ondata di crimini: l'omicidio di Colette Fraley, l'omicidio di Beth Pratt, l'incendio a casa di Beth Pratt, l'aggressione a Mason Pratt, l'incendio a casa di Colette, l'omicidio di Brody Wolicki e l'aggressione a Earl Butler. Per ciascuna data Ivan aveva lo stesso alibi: un'amica che poteva confermare che era stato con lei in ognuna di quelle occasioni. Le scrisse il nome, l'indirizzo e il numero di telefono, ma Josie li mise da parte; questa donna era ovviamente una persona che aveva convinto a mentire per lui, quindi non se la bevve.

Gli chiesero se conosceva Colette e lui confermò che avevano frequentato insieme la scuola cattolica e che entrambe le loro madri avevano lavorato in canonica. Confermò che uno dei sacerdoti gli aveva "fatto delle cose brutte", che Colette aveva denunciato tutto, cosa che alla fine aveva costretto lui e sua madre a fare le valigie e a trasferirsi.

«Quando ha rivisto Colette?» gli chiese Josie.

«Dopo diversi anni.» disse Ivan. «Avevamo entrambi finito il liceo. Mia madre era appena morta. Stavo per essere sfrattato dal nostro appartamento. Venni a Denton a cercarla. Le chiesi aiuto. Lei mi trovò il lavoro alla cava.»

«Che tipo di lavoro faceva?» chiese Gretchen.

Rise. «Spostavo i macigni da un posto all'altro. Dopo che gli spaccamassi avevano fatto il loro lavoro, un gruppo di noi spostava le lastre e tutti i detriti, per trasportarli altrove.»

«Per quanto tempo l'ha fatto?» chiese Josie.

«Forse un anno.»

«E poi cos'è successo?» chiese Gretchen.

«Mr. Sutton... figlio, mi disse che aveva un lavoro più semplice per me. Questioni di sicurezza.»

«Che tipo di questioni di sicurezza?»

«Aveva incaricato un'azienda esterna della sicurezza dei cantieri, ma non si fidava di loro. Così mi chiese di controllare periodicamente le cose senza che l'azienda terza lo sapesse. Insomma, un sistema di controllo e bilanciamento.»

«E nient'altro?» chiese Gretchen.

«Beh, talvolta gli operai litigavano e io andavo nei cantieri a fare da mediatore. Cercavo di risolvere le cose prima che sfociassero nella violenza.»

Josie non ci credette nemmeno per un secondo, ma era certa che sia Ivan che Sutton avessero capito da tempo che un giorno avrebbero potuto sentirsi rivolgere domande come queste, per cui si erano preparati le risposte. Risposte innocue.

«Ha mai fornito servizi a Mr. Sutton che implicassero il ricorso alla violenza?» gli domandò Josie con tono deciso.

Un sorriso si congelò sul volto di Ivan. «Violenza? Cosa intende dire?»

«Mr. Sutton le ha mai chiesto di intimidire qualcuno? Di aggredire qualcuno?» intervenne Gretchen.

«Sarebbe illegale.» osservò Ivan.

Josie notò che non aveva detto di no. Tirò fuori il telefono e cercò una foto di Drew Pratt. «Ha mai visto quest'uomo?»

Lui fissò la foto per un lungo momento e poi disse: «No, non l'ho mai visto.»

Ottenne la stessa risposta quando gli mostrò le foto di Samuel Pratt e Craig Bridges, così Josie decise di passare oltre per il momento. «Dopo essere diventato consulente per la sicurezza di Mr. Sutton, quanto spesso vedeva Colette?»

«Non spesso. La incontravo di tanto in tanto, ma non ho mai avuto motivo di salire nel grande ufficio.»

«Mr. Ulrich...» disse Josie, «ha mai avuto una relazione sentimentale o sessuale con Colette Fraley?»

L'uomo sembrò un po' stupito, ma si ricompose subito. «No.» disse.

«Ne ha mai avuto l'intenzione?» chiese Gretchen.

Lui guardò nella sua tazza di caffè vuota. «Sì. Ho amato molto Colette. Ma lei non è mai stata interessata a me in quel senso. Inoltre, era sposata. Aveva una famiglia.»

«Questo per molte persone non costituisce necessariamente un freno.» gli fece notare Josie.

Lui la guardò negli occhi, con le iridi scure che lampeggiavano di rabbia. «Colette non avrebbe mai fatto una cosa del genere. Era leale. Una brava persona. Una buona moglie e una madre premurosa.»

«Sa se ha mai avuto una relazione con Zachary Sutton?» insistette Josie.

Scosse la testa. «No, mai. Era un rapporto strettamente professionale.»

«E altri amanti? Sa se Colette avesse altri amanti?»

«Non lo so» ammise Ivan, «ma ne dubito. Gliel'ho detto, non era fatta in quel modo. Non era quel tipo di persona.»

«Molte persone non sono quel tipo di persona.» disse Gretchen. «Finché non lo diventano.»

All'improvviso sbatté un palmo sul tavolo. Sia Josie che

Gretchen riuscirono a rimanere completamente immobili invece di trasalire. «*Non* Colette.» sibilò.

«Va bene, mi sembra giusto.» acconsentì Gretchen. Si girò sulla sedia e dal tavolo lungo la parete prese un sacchetto di carta per le prove. Dopo aver indossato un paio di guanti estratti da una tasca, rovesciò il contenuto del sacchetto sul tavolo e lo sparpagliò davanti a Ivan. La chiavetta. La punta di freccia. La fibbia della cintura.

«Riconosce questi oggetti?» chiese Gretchen.

Anche in questo caso Josie vide un minimo tremolio nella sua maschera. «No.» rispose lui. «Non li ho mai visti.»

«Che numero di scarpe porta?» chiese Josie.

Disorientato, guardò Josie negli occhi. «Mi scusi. Cosa?»

«Il suo numero di scarpe. Che numero di scarpe porta?»

«Il 45. Ma questo che cosa c'entra?»

«Possiede un paio di scarponi Coyote Run?» gli chiese Josie.

«Non lo so. Ho un sacco di scarponi.» rispose lui.

«Ha comprato un paio di scarponi da Landon's Sporting Goods negli ultimi mesi?»

«Come?» Per la prima volta, la sua espressione mostrò segni di frustrazione. «Non mi ricordo. Credo di sì.»

«E se le dicessimo che abbiamo lo scontrino di un paio di scarponi che ha comprato da loro quattro mesi fa? Scarponi Coyote Run, numero 45, color cuoio. Lo contesterebbe?» gli chiese Gretchen.

«No.» rispose. «Non lo posso contestare. Ho comprato molti scarponi da loro.»

Aveva già fornito un alibi parlando della sua amica da cui era rimasto a dormire la notte dell'aggressione a Mason Pratt. Se volevano provare al di là di ogni dubbio che si trattava dell'impronta del suo scarpone, c'era altro lavoro da fare. Avrebbero dovuto ottenere un mandato per perquisire il suo appartamento, in modo da poter prendere gli scarponi come prova e poi forse avrebbero potuto prelevare campioni di terreno dalle suole.

Oppure avrebbero potuto ingaggiare un esperto di analisi delle tracce per prelevare un'impronta da Ivan e confrontarla con quella trovata a casa di Mason Pratt, per la quale avrebbero avuto bisogno del suo consenso. Nel frattempo, Josie non voleva che la loro linea di interrogatorio facesse scattare abbastanza segnali di allarme da indurlo a chiedere un avvocato.

«Ha un collega?» chiese Josie. «Qualcun altro con cui lavora quando svolge questi compiti di consulente per la sicurezza per la Sutton Stone Enterprises?»

«No.» rispose Ivan. «Lavoro da solo.»

«È a conoscenza del fatto che Mr. Sutton abbia o meno altri consulenti di sicurezza sul suo libro paga?»

«Non lo so.» disse Ivan. «Deve chiederlo a lui.»

Gretchen sorrise. «Lo faremo. Ci dica, dove si trovava ieri pomeriggio?»

Lui fissò Gretchen. «Ero con la mia amica. Siamo andati a fare un giro in macchina.»

«Penso che abbiamo finito» disse Josie, «ma c'è un'altra persona che vorrebbe scambiare due parole con lei. Le dispiace restare ancora un po'?»

Un muscolo della mascella gli si contrasse, ma rispose: «Nessun problema.»

CINQUANTASEI

Una volta uscite dalla stanza degli interrogatori dove avevano messo Ivan, Josie disse a Gretchen: «Abbiamo bisogno di un mandato per quegli scarponi, in modo da poter fare un confronto. Potrebbe volerci un po' di tempo e potremmo non essere in grado di trattenerlo così a lungo. Chiama qualcuno dell'ufficio dello sceriffo della contea di Lenore e fallo venire qui a parlare con lui. Dovremo fargli una foto. Forse possono fare un confronto fotografico con Earl Butler.»

«Quello mente con la stessa facilità con cui respira.» osservò Gretchen, prendendo il telefono per fare la telefonata.

Josie passò accanto alla sala di controllo TVCC per dare un'occhiata a Zachary Sutton, ma la trasmissione era stata spenta quando il suo avvocato era arrivato per confrontarsi con il suo cliente.

«Non dirà una parola.» disse Chitwood, avvicinandosi alle sue spalle. «Ho lasciato andare Laura. Ha detto che lei e suo marito sarebbero stati a casa di Noah per la notte.»

Prima di raggiungere la stazione di polizia Josie aveva accompagnato a casa sua Noah, che le aveva assicurato che si sarebbe trovato bene con le stampelle per tutto il giorno.

Almeno ora Laura e Grady sarebbero stati lì con lui in caso di bisogno.

Tornata nel suo ufficio, Josie si sedette alla scrivania e chiamò di nuovo Lamay, ma lui non aveva ancora trovato niente. Cominciava a sentirsi una vera idiota. D'altra parte, non era stata altro che un'ipotesi quella che Colette potesse aver sotterrato qualcosa dentro un contenitore di metallo. «Continua a cercare.» disse Josie. «E dimmi, quanto è grande il giardino? Non pensavo che i giardini di quell'isolato fossero molto grandi.»

«Non glielo so dire, ma qui, da solo, con una pala, mi ci vorrà un po' di tempo. Sto facendo doppi e tripli controlli, Boss.» le assicurò Lamay.

Riattaccò proprio mentre Gretchen si sedeva alla sua scrivania. «L'agente della contea di Lenore sta arrivando. Ci vorranno circa quarantacinque minuti, ma sai che non possiamo trattenerlo tanto a lungo se chiede di andarsene.»

«Lo so. Ci serve qualcosa di più.»

«Potremmo sfidarlo.» suggerì Gretchen. «Spiegargli tutto. Dirgli che sappiamo che cosa ha fatto.»

«Non voglio scoprire le nostre carte troppo presto.» spiegò Josie. «Non ci darà quello che vogliamo tanto facilmente. E nemmeno Sutton. Non appena si renderà conto che non abbiamo abbastanza elementi per accusarlo di qualcosa, se ne andrà. Non credo che possiamo permetterci di bluffare per farlo confessare. Hai sentito Mettner e Hummel riguardo al mandato per i documenti della Sutton Stone relativi all'incidente?»

Gretchen guardò il telefono. «Sì, hanno preso il mandato e fino a quindici minuti fa stavano ancora cercando tra gli archivi. Ma ti aspetti davvero che trovino qualcosa?»

Josie aprì una delle scatole di documenti sulla sua scrivania e ne setacciò il contenuto. Era la collezione di effetti personali che Drew Pratt aveva preso dall'ufficio del fratello dopo la sua morte. Sfogliò l'agenda di Drew Pratt e i suoi appunti sulle misteriose iniziali C.F., poi con un sospiro, lo mise da parte e prese il documento sottostànte, che era il curriculum vitae di Samuel Pratt. Era una serie impressionante di successi.

«Non so cosa aspettarmi.» rispose Josie. «Dubito che Zachary Sutton terrebbe comunque traccia di attività criminali negli archivi della sua azienda. So soltanto che abbiamo bisogno di altre informazioni prima di affrontare questi due a tutto campo.»

Josie sfogliò di nuovo il curriculum, leggendo i decenni di pubblicazioni di Samuel Pratt nel suo campo.

*Il vasellame archeologico rurale nell'Italia medievale.*

*Recupero archeologico e analisi forense delle fosse comuni del XX secolo.*

*Strumenti in pietra nell'antica Roma: Classificazione, funzione e comportamento.*

*Recenti sviluppi archeologici nei metodi di ricerca nella regione balcanica dal 6500 al 4200 a.C.*

*Datazione al radiocarbonio e considerazioni forensi sulle fosse comuni nella Macedonia settentrionale.*

*Rivalutazione dell'emergere della vita nei villaggi nella civiltà di Jiroft in Iran.*

Sentì la voce di Laura nella sua testa: *Ha detto: "So dove sono i corpi. Tutti i corpi".*

«Oh mio Dio.» esclamò Josie.

«Cosa c'è?» chiese Gretchen.

«Credo di sapere cosa è successo.» disse Josie, alzandosi di scatto dalla sedia. «Torniamo dentro.»

# CINQUANTASETTE

Ivan alzò lo sguardo quando Josie e Gretchen rientrarono. Josie rimase in piedi e si appoggiò al tavolo, incrociando il suo sguardo. «Finiamola con le stronzate, Ivan. So della fossa comune.»

Non mosse un solo muscolo mentre dal suo viso scomparve ogni colore. Mosse la bocca, ma non ne uscì alcun suono. Josie, incoraggiata, continuò. «Nel 1974 ci fu un incidente in un campo degli operai della cava. I giornali riportarono che morirono quattro persone. Le loro famiglie furono risarcite. Ma non erano soltanto quattro persone, vero? Erano più di quattro. Molte di più. Craig Bridges sapeva quante persone erano morte quella notte. Ne è stato testimone. Per questo ha avuto gli incubi per il resto della sua vita. Incubi peggiori di quelli che aveva avuto di ritorno dal Vietnam.»

Ivan abbassò lo sguardo sul suo grembo.

Josie parlò più forte. «Colette Fraley aveva trovato le prove di ciò che era realmente accaduto la notte dell'incidente con la gru. Aveva trovato la documentazione interna dell'insabbiamento, sapeva dove si trovavano i corpi, tutti quanti, e non poteva lasciar perdere. Doveva fare qualcosa perché era quello il tipo di persona che era. Mi sbaglio, forse?»

Ivan non disse mezza parola.

Josie diede un colpo sul tavolo e lui sobbalzò. «Colette Fraley ti aveva salvato da un prete pedofilo. Aveva rischiato il posto di lavoro di entrambe le vostre madri, aveva rischiato di essere scomunicata dalla sua amata chiesa. Così, quando scoprì che nella proprietà della Sutton Stone Enterprises c'era una fossa comune che i proprietari avevano nascosto, si sentì in obbligo di agire. Mi sto sbagliando?»

L'aria intorno a lei sembrava piena di energia e la temperatura nella stanza era aumentata di almeno cinque gradi da quando Josie aveva fatto irruzione. Una sottile patina di sudore ricopriva il cranio lucido di Ivan, che lentamente girò la testa da un lato all'altro.

«Dillo.» gli ordinò Josie.

Le sue parole furono appena udibili. «Non si sbaglia.»

«Colette contattò Craig Bridges, l'unico sopravvissuto di quella notte. Non mi spiego per quale motivo gli era stato concesso di vivere, però i Sutton lo avevano pagato e lui aveva continuato per la sua strada, finché Colette non trovò i documenti. A quel punto, qualcuno lo scoprì. Sutton lo scoprì, e ti ordinò di occupartene e tu eseguisti gli ordini. Mi sbaglio?»

Scosse di nuovo la testa, questa volta più rapidamente.

«Che cosa dovevi fare?»

Ivan rimase in silenzio.

«Ivan...» disse Josie. «Se ti è mai importato di Colette nella tua vita, se l'hai mai amata veramente e sinceramente, devi dirci la verità. Sai che è quello che avrebbe voluto. Era l'unica cosa che voleva. Che non si nascondesse la verità. Tu conosci la verità. Ho bisogno che tu la dica. Che cosa hai fatto?»

«Io l'amavo.» mormorò

«Allora dicci la verità. Allo stato attuale delle cose, Colette appare come una specie di serial killer. Aveva nascosto in casa sua gli effetti personali di tre uomini scomparsi o morti. Sappiamo che aveva incontrato Samuel Pratt almeno due volte e sappiamo che aveva incontrato Drew Pratt il giorno in cui scomparve. È questo che vuoi? Che Colette venga ricordata come un'assassina? Vuoi che la sua memoria venga infangata in questo modo?»

«No.» disse Ivan con fermezza.

«Allora dimmi.» lo esortò Josie. «In che modo Sutton scoprì che Colette si era messa in contatto con Bridges e cosa ti ordinò di fare?»

«Colette fu imprudente.» disse Ivan a bassa voce. «Aveva il nome e il numero di telefono di Bridges scritti su un pezzo di carta nella sua borsa. Un giorno, al lavoro, stava cercando qualcosa nella borsa e le cadde il foglietto. Sutton lo trovò. Quando lui le chiese spiegazioni, lei mentì e gli disse che era di un membro della sua parrocchia a cui doveva consegnare i pasti, ma Sutton non se la bevve. Mi chiese di fare delle ricerche su quel numero. Poi mi disse che dovevo far sparire Bridges.»

«Ti disse di ucciderlo?» chiese Josie.

«Non disse mai la parola uccidere.» rispose Ivan. «Ma era chiaro. Disse che Bridges era in possesso di informazioni che avrebbero potuto mettere in pericolo l'intera azienda e che dovevo farlo sparire definitivamente.»

«E così facesti?»

«No, non volevo. Io non... non era questo l'accordo che avevamo. A volte mi faceva intimidire delle persone, ma niente di più. La maggior parte delle volte mi chiedeva di spiare i concorrenti o quelli con cui cercava di concludere degli accordi. Io gli servivo per trovare il marcio nelle persone. Così gli dissi che non avrei fatto sparire Bridges. Non vedevo il motivo per cui avrei dovuto farlo: era evidente che Bridges non aveva parlato.»

«Ma Colette ne era al corrente e questo cambiava ogni cosa.»

«Voleva che facessi sparire anche Colette e aggiunse che avrebbe trovato qualcun altro per farlo, se mi fossi rifiutato.»

Gretchen si avvicinò al tavolo, fissando intensamente Ivan. «Quindi stringesti un accordo con Sutton.»

La guardò, come se si rendesse conto per la prima volta della sua presenza nella stanza. «Sì.» disse. «Gli promisi che mi sarei assicurato che Colette non rappresentasse più una minaccia. Riuscii a convincerlo che sarebbe stato troppo sospetto che un ex dipendente e una dipendente in servizio fossero scomparsi o venissero rinvenuti morti a così breve distanza l'uno dall'altra, anche se Bridges non viveva più in Pennsylvania. Gli dissi che Colette era una giovane madre e una dipendente scrupolosa, era attiva nella sua parrocchia e molto conosciuta nella sua comunità. La sua scomparsa avrebbe portato molta attenzione all'azienda. Un'attenzione che lui non avrebbe voluto. Così mi disse che se avessi fatto sparire Bridges mi avrebbe permesso di conservare il mio lavoro e non avrebbe fatto del male a Colette.»

«Perciò andasti nel Maryland.» disse Josie.

«Una mattina aspettai sul sedile posteriore dell'auto di Bridges. Quando salì, gli puntai una pistola alla testa e gli dissi di guidare fino alla riva di un fiume vicino.

Poi lo feci scendere e gli dissi di camminare per un tratto nel fiume. Lo... lo tenni sotto finché non morì, poi lasciai andare il suo corpo.»

«Però conservasti la fibbia della sua cintura.» disse Josie. «La portasti in Pennsylvania e la desti a Colette. Cosa le dicesti?»

«Le dissi che apparteneva a Bridges e che qualsiasi cosa stesse facendo, doveva smettere. La avvertii che Sutton aveva fatto uccidere Bridges e che sarebbe stata la prossima se non avesse lasciato perdere. Fu allora che mi disse quello che aveva trovato: il massacro nel campo, come lo chiamava lei. Io non ne avevo mai saputo niente finché non me ne parlò lei.»

«Ma la convincesti a tacere.» disse Josie. «Come?»

Abbassò il mento sul petto. «I suoi figli erano piccoli. Era terrorizzata per loro. Le promisi che avrei fatto il possibile per proteggerla, ma le dissi anche che Sutton mi avrebbe fatto ammazzare e sostituire in un batter d'occhio se avesse avuto il sospetto che non ero riuscito a farla tacere. La convinsi che la cosa migliore per la sua famiglia era tenere la bocca chiusa.»

«Ed è bastato questo per ridurla al silenzio?»

Ivan annuì. «I suoi figli erano piccoli. Non poteva metterli in pericolo. Era una scelta difficile per lei, ma doveva proteggere la sua famiglia».

«Tuttavia, nel 1999 fece un altro tentativo per smascherare Sutton.» disse Josie. «Incontrò Samuel Pratt, un professore di archeologia dell'Università di Denton. Aveva studiato le fosse comuni di tutto il mondo. Voleva vedere se avrebbe potuto fare uno scavo vicino alla cava. Riaprire la fossa senza rischiare di esporsi. Sarebbe stata una scoperta incidentale. Come lo scoprì Sutton?»

«Non lo seppe mai.» disse Ivan a bassa voce. «Non sapeva di Samuel Pratt, né di suo fratello.»

Josie guardò Gretchen che fece un'alzata di spalle appena percettibile. Josie si rivolse di nuovo a Ivan. «Ma tu sapevi di lui. Come?»

I suoi occhi brillarono di lacrime. «Ero innamorato di lei. Io... le guardavo le spalle.»

«La pedinavi?»

«No, la tenevo d'occhio.»

Josie decise di non discutere su questo punto. «Così assistetti al suo incontro con Samuel Pratt. Lo incontrò una volta, prima che morisse.»

«Feci delle ricerche su di lui. C'era solo una ragione per cui riuscivo a capire perché si fosse incontrata con lui. La seconda volta che si incontrarono, li sentii parlare e non ci furono dubbi. Così aspettai che Colette se ne andasse. Mi accostai a Pratt, vicino alla sua auto, lo convinsi a salire e a guidare fino a Bellewood. Conoscevo un tratto di fiume appartato.»

«E poi?» chiese Josie.

«Mi pregò di lasciarlo andare. Disse che non l'avrebbe mai detto e che non avrebbe mai più parlato con Colette. Ma era troppo tardi. Avevo già imparato che non si poteva lasciar correre una cosa del genere. Sapevo cosa sarebbe successo se avesse denunciato Sutton. Sarei finito ammazzato. Colette e forse anche la sua famiglia sarebbero finiti ammazzati. Così lo portai nel fiume e lo tenni sotto l'acqua finché non morì.»

Il modo freddo e distaccato con cui Ivan descriveva i suoi crimini fece correre un brivido lungo la schiena di Josie. L'unico momento in cui sembrava mostrare emozioni era quando parlava di Colette. Era davvero capace di provare l'amore che diceva di provare per lei oppure era solo una contorta forma di ossessione? Come poteva un uomo capace di uccidere così facilmente essere altrettanto determinato a proteggere una donna che non lo amava? Ivan Ulrich era un sociopatico o era semplicemente, profondamente, disturbato? Forse un po' entrambe le cose, pensò Josie. Non era importante. La cosa importante era ottenere il resto della confessione di Ivan, in modo da metterlo dentro e risolvere il caso.

«Gli sottraesti qualcosa» disse Josie, «per darla a Colette come avvertimento.»

«Aveva con sé questa punta di freccia. Gliela diedi e le dissi che doveva lasciar perdere. Era molto arrabbiata. Molto arrabbiata. Mi disse di lasciarla in pace, che...» si interruppe, deglutì e ci riprovò, «che non mi voleva più vedere.»

«Invece hai continuato a "prenderti cura di lei", non è vero?» disse Josie.

Lui annuì.

«Ma nonostante i tuoi avvertimenti, fece un ultimo tentativo per svelare il grande segreto della Sutton Stone.» disse Josie.

«Sì, con Drew Pratt. Era un pubblico ministero, e una cosa del genere sarebbe stata ingestibile: se Mr. Sutton avesse scoperto che aveva parlato con un pubblico ministero, tutti noi saremmo stati in pericolo.»

«Mr. Sutton lo scoprì?» chiese Gretchen.

«No. Io... me ne occupai io.»

«E in che modo?» chiese Josie.

«La seguii il giorno in cui si incontrarono alla fiera dell'artigianato. Sapevo che stava tramando qualcosa perché si era messa una parrucca con i capelli corti. La vidi nel parcheggio, mentre camminava avanti e indietro, fumando una sigaretta dietro l'altra. Poi arrivò Drew Pratt. Lei si appoggiò al finestrino del lato passeggero per un minuto. A quel punto lui scese ed entrarono nel capannone. Li seguii il più a lungo possibile senza che lei mi notasse. La sentii dire che aveva dei documenti. Una cartella, disse. Non sapevo se si trattasse di documenti cartacei o di file. Così, dopo che lei se ne fu andata, lo portai lungo la riva del fiume, con il suo portatile. Aveva una chiavetta USB. Gliela presi. Poi lo trascinai nella corrente e lo affogai.»

Ancora una volta, Josie provò un'ondata di tristezza. Quegli uomini erano stati strappati alle loro famiglie e ai loro cari per il solo fatto che qualcuno aveva rivelato loro un terribile segreto. Erano innocenti. Non avevano avuto alcun ruolo nei crimini originali. Le loro famiglie avevano sofferto. Mason Pratt, l'ultimo della sua famiglia ancora in vita, avrebbe sofferto per il resto della sua esistenza a causa di quest'uomo.

«Sapevi cosa c'era nella chiavetta?» gli chiese Josie.

«No, ma immaginai che contenesse quello che lei gli aveva detto. Volevo che Colette sapesse che ero stato io l'ultima persona che Pratt aveva visto. Così le restituii la chiavetta. Mi disse che non era sua. Le dissi che sapevo che l'aveva data a Pratt. Lei rispose che non gli aveva dato proprio niente, ma ammise di avere dei file. Dei documenti interni all'azienda, disse. Li aveva trovati nell'ufficio di Sutton padre dopo la sua morte, nascosti in un cassetto segreto della sua scrivania. Disse che nessuno avrebbe mai saputo dove li aveva nascosti e che non aveva importanza perché aveva chiuso con i tentativi di smascherare Sutton.»

«Non avevi paura che ci riprovasse?» chiese Gretchen. «Ormai era già al terzo tentativo.»

«Sapevo che non ci avrebbe riprovato.» disse Ivan, con la voce che ora si tingeva di tristezza. «Non voleva altre morti sulla coscienza.»

Josie avrebbe voluto fargli notare che quelle morti erano sulla sua coscienza, non su quella di Colette, ma tacque. Ivan proseguì: «La pregai di non costringermi a uccidere di nuovo. La implorai di pregare per la mia anima. In seguito Laura è stata assunta da Sutton. Colette promise di nuovo che avrebbe smesso, che si sarebbe portato il segreto nella tomba.»

«Allora cosa è successo?» chiese Gretchen. «Perché l'hai uccisa?»

Lo stupore sbiancò il suo volto. «Non l'ho uccisa io. Non avrei mai fatto del male a Colette. Nessuno le avrebbe fatto del male. Era una brava persona.»

«Ivan.» disse Josie. «Hai appena confessato tre omicidi. Perché stai mentendo su quello di Colette?»

Lui mise una mano sul tavolo e tese il collo verso Josie, il suo sguardo era serio. «Non l'ho uccisa io.»

«Ma hai ucciso Beth Pratt, hai dato alle fiamme la sua casa, hai aggredito Mason Pratt, hai ucciso Brody Wolicki e hai cercato di uccidere Earl Butler.» sottolineò Josie. «E hai bruciato la casa di Colette mentre io e Noah eravamo ancora dentro.»

La sua testa oscillò di nuovo. «Non volevo farlo.»

«Allora perché l'hai fatto?» chiese Josie.

Per la prima volta, Ivan guardò alle loro spalle lo specchio bidirezionale. «Non voglio più parlare. Voglio fare un accordo.»

«Che tipo di accordo?» chiese Josie.

«Del tipo che vi dico il resto e vi aiuto a incastrare Mr.

Sutton. Non capite. È ancora un pericolo per Laura e per tutti i figli di Colette.»

Josie lo guardò aggrottando le sopracciglia. «Sei tu che fai il suo lavoro sporco. Perché dovremmo credere che sia un pericolo per tutti? Ormai è un uomo anziano.»

«Qualunque uomo armato può essere pericoloso. Ve lo dico io, è imprevedibile. Freddo. Ho fatto le cose che ho fatto perché dovevo farle. Lui non è così. Lui... ci prova gusto.»

Josie scambiò un'occhiata con Gretchen. «Dacci un po' di tempo.»

Fuori dalla stanza degli interrogatori, Gretchen chiese: «Cosa ne pensi?»

Josie sospirò. «Non dipende da noi. Devo chiamare l'ufficio del Procuratore. Anche se probabilmente saranno disposti a venirgli incontro, quando sapranno che abbiamo ottenuto da questo tizio informazioni su Drew Pratt.»

«Ma ha già rinunciato all'accordo per l'omicidio di Drew Pratt, l'ha confessato. Quella sarebbe stata la sua merce di scambio.» disse Gretchen.

«No. Lui sa molto di più. Se c'è davvero una fossa comune in quel cantiere e questo tizio può farcela trovare, il Procuratore gli concederà l'accordo. Sutton è un pesce grosso con grandi avvocati. Un testimone che lo contrasti potrebbe essere l'unico modo per incriminarlo. Inoltre, c'era una seconda persona, ricordi? L'impronta della scarpa numero 44 a casa di Colette. Dobbiamo sapere se può fare il nome di quella persona.»

«Chiamo l'ufficio del Procuratore.» disse Gretchen. «Tu controlla a che punto è Lamay.»

# CINQUANTOTTO

«Non ho niente, Boss.» disse Lamay quando Josie lo chiamò al cellulare. «Mi sa che dovrò scavare in tutto il giardino. Può farlo qualcun altro?»

«Merda, no. Dovrò parlarne con Chitwood.» Non avevano un piano di riserva.

Lamay stava ancora parlando. «Sto pensando che se partissimo dalla fine del giardino, dove c'è questa nicchia...»

«Che cosa hai detto?» chiese Josie. «Hai detto una nicchia?»

«C'è una piccola nicchia da giardino qui in fondo, con una statua della Vergine Maria. I proprietari dicono che è stata lasciata lì dai Fraley quando hanno venduto la casa. È piuttosto bella. Non l'hanno mai rimossa, anche se non sono religiosi. Hanno detto che sembrava sbagliato.»

Josie si diede una pacca sulla fronte. «Dan...» disse. «È sotto la nicchia.»

«Ne è sicura?»

«Sì.» rispose lei. «Sono sicura. Riesci a spostarla? È abbastanza piccola da permetterti di spostarla da solo, in modo da poter vedere sotto?»

Ci fu un lungo momento di silenzio seguito da alcuni respiri ansimanti. «Credo di aver bisogno di aiuto, Boss.»

Josie guardò verso la sua scrivania e quella di Gretchen, dove Gretchen stava parlando con Mettner e Hummel. Dalle facce di tutti e tre capì che il mandato di perquisizione che avevano presentato quella mattina non aveva portato a nessun risultato utile. «Ti mando Mettner e Hummel.» disse. «Tu non muoverti di lì.»

Incaricò Mettner e Hummel di andare ad aiutare Lamay. Non avevano trovato niente nell'archivio di Sutton Stone, oltre a quello che Gretchen aveva già trovato nei giornali.

Il Procuratore in persona si presentò mezz'ora più tardi con uno dei suoi assistenti procuratori al seguito. Dopo aver incontrato Josie, Gretchen e Chitwood e aver ascoltato tutto ciò che avevano già scoperto, il Procuratore si offrì di non chiedere la pena di morte per Ivan se questi fosse stato disposto a testimoniare contro Sutton per il suo eventuale coinvolgimento negli omicidi di Beth Pratt e Brody Wolicki, nelle aggressioni di Mason Pratt ed Earl Butler e negli incendi delle case di Beth Pratt e Colette. Ci volle un'altra ora per negoziare con Ivan e convincerlo che, visto tutto quello che aveva già confessato, evitare la pena di morte era il massimo che potesse sperare.

«Ivan.» gli disse Josie. «Mr. Sutton è poche stanze più in là con il suo avvocato. Non preoccuparti, non sa che sei qui. È la nostra occasione per fargliela pagare. Siamo così vicini. Abbiamo solamente bisogno che tu ci dica qualcosa di più. Che tu ci dica cosa è successo dopo la morte di Colette.»

Con un lungo e tormentato sospiro, Ivan iniziò a parlare. «Dopo l'omicidio di Colette, Laura si è messa in contatto con Mr. Sutton. Gli ha riferito che la polizia aveva trovato alcuni oggetti che sua madre aveva tenuto nascosti in casa.»

«La chiavetta, la punta di freccia e la fibbia della cintura.» disse Josie.

«Esatto. Sutton mi ha chiesto perché fosse in possesso di quegli oggetti e io gliel'ho detto. Non pensavo fosse importante, visto che Colette era morta. Nessuno avrebbe saputo cosa significassero quegli oggetti. Forse la chiavetta rappresentava un problema perché si sarebbe potuto scoprire che era appartenuta a Drew Pratt, ma lei mi aveva assicurato che non era sua, tanto per cominciare. Gli altri due oggetti erano così generici che non pensavo che qualcuno li avrebbe considerati importanti. Però Sutton mi ha detto che dovevo esserne sicuro.»

«Sicuro di cosa?» chiese Gretchen.

«Sicuro che Colette non avesse altro in suo possesso e che non avesse consegnato niente a nessun altro che potesse chiamarlo in causa, a uno dei Pratt o a qualcuno collegato a Craig Bridges. Gli ho detto che non c'era niente. Anche se qualcuno fosse riuscito a stabilire un collegamento tra loro tre, nessuno avrebbe mai sospettato perché fossero in relazione. Nessuno ancora in vita sapeva quello che sapeva Colette.»

«Eccetto tu.»

Scrollò le spalle. «Nemmeno io so con precisione cosa sia successo. Non ho mai visto quei documenti. Non so dove siano. Temevo che la persona che l'aveva uccisa li avesse presi. Laura ha raccontato a Mr. Sutton dell'omicidio della madre. Che chi l'aveva uccisa stava cercando qualcosa e aveva messo a soqquadro la sua casa. Che aveva scavato nel suo giardino.

Sutton era convinto che sarebbe stato scoperto. C'erano troppe variabili. Voleva mettere le mani su ciò di cui Colette era in possesso, quello che aveva preso dall'ufficio di suo padre. Gli ho detto che non sapevo dove l'avesse nascosto e lui mi ha ordinato di dare fuoco alla casa. Io però non volevo farlo all'inizio, speravo di limitarmi ad arrivare lì e cercare in giro, così non sarebbe stato necessario appiccare un incendio, ma il figlio di Colette ci andava tutti i giorni. Alla fine, non ho avuto scelta. Non avrei mai voluto fare soffrire i suoi figli.»

«Ma hai quasi ucciso Noah.» disse Josie. «E me.»

«Mi dispiace tanto. Non avevo scelta.»

«Non potevi dire di no a Sutton?» disse Gretchen. «In che

modo ti ha costretto a farlo?»

Occhi luttuosi si volsero in direzione di Gretchen. «Laura. Mi disse che l'avrebbe uccisa e che l'avrebbe fatto lui stesso. Mi disse che aveva insabbiato crimini più grandi e che avrebbe fatto in modo di non essere scoperto. Non mi importava della mia vita, ma come ho detto, non volevo che ai figli di Colette fosse fatto del male. E Laura sta per avere un bambino.»

«Quindi hai fatto tutto quello che Sutton ti ha ordinato di fare.» disse Josie. «E ti ha pagato per farlo.»

«Sì.»

«Quando non sei riuscito a trovare i documenti che Colette aveva nascosto, cosa è successo?»

«Sutton ha detto che voleva che i due figli dei Pratt venissero eliminati.»

«Uccisi?» chiese Josie.

Ivan annuì. «Sì, uccisi. Ho cercato di fargli capire che questo avrebbe solo attirato l'attenzione, e così è stato. Quindi mi ha ordinato di dare alle fiamme la casa di Beth Pratt. Mi ha chiesto di rintracciare chiunque potesse collegare Craig Bridges alla fibbia della cintura trovata a casa di Colette e di eliminarlo.»

«Ucciderlo.»

«Sì. Voleva che bruciassi la baita di Brody Wolicki, ma avrebbe causato un incendio nella foresta. Altra attenzione. Così ho bruciato tutti i suoi documenti.»

«Earl Butler?» chiese Josie.

«Avrei dovuto appiccare il fuoco a casa sua affinché non ne rimanesse che cenere, ma non aveva niente che potesse ricondurre a Mr. Sutton. Così, l'ho... l'ho soffocato.»

Ivan non sapeva ancora che Earl Butler era sopravvissuto. Josie decise che glielo avrebbe fatto scoprire più tardi.

«Hai mai conosciuto Laura Fraley-Hall?» chiese Josie.

«No. L'ho vista da lontano. Colette mi ha soltanto parlato di lei. Non l'ho mai incontrata.»

«Credi che sia al corrente di tutto questo?»

«No.»

«Sai che Mr. Sutton la stava preparando per prendere il controllo dell'azienda?»

«Sì. Per questo era ancora più importante mettere a tacere tutta questa faccenda. I registri che Colette aveva nascosto erano l'unica prova dei corpi vicino al campo dove cadde la gru. Una volta distrutti, nessuno lo avrebbe mai saputo.»

Bussarono alla porta. Josie si scusò e si trovò davanti Hummel, con l'uniforme coperta di terra ma con un sorriso stampato in faccia che andava da un orecchio all'altro. Tra le sue mani c'era una piccola cassetta di plastica isotermica.

«Una borsa frigo?» chiese Josie. «Seriamente?»

Hummel fece scivolare via il coperchio. «Era sigillata con il nastro adesivo. Non si preoccupi, abbiamo fotografato tutto prima di tagliare il nastro. Ha retto.» disse. «Guardi qua.»

All'interno c'era una cartellina avvolta in quelle che dovevano essere due dozzine di buste di plastica da congelatore. «L'hai controllata?» chiese Josie.

«No, ho immaginato che volesse essere la prima a farlo, Boss.»

«Porta tutto in sala conferenze. Chiama Chitwood e il Procuratore, li trovi nell'ufficio del Capo. E voglio guanti, foto e video. Ti mando Gretchen. Scrivete un mandato prima di aprire tutto quanto e fatelo firmare da un giudice.»

«Agli ordini.»

Ci volle un'ora per sistemare tutto e tutti. Ivan era stato dichiarato in arresto e trasferito nell'area di detenzione. L'indomani sarebbe stato prelevato dallo sceriffo della contea e portato nel centro di detenzione della contea di Bellewood. Zachary Sutton e il suo avvocato aspettavano impazienti in una delle sale per gli interrogatori. Chitwood aveva condotto un interrogatorio preliminare soprattutto per evitare che l'avvocato prendesse il suo cliente e se ne andasse infuriato. Le sue domande avevano riguardato le ragioni per cui Sutton aveva mentito su Ivan e sulla sua situazione lavorativa. Sutton aveva addotto la sua età e la sua scarsa memoria, e questo era tutto ciò che il suo avvocato gli aveva permesso di dire.

«Sutton se ne andrà se non entriamo subito.» disse Chitwood mentre si riunivano nella sala conferenze.

«L'ufficio del Procuratore Distrettuale si sta preparando a formulare le accuse sulla base di quanto ci ha raccontato Ivan Ulrich.» disse Josie. «Questo è l'ultimo pezzo del puzzle. Dopo aver visto cosa c'è in questo fascicolo, farò un tentativo con Sutton. Anche se il suo avvocato gli ordina di non rispondere a nessuna domanda, possiamo comunque dichiararlo in arresto.»

«Ecco qua.» disse Gretchen mentre tutti giravano intorno al tavolo e lei indossava i guanti per rimuovere gli strati di plastica.

Mentre stendeva le pagine del documento sul tavolo, tutti si avvicinarono per cercare di leggerlo. «È un promemoria interno.» disse Josie.

«Non ho portato gli occhiali.» disse Chitwood «Chi l'ha scritto?»

Josie si spostò all'estremità del tavolo mentre Gretchen stendeva l'ultima pagina battuta a macchina. «Il responsabile della sicurezza della Sutton Stone Enterprises nel 1974. È indirizzata a Zachary Sutton, padre.» Tornò alla prima pagina, che recava la dicitura RISERVATO in grandi lettere rosse ormai sbiadite. Analizzandola, lesse le parti pertinenti agli altri membri della squadra. "Il 14 maggio 1974 è stato segnalato un incidente al campo dei dipendenti sul lato nord della cava..." Ci sono alcune coordinate e una cartina disegnata a mano. "Mi è stato chiesto da Mr. Sutton padre, di ispezionare il campo. Una casa-mobile è stata completamente schiacciata da un veicolo da costruzione. Sul posto c'erano sedici dipendenti. Tre di questi, che si trovavano all'interno della casa-mobile, sono deceduti sul colpo...".» Il cuore le si strinse nel petto e la sua voce vacillò mentre riassumeva la parte successiva. «Undici operai sono stati trovati nelle altre case-mobili, ognuno con ferite da arma da fuoco alla testa, al collo, al viso e alla schiena. Una donna è stata trovata a circa un miglio di distanza dal campo con una ferita d'arma da fuoco alla nuca. Un dipendente, Craig Bridges, è rimasto illeso perché era uscito per una breve passeggiata fuori dal perimetro del campo. Al suo ritorno, Bridges ha riferito di aver visto Zachary Sutton figlio, scendere dal posto di guida della gru e poi spostarsi da una casa-mobile all'altra imbracciando un fucile. Bridges ha anche riferito di aver sentito grida, urla e spari. Ha visto Mr. Sutton addentrarsi nel bosco e poi ha sentito un ultimo sparo. Delle quindici persone decedute elencate nell'appendice di questo rapporto, undici erano lavoratori senza documenti. Chi scrive è stato incaricato da Mr. Sutton figlio di assisterlo nell'uso di attrezzature pesanti per scavare una fossa...»

Josie indicò la terza pagina. «Qui ci sono le misure e una mappa con le coordinate. Poi dice che hanno "depositato" i corpi degli undici deceduti senza documenti in quella fossa e l'hanno riempita. La morte della donna e dei tre lavoratori registrati nel campo è stata dichiarata pubblicamente come incidente causato da una gru. Le loro famiglie sono state risarcite, così come Craig Bridges che ha firmato un contratto di non divulgazione. Dio santo.»

Un silenzio pesante riempì la stanza mentre ognuno di loro assimilava queste informazioni. Le morti non erano il risultato di un incidente con un'attrezzatura da cantiere. Zachary Sutton aveva deliberatamente ucciso a sangue freddo quindici persone e poi si era adoperato con sforzo calcolato per insabbiare il tutto.

«Perché hanno voluto documentare tutto questo?» chiese Chitwood ad alta voce. «Che razza di idiota era il padre di Sutton?»

«Non lo so.» rispose Josie. «Ma alla fine del rapporto c'è una nota in cui si dice che il terreno dove si trova la fossa comune non deve essere usato o venduto. Volevano assicurarsi che non venisse mai trovata.»

# CINQUANTANOVE

Fotografarono l'elenco dei nomi delle persone uccise nella sparatoria in modo che il Procuratore Distrettuale potesse usarli per accusare Sutton di omicidio, dopodiché Josie portò i fogli nella stanza degli interrogatori dove Sutton e il suo avvocato la aspettavano. Chitwood, Mettner e Gretchen rimasero alle sue spalle mentre lei lo dichiarava in arresto per l'omicidio di quindici persone avvenuto nel 1974 e per associazione a delinquere e incendio doloso per i crimini più recenti che Ivan aveva commesso per suo conto. A ogni capo d'accusa che leggeva, Josie sentiva come se un piccolo peso si sollevasse dalle sue spalle, anche se l'avvocato di Sutton diventava sempre più furioso. Ma quando esaminò la Dichiarazione giurata che accompagnava le accuse di arresto, il suo volto diventò pallido e corrucciato.

«Avrei bisogno di conferire qualche minuto da solo con il mio cliente.» disse l'avvocato. Sutton sollevò una mano, come per fargli cenno di tacere, e uno strano sorrisetto gli si dipinse sulle labbra. Il suo sguardo incrociò quello di Josie. «Ragazza sveglia.» disse. «Hai scoperto tutto questo da sola?»

«No.» disse Josie. «Lo ha fatto la mia squadra. Inoltre, sono una donna adulta e una detective, e dovrà rivolgersi a me come tale.»

Si aspettava una reazione, ma Sutton si limitò ad annuire.

«Mr. Sutton, non posso che consigliarle di non dire un'altra parola davanti a questi agenti.» gli disse il suo avvocato.

«Silenzio, per favore.» disse Sutton al suo avvocato. Guardò di nuovo Josie, con quel sorriso ancora stampato in faccia. «Detective, una volta conoscevo una ragazza. Le assomigliava molto.» Con il pollice e l'indice sollevò uno dei risvolti della giacca. «Posso?» Mimò di allungare una mano all'interno del risvolto.

Josie annuì.

Sutton tirò fuori il portafoglio e lo ispezionò, estraendo infine da una delle tasche interne una vecchia fotografia quadrata a colori. La girò in modo che potessero vedere il volto di una giovane donna. Somigliava un po' a Josie, aveva gli stessi capelli scuri e la pelle lattiginosa, le labbra rosee e gli occhi azzurri.

«Nessuno vi scambierebbe per sorelle.» disse Sutton, tirando indietro la foto e fissandola. «Era più che altro una sua caratteristica che ha anche lei... una sorta di spirito indomito. So che sembra banale. Era anche piuttosto sveglia. Così intelligente. Così scaltra.»

«Come si chiamava?» Josie chiese, assecondandolo anche se percepiva la confusione dei suoi colleghi e dello stesso avvocato di Sutton.

«Ellie Grace.» disse Sutton.

Josie si sentì avvolgere dalla tristezza. «La donna nel bosco colpita alla nuca da un proiettile. Non era una dipendente. Cosa ci faceva là?»

L'avvocato di Sutton si intromise di nuovo. «Zachary, dico sul serio. Per favore, non dire un'altra parola.»

Ma Sutton non gli prestò attenzione. «Era la puttana degli operai.» riprese lui, il cui atteggiamento divenne amaro e cattivo così rapidamente da far quasi venire un attacco di panico a Josie. Ora vedeva quello che doveva aver visto Ivan. Forse l'unico lato di quell'uomo che Ivan avesse mai conosciuto.

«Chiesi due volte a Ellie di sposarmi, sa.» disse Sutton. «Per due volte rifiutò. Pensavo che fosse una specie di gioco, quello che stava facendo, che mi stesse stuzzicando, forse in attesa di un anello più grande. Che mi facesse sudare per il suo affetto. Ma poi la vidi in città con uno degli operai e di nuovo il venerdì sera in un bar insieme a lui. Iniziai a seguirla. La sera andava al campo e spariva in una casa-mobile. Poi la vidi con un altro operaio mentre facevano insieme un picnic lungo il fiume. Era così sfacciata da far venire il voltastomaco.»

«Le chiese se usciva con qualcuno dei suoi operai?»

Mentre le rispose, il suo viso arrossì: «Disse che erano uomini migliori di me, tutti quanti, e che preferiva... avere *rapporti* con ognuno di loro piuttosto che sistemarsi con me per tutta la vita. Preferiva vivere nello squallore, aprendo le gambe per qualsiasi uomo inutile la guardasse, piuttosto che diventare mia moglie e vivere una vita nel lusso.»

I suoi occhi erano vuoti e vitrei e fissavano Josie come se stesse guardando un film sulla parete alle sue spalle. «La odiai.» disse. «Tentai di farla rinsavire, ma lei era così ostile. Volevo soltanto darle una lezione. Era l'unica cosa che intendevo fare. Quel giorno la trascinai fuori dalla casa-mobile e la colpii. Uno di quei bastardi uscì e mi fermò. Ero così infuriato. Volevo che pagassero per come mi avevano mancato di rispetto.»

«Per come le avevano mancato di rispetto?» gli fece eco Josie.

«Quegli operai sapevano che Ellie era la mia ragazza. Avrebbero dovuto tenere le loro sporche mani lontane da lei.»

«Era la sua ragazza?» chiese Josie. «Ma non aveva rifiutato due volte la sua proposta di matrimonio?»

I suoi occhi tornarono a metterla a fuoco. Si puntò il petto con un indice. «Era mia e l'avevano profanata.»

«Cominciò con la gru.» disse Josie, nel tentativo di fargli proseguire la confessione.

«Era molto vicina. Non avevamo ancora finito di sistemare tutte le case-mobili su quel crinale. C'erano molte attrezzature in giro. La gru era posizionata in modo perfetto, così tutto quello che dovevo fare era spostarla e abbassarla sulla casa-mobile. Naturalmente, poi mi sono dovuto occupare del resto del campo e di eventuali testimoni. Ellie mi pregò di fermarmi. La paura nei suoi occhi... finalmente mi rispettava... era tutto quello che volevo. Mi sentivo vivo come non mi ero mai sentito prima. Si inginocchiò davanti a me e mi pregò di smettere. Le dissi che era tutta colpa sua. Che avrebbe dovuto ponderare con più attenzione le sue parole e le sue azioni.»

«Dove prese il fucile?» gli chiese Josie a bassa voce. L'avvocato di Sutton si prese la testa tra le mani.

«Nella cabina del mio furgone.» rispose Sutton. «Lo tenevo sempre lì dentro insieme a munizioni di riserva, nel caso in cui mi fossi imbattuto in un coyote o in un orso all'interno della proprietà della cava.»

«Ha lasciato che Bridges vivesse. Sapeva che l'aveva vista?»

«Certo che no, lo scoprii soltanto in un secondo momento. Era stato l'uomo della sicurezza di mio padre ad accorgersene; fu lui a insistere perché lo pagassimo. In realtà non aveva assistito a nessuna delle sparatorie o al crollo della gru. Mi aveva visto solo scendere dalla gru e andare in giro con un fucile. Non ne fui entusiasta, ma a quei tempi qualsiasi cosa decidessero mio padre e il suo capo della sicurezza era vangelo. Non vedevo l'ora di mettere le mani sull'azienda e sbarazzarmi di quel bastardo, assumendo un mio addetto alla sicurezza che avrebbe fatto tutto quello che gli ordinavo. È stato un peccato che un giorno il capo della sicurezza di mio padre sia caduto nella cava. Finì spiaccicato sul fondo di roccia. Ci vollero settimane per rimuoverne i resti dalle pietre, in modo da poterle usare.»

Alle sue spalle, Josie sentiva i colleghi indietreggiare, ma mantenne il volto e la postura neutri. In passato aveva affrontato cose peggiori del mostro che si trovava davanti e che ora era impotente. I suoi agenti lo avrebbero ammanettato e sbattuto in cella e lui non avrebbe mai più respirato aria libera. Le rimaneva solo un paio di domande da fargli.

«Ha ucciso lei Colette Fraley?»

«No.»

«Ha ordinato a qualcuno di uccidere Colette Fraley?»

«No.»

«Sa chi l'ha uccisa?»

Lui alzò lo sguardo per guardarla negli occhi un'ultima volta. «No, mia cara detective, non lo so. Ma come ho detto, lei è una ragazza intelligente. Sono sicuro che lo scoprirà.»

# SESSANTA

Josie si sentiva come se avesse corso una maratona. Era in piedi davanti alla sua scrivania, nel bel mezzo del brusio di una conversazione a voce bassa e concitata tra i membri della sua squadra, con lo sguardo fisso sul promemoria interno che Colette aveva portato alla luce. Sapeva di dover reagire, di dover fare il passo successivo per concludere l'indagine, ma la stanchezza l'aveva immobilizzata sul posto. Una mano gentile le toccò la spalla. Si voltò per vedere chi era e si accorse che Mettner le sorrideva. «Boss?» disse.

Aprì la bocca per correggerlo per quella che sembrava la millesima volta. Invece, poi, gli sorrise e disse: «Mett... hai fatto un lavoro incredibile in questa indagine.»

Lui scrollò le spalle. «Non è ancora finita.»

«Lo so» disse Josie annuendo, «e so che troveremo la persona che ha ucciso Colette, ma adesso dovresti essere orgoglioso di quello che hai fatto.»

Prima che lo sguardo di Mettner si abbassasse sul pavimento, Josie poté vedere il sorriso allargarsi sulle sue labbra e le sue spalle sciogliersi per il sollievo. «Grazie, Boss.» Si schiarì la gola e aggiunse: «Senta, perché non fa una pausa? Vada a prendere una boccata d'aria. Posso sbrigare io le pratiche.»

Josie rise. «Sei sicuro? Rischi di farci nottata.»

Un'altra scrollata di spalle. «Fa parte del lavoro, no?»

Gli diede una pacca sulla schiena mentre si voltava per andarsene. «Sei in gamba, Mett.»

Mentre Mettner e tutti gli altri scrivevano i loro rapporti e Chitwood si chiudeva nel suo ufficio insieme al Procuratore per organizzare una conferenza stampa, Josie passò dall'uscita sul retro della stazione di polizia, vicino ai cassonetti e lontano dagli occhi indiscreti della stampa accampata all'ingresso, e chiamò Noah. Voleva essere la prima a fargli sapere che sua madre non era un'assassina, che era rimasta invischiata in una situazione impossibile da gestire, che aveva cercato di conservare il suo lavoro e di proteggere la sua famiglia mentre tentava di smascherare un pluriassassino. Josie si sarebbe sempre chiesta perché non si fosse rivolta alla stampa. Aveva i documenti interni. Aveva già denunciato fatti nefasti all'età di tredici anni. Che cosa era successo?

Le parole che Noah le aveva detto tempo addietro durante uno dei loro casi precedenti le tornarono in mente. *A volte le persone sbagliano.* Era vero: è sempre così facile, col senno del poi, capire cosa si sarebbe dovuto fare. Ma all'epoca Colette era una giovane madre che si era ritrovata informazioni esplosive tra le mani che non poteva condividere con nessuno. Persino Ivan, il suo amico d'infanzia, non era affidabile. Era stato disposto a uccidere per impedirle di denunciare il suo capo. Non avrebbero mai saputo cosa c'era nel cuore o nella mente di Colette, ma lei aveva cercato di fare la cosa giusta fino a quando non aveva più potuto farlo senza mettere a rischio i suoi figli.

Noah non rispondeva. Josie gli mandò un messaggio chiedendogli di richiamarla. Aveva pensato di telefonare a Laura, ma ci sarebbero state troppe domande e Josie voleva che Noah sentisse per primo quelle informazioni. Inoltre, non avevano ancora scoperto chi avesse ucciso Colette. Voleva che Noah lo sentisse dire da lei, insieme alla promessa che non avrebbe mollato finché non avesse trovato l'assassino.

Sentì chiudersi la porta sul retro e vide uscire Gretchen che si dirigeva verso di lei e le indicava l'uscita del parcheggio. «Andiamo a prenderci un caffè. Ce lo siamo meritato.»

Presero la strada lunga, facendo il giro di un isolato in più per evitare la stampa. Gretchen ordinò un caffè e i loro pasticcini preferiti, mentre Josie scelse un tavolo in fondo al piccolo locale. La sua mente vorticava di domande e di elementi diversi del caso, partendo dall'inizio fino a dove si trovavano in quel momento, cercando di capire cosa le fosse sfuggito.

«L'omicidio di Colette non è stato casuale.» disse Josie non appena Gretchen si fu seduta.

«Sì, è chiaro.» rispose Gretchen. Girò il vassoio tra loro in modo che le danesi al formaggio fossero rivolte verso Josie e i croissant con crosta di noci pecan verso di lei. «Allora, facciamo un po' di ordine.»

«Non possiamo fidarci dell'alibi di Ivan.» disse Josie. «Chiunque sia l'amica che lui dice di avere, mentirà per lui. Quindi, se le chiediamo se erano insieme la notte in cui Colette è stata uccisa, lei dirà che è così.»

«D'accordo. Ma Ivan porta il numero 45. L'impronta a casa di Colette è un 44. Su questa base, tendo a credere a Ivan quando dice che non è stato lui a ucciderla. È chiaro che l'amava.»

«Ma gli omicidi sono tutti così simili.» osservò Josie. «Morte per soffocamento. Anche quando ha ucciso Craig Bridges e i fratelli Pratt, Ivan li ha annegati. Non ha mai usato un'arma. Quante sono le probabilità che in uno stesso caso due assassini diversi uccidano esattamente con il medesimo metodo?»

Gretchen aveva la bocca piena di croissant e non poteva parlare, ma scosse vigorosamente la testa.

«No, non è il medesimo metodo.» disse Josie.

Gretchen annuì.

«Perché hanno riempito la bocca di Colette di terra.»

Gretchen deglutì. «Esatto, concentriamoci un attimo su quello.»

«Non è necessario.» disse Josie «In base alle impronte delle ginocchia, alle dimensioni delle scarpe da uomo, all'impronta del cranio di Colette nella terra, è stata schiacciata con molta forza.»

«Perciò, chiunque le fosse salito sopra, era molto forte.» aggiunse Gretchen.

«La terra indica una cosa personale.» osservò Josie. Cercò di immaginare: un uomo a cavalcioni su un'altra persona, le tiene la testa ferma e le infila in bocca manciate di terra così in profondità da fargliele entrare in gola. «Era arrabbiato. Non voleva solo farla tacere. Voleva chiuderle la bocca per sempre. Voleva farle del male.»

«Chi?» chiese Gretchen. «Chi sarebbe stato così arrabbiato con lei? Chi avrebbe voluto farla tacere? Chi le sarebbe stato così vicino?»

La mente di Josie passò in rassegna tutte le persone coinvolte. «Torniamo in centrale» disse poi, «voglio rivedere gli alibi.»

SESSANTUNO

Una volta tornate alla stazione di polizia, Josie ci impiegò appena un quarto d'ora a rivedere il fascicolo di Colette per trovare quello che stava cercando. Fece una telefonata e i suoi sospetti furono confermati. Chiamò immediatamente Noah, ma lui non rispose.

«Dobbiamo andare.» disse a Gretchen.

Josie provò a chiamare di nuovo Noah mentre lei e Gretchen correvano verso casa sua. Non rispose. Provò a chiamare Laura, ma non ottenne risposta nemmeno da lei. Mentre le strade di Denton scorrevano davanti a loro, Gretchen disse: «Chiama un'unità di rinforzo.»

«Dobbiamo soltanto chiedergli di presentarsi in centrale.» replicò Josie. «Non voglio spaventarlo.»

«Non rispondono al telefono.» le fece notare Gretchen.

Josie chiamò la centrale e chiese un'unità di riserva a casa di Noah.

La porta d'ingresso era chiusa a chiave, ma Josie aveva una copia delle chiavi, la infilò nella serratura e aprì titubante la porta. Sentì il rumore della televisione in salotto e vide il bagliore della lampada sul tavolino accanto al divano. Non c'era nessuno nella stanza. Fece cenno a Gretchen di seguirla nel corridoio verso la cucina. Mentre si avvicinavano, sentirono il suono delle voci di Laura e Grady che parlavano.

«Grady, ti prego...» disse Laura, con una disperazione nella voce che Josie non aveva mai sentito prima. Accelerò il passo.

«Non voglio parlarne davanti a lui, Laura.» replicò Grady, «È un poliziotto, per l'amor del cielo.»

«Non hai fatto niente di illegale, Grady.» ribatté Laura. «Solo immorale. Sei proprio uno stronzo. Come hai potuto farlo? Con il bambino in arrivo!»

«Pensavo di poter essere d'aiuto...»

Le sue parole si spensero quando Josie e Gretchen raggiunsero l'ingresso. Noah era seduto al tavolo della cucina, con la gamba ingessata appoggiata su un'altra sedia e una tazza di caffè davanti a sé. Grady era in piedi vicino al frigorifero, con un palmo sulla maniglia. Laura era a pochi metri da lui, con la sua enorme pancia che occupava quasi tutto lo spazio tra loro. Noah sembrò sollevato di vederla, invece Laura disse: «Come sei entrata qui?»

«Ho la chiave.» disse Josie.

Laura non riuscì a ribattere. Josie guardò Noah. «Stai bene?»

«Sì.» rispose lui, ma con un'espressione corrucciata. Era il suo sguardo infastidito. Stava bene, ma non avrebbe sopportato ancora a lungo la sorella e il marito.

«Di cosa stavate discutendo?» volle sapere Gretchen.

La voce di Laura salì di un'ottava. «Non sono affari vostri.»

«Grady ha accumulato debiti di gioco.» intervenne Noah.

«Noah!» sbottò Laura.

«Che vuoi?» protestò lui. «Josie è la mia compagna, sempre che mi voglia ancora dopo il modo in cui mi sono comportato nelle ultime due settimane! Quindi glielo dirò comunque. Immagino che presto vorrete la vostra parte del patrimonio della mamma, vista la situazione in cui vi trovate.»

Fu allora che Noah sembrò accorgersi della presenza di Gretchen e che lei e Josie non erano lì per una visita di cortesia. «Che succede?» chiese.

«Abbiamo bisogno che Grady venga in centrale e risponda ad alcune domande.» disse Josie.

Laura rise, ma ne uscì un suono vuoto che le morì rapidamente in gola. «È ridicolo.» disse. «Credo che dovremmo chiamare un avvocato. Per la miseria, ma per quanto ancora avete intenzione di tirarla per le lunghe? Che cosa potrà mai avere da dirvi Grady?»

Noah sollevò la gamba ingessata dalla sedia e prese le stampelle. Iniziò ad alzarsi sulla gamba buona, ma Grady disse: «Siediti, fratellino.»

Il tono della sua voce, freddo anziché accomodante, bloccò Noah sul posto, metà in piedi e metà seduto. «Che cosa hai detto?» chiese a Grady.

Grady mollò la presa della maniglia del frigorifero. «Ti ho detto di sederti. Non vado da nessuna parte.» Puntò un dito contro Josie e Gretchen. «Volete parlare? Parliamo qui.»

«Bene.» disse Josie. «Il giorno in cui Colette è stata uccisa, tu stavi lavorando da casa, non è vero?»

«Sì, è esatto. Ma la nostra donna di servizio era in casa. Mi ha visto e il mio furgoncino non ha mai lasciato il vialetto.»

«Ma l'auto di Laura sì, vero?» insinuò Gretchen.

«Laura era a una riunione di lavoro.» spiegò Grady.

Laura guardò prima Grady e poi Josie e di nuovo Grady. «Grady.» disse con la voce tremante. «Quel giorno ho preso l'auto aziendale. Lo sai. Hai preso la mia Jeep?»

Lui non rispose.

«Abbiamo chiamato la vostra donna di servizio prima di venire qui.» disse Josie. «Ti ha visto quando è arrivata a casa vostra. Sei andato nel tuo studio. Ti ha salutato dal corridoio prima di andarsene. Tu non hai risposto. Aveva fretta di tornare a casa sua per la cena e se n'è andata.»

«E allora?» disse Grady. «Cosa volete da me?»

«Non ti ha visto per circa tre ore, né prima né dopo l'omicidio di Colette.» riprese Gretchen. «Quel giorno non ti ha visto affatto, tranne che al mattino.»

«Ero nel mio studio a lavorare.» disse Grady.

«Allora chi ha preso la mia macchina, Grady?» gli domandò Laura.

Josie cambiò tattica. «Che numero di scarpe porti, Grady?»

La sua fronte si aggrottò. «Cosa?»

«Hai il 44, vero?»

Lui esitò appena un attimo e poi fece una mezza smorfia. «Sì, ma che c'entra?»

Cercando di non fargli perdere il controllo, Josie disse: «Laura mi ha raccontato che Colette diceva cose piuttosto strane quando aveva episodi di demenza.»

Grady, Laura e Noah la fissarono. Josie continuò. «Una volta ha raccontato a Laura di sapere dov'erano alcuni cadaveri. Ti ha mai detto qualcosa del genere, Grady?»

Grady era così immobile che Josie si chiese se respirasse ancora.

«Colette ti ha mai parlato di una fossa comune nella proprietà della cava di Sutton Stone?» continuò Josie.

Laura si lasciò sfuggire un respiro affannoso e si portò la mano al petto.

Josie mantenne lo sguardo su Grady. «Ti ha mai parlato di come il capo di Laura abbia ucciso un mucchio di persone e le abbia seppellite nella proprietà della cava, insabbiando tutto quanto? E che Colette era in possesso dell'unica prova?»

«In nome di Dio, di cosa stai parlando?» strillò Laura.

«Laura.» disse Noah, lanciandole un'occhiata che le intimava di stare zitta.

Josie andò avanti: «Non ti ha detto di cosa si trattava, non è così? Ecco perché non sei riuscito a trovarla. Non era lucida, quindi ti ha detto di averla sotterrata. È per questo che l'hai portata in giardino con una pala, vero? Cosa ne avresti fatto quando avresti trovato quello che cercavi?»

«Chiudi la bocca!» esclamò Grady.

«È vero, Grady?» mugolò Laura.

«Penso che volessi usarli per ricattare Mr. Sutton.» disse Josie «In questo modo avresti pagato i tuoi debiti di gioco, no?»

«Grady...» disse Laura con un filo di voce.

«Laura era stata preparata per prendere il controllo dell'azienda.» disse Grady. «Stavo cercando di proteggerla. Se fosse saltata fuori una cosa del genere, avrebbe rovinato la Sutton Stone Enterprises.»

«Oh mio Dio, Grady!» esclamò Laura scoppiando in lacrime.

«Colette stava peggiorando. Prima o poi avrebbe spifferato tutto alla persona sbagliata. Ho dovuto fermarla.»

«Figlio di puttana.» disse Noah.

«Sei andato da lei con l'intenzione di ucciderla?» chiese Gretchen. «O ti bastava procurarti le prove?»

«Non ho mai voluto ucciderla.» disse.

Ma Josie non ci credette nemmeno per un secondo. Non credeva nemmeno che lui avesse voluto proteggere la posizione di Laura alla Sutton Stone. «Grady» disse, «sei in arresto per l'omicidio di Colette Fraley.»

Prima che lei potesse finire di leggergli i suoi diritti, lui si slanciò in avanti e afferrò il braccio di Laura, strattonandola verso di sé, tenendo il petto premuto contro la schiena di Laura e un avambraccio avvolto intorno al suo collo. Con la mano libera armeggiò sul bancone alle sue spalle finché non trovò il ceppo dei coltelli. Accanto a Josie, Gretchen estrasse la sua arma e gli gridò di fermarsi. Ma le dita di Grady avevano già trovato il manico del coltello più grande del ceppo. Nella stanza esplose un un grido mentre lui lo sguainava e premeva la punta contro la pancia prominente di Laura.

«Grady, fermati!» urlò Noah alzandosi sulla gamba buona e usando lo schienale della sedia come sostegno.

«Non farlo!» gridò Josie «Metti giù il coltello.»

Laura singhiozzava tra le sue braccia. «Grady, cosa stai facendo? Fermati. Farai del male al bambino. Grady, ti prego. Smettila. Non fare del male al bambino.»

Gretchen teneva la pistola puntata su di lui. «Metti giù il coltello e allontanati da lei.»

Josie alzò entrambe le mani in aria. Si avvicinò a Gretchen e spinse verso il basso la canna della pistola, in modo che la puntasse contro il pavimento. In ogni caso, non sarebbe stato un tiro pulito, nemmeno a distanza ravvicinata; troppe cose potevano andare storte e Josie non voleva rischiare che Laura o il bambino, o entrambi, rimanessero uccisi. «Noah, siediti.» gli disse, e con la coda dell'occhio lo vide che stringeva e riapriva i pugni, a ripetizione. «Per favore.» insistette. «Siediti.»

Noah guardò Grady ancora per un lungo momento prima di prendere di nuovo posto sulla sedia, tuttavia, Josie poteva sentire la tensione che si propagava a ondate intorno a lui. Fece un passo verso Grady, ma lui conficcò più forte la punta del coltello nel ventre di Laura, facendola gridare. Una piccola punta di sangue le sbocciò sulla camicia.

«Guardami, Grady.» disse Josie.

«Zitta!» urlò lui.

«Grady, guardami. Non sono armata. Gretchen non ti sta puntando la pistola contro. Nessuno rappresenta una minaccia per te.»

«Siete venute qui per arrestarmi.»

«Sì, è vero.» disse Josie, mantenendo la voce calma e ragionevole. «È il mio lavoro. Lo sai. Ascolta, in questo momento sei in un mare di guai, ma io posso aiutarti.»

«Oh, vaffanculo.» le urlò. «È quello che dicono tutti i poliziotti prima di fregarti.»

«Beh, certo, in un certo senso è vero.» disse Josie. «E se tu non stessi puntando un coltello alla pancia di tua moglie in questo momento, probabilmente non sarei incline a venirti incontro, ma è anche il mio lavoro assicurarmi che delle persone innocenti non si facciano del male, capisci?»

I suoi occhi selvaggi vagarono per la stanza, ma annuì.

«Non voglio che qualcuno si faccia del male.» disse Josie. «Sai cosa intendo, vero? Proprio come tu non volevi che qualcuno si facesse del male. Questa è la verità, non è così, Grady? Non hai mai voluto che qualcuno si facesse del male.» Indicò Laura che si stava accasciando nella sua morsa. «Specialmente non Laura né il vostro bambino.»

Non sapeva nemmeno se lui se ne rendesse conto ma la sua testa continuava ad annuire seguendo le sue parole.

«Tutti in questa stanza sappiamo che non hai mai voluto fare del male a nessuno. Soprattutto a Colette. Era tua suocera. Era buona con te, non è vero? Il suo stufato di patate dolci che abbiamo mangiato l'anno scorso a Natale era il tuo preferito, ti ricordi?»

«Smettila.» disse lui, mentre le lacrime gli luccicavano negli occhi.

Ma Josie non si fermò: «Sapevi che se davvero Colette era a conoscenza di qualcosa che poteva incriminare Zachary Sutton, qualcosa di così grave come quello di cui stava vaneggiando, nessuno di voi sarebbe stato al sicuro una volta che la sua demenza avesse raggiunto l'apice. Sapevi che la cosa più sicura per tutti voi era trovare la prova che aveva nascosto, in modo da poter decidere quale fosse la cosa migliore da fare, giusto?»

«Non avevo intenzione di farle del male.» disse. «Lo giuro. Ma quando non era lucida, non diceva niente di sensato. Sono andato a casa sua soltanto per cercare quello che aveva conservato. Laura era a un evento di lavoro che durava tutto il giorno. Nessuno l'avrebbe saputo. Dovevo solo prenderlo. In questo modo, anche se avesse iniziato a dire cose assurde, la gente avrebbe pensato che era colpa della demenza. Avrei consegnato tutto alle autorità, lo giuro.»

Bugie, tutte bugie, pensò Josie, ma in questo momento le bastava convincerlo che erano dalla stessa parte, che lei gli credeva e lo capiva, in modo che lui mettesse giù il coltello e lasciasse andare Laura.

«Lo so.» disse Josie. «Tutti in questa stanza lo sanno, Grady. Laura, Noah, io... siamo la tua famiglia.»

«Non volevo farle del male.» disse. «Ma era così dannatamente frustrante.» Guardò Noah. «Sai com'era quando aveva uno dei suoi attacchi. Perdeva completamente la testa. Non faceva nemmeno una cosa di quello che le dicevi o le chiedevi di fare. Era come avere a che fare con un bambino, porca puttana.»

Josie poteva vedere il muscolo della mascella di Noah che si contraeva a ritmo serrato perché aveva difficoltà a mantenere la calma pur avendo compreso quello che Josie stava cercando di fare, così annuì e, a denti stretti, mormorò: «Sì.»

«Sappiamo tutti quanto le cose stavano diventando difficili, Grady.» riprese Josie «Lo capiamo. Non sei obbligato a comportarti così. Non devi fare del male a Laura o al vostro bambino. Metti giù il coltello e parliamone.»

La pressione del coltello sulla pancia di Laura diminuì leggermente.

«Mi arresterai comunque.» disse Grady.

Josie strinse le labbra e guardò il pavimento come se stesse valutando le possibilità. Poi disse: «Beh, sì. Devo fare il mio lavoro, ma possiamo parlare del modo migliore per affrontarlo. Ascolta, sta arrivando un'unità di rinforzo. Se arrivano e ti trovano con un coltello puntato sulla pancia di tua moglie incinta, nessuno dei presenti potrà fare molto per aiutarti. Ti abbatteranno. Se invece entrano qui e ci trovano tutti seduti a parlare, e tu accetti di venire alla stazione di polizia pacificamente con me e Gretchen, le cose andranno molto meglio per te alla fine di questa storia.»

Gretchen tirò fuori il telefono e lo guardò. «Saranno qui a momenti.»

Grady esitò per un attimo. Poi, lentamente, rimise il coltello sul bancone. Laura si accasciò a terra, singhiozzando in modo incontrollato. Nel momento in cui Josie si frappose tra Grady e sua moglie, Gretchen si slanciò in avanti, lo prese per un braccio, lo fece girare e lo sbatté contro il frigorifero.

«Ehi, avevi detto che avremmo parlato.» gridò.

Josie aiutò Gretchen ad ammanettare le mani dietro la schiena con delle fascette. Noah era sul pavimento e si trascinava verso Laura. La prese tra le braccia. «Chiamate un'ambulanza.» disse. «Uno stress come questo non può aver fatto bene al bambino.»

Josie e Gretchen abbassarono Grady a terra, a faccia in giù, e Gretchen gli lesse i suoi diritti mentre Josie chiamava un'ambulanza. Fuori, si sentiva il lungo lamento della sirena dell'unità di supporto.

## SESSANTADUE

Una settimana più tardi

Noah era tornato a casa di Josie ed erano seduti sul divano, lui con la gamba ingessata appoggiata su un cuscino sul tavolino. Di fronte a loro andava in onda il notiziario mattutino della rete di cui Trinity era co-conduttrice. Stavano guardando le previsioni del tempo e le ultime notizie di politica quando le parole "Scandalo in Pennsylvania centrale" lampeggiarono sullo schermo. La telecamera inquadrò il volto di Trinity. Come sempre, era molto truccata e i suoi capelli erano così lucenti che si poteva vedere il riflesso delle luci dello studio sulle sue folte ciocche.

«Non ti assomiglia granché quando fa la giornalista.» osservò Noah.

«Lo so. Credo sia per questo che la somiglianza è passata inosservata per tanto tempo.»

Noah prese il telecomando e alzò il volume. Gli occhi di Trinity brillavano per la gravità del suo servizio. «Oggi vi proponiamo un'intervista esclusiva a Laura Fraley-Hall, vicepresidente della Sutton Stone Enterprises, dove le autorità della Pennsylvania centrale hanno recentemente svelato uno scandalo così imponente e così complesso che sta avendo ancora ripercussioni non solo nella regione, ma nell'intero paese. Al centro di questo scandalo, e ora lasciata a raccoglierne i pezzi, c'è Mrs. Fraley-Hall, il cui marito ne ha ucciso la madre, dando il via alla catena di eventi che avrebbe in seguito fatto esplodere questa storia. Benvenuta, Mrs. Fraley-Hall, e grazie per essersi unita a noi via satellite dal suo letto d'ospedale nella Pennsylvania centrale, dove, a quanto mi risulta, è rimasta a riposo per una settimana.»

Lo schermo si divise in due riquadri con Trinity a sinistra e Laura a destra. Sebbene indossasse un camice da ospedale e fosse costretta in un letto, Laura si era premurata di farsi truccare e pettinare prima dell'intervista, e nonostante le circostanze, aveva un aspetto incantevole.

«Buongiorno.» disse Laura. «Sì, è vero. Devo ancora rimanere a letto.»

«Innanzitutto, prima di parlare di quello che è successo, come si sente?» le chiese Trinity con esagerata preoccupazione.

Laura fece un sorriso stentato. «Sono felice che il mio bambino stia bene. Ho qualche dolore e qualche contrazione di Braxton Hicks, ma per il resto sto bene.»

«Mi fa molto piacere sentirlo. Ora, Mrs. Fraley, mi sembra di capire che lei è diventata direttore ad interim della Sutton Stone Enterprises, dal momento che Zachary Sutton è stato accusato di una serie di reati, in particolare di quindici omicidi di primo grado.»

«Esatto.» rispose Laura. «Ho assunto il controllo dell'azienda. Era stato già predisposto prima che accadesse tutto questo. Mr. Sutton aveva fatto in modo che io potessi prendere il suo posto nel caso in cui lui venisse a mancare o diventasse... inabile.»

«Beh.» osservò Trinity. «Mr. Sutton non è certo nella posizione di dirigere un'azienda, non è così? Considerato l'incubo di relazioni pubbliche che si prospetta per la Sutton Stone Enterprises, è molto insolito che il nuovo capo dell'azienda venga in diretta televisiva a parlare di questioni così delicate. Perché ha ritenuto importante parlare con noi oggi?»

Laura guardò con serietà nella telecamera. «La terribile tragedia che ha avuto luogo nella nostra cava principale nel 1974 è stata un'azione e una responsabilità esclusiva di Mr. Sutton. Suo padre e il capo della sicurezza di allora hanno cospirato per insabbiare l'accaduto. Entrambi sono morti decenni fa. Nessuno degli attuali dipendenti di questa azienda era a conoscenza di ciò che era accaduto, tranne mia madre, che non mi ha mai messo al corrente di nessuno dei fatti a lei noti. Alla Sutton Stone Enterprises lavorano centinaia di persone oneste e laboriose, e non credo che debbano essere ritenute responsabili dell'operato del suo proprietario. I nostri dipendenti vengono al lavoro ogni giorno e danno il meglio di sé. Sono persone premurose che si offrono abitualmente come volontari per i programmi di sensibilizzazione della comunità messi in atto negli ultimi dieci anni. Penso che, essendo trasparente con il pubblico in questo momento, aiutando le autorità in ogni modo possibile e assicurandoci di sviluppare politiche interne per garantire che qualcosa di così atroce e tragico non accada mai più, la Sutton Stone inizierà a espiare i peccati del suo precedente direttore.»

Continuarono a discutere del caso, il che era perfettamente lecito dal momento che Ivan Ulrich, Zachary Sutton e Grady avevano tutti accettato di patteggiare. Ivan e Sutton avrebbero trascorso il resto della loro vita in prigione, evitando la pena di morte grazie alla loro collaborazione. Grady aveva accettato un'accusa minore di omicidio di terzo grado e si era preso quarant'anni. Non ci sarebbero stati processi. Il Procuratore Distrettuale della contea di Alcott stava collaborando con l'ufficio dello sceriffo per pianificare la ricerca dei corpi degli operai che Sutton aveva sotterrato fuori dal campo nel sito originario della cava. Sfortunatamente, era probabile che i corpi di Craig

Bridges e Drew Pratt non sarebbero mai stati ritrovati, dato che erano passati molti anni e nessuno dei due era stato rinvenuto sulle rive dei fiumi in cui erano annegati. Ma almeno i loro cari avevano scoperto che fine avevano fatto.

«Pensi che riuscirà a trasformare la Stone Sutton?» chiese Josie.

Noah allungò le braccia sopra la testa. «Sì, è una maestra nel far cambiare le cose. Se Trinity non avesse chiesto questa intervista, probabilmente ti avrebbe cercato lei per organizzarla.»

«Immagino che dobbiamo tutti raccogliere i pezzi come possiamo, in un modo o nell'altro.» osservò Josie.

Sentì la mano di Noah scivolare nella sua. «Sì.» disse lui. «È così.»

Josie si girò verso di lui.

«Questa cosa te la porterai dentro per un bel pezzo lo sai, vero? Il dolore è una cosa strana.»

Lui sorrise. «Lo so. Hai qualche consiglio?»

Lei rise. «Ho una certa esperienza in fatto di persone incasinate, ma non sono così brava.»

Noah le strinse la mano. «Va tutto bene? Fra te e me?»

Tutto d'un tratto le tornò in mente la notte che aveva passato con Luke, i cui dettagli esatti le rimanevano irraggiungibili. Lei e Noah stavano insieme in quel momento? Valeva la pena di dirglielo? Cosa avrebbe potuto dire? Aveva voglia di affrontare di nuovo tutto quel dramma? Pensò a qualcosa che sua madre, Shannon, le aveva detto quando si era riunita per la prima volta alla sua famiglia, quando erano tutti così sopraffatti dal compito di colmare il vuoto dei trent'anni precedenti. Le aveva detto: «A volte bisogna partire dal punto in cui siamo.» E così avevano fatto.

Josie si strinse nelle spalle. «Ci proveremo, d'accordo?»

Lui si portò la sua mano alle labbra e le baciò le nocche. «Ci proveremo.» ripeté.

# UNA LETTERA DA LISA REGAN

Grazie mille per aver scelto di leggere *Le sue ossa sepolte*. Se vi è piaciuto e volete rimanere aggiornati su tutte le mie ultime uscite, iscrivetevi al link che trovate qui sotto. Il vostro indirizzo e-mail non verrà mai condiviso e potrete cancellarvi in qualsiasi momento.

*italia.bookouture.com/subscribe/*

Vi ringrazio per aver letto le ultime avventure di Josie! Significa moltissimo per me che continuiate a tornare a Denton a ogni nuovo episodio per seguirla nel suo ultimo caso.

Sono molto felice di ricevere notizie dai lettori. Potete mettervi in contatto con me attraverso i miei canali social, tra cui il mio sito web e la mia pagina Goodreads. Inoltre, se ve la sentite, vi sarei molto grata se lasciaste una recensione, e magari consigliaste, *Le sue ossa sepolte* ad altri lettori. Le recensioni e le raccomandazioni attraverso il passaparola sono di grande aiuto ai lettori che scoprono i miei libri per la prima volta. Come sempre, grazie mille per il vostro sostegno. Significa davvero molto per me. Non vedo l'ora di ricevere i vostri commenti e spero di vedervi la prossima volta!

Grazie!

Lisa Regan

# RIMANI IN CONTATTO CON LISA REGAN

www.lisaregan.com

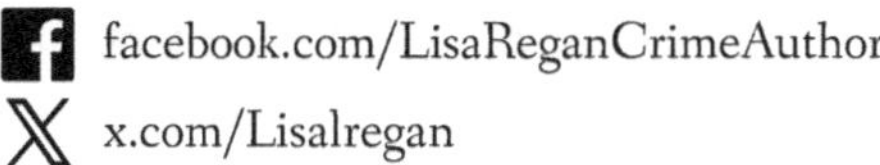

facebook.com/LisaReganCrimeAuthor

x.com/Lisalregan

# RINGRAZIAMENTI

Come sempre, prima di tutto vorrei ringraziare i miei fantastici lettori e i miei fedeli fan! Vi ringrazio di cuore per il vostro entusiasmo e la vostra passione per questa serie, e per averne sempre sparso la voce. Non mi stanco mai di ricevere i vostri commenti, miei cari lettori, e apprezzo profondamente tutti i modi in cui mi contattate per farmi sapere quanto vi piacciono le avventure di Josie! Voglio ringraziare mio marito, Fred, e mia figlia, Morgan, per il loro amore, la loro pazienza e il loro incoraggiamento. Grazie alle mie prime lettrici: Nancy S. Thompson, Dana Mason, Katie Mettner e Torese Hummel. Grazie ai miei lettori di Entrada. Grazie ai miei familiari – William Regan, Donna House, Rusty House, Joyce Regan e Julie House – per il loro costante sostegno.

Grazie ai "soliti sospetti" - tutte le persone che nella mia vita mi sostengono e mi incoraggiano, diffondono i miei libri e in generale mi fanno andare avanti: Carrie Butler, Ava McKittrick, Melissia McKittrick, Andrew Brock, Christine e Kevin Brock, Laura Aiello, Helen Conlen, Jean e Dennis Regan, Sean e Cassie House, Marilyn House, Tracy Dauphin, Michael Infinito Jr., Jeff O'Handley, Susan Sole, la famiglia Funk, la famiglia Tralies, la famiglia Conlen, la famiglia Regan, la famiglia House, i McDowell e i Kays.

Un grazie alle adorabili persone del Table 25 per la loro saggezza, il loro sostegno e il loro buon umore. Vorrei anche ringraziare tutti quei simpatici blogger e i recensori che hanno letto i primi quattro libri su Josie Quinn e che hanno continuato a leggere la serie e l'hanno entusiasticamente raccomandata ai loro lettori!

Grazie di cuore al sergente Jason Jay per aver risposto a tutte le mie domande sulle forze dell'ordine in modo così rapido e particolareggiato da permettermi di avvicinarmi all'autenticità dei fatti, per quanto la finzione lo permetta. È una persona davvero impagabile!

Grazie a Oliver Rhodes, Noelle Holten, Kim Nash e a tutto il team di Bookouture per aver reso possibile questo viaggio straordinario e per avermi fatto divertire come non mai. Infine, ma non certo per importanza, grazie alla impareggiabile Jessie Botterill per aver realizzato tutti i miei sogni, per aver creduto in me e nel mio lavoro, per aver "capito" il mio lavoro come nessun altro è mai riuscito a fare e di essere una persona assolutamente fantastica.